普通高等教育机电类专业规划教材

# 数控加工工艺

## 第二版

贺曙新　张思弟　文少波　编
周志明　主审

U0131758

SHUKONG JIAGONG
GONGYI

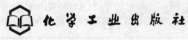 化学工业出版社

·北京·

本书内容包括：金属切削加工基础、机械加工工艺规程、机床夹具、零件加工精度与表面质量、数控车削加工工艺、数控铣削与加工中心加工工艺。各章后附有适量的复习思考题。

本书在对数控加工工艺等相关知识进行介绍的基础上，结合具体典型零件，从本质上进行分析介绍，使读者理解掌握数控加工工艺的实质。本书内容精炼，深入浅出，并注重相关知识间的联系与结合，便于自学。

本书可作为普通高等院校、高职高专数控和机电类专业教材，还可作为职工大学、培训机构、电视大学、函授大学等相关专业教材或教学参考书，也可供机械加工及其自动化行业广大科研、工程技术人员等自学参考。

图书在版编目（CIP）数据

数控加工工艺/贺曙新，张思弟，文少波编. —2版.
北京：化学工业出版社，2011.1
普通高等教育机电类专业规划教材
ISBN 978-7-122-09892-4

Ⅰ.数⋯　Ⅱ.①贺⋯②张⋯③文⋯　Ⅲ.数控机床-
加工工艺-高等学校-教材　Ⅳ.TG659

中国版本图书馆 CIP 数据核字（2010）第 217944 号

责任编辑：高　钰　　　　　　　　　　　文字编辑：李　娜
责任校对：王素芹　　　　　　　　　　　装帧设计：史利平

出版发行：化学工业出版社（北京市东城区青年湖南街 13 号　邮政编码 100011）
印　　装：三河市延风印装厂
787mm×1092mm　1/16　印张 13½　字数 346 千字　2011 年 1 月北京第 2 版第 1 次印刷

购书咨询：010-64518888（传真：010-64519686）　售后服务：010-64518899
网　　址：http://www.cip.com.cn
凡购买本书，如有缺损质量问题，本社销售中心负责调换。

定　　价：25.00 元

# 第二版前言

《数控加工工艺》自 2005 年 5 月出版以来，受到了广大读者的普遍欢迎，已经多次印刷。近几年，数控技术迅猛发展，新技术、新工艺和新系统层出不穷，为适应这一趋势，现对《数控加工工艺》进行修订，主要特点如下。

1. 注重实践性、启发性和科学性，做到基本概念清晰，重点突出，简明扼要，对基本理论部分以必需和够用为原则。在讲清基本知识的基础上，注重能力的培养，并努力做到理论联系实际，体现面向生产实际。

2. 本书第五章和第六章的内容做了较大的调整。为了加深学习者对数控加工工艺的理解，掌握实际数控工艺分析的能力，加大了示例分析的内容。例如：在第五章，对于典型零件数控车削加工工艺分析时，按照零件结构特点的不同，将原来的盘套类零件章节分为盘类零件和套类零件分别描述，并相应地增加了示例。在第六章，对典型零件加工工艺分析时，分别从数控铣削和加工中心两方面着手，选择简单零件和复杂零件进行了示例分析。同时适当增加了部分习题，其他章节亦进行了适当修改。

3. 每章后面均附有复习思考题，便于学生理解和掌握基本内容，培养学生的思维方法。

本书由南京工程学院贺曙新、张思弟和文少波编写。其中第 1 章和第 3 章由张思弟编写，第 2 章和第 4 章由贺曙新编写，第 5 章和第 6 章由文少波编写。全书由贺曙新负责统稿。周志明担任本书主审。

限于编者水平，书中疏漏和不足之处恳请读者批评指正。

编　者
2010 年 10 月

# 第一版前言

数控技术自问世半个多世纪以来，随着相关技术的发展和社会需求的不断增长而迅速发展。特别是近 20 年来，数控技术开创了一个全新的局面。我国从 20 世纪 80 年代开始推广数控技术，经过 20 多年的发展，到本世纪初，随着国家经济建设的发展，数控机床需求量出现了前所未有的增长势头。

随着数控机床的大量应用，尽快培养与此相适应的人才就显得尤为迫切，国家相关部门对此也极为重视，采取了一系列相应的措施。例如，教育部启动了"实施制造业和服务业技能型紧缺人才培养工程"，劳动和社会保障部也正在实施"国家高技能人才培养工程"，其共同目的就是缓解并最终解决目前社会人才需求矛盾。

本书注重实践性、启发性、科学性，做到基本概念清晰，重点突出，简明扼要，对基本理论部分以必需和够用为原则。着重介绍基本知识，注重能力培养，努力做到理论与实际并重，理论与实际相结合，深入浅出，通俗易懂，体现面向生产实际，突出职业精神。每章后都有帮助读者消化、巩固、深化学习内容和应用的复习思考题。书中基本术语、材料牌号、设备型号等均采用了新标准。

本书由贺曙新、张思弟、文少波编写。其中第 1 章由张思弟编写，第 2、3、4 章由贺曙新编写，第 5、6 章由文少波编写。全书由贺曙新负责统稿定稿。周志明副教授担任本书主审并提出了许多宝贵意见。

本书在编写过程中参考了大量的教材、手册等资料，在此对有关人员表示衷心的感谢！

数控技术是一项高速发展的现代先进技术，由于编者学识水平和经验有限，加之时间仓促，书中难免存在疏漏和不妥之处，恳请读者批评指正。

编　者

2005 年 5 月

# 目 录

第1章 金属切削加工基础 ………………………………………………… 1

1.1 切削运动与切削要素 ……………………………………………… 1

1.1.1 切削所需要的运动 ……………………………………………… 1

1.1.2 切削所产生的表面 ……………………………………………… 1

1.1.3 切削用量三要素 ………………………………………………… 2

1.2 刀具组成及几何角度 ……………………………………………… 2

1.2.1 刀具组成 ………………………………………………………… 2

1.2.2 参考坐标平面 …………………………………………………… 3

1.2.3 刀具几何角度的基本定义 ……………………………………… 4

1.2.4 刀具的工作角度 ………………………………………………… 5

1.2.5 切削层参数 ……………………………………………………… 6

1.3 金属切削过程 ……………………………………………………… 7

1.3.1 切屑的形成过程和切屑种类 …………………………………… 8

1.3.2 积屑瘤 …………………………………………………………… 9

1.3.3 鳞刺 ……………………………………………………………… 10

1.3.4 已加工表面的变形 ……………………………………………… 11

1.4 刀具材料 …………………………………………………………… 11

1.4.1 刀具材料必须具备的基本性能 ………………………………… 11

1.4.2 工具钢 …………………………………………………………… 12

1.4.3 高速钢 …………………………………………………………… 13

1.4.4 硬质合金 ………………………………………………………… 14

1.4.5 硬质合金涂层刀具 ……………………………………………… 15

1.4.6 陶瓷刀具 ………………………………………………………… 18

1.4.7 超硬材料刀具 …………………………………………………… 19

1.5 切削力、切削热和切削温度 ……………………………………… 20

1.5.1 切削力的来源 …………………………………………………… 21

1.5.2 切削分力及其作用 ……………………………………………… 21

1.5.3 影响切削力的因素 ……………………………………………… 21

1.5.4 切削功率及主切削力的估算 …………………………………… 23

1.5.5 切削热与切削温度 ……………………………………………… 24

1.6 刀具磨损和寿命 …………………………………………………… 25

1.6.1 刀具磨损形式 …………………………………………………… 25

1.6.2 刀具磨损过程和磨钝标准 ……………………………………… 26

1.6.3 刀具寿命 ………………………………………………………… 27

1.6.4 刀具寿命的影响因素和合理寿命 ……………………………… 27

1.7 工件材料的切削加工性和切削液 ………………………………… 29

1.7.1　切削加工性的概念和衡量指标 ……………………………………… 29

1.7.2　改善材料切削加工性的途径 ………………………………………… 30

1.7.3　合理使用切削液 ……………………………………………………… 30

1.8　刀具几何角度的选择 ……………………………………………………… 32

1.8.1　前角 …………………………………………………………………… 32

1.8.2　前面的形状及选择 …………………………………………………… 33

1.8.3　后角选择 ……………………………………………………………… 33

1.8.4　主偏角、副偏角选择 ………………………………………………… 34

1.8.5　刃倾角功用及选择 …………………………………………………… 35

1.8.6　过渡刃形状及参数选择 ……………………………………………… 35

1.9　切削用量的选择 …………………………………………………………… 36

1.9.1　切削用量的选择原则 ………………………………………………… 36

1.9.2　切削用量的选择方法 ………………………………………………… 37

1.9.3　选择切削用量实例 …………………………………………………… 39

1.9.4　高速切削用量的选择 ………………………………………………… 42

复习思考题 ………………………………………………………………………… 42

第2章　机械加工工艺规程 …………………………………………………… 44

2.1　概述 ………………………………………………………………………… 44

2.1.1　生产过程和机械加工工艺过程 ……………………………………… 44

2.1.2　机械加工工艺过程的组成 …………………………………………… 44

2.1.3　生产类型及其工艺特征 ……………………………………………… 45

2.1.4　制定机械加工工艺规程的原始资料和步骤 ………………………… 46

2.2　定位基准的选择原则 ……………………………………………………… 47

2.2.1　基准的概念 …………………………………………………………… 47

2.2.2　定位基准的选择 ……………………………………………………… 47

2.3　工艺路线的拟定 …………………………………………………………… 49

2.3.1　表面加工方法的选择 ………………………………………………… 49

2.3.2　加工阶段的划分 ……………………………………………………… 51

2.3.3　工序的集中与分散 …………………………………………………… 52

2.3.4　加工顺序的安排 ……………………………………………………… 53

2.4　加工余量及工序尺寸的确定 ……………………………………………… 53

2.4.1　加工余量的概念 ……………………………………………………… 53

2.4.2　加工余量的确定方法 ………………………………………………… 54

2.5　工艺尺寸链 ………………………………………………………………… 55

2.5.1　工艺尺寸链的定义和特征 …………………………………………… 55

2.5.2　尺寸链的组成及做法 ………………………………………………… 56

2.5.3　尺寸链的基本计算式 ………………………………………………… 56

2.5.4　工艺尺寸链的应用 …………………………………………………… 57

2.6　工艺方案的经济分析与工艺文件 ………………………………………… 61

2.6.1　生产成本和工艺成本 ………………………………………………… 61

2.6.2　工艺文件 ……………………………………………………………… 62

2.7　时间定额和提高生产率的工艺途径 ……………………………………… 64

  2.7.1　时间定额 ………………………………………………………………… 64

  2.7.2　提高生产率的工艺途径 ………………………………………………… 65

复习思考题 ……………………………………………………………………………… 65

**第3章　机床夹具** ……………………………………………………………………… 67

3.1　机床夹具概述 ……………………………………………………………………… 67

  3.1.1　工件装夹的实质 ………………………………………………………… 67

  3.1.2　工件装夹的方法 ………………………………………………………… 67

  3.1.3　夹具的组成 ……………………………………………………………… 69

  3.1.4　夹具的功用 ……………………………………………………………… 69

  3.1.5　夹具的分类 ……………………………………………………………… 70

3.2　工件在夹具中的定位 ……………………………………………………………… 71

  3.2.1　工件定位基本原理 ……………………………………………………… 72

  3.2.2　常见定位方式及定位元件 ……………………………………………… 73

3.3　定位误差 …………………………………………………………………………… 82

  3.3.1　定位误差的组成 ………………………………………………………… 83

  3.3.2　工件以圆柱面定位时定位基准位移误差的计算 ……………………… 83

  3.3.3　工件在V形块上定位时定位误差的计算 ……………………………… 84

  3.3.4　定位误差分析计算实例 ………………………………………………… 87

3.4　工件的夹紧 ………………………………………………………………………… 88

  3.4.1　夹紧装置的组成与要求 ………………………………………………… 88

  3.4.2　斜楔夹紧机构 …………………………………………………………… 89

  3.4.3　螺旋夹紧机构 …………………………………………………………… 91

  3.4.4　偏心夹紧机构 …………………………………………………………… 94

  3.4.5　夹紧机构的设计原则 …………………………………………………… 96

3.5　夹具设计方法与步骤 ……………………………………………………………… 97

  3.5.1　夹具设计的基本要求 …………………………………………………… 97

  3.5.2　夹具设计步骤 …………………………………………………………… 97

  3.5.3　夹具总图上尺寸、公差及技术要求的标注 …………………………… 98

  3.5.4　工件在夹具中加工的精度分析 ………………………………………… 99

  3.5.5　夹具的制造特点及其保证精度的方法 ……………………………… 100

复习思考题 …………………………………………………………………………… 100

**第4章　零件加工精度与表面质量** …………………………………………………… 103

4.1　概述 ……………………………………………………………………………… 103

  4.1.1　加工精度和加工误差 ………………………………………………… 103

  4.1.2　表面质量 ……………………………………………………………… 104

4.2　加工精度的影响因素 …………………………………………………………… 106

  4.2.1　获得加工精度的方法 ………………………………………………… 106

  4.2.2　原始误差 ……………………………………………………………… 107

  4.2.3　加工原理误差 ………………………………………………………… 107

　　4.2.4　机床几何误差 ……………………………………………………………… 107
　　4.2.5　刀具误差 …………………………………………………………………… 110
　　4.2.6　工艺系统的弹性变形 ……………………………………………………… 111
　　4.2.7　工艺系统中传动力、惯性力、夹紧力和重力引起的变形对加工精度的影响 …… 116
　　4.2.8　工艺系统的热变形 ………………………………………………………… 119
　　4.2.9　工件内应力（残余应力） ………………………………………………… 120
　　4.2.10　其他原因 …………………………………………………………………… 120
　4.3　提高加工精度的工艺途径 ………………………………………………………… 121
　　4.3.1　减小误差法 ………………………………………………………………… 121
　　4.3.2　误差补偿法 ………………………………………………………………… 121
　　4.3.3　误差分组法 ………………………………………………………………… 122
　　4.3.4　转移误差法 ………………………………………………………………… 122
　　4.3.5　就地加工法 ………………………………………………………………… 122
　　4.3.6　误差均分法 ………………………………………………………………… 123
　4.4　表面质量的影响因素 ……………………………………………………………… 123
　　4.4.1　切削加工后的表面粗糙度 ………………………………………………… 123
　　4.4.2　磨削加工后的表面粗糙度 ………………………………………………… 125
　　4.4.3　机械加工后表面层物理力学性能的影响因素 …………………………… 127
　4.5　提高表面质量的工艺途径 ………………………………………………………… 130
　　4.5.1　减小表面粗糙度的加工方法 ……………………………………………… 131
　　4.5.2　改善表面层物理力学性能的加工方法 …………………………………… 134
　4.6　机械加工过程中的振动 …………………………………………………………… 135
　　4.6.1　受迫振动（强迫振动） …………………………………………………… 136
　　4.6.2　自激振动（自振） ………………………………………………………… 137
　复习思考题 ……………………………………………………………………………… 139

**第5章　数控车削加工工艺** ………………………………………………………… 141
　5.1　数控车床概述 ……………………………………………………………………… 141
　　5.1.1　数控车床分类 ……………………………………………………………… 141
　　5.1.2　数控车床结构特点 ………………………………………………………… 142
　5.2　数控车削加工的工艺特点 ………………………………………………………… 142
　5.3　数控车削加工的主要对象 ………………………………………………………… 143
　5.4　数控车削加工工艺的制定 ………………………………………………………… 145
　　5.4.1　零件图工艺分析 …………………………………………………………… 145
　　5.4.2　工件的装夹方式和夹具的选择 …………………………………………… 145
　　5.4.3　刀具的选择 ………………………………………………………………… 146
　　5.4.4　对刀点和换刀点的确定 …………………………………………………… 149
　　5.4.5　工序的确定 ………………………………………………………………… 149
　　5.4.6　加工顺序的确定 …………………………………………………………… 150
　　5.4.7　进给路线的确定 …………………………………………………………… 151
　　5.4.8　切削用量的选择 …………………………………………………………… 155
　5.5　典型零件加工工艺分析 …………………………………………………………… 157

　　　5.5.1　轴类零件 ●●●●●●●●●●●●●●●●●●●●●●●●●●●●●●●●●●●●●●●●●●●●●●●● 157

　　　5.5.2　套类零件 ●●●●●●●●●●●●●●●●●●●●●●●●●●●●●●●●●●●●●●●●●●●●●●●● 158

　　　5.5.3　盘类零件 ●●●●●●●●●●●●●●●●●●●●●●●●●●●●●●●●●●●●●●●●●●●●●●●● 161

　　复习思考题 ●●●●●●●●●●●●●●●●●●●●●●●●●●●●●●●●●●●●●●●●●●●●●●●●●●●●●●●●●● 163


**第6章　数控铣削与加工中心加工工艺** ●●●●●●●●●●●●●●●●●●●●●●●●●●●● 165

　6.1　数控铣床和加工中心 ●●●●●●●●●●●●●●●●●●●●●●●●●●●●●●●●●●●●●●●●●●● 165

　　　6.1.1　数控铣床 ●●●●●●●●●●●●●●●●●●●●●●●●●●●●●●●●●●●●●●●●●●●●●●●●● 165

　　　6.1.2　加工中心 ●●●●●●●●●●●●●●●●●●●●●●●●●●●●●●●●●●●●●●●●●●●●●●●●● 166

　6.2　数控铣削与加工中心加工工艺特点 ●●●●●●●●●●●●●●●●●●●●●●●●●●●● 168

　　　6.2.1　数控铣削加工工艺特点 ●●●●●●●●●●●●●●●●●●●●●●●●●●●●●●●●● 168

　　　6.2.2　加工中心加工工艺特点 ●●●●●●●●●●●●●●●●●●●●●●●●●●●●●●●●● 168

　6.3　数控铣削与加工中心的主要加工对象 ●●●●●●●●●●●●●●●●●●●●●●●● 169

　　　6.3.1　平面类零件 ●●●●●●●●●●●●●●●●●●●●●●●●●●●●●●●●●●●●●●●●●●●●● 169

　　　6.3.2　变斜角类零件 ●●●●●●●●●●●●●●●●●●●●●●●●●●●●●●●●●●●●●●●●●● 169

　　　6.3.3　曲面类（立体类）零件 ●●●●●●●●●●●●●●●●●●●●●●●●●●●●●●●●● 170

　　　6.3.4　孔和孔系 ●●●●●●●●●●●●●●●●●●●●●●●●●●●●●●●●●●●●●●●●●●●●●●● 170

　　　6.3.5　螺纹 ●●●●●●●●●●●●●●●●●●●●●●●●●●●●●●●●●●●●●●●●●●●●●●●●●●●● 170

　6.4　数控铣削与加工中心加工工艺的制定 ●●●●●●●●●●●●●●●●●●●●●●●● 171

　　　6.4.1　零件图的工艺分析 ●●●●●●●●●●●●●●●●●●●●●●●●●●●●●●●●●●●●● 171

　　　6.4.2　加工方案的确定 ●●●●●●●●●●●●●●●●●●●●●●●●●●●●●●●●●●●●●●● 175

　　　6.4.3　加工工序的划分 ●●●●●●●●●●●●●●●●●●●●●●●●●●●●●●●●●●●●●●● 179

　　　6.4.4　装夹方案和夹具的选择 ●●●●●●●●●●●●●●●●●●●●●●●●●●●●●●● 181

　　　6.4.5　数控铣刀的选择 ●●●●●●●●●●●●●●●●●●●●●●●●●●●●●●●●●●●●●, 181

　　　6.4.6　对刀点和换刀点的确定 ●●●●●●●●●●●●●●●●●●●●●●●●●●●●●●● 185

　　　6.4.7　加工路线的确定 ●●●●●●●●●●●●●●●●●●●●●●●●●●●●●●●●●●●●●●● 186

　　　6.4.8　切削用量的确定 ●●●●●●●●●●●●●●●●●●●●●●●●●●●●●●●●●●●●●●● 190

　　　6.4.9　填写数控工序卡片 ●●●●●●●●●●●●●●●●●●●●●●●●●●●●●●●●●●●●● 191

　6.5　典型零件加工工艺分析 ●●●●●●●●●●●●●●●●●●●●●●●●●●●●●●●●●●●●●● 192

　　　6.5.1　典型零件的数控铣削加工工艺 ●●●●●●●●●●●●●●●●●●●●●●●● 192

　　　6.5.2　典型零件的数控加工中心加工工艺 ●●●●●●●●●●●●●●●●●●● 198

　　复习思考题 ●●●●●●●●●●●●●●●●●●●●●●●●●●●●●●●●●●●●●●●●●●●●●●●●●●●●●●●●●● 203


**参考文献** ●●●●●●●●●●●●●●●●●●●●●●●●●●●●●●●●●●●●●●●●●●●●●●●●●●●●●●●●●● 206

# 第 **1** 章　金属切削加工基础

## 1.1　切削运动与切削要素

### 1.1.1　切削所需要的运动

金属切削加工是用金属切削刀具从工件毛坯上切去多余的金属层，从而获得合乎设计要求的工件的一种加工方法。为了实现切削加工，刀具与被加工工件间必须具有一定的相对运动，这种相对运动通常由金属切削机床来实现。切削运动一般可分为主运动和进给运动两类，如图 1-1 所示。

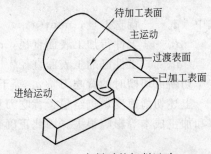

图 1-1　车削时的切削运动

（1）主运动

主运动是切去金属层形成已加工表面必不可少的运动，对于车削加工来说即为工件的旋转运动。主运动是速度最高、消耗功率最大的切削运动。主运动的线速度称为切削速度，用 $v_c$ 表示。以车削为例，其切削速度为

$$v_c = \frac{\pi d n}{1000} \qquad (1\text{-}1)$$

式中　$v_c$——切削速度，m/min；

　　　$d$——工件车削加工处的最大直径，mm；

　　　$n$——工件转速，r/min。

（2）进给运动

进给运动是使新的切削层金属不断投入切削的运动。通常用进给量 $f$ 来表示其大小。车削进给量是工件每转一转刀具相对工件沿进给运动方向移动的距离。进给量单位为 mm/r。铣削加工通常用进给速度 $v_f$ 来表示，显然进给速度 $v_f$ 可按下式计算

$$v_f = f n \qquad (1\text{-}2)$$

式中　$v_f$——进给速度，mm/min；

　　　$f$——进给量，mm/r；

　　　$n$——工件转速，r/min。

一般主运动和进给运动同时进行，此时刀具切削刃上某一点与工件间的相对运动称为合成切削运动，其大小和方向用合成速度向量 $v_e$ 来表示。它等于主运动速度 $v_c$ 和进给运动速度 $v_f$ 的向量和，如图 1-2 所示。

### 1.1.2　切削所产生的表面

切削时，在主运动和进给运动的作用下，工件上的多余金属层不断地被刀具切去成为切屑，从而加工出所需要的表面来。此时，工件上有三个不断变化的表面，如图 1-1 所示。

（1）待加工表面

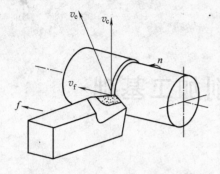

图 1-2 车削时的合成速度向量

工件上即将被切除的表面。

（2）已加工表面

工件上已经切去切屑后形成的表面。

（3）过渡表面

过渡表面也称为加工表面，是工件上由刀具切削刃正在形成的表面。

### 1.1.3 切削用量三要素

切削加工时除必须选择主运动参数 $v_c$ 和进给运动参数 $f$ 外，还必须确定每次走刀的切入深度，通常用背吃刀量（切削深度）$a_p$ 来表示。它是工件上已加工表面和待加工表面间的垂直距离。外圆加工的背吃刀量为

$$a_p = \frac{d_w - d_m}{2} \tag{1-3}$$

式中　$a_p$——背吃刀量，mm；

　　　$d_w$——工件待加工表面直径，mm；

　　　$d_m$——工件已加工表面直径，mm。

切断或切槽时的背吃刀量 $a_p$ 等于刀具宽度。

上述切削速度、进给量、背吃刀量统称为切削用量三要素。它对于切削加工精度、生产率和加工成本等影响很大。因此正确合理地选择切削用量三要素非常重要。

# 1.2　刀具组成及几何角度

### 1.2.1　刀具组成

金属切削刀具的种类很多，有些刀具形状和结构较复杂，且各不相同。但对于各种复杂刀具或多齿刀具，就其一个刀齿来说，其几何形状和工作情况都相当于一把车刀的刀头。因此，在研究刀具几何角度时，通常以车刀为例介绍刀具几何角度的定义，这些定义同样适合于其他刀具。

如图 1-3 所示，车刀由其刀头和刀柄组成，刀头用来完成切削工作，故又称为切削部分。刀柄用于将车刀装夹固定在车床刀架上。

车刀切削部分一般由三个面、两个刃和一个刀尖组成，可简称为三面、两刃、一尖。

（1）三个面

① 前面（前刀面）$A_\gamma$　刀头上控制切屑沿其排出的刀面，即与切屑相接触的刀面。

② 后面（后刀面）$A_\alpha$　刀头上与过渡表面相对的刀面。

③ 副后面（副后刀面）$A_\alpha'$　刀头上与已加工表面相对的刀面。

（2）两个刀刃

① 主切削刃 $S$　前面和后面的交线，承担主要的切削工作。

② 副切削刃 $S'$　除主切削刃以外的刀刃，在靠近刀尖处的副切削刃起微量切削作用，

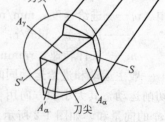

图 1-3　车刀的组成

在大进给切削时，副切削刃同样起主要切削作用。

（3）刀尖

刀尖是主、副切削刃汇交的一小段切削刃。通常刀尖修正成短直线或小圆弧，以提高刀具使用寿命。需要说明的是，不同类型的刀具，其刀面、切削刃数可能不同，如切断刀就有两个副切削刃和两个刀尖。同一把刀具，当工作情况不同时，其主、副切削刃的功能身份也将产生转化。

### 1.2.2　参考坐标平面

刀具几何角度是确定刀面和切削刃相对空间位置的重要参数，直接影响刀具的切削性能。为了正确表示刀具几何角度，首先必须选择参考坐标系。参考坐标系是设计计算、绘图标注、刃磨测量刀具几何角度的基准。最基本的参考坐标系为正交平面参考坐标系，它由基面 $P_r$、切削平面 $P_s$ 和正交平面 $P_o$ 组成。

（1）基面

基面是过切削刃上选定点且平行或垂直于刀具安装面（轴线）的平面，即通过切削刃上选定点而又垂直于该点相对运动速度的平面（不考虑进给运动的影响）。如图 1-4 所示，基面平行于车刀底面，它是设计、刃磨、测量的基准面。

（2）切削平面

切削平面是过切削刃上选定点与切削刃相切并垂直于基面的平面，即与切削刃相切并包含相对运动速度的平面，如图 1-4 所示。

（3）正交平面

正交平面是通过切削刃上选定点并垂直于切削平面与基面的平面，即正交平面是垂直于主切削刃在基面上的投影的平面，如图 1-5 所示。图中 $AB$ 为主切削刃，$A'B'$ 为主切削刃在基面上的投影，垂直于 $A'B'$ 的平面即为正交平面。

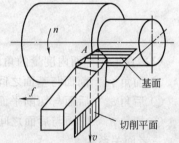

图 1-4　车刀的基面与切削平面

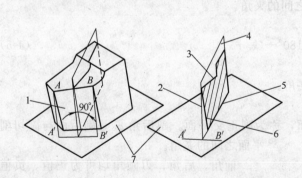

图 1-5　车刀的正交平面
1—切削平面；2—正交平面与切削平面的交线；3—正交平面与前面的交线；4—正交平面；5—正交平面与车刀底面的交线；6—正交平面与主后面的交线；7—车刀底面

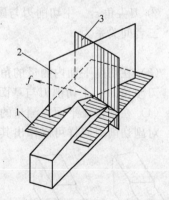

图 1-6　车刀的正交平面参考坐标系
1—基面；2—切削平面；3—正交平面

基面、切削平面和正交平面相互垂直正交，构成一个空间直角坐标系，称为正交平面参考坐标系，如图 1-6 所示。通常刀具几何角度是在正交平面参考坐标系内标注和度量。

对于副切削刃上的选定点同样可以建立类似的坐标系。

### 1.2.3 刀具几何角度的基本定义

在刀具图纸上标注的角度称为标注角度，也就是制造、刃磨时控制的角度。刀具标注角度通常在上述正交平面参考坐标系内度量，如图1-7所示。

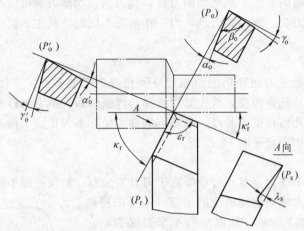

图1-7 车刀的标注角度

（1）在正交平面内度量的角度

① 前角 $\gamma_o$　前面与基面之间的夹角。

② 后角 $\alpha_o$　后面与切削平面之间的夹角。

③ 楔角 $\beta_o$　前面与后面之间的夹角。

三者间关系为

$$\beta_o = 90° - (\gamma_o + \alpha_o) \tag{1-4}$$

（2）在基面内测量的角度

① 主偏角 $\kappa_r$　主切削刃与进给方向之间的夹角。

② 副偏角 $\kappa_r'$　副切削刃与进给反方向之间的夹角。

③ 刀尖角 $\varepsilon_r$　主切削刃与副切削刃之间的夹角。

三者间关系为

$$\varepsilon_r = 180° - (\kappa_r + \kappa_r') \tag{1-5}$$

（3）在切削平面内测量的角度

刃倾角 $\lambda_s$　主切削刃与基面之间的夹角。

（4）在副正交平面内测量的角度

对副切削刃同样可以作出其正交平面，称为副正交平面。副后角 $\alpha_o'$ 是副后面与副切削平面之间的夹角。

前角、后角、刃倾角均可为正值、负值或零。在正交平面中，前面与基面平行时前角为零，前面与切削平面间夹角小于90°时前角为正，大于90°时前角为负。后面与前面在切削平面同一侧时，后角为正，反之之为负，但负后角刀具一般不具有切削能力。对

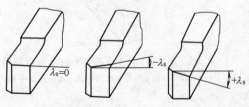

图1-8 刃倾角的符号

于刃倾角可通过观察刀尖位置分为三种不同情况，如图1-8所示，当切削刃与底面平行时刃倾角为零，若刀尖处于最高点刃倾角为正，刀尖处于最低点刃倾角则为负。

一把最基本的车刀有主、副两个切削刃。每个切削刃可建立一个坐标系，在每个坐标系

的三个坐标平面上，都可以测量出三个基本角度，即前角、后角和刃倾角。再加上主、副偏角，一共有八个基本角度。但因主、副切削刃处于同一个前面上，当前角和刃倾角确定后，前面的方位即已确定，副前角 $\gamma_o'$ 和副刃倾角 $\lambda_s'$ 可以通过换算求得，故称为派生角度。此外刀尖角 $\varepsilon_r$ 和楔角 $\beta_o$ 也是派生角。

由此可见，一个车刀刀头具有六个独立工作角度：前角 $\gamma_o$、后角 $\alpha_o$、刃倾角 $\lambda_s$、主偏角 $\kappa_r$、副偏角 $\kappa_r'$ 和副后角 $\alpha_o'$。这些角度对刀具性能和切削过程影响很大，必须根据具体情况选择合理的数值，设计时将其标注在刀具工作图上。

### 1.2.4　刀具的工作角度

上述刀具几何角度（标注角度）是刀具在正交平面坐标系中确定的，即在下列假定条件下建立的标注角度坐标系中确定的几何角度：

- 假定进给运动速度为零；
- 车刀刀尖和工件中心等高，并且刃倾角为零；
- 刀杆中心线垂直于进给方向。

在实际切削过程中，刀具安装位置和进给运动均会导致实际切削角度与标注角度间的差异。在某些情况下，两者甚至相差很大，其影响不可忽视。刀具设计时，一般先根据工况确定出合理的工作角度，然后推算出刀具的标注角度。

（1）进给运动对工作角度的影响

图 1-9 所示为割刀割槽工作时的情况，实际加工时，除了工件须作旋转主运动外，刀具尚需作横向进给运动，此时所形成的过渡表面实际上是阿基米德螺旋面，切削平面为通过切削刃并切于螺旋面的平面，而基面又恒与其垂直，从而引起了实际切削前、后角的变化。从图中可以看出，由于进给运动的存在，割刀实际工作后角减小，工作前角增大。其工作角度与标注角度的关系为

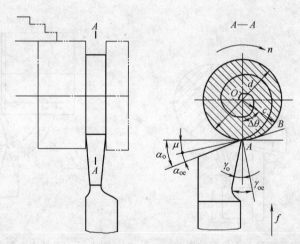

图 1-9　割刀的工作角度

$$\alpha_{oe} = \alpha_o - \mu \tag{1-6}$$

$$\gamma_{oe} = \gamma_o + \mu \tag{1-7}$$

式中　$\alpha_{oe}$——刀具工作后角；

　　　$\gamma_{oe}$——刀具工作前角；

　　　$\mu$——刀具角度的变化值。

$$\tan\mu = \frac{v_f}{1000 v_c} = \frac{f}{\pi d} \tag{1-8}$$

由式（1-8）可见，$\mu$ 值随 $d$ 的减小而增大。通常情况下，当切削刃距离工件中心大约 1mm 时，$\mu$ 值大约为 2°，此时若继续向中心切入，$\mu$ 值将急剧增大，使实际工作后角变为负值。切断工件时，往往遇到剩下大约 1mm 时就被挤断就是这个道理。

一般车削时，进给量 $f$ 较小，由进给运动而引起的刀具角度变化值不超过 1°，可忽略不计。但当车削螺纹（尤其是大螺距螺纹）时，$\mu$ 值较大，应充分考虑其影响。

（2）刀具安装高度对工作角度的影响

图 1-10 所示为切断刀的不同安装情况。当刀尖与工件中心等高时，切削平面与车刀底面相垂直，而基面与车刀底面相平行，刀具实际工作角度与标注角度相一致。若刀尖安装高于或低于工件中心，则切削平面和基面发生倾斜，从而引起刀具实际工作角度的变化。当刀尖安装高于工件中心时，刀具工作前角增大，后角减小；当刀尖安装低于工件中心时，刀具工作前角减小，后角增大。

工作角度与标注角度间关系为

$$\gamma_{oe} = \gamma_o \pm \tau \tag{1-9}$$

$$\alpha_{oe} = \alpha_o \pm \tau \tag{1-10}$$

式中　$\tau$——刀具角度变化值。

由图 1-10 可得

$$\sin\tau = \frac{2h}{d_w} \tag{1-11}$$

对于外圆车刀，当刀尖与工件中心不等高时，刀具工作角度也发生类似的变化。镗孔时刀尖安装位置对工作角度的影响则与外圆加工正好相反。

（3）刀杆中心线与进给方向不垂直对刀具角度的影响

如图 1-11 所示，当刀杆中心线与进给方向不垂直时，将引起主偏角和副偏角数值的变化。

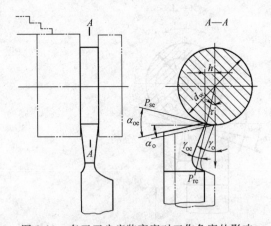

图 1-10　车刀刀尖安装高度对工作角度的影响

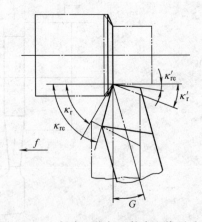

图 1-11　刀杆中心线与工件中心线不垂直

## 1.2.5　切削层参数

工件上正在被刀具切削刃切削着的一层金属称为切削层。车削外圆时，切削层是工件转一转主切削刃相邻两个位置间的一层金属。切削层被基面剖得的形状和尺寸如图 1-12 所示。切削层尺寸称为切削层参数。切削层的大小直接决定了切削刃切削部分所承受的负荷大小及切下切屑的形状和尺寸。

（1）切削层公称厚度 $h_D$

切削层公称厚度简称切削厚度，是垂直于过渡表面度量的切削层尺寸，由图 1-12 可知

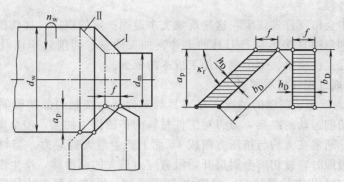

图 1-12  切削层参数

$$h_D = f \sin \kappa_r \qquad (1\text{-}12)$$

当曲线切削刃进行切削时，曲线切削刃上各点的主偏角不相等，因此切削刃上各点的切削厚度是变化的，如图 1-13 所示。通常将只有一个直线切削刃参与工作的切削称为自由切削，而将具有折线或曲线形切削刃参与的切削称为非自由切削。非自由切削时刃口上各点切屑流动方向不一致，因此相互干涉，切屑的变形比较复杂，通常对切削工作不利。

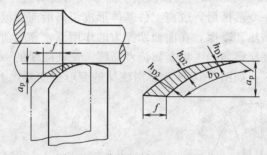

图 1-13  曲线切削刃 $h_D$ 的变化

（2）切削层公称宽度 $b_D$

切削层公称宽度简称切削宽度，是沿着过渡表面度量的切削层尺寸，它是表示主切削刃参加工作的长度。由图 1-12 可知

$$b_D = \frac{a_p}{\sin \kappa_r} \qquad (1\text{-}13)$$

（3）切削层公称横截面积 $A_D$

切削层公称横截面积简称切削层横截面积，是切削层在基面上的投影。由图 1-12 可知

$$A_D = h_D b_D = a_p f \qquad (1\text{-}14)$$

综上可知，当切削深度和进给量一定时，切削厚度与切削宽度随主偏角的大小而变化，但切削面积仅与切削深度和进给量有关。用不同主偏角的车刀进行车削时，切削层形状不同，但其切削面积不变。如图 1-12 所示，主偏角增大，切削厚度增大，而切削宽度减小。利用切削厚度和切削宽度能够精确地阐明切削过程的物理本质，所以它们也称为切削过程的物理切削要素。

# 1.3  金属切削过程

切削加工时刀具挤压切削层，使之与工件基体分离而变成切屑，获得所需的表面，这个过程称为切削过程。

在切削过程中会出现许多现象，这些现象大多遵循一定的规律，如切削力、切削热的变化等。这些现象和规律直接影响着刀具的寿命、加工质量、切削效率以及切削加工的经济性，是进一步研究工件质量、生产率和加工成本的依据。

### 1.3.1 切屑的形成过程和切屑种类

图 1-14 所示为低速切削钢的情况。在刀具与工件开始接触的最初瞬间，工件内部产生弹性变形。随着切削运动的继续，刀刃对工件材料的挤压作用加强，使金属材料内部的应力和应变逐渐增大，通常在大约与挤压方向成 45°面上产生最大剪应力。当材料内部的最大剪应力达到其屈服极限时，被切削金属层开始沿剪应力最大的面滑移，产生塑性变形。

图 1-14 中的 $OA$ 代表始滑移面。以图中 $P$ 点为例，当移动到 1 的位置时，由于 $OA$ 面上的剪应力达到了材料的屈服极限，点 1 在向前移动的同时也沿 $OA$ 移动，其合成运动将使点 1 移动到点 2，$2'2$ 就是它的移动量。随后继续滑移到 3、4 处，离开点 4 位置后，其流动方向与前面平行而不再沿 $OM$ 面滑移。因为随着滑移的产生，剪应力逐渐增大，此时剪应力达到材料的强度极限，被切削层沿切削刃与工件基体分离，从而形成切屑沿前面流出。$OM$ 代表终滑移面，始滑移面和终滑移面间的变形区称为滑移变形区，又称为第一变形区，其宽度很窄，大约为 0.02～0.2mm。通常就用平面 $OM$ 来表示这一变形区。

切削层金属经过第一变形区后，脱离工件基体形成切屑沿前面流出。当切屑沿前面流出时，切屑底部受前面的挤压和摩擦，在前面摩擦力的作用下，靠近前面的切屑底层金属再次产生剪切变形，使切屑底层薄薄的一层金属流动滞缓。流动滞缓的一层金属称为滞流层，这一区域又称为第二变形区，如图 1-15 所示。滞流层的变形程度要比上层大几倍到几十倍。

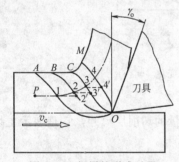

图 1-14　切屑的形成过程

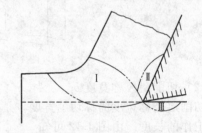

图 1-15　切削时的三个变形区

由上可知，金属切削过程的本质就是：被切削层金属在刀具的挤压下产生弹性变形和塑性变形，从而切离工件本体形成切屑。

当切屑的内应力小于材料的强度极限时，切屑连绵不断，没有裂纹，靠近前面的一面很光滑，另一面成毛茸状，形成常见的带状切屑［见图 1-16 （a）］。

若被切削的金属塑性较小，或被切削金属塑性变形过大，以致使材料达到终剪切面 $OM$ 之前，内应力已达到强度极限，金属将沿某一破裂面破裂。如果塑性变形很充分，材料塑性

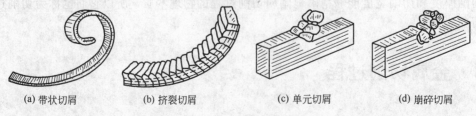

(a) 带状切屑　　　　(b) 挤裂切屑　　　　(c) 单元切屑　　　　(d) 崩碎切屑

图 1-16　切屑的种类

全部耗尽时，裂纹将贯穿整个切屑厚度，形成单元切屑［见图 1-16 (c)］。

当材料塑性变形较大但不是很充分时，切屑只在上部被挤裂，而下部仍然相连，形成挤裂切屑［见图 1-16 (b)］。

在切削铸铁等脆性金属材料时，由于材料的塑性很小，切削层在刀具作用下产生弹性变形，内应力很快达到强度极限，使切屑往往不产生塑性变形而瞬间发生崩裂，形成崩碎切屑［见图 1-16 (d)］。

形成带状切屑时，切屑与前面的接触长度较大，切削力的作用中心离刃口较远，切削过程较平稳，工件加工表面粗糙度较小，但切屑太长将影响切削工作环境，不便后续处理，甚至拉伤工件表面，需要采取断屑措施。形成挤裂切屑时，切削力有波动，切削过程欠平稳，表面粗糙度也大。形成单元切屑时切削力变化更大，切削时振动较大，工件表面粗糙度大。形成崩碎切屑时切削力变化最大，可能引起强烈振动，而且切削力作用点靠近刃口，切削温度也以刃口附近最高，因而刃口容易被磨损。切屑崩离时，与工件分离的表面很不规则，表面粗糙度最大。

由于不同的切屑形态对切削效率、刀具寿命和加工质量的影响不同，因此，实际生产中，需要通过改变切削条件来控制切屑的形态，以控制切削过程。表 1-1 列出了切削塑性金属时形成各种形态切屑的切削条件和对切削加工的影响。

表 1-1　切屑形态的影响因素及其对切削加工的影响

| 切屑形态分类 | | 单元切屑 | 挤裂切屑 | 带状切屑 |
|---|---|---|---|---|
| 影响切屑形态的因素及切屑形态的相互转化 | 1. 刀具前角 | 小 ——————— 大 | | |
| | 2. 进给量（切削厚度） | 大 ——————— 小 | | |
| | 3. 切削速度 | 低 ——————— 高 | | |
| 切屑形态对切削加工的影响 | 1. 切削力的波动 | 大 ——————— 小 | | |
| | 2. 切削过程的平稳性 | 差 ——————— 好 | | |
| | 3. 加工表面粗糙度 | 差 ——————— 好 | | |

### 1.3.2　积屑瘤

（1）现象

在中低速切削塑性金属时，往往在前面上刃口处粘有一小块硬度很高的金属，它能代替切削刃切削工件，这块粘在前面上的金属叫积屑瘤，如图 1-17 所示。

（2）成因

切削塑性金属时，切屑经过第二变形区，其底层因前面的挤压和摩擦作用，流动速度减缓，这层流动速度较慢的金属称为滞流层。切屑上层金属与滞流层间产生相对滑移，它们间的滑移阻力称为内摩擦力。在切削时所产生的温度和压力作用下，当刀具前面和切屑底部滞流层间的摩擦力大于内摩擦力时，滞流层金属与切屑分离而粘在前面上。随后形成的切屑，其底层则沿着这被粘住的金属相对流动，以致切屑的底部又产生新的滞流层，当它们间的摩擦阻力大于上层金属的内摩擦力时，新的滞流层又产生粘接，这样一层一层地粘接，从而逐渐形成一个楔块，这就是积屑瘤。

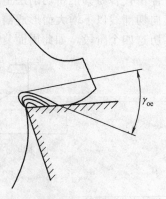

图 1-17　积屑瘤

（3）利弊

积屑瘤由于变形强化，其硬度高于工件硬度的 2～3 倍，能代替切削刃切削工件，从而保护切削刃，减少前、后面的磨损，并使前角增大。积屑瘤的顶端从刀尖伸向工件内层，使实际切削深度和切削厚度发生变化，将影响工件的尺寸精度。积屑瘤极不稳定，它时有时无，时大时小，使已加工表面粗糙度变大，并引起振动。积屑瘤破损后将划伤已加工表面或留在工件表面影响工件表面质量。

（4）影响因素与控制措施

影响积屑瘤成长的主要因素是工件材料、切削速度、进给量、刀具前角和冷却润滑液等。

工件材料硬度低、塑性大、与刀具间的粘接性好，则容易产生积屑瘤。通常采用适当的热处理来提高工件材料的硬度，降低其塑性以减小积屑瘤。

切削速度通过切削温度影响积屑瘤，在中等切削速度下积屑瘤最大，因为此时的切削温度大约为 300℃，外摩擦系数最大，滞留层金属与切屑分离而粘在前面上的可能性也最大。高速或低速时，切削温度将高于或低于 300℃，外摩擦系数降低，从而使积屑瘤减小。因此提高或降低切削速度是减小积屑瘤的重要措施之一。

此外，增大前角、减小进给量、减小前面的粗糙度或合理使用冷却润滑液都将有利于减小或抑制积屑瘤。

### 1.3.3 鳞刺

（1）现象与作用

低速加工塑性金属材料时在已加工表面常会出现一种鳞片状毛刺，称为鳞刺，如图 1-18 所示。拉削、车螺纹、插齿、滚齿时经常会产生鳞刺。它将严重影响已加工表面粗糙度。

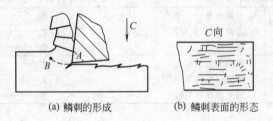

(a) 鳞刺的形成　　　　(b) 鳞刺表面的形态

图 1-18　鳞刺

（2）成因

低速切削形成挤裂或单元切屑时，刀、屑间摩擦发生周期性变化使切屑在前面上周期性停留代替刀具推挤切削层造成金属的积聚，使已加工表面产生拉应力而导裂，并使切削厚度向切削线以下增大而形成鳞刺。图 1-19 所示为鳞刺形成的四个阶段，加工中每个鳞刺将经历这四个阶段，如此周而复始，在已加工表面上不断生成一系列鳞刺。

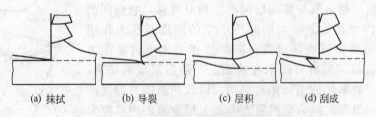

(a) 抹拭　　　　(b) 导裂　　　　(c) 层积　　　　(d) 刮成

图 1-19　鳞刺形成的四个阶段

（3）特征

鳞刺的表面微观特征是鳞片状的凹凸不平，接近于沿整个切削刃宽度并垂直于切削速度方向，其明显的表面特征是与切削速度方向垂直形成的横沟。

（4）控制措施

鳞刺的影响因素类似于积屑瘤，凡是有利于减小积屑瘤的措施均有利于控制鳞刺的产生，另外，增大刀具后角将减少后面摩擦，可抑制鳞刺形成。

### 1.3.4　已加工表面的变形

已加工表面经过多次复杂的变形而形成，图 1-15 中的 Ⅲ 表示工件已加工表面与刀具后面接触处的变形区域，称为第三变形区。

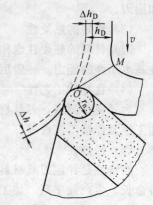

切削时使用的刀具无论磨得如何锋利，实际刃口总是有一定的圆角半径，如图 1-20 所示。刃口圆角半径的大小与刀具材料、刃磨情况和磨损程度有关。新刃磨的刀具 $r_n$ 大约在 $10\sim20\mu m$ 间，由于这一刃口圆角的影响，使图中 $O$ 点以下厚度为 $\Delta h_D$ 的一层金属无法切下，只是被圆刃口挤压在工件表面上，使这层金属产生很大的弹性变形。当刀刃挤过后，已加工表面又产生弹性恢复，图中 $\Delta h$ 就表示弹性恢复的高度，它使后面与加工表面有一定的接触长度，后面摩擦加剧，已加工表面变形严重。

上述变形的结果使已加工表面硬度提高，这一现象称为加工硬化。硬化层硬度一般可达工件硬度的 2 倍左右，深度可达 $0.01\sim0.05mm$。切削加工所造成的已加工表面硬化层将给后续工序的切削加工增加困难，如增大切削力、加速刀具磨损等，当

图 1-20　刀具刃口圆角

加工硬化严重时往往伴随有表面裂纹，使材料的疲劳强度下降。因此切削加工一般因设法避免或减轻加工硬化。

综上所述，金属切削加工时在刀具刃口处存在三个变形区：第一变形区为主要变形区，金属切削加工时的大部分能量消耗在这一区域；刀-屑区为第二变形区，主要影响摩擦力的大小和由摩擦产生的切削热，从而进一步影响刀具的磨损；刀-工区为第三变形区，主要影响已加工表面质量。

# 1.4　刀具材料

刀具材料通常是指刀具切削部分的材料。在切削过程中，刀具切削部分直接承担切削工作。刀具切削性能的好坏对于切削加工效率、刀具寿命、刀具消耗、加工成本、加工精度和表面质量等都有着密切的关系。由于现代工业对加工精度和生产率要求的不断提高及难加工材料的日益广泛使用，进一步促进了刀具材料的迅速发展。

目前广泛应用的刀具材料有高速钢和硬质合金，还有改善化学成分和组织的各种高效率、高性能刀具材料。如超硬高速钢、碳化钛基硬质合金、表面涂层硬质合金、立方氮化硼、陶瓷和人造金刚石等。由于新刀具材料的不断出现，使得刀具性能成倍甚至几十倍地提高，并使一些以前只能以极低切削速度或根本不可能切削的难加工材料可以进行高效的加工，使加工精度和加工表面质量达到一个新的水平。

### 1.4.1　刀具材料必须具备的基本性能

在切削过程中，刀具切削部分将承受切削力、切削热的作用，同时与工件及切屑间产生剧烈的摩擦，因而发生磨损。在切削余量不均匀或切削断续表面时，刀具还将受到很大的冲击和振动。因此刀具切削部分的材料必须具备下列基本性能。

（1）高的硬度和耐磨性

硬度是刀具材料应具备的最基本性能，要实现切削，刀具材料的硬度应比工件材料的硬

度高，一般常温硬度要求在60HRC以上。刀具材料应具有较强的耐磨性，耐磨性与材料硬度密切相关，材料硬度越高，耐磨性越好。此外，刀具材料含耐磨合金碳化物越多、晶粒越细、分布越均匀，耐磨性越好。

（2）足够的强度和韧性

刀具材料必须具有足够的强度和韧性，以便承受切削力，在承受振动和冲击时不致断裂和崩刃。

（3）较好的热硬性

刀具材料的热硬性也称红硬性，是指其在高温下仍能保持上述硬度、强度、韧性和耐磨性基本不变的能力。一般用保持刀具切削性能的最高温度来表示。

（4）良好的工艺性

为了便于制造，刀具材料应具备较好的被加工性能。如热处理性能、高温塑性、可磨削加工性及焊接工艺性等。

（5）经济性

经济性是评定刀具材料性能的重要指标之一。有些材料制成刀具尽管很贵，但因其使用寿命长，生产效率高，加工的零件综合单件成本不一定高。经济性应综合考虑各方面因素。

此外，对于高速加工刀具，还需具备高强度、高化学稳定性、高抗冲击能力等性能。

目前使用的刀具材料可分为十种（见表1-2），包括从切削速度最低、耐磨性最差的普通工具钢到高速性能最好的聚晶金刚石刀具。

表1-2  十种刀具材料的性能和应用范围

| 刀具材料 | | 优  点 | 缺  点 | 典型应用 |
|---|---|---|---|---|
| 工具钢 | | 工艺性好 | 切削速度很低,耐磨性差 | 手工刀具 |
| 高速钢 | | 抗冲击能力强,通用性好 | 切削速度低,耐磨性差 | 低速、小功率和断续切削,形状复杂的刀具 |
| 硬质合金 | | 通用性最好,抗冲击能力强 | 切削速度有限 | 大多数材料的粗精加工,包括钢、铸铁、特殊材料和塑料等 |
| 涂层硬质合金 | | 通用性很好,抗冲击能力强,中速切削性能好 | 切削速度限制在中速范围 | 除速度比硬质合金高外,其他与硬质合金一样 |
| 金属陶瓷 | | 通用性很好,中速切削性能好 | 抗冲击能力差,切削速度限制在中速范围 | 钢、铸铁、不锈钢和铝合金等 |
| 陶瓷 | 陶瓷（热/冷压成形） | 耐磨性好,可高速切削,通用性好 | 抗冲击能力差,抗热冲击性能也差 | 钢和铸铁的精加工,钢的滚压加工 |
| | 陶瓷（氮化硅） | 抗冲击性好,耐磨性好 | 非常有限的应用 | 铸铁的粗、精加工 |
| | 陶瓷（晶须强化） | 抗冲击性好,高抗热冲击性能 | 有限的通用性 | 可高速、精加工硬钢、淬火铸铁和高镍合金 |
| 立方氮化硼（CBN） | | 高热硬性,高强度,高抗热冲击能力 | 不能切削硬度低于45HRC的材料,成本高 | 切削硬度在45~70HRC间的材料 |
| 聚晶金刚石（PCD） | | 高耐磨性,高速性能好 | 抗冲击能力差,切削铁质金属化学稳定性差 | 高速粗精切有色金属和非金属材料 |

## 1.4.2  工具钢

（1）碳素工具钢

碳素工具钢是含碳量为0.65%～1.35%的优质高碳钢。常用牌号为T10A和T12A。碳素工具钢热处理后硬度可达 60～64HRC。但其热硬性较差，在 200～300℃时硬度就显著下降，所以只能以很低的速度切削（＜10m/min）。此外它的淬透性差，热处理变形较大。它的主要优点是价格便宜，被加工性能好，刃口容易磨锋利。主要用于制造低速手用工具，如手用丝锥、板牙、手铰刀等。

（2）合金工具钢

在碳素工具钢中加入一些合金元素如钨、锰、钼、钒等而得到的钢称为合金工具钢。常用牌号为 9SiCr 和 CrWMn 等。它与碳素工具钢相比具有较高的热硬性，一般可达300～350℃，因此其切削速度相对有所提高，此外其韧性也有较大改善，热处理变形小，淬透性也较好。

### 1.4.3　高速钢

高速钢是一种含钨、钼、钒等合金元素较多的高合金工具钢，有时也称为锋钢或白钢。

高速钢的热硬性约为 600℃，因此允许采用较高的切削速度，通常比普遍合金工具钢高 2 倍以上。其热硬性和耐磨性均低于硬质合金，但其抗弯强度和韧性高，制造工艺性较好，容易磨出锋利的刃口，价格也较便宜，因此得到了广泛的应用。高速钢尤其适用于制造各种复杂形状的刀具，如铣刀、各种孔加工刀具、螺纹刀具、齿轮刀具和拉刀等。

（1）通用型高速钢

这类高速钢应用最为广泛，约占高速钢总量的 75％。碳的质量分数为 0.7％～0.9％，按钨、钼质量分数的不同，分为钨系、钨钼系。主要牌号有以下三种。

① W18Cr4V（18-4-1）钨系高速钢　18-4-1 高速钢具有较好的综合性能。因含钒量少，刃磨工艺性好。淬火时过热倾向小，热处理控制较容易。缺点是碳化物分布不均匀，不宜制作大截面的刀具。热塑性较差。又因钨价高，国内使用逐渐减少，国外已很少采用。

② W6Mo5Cr4V2（6-5-4-2）钨钼系高速钢　6-5-4-2 高速钢是国内外普遍应用的牌号。因一份 Mo 可代替两份 W，这就能减少钢中的合金元素，降低钢中碳化物的数量及分布的不均匀性，有利于提高热塑性、抗弯强度与韧度。加入 3％～5％的 Mo，可改善刃磨工艺性。因此 6-5-4-2 的高温塑性及韧性胜过 18-4-1，故可用于制造热轧刀具如扭制槽麻花钻等。主要缺点是淬火温度范围窄，脱碳过热敏感性大。

③ W9Mo3Cr4V（9-3-4-1）钨钼系高速钢　9-3-4-1 高速钢是根据我国资源研制的牌号。其抗弯强度与韧性均比 6-5-4-2 好。高温热塑性好，而且淬火过热、脱碳敏感性小，有良好的切削性能。

（2）高性能高速钢

高性能高速钢是指在通用型高速钢中增加碳、钒，并添加钴或铝等合金元素的新钢种。其常温硬度可达 67～70HRC，耐磨性与耐热性有显著提高，能用于不锈钢、耐热钢和高强度钢的加工。

① 高碳高速钢　高碳高速钢的含碳量高，使钢中的合金元素能全部形成碳化物，从而提高钢的硬度与耐磨性，但其强度与韧性略有下降，目前已很少使用。

② 高钒高速钢　高钒高速钢是将钢中的钒增加到 3％～5％，如 W12Cr4V4Mo。由于碳化钒的硬度较高，可达到 2800HV，比普通刚玉高，所以一方面增加了钢的耐磨性，同时也增加了此钢种的刃磨难度。

③ 钴高速钢　钴高速钢的典型牌号是 W2Mo9C4VCo8（M42）。在钢中加入了钴，可提高高速钢的高温硬度和抗氧化能力，因此能适用于较高的切削速度。钴在钢中能促进钢在回火时从马氏体中析出钨、钼的碳化物，提高回火硬度。钴的热导率较高，对提高刀具的切削性能是有利的。钢中加入钴还可降低摩擦系数，改善其磨削加工性。

④ 铝高速钢　铝高速钢是我国独创的超硬高速钢。典型的牌号为 W6Mo5Cr4V2Al（501）。铝不是碳化物的形成元素，但它能提高 W、Mo 等元素在钢中的溶解度，并可阻止晶粒长大。因此铝高速钢可提高高温硬度、热塑性与韧性。铝高速钢在切削温度的作用下，刀具表面可形成氧化铝薄膜，减轻了与切屑的粘接。501 高速钢的力学性能与切削性能可与美国 M42 超硬高速钢相当，其价格较低廉，铝高速钢的热处理工艺要求较高。

（3）粉末冶金高速钢

粉末冶金高速钢是通过高压惰性气体或高压水雾化高速钢水而得到细小的高速钢粉末，然后压制或热压成形，再经烧结而成的高速钢。粉末冶金高速钢在 20 世纪 60 年代由瑞典首先研制成功，70 年代国产的粉末冶金高速钢就开始应用。由于其使用性能好，故应用逐步增加。

粉末冶金高速钢与熔炼高速钢比较有如下优点。

① 由于可获得细小均匀的结晶组织（碳化物晶粒 $2\sim5\mu m$），完全避免了碳化物的偏析，从而提高了钢的硬度与强度，能达到 $69.5\sim70HRC$，$\sigma_{bb}=2.73\sim3.43GPa$。

② 由于物理、力学性能各向同性，可减少热处理变形与应力，因此可用于制造精密刀具。

③ 由于钢中的碳化物细小均匀，使磨削加工性得到显著改善。含钒量多者，改善程度就更显著。这一独特的优点，使得粉末冶金高速钢能用于制造新型的、增加合金元素的、加入大量碳化物的超硬高速钢，而不降低其刃磨工艺性。这是熔炼高速钢无法比拟的。

④ 粉末冶金高速钢提高了材料的利用率。

粉末冶金高速钢目前应用尚少的原因是成本较高，其价格相当于硬质合金。因此主要使用范围是制造成形复杂刀具，如精密螺纹车刀、拉刀、切齿刀具等，以及加工高强度钢、镍基合金、钛合金等难加工材料用的刨刀、钻头、铣刀等刀具。

## 1.4.4　硬质合金

硬质合金刀具的使用开始于 20 世纪 40 年代。硬质合金是通过粉末冶金的方法，将高硬度、高熔点的金属碳化物 WC、TiC 等微米数量级粉末加钴、钼、镍等黏结剂在高温高压下烧结而成。

硬质合金的硬度很高，一般达 $89\sim93HRA$，相当于 $74\sim81HRC$，能耐 $800\sim1000℃$ 的高温，可以用来加工工具钢刀具不易切削的硬材料。它的切削速度比高速钢高 $4\sim10$ 倍。但其韧性差，怕振动和热冲击。硬质合金刃口不易磨锋利，加工性较差，不适合制造刃形复杂的刀具。因此，硬质合金并不能完全取代高速钢。

目前我国生产的硬质合金按其化学成分可分为四类：钨钴类硬质合金、钨钛钴类硬质合金、添加稀有金属钛化物硬质合金和碳化钛基硬质合金。其中以前两类最为常用。

（1）YG 类硬质合金（GB 2075—87 标准 K 类）

钨钴合金的韧性、可磨削性和导热性较好，一般用于切削铸铁等脆性材料和有色金属及其合金。因为切削铸铁等脆性材料时，产生崩碎切屑，切削力作用在刃口附近，容易发生崩刃，切削过程容易产生振动，因此应选择抗弯强度和韧性较好的钨钴合金。由于钨钴合金容易磨得锋利，故适合于切削有色金属及其合金。

钨钴合金与钢发生黏结的温度较低，耐磨性差，因此不适合切削普通钢材。但它的韧性好，热导率大，常用于切削韧性大而热导率低的金属材料。

钨钴类硬质合金的常用牌号有 YG3、YG6、YG6X、YG8 等。

硬质合金的性能主要取决于它们所含元素的成分和比例以及碳化物颗粒的大小。在硬质合金中，碳化物所占的比例越大，硬度越高，耐磨性越好。反之，若黏结剂的含量越多，则碳化物的含量相对减少，其硬度降低，抗弯强度和冲击韧性提高。所以，各类硬质合金中含钴多的牌号适合于粗加工和断续切削，含钴少而含 WC 和 TiC 多的牌号适合于半精加工和精加工。而当黏结剂含量一定时，碳化物的颗粒越细，其硬度越高，而抗弯强度和冲击韧性降低。反之，碳化物颗粒越粗，其抗弯强度和冲击韧性越高，而其硬度越低。

（2）YT 类硬质合金（GB 2075—87 标准 P 类）

该类硬质合金中除了含碳化钨和钴外，还加入了碳化钛。钛能阻止合金元素的扩散，提高黏结温度，减少氧化倾向，从而提高硬质合金的耐热性和耐磨性。因此钨钛钴类硬质合金适合用于切削普通钢材。

钨钛钴类硬质合金的常用牌号有 YT5、YT14、YT15、YT30 等。牌号越高，碳化钛含量越多，硬度和耐磨性越高，但其抗弯强度和热导率越低。因此，当切削过程比较平稳时，可选用含 TiC 多的牌号，而当刀具在切削过程中承受冲击载荷时，应选用含 TiC 少的牌号。

（3）YW 类硬质合金（GB 2075—87 标准 M 类）

YW 类硬质合金加入了适量稀有难溶金属碳化物，以提高合金的性能。其中效果显著的是加入 TaC 或 NbC，一般质量分数在 4% 左右。

TaC 或 NbC 在合金中的主要作用是提高合金的高温硬度与高温强度。在 YG 类合金中加入 TaC，可使 800℃时强度提高约 0.15～0.20GPa。在 YT 类合金中加入 TaC，可使高温硬度提高约 50～100HV。

由于 TaC 与 NbC 与钢的黏结温度较高，从而减缓合金成分向钢中扩散，延长刀具寿命。

TaC 或 NbC 还可提高合金的常温硬度，提高 YT 类合金抗弯强度与冲击韧性，特别是提高合金的抗疲劳强度。能阻止 WC 晶粒在烧结过程中的长大，有助于细化晶粒，提高合金的耐磨性。

TaC 在合金中的质量分数达 12%～15% 时，可增加抵抗周期性温度变化的能力，防止产生裂纹，并提高抗塑性变形的能力。这类合金能适应断续切削及铣削，不易发生崩刃。此外，TaC 或 NbC 可改善合金的焊接、刃磨工艺性、提高合金的使用性能。

（4）YN 类硬质合金（GB 2075—87 标准 P01 类）

YN 类合金是碳化钛基类，它以 TiC 为主要成分，Ni、Mo 作黏结金属。适合高速精加工合金钢、淬硬钢等。

TiC 基合金的主要特点是硬度非常高，达 90～95HRA，有较好的耐磨性。特别是 TiC 与钢的黏结温度高，使抗月牙洼磨损能力强。有较好的耐热性与抗氧化能力，在 1000～1300℃高温下仍能进行切削。切削速度可达 300～400m/min。此外，该合金的化学稳定性好，与工件材料亲和力小，能减少与工件摩擦，不易产生积屑瘤。

TiC 基合金的主要缺点是抗塑性变形能力差，抗崩刃性差。

### 1.4.5　硬质合金涂层刀具

20 世纪 70 年代以前都是使用无涂层的硬质合金刀具，而现在使用的硬质合金刀具 2/3 以上是经过涂层处理的。

硬质合金刀具材料本身具有韧性好、抗冲击、通用性好等优点。在传统的金属切削加工中占有重要地位。但是由于刀具的耐热和耐磨性差，适应不了高速切削的要求。刀具磨损机理研究表明，在高速切削时，刀尖温度将超过 900℃，此时刀具的磨损不仅是机械摩擦磨损，还有粘接磨损、扩散磨损以及氧化磨损。因此，在高速下能够切削的刀具材料需要更高的硬度和耐热、耐磨性。采用刀具涂层技术，在硬质合金刀片上加上一层或多层高性能材料，就可以使硬质合金刀具不仅能够发挥本身的优势，而且可以进行高速切削。刀具涂层技术使硬质合金刀具焕发了青春，走上了高速切削甚至是硬切削的舞台，可以说，刀具涂层技术是硬质合金刀具技术发展中的一个重要转折点。实践证明，涂层硬质合金刀片在高速切削钢和铸铁时能获得良好效果，比未涂层刀片的寿命提高好几倍。在钻头、车刀和铣刀盘上镶嵌涂层硬质合金刀片的刀具已经得到广泛应用。此外，涂层刀片通用性好，一种刀片可以代替多种未涂层刀片，大大简化了刀具管理和降低了刀具成本。

刀具涂层技术目前可划分为两大类，即 CVD（化学气相沉积）和 PVD（物理气相沉积）技术。

CVD 技术自 20 世纪 60 年代出现以来，在硬质合金可转位刀具上得到了极为广泛的应用。在 CVD 工艺中，气相沉积所需金属源的制备相对容易，可实施 TiN、TiC、TiCN、TiBN、TiB2、$Al_2O_3$ 等单层及多元、多层复合涂层，其涂层与基体结合强度高，涂层厚度薄，可小至 $7\sim9\mu m$，相对而言，CVD 涂层具有更好的耐磨性。

但 CVD 工艺也有其先天性的缺陷：一是工艺处理温度高，易造成刀具材料抗弯强度的下降；二是薄膜内部处于拉应力状态，使用中易导致微裂纹的产生；三是 CVD 工艺所排放的废气、废液会造成环境污染，与目前所提倡的绿色制造相抵触，因此 20 世纪 90 年代中期以后，高温 CVD 技术的发展受到了一定的制约。

20 世纪 80 年代末 Krupp Widia 公司开发的 PCVD（低温化学气相沉积）技术，现已达到了实用水平，其工艺处理温度已降至 $450\sim650℃$，可进行 TiN、TiCN、TiC 等涂层，已用于螺纹刀具、铣刀、模具的涂层等，但到目前为止，PCVD 工艺在刀具涂层领域内的应用并不十分广泛。

20 世纪 90 年代中期出现了新型 MT-CVD（中温化学气相沉积）技术。新型 MT-CVD 涂层技术是以含 C/N 的有机物乙腈（$CH_3CN$）为主要反应气体和 $TiCl_4$、$H_2$、涂层 $N_2$ 在 $700\sim900℃$ 下产生分解、化学反应，生成 TiCN 的一种新方法，可获得致密纤维状结晶形态的涂层，涂层厚度可达 $8\sim10\mu m$。这种涂层结构具有极高的耐磨损性、抗热振性及韧性，并可通过 HT-CVD（高温化学气相沉积）工艺技术在其表层沉积上 $Al_2O_3$、TiN 等抗高温氧化性能好、与被加工材料亲和力小、自润滑性能好的材料。MT-CVD 涂层刀片适合于高速、高温、大负荷、干式切削条件下使用，其寿命可比普通涂层刀片提高 1 倍左右。

PVD 技术出现于 20 世纪 70 年代末期，由于其工艺处理温度可控制在 $500℃$ 以下，因此可作为最终处理工艺用于高速钢类刀具的涂层。PVD 工艺可大幅度提高高速钢刀具的切削性能，所以该项技术在 20 世纪 80 年代得到迅速推广应用。PVD 与 CVD 工艺相比，工艺处理温度低，在 $600℃$ 以下对刀具材料的抗弯强度没有影响；薄膜内部为压应力，更适合于硬质合金复杂类刀具的涂层；PVD 工艺对环境没有不良影响，符合绿色制造的发展方向。20 世纪 90 年代中期，PVD 涂层技术普遍用于硬质合金立铣刀、各类钻头、铰刀、丝锥、可转位铣刀片、异形刀具、焊接刀具等的涂层处理。

目前 PVD 技术不仅提高了薄膜与刀具基体材料的结合强度，涂层成分也由第一代的 TiN 发展到了 TiC、TiCN、ZrN、CrN、MoSz、TiAlN、TiAlCN、TiN-AlN、$CN_x$ 等多种多元复合涂层，且由于纳米级涂层的出现，使得 PVD 涂层刀具质量又有了新的突破，这种薄膜涂层不仅结合强度高，硬度接近 CBN，抗氧化性能好，并可有效地控制精密刀具刃口形状及精度，在进行高精度加工时，其加工精度不比未涂层刀具差。

涂层刀具通常分为如下几类。

（1）采用单一化合物涂层材料

碳化钛（TiC）是一种高硬度耐磨化合物，具有良好的抗摩擦磨损性能。

氮化钛（TiN）的硬度稍低，但具有较高的化学稳定性，可大大减少刀具与工件之间的摩擦系数。

氧化铝（$Al_2O_3$）材料具有非常好的抗氧化磨损和抗扩散磨损性能，但由于与基体材料的物理、化学性能差别太大，单一的涂层无法制成理想的涂层刀具。

近年来，超硬涂层材料研究成功并投入使用。金刚石涂层刀具和金刚石膜片烧结在硬质合金刀片上，涂层工艺可以在刀具各几何面上均匀涂镀金刚石薄膜，并具有足够的连接强度。金刚石涂层刀具在立铣刀、硬质合金麻花钻、可转位刀片和其他成形刀具已经有很多产品，在加工非黑色金属和纤维材料中可以发挥很好的效益，刀具寿命比未涂层硬质合金刀具提高数十倍。CBN 涂层的硬度仅次于金刚石，可以有效地切削淬火钢和其他难加工合金材料。和普通刀具相比，生产率可提高 20 倍以上，刀具寿命可提高 7 倍以上，而且可以获得更好的加工质量。其他新型硬涂层材料，如多晶氮化物 $CN_x$、超点阵等超硬涂层材料的开发应用也正在进行，已经显示出良好的发展前景。

（2）采用复合化合物涂层材料

为了弥补单一涂层材料的缺陷，综合各种材料优点的复合涂层材料在刀具涂层技术中逐渐占据了主导地位。

碳氮化钛（TiCN）是在单一的碳化钛（TiC）晶格中，用氮原子占据原来碳原子在点阵中的位置而形成的复合化合物，具有 TiC 和 TiN 的综合性能，硬度（特别是高温硬度）比单一的化合物都高，成为一种比较理想的刀具涂层材料。

氮铝化钛（TiAlN）是 TiN 和 $Al_2O_3$ 的复合化合物。这种涂层材料不但具有 TiN 的硬度和耐磨性，而且在切削过程中氧化生成 $Al_2O_3$，可以起到抗氧化和抗扩散磨损的作用。在高速切削过程中，其效果比 TiCN 好，已经成为目前应用最多的涂层材料之一。

（3）采用软涂层材料

在某些情况下，一些材料并不适合采用硬涂层刀具加工，如航空航天工业中的一些高强度硬质合金、钛合金等。这些材料在加工中非常粘刀，在刀具前面上生成积屑瘤，不仅增加切削热、降低刀具寿命，而且影响加工表面质量。采用软材料涂层刀具可获得更好的加工效果。软涂层材料有 $MoS_2$、$WS_2$、WC/C 等。

软涂层材料可增加刀具表面的润滑性能，在切削过程中减少刀具和工件之间的摩擦，防止在刀刃上产生积屑瘤，因而可提高加工表面质量，延长刀具寿命。

（4）采用复合涂层

复合涂层刀具也称多层涂覆刀具，即将两种以上的材料先后涂覆在硬质合金刀片上。复合涂层刀具能兼顾各种涂层材料的优点，因而有较大的应用范围。

例如，TiCN 材料涂层刀具具有强度高、耐磨性好等优点，但红硬性比较差。当切削速度超过 180m/min 时，刀具会迅速磨损。因此，在高速加工时要采用 TiAlN 涂层。TiAlN 涂层刀具具有良好的导热性，但在高速加工过程中会产生高温，它与空气中的氧起化学反应，会在刀具和工件之间产生一层 $Al_2O_3$ 隔热层，严重降低了刀具的导热性。为了解决这一问题，采用在刀具底层涂覆 TiCN，然后再在上面涂覆 TiAlN，形成一个复合涂层。经过这样处理以后，刀具的寿命可以提高 3 倍以上。

刀具涂层技术一方面要求涂层与基体之间有比较高的结合强度，另一方面要求涂层材料与基体材料之间具有较低的化学活性。单材料涂层很难满足这种要求。如果构成涂层的化合物之间有比较好的互溶性，由多种化合物构成的复合涂层就可以获得更好的刀具性能。复合涂层也比单涂层具有更好的持久性，例如，首先在刀具基体表面沉积一层 TiC，使涂层与衬底具有较好的结合强度，然后在其上沉积不同比例的 C、N 的 TiCN 涂层，最后沉积一层 TiN 或 TiCN，以产生漂亮的色彩，则得到的性能大大优于单涂层刀具。

涂层硬质合金将刀具的硬度由 1500～1800HV 提高到 3000～4000HV 以上，并且具有高硬度的刀刃和高韧性的基体，使之进入到了高速切削刀具的行列。复合涂层硬质合金刀具的涂层数越多，刀具的综合性能越好，可切削材料的范围越大。涂层硬质合金刀具的硬度仅低于 CBN 和 PCD 刀具，很适用于高速切削。

TiCN 涂层的刀具可切削硬度在 42HRC 以下的材料，TiAlN 涂层和复合涂层的硬质合金刀具可切削硬度超过 42HRC 的材料。涂层刀具的出现，也为干切削和硬切削工艺的实施创造了有利条件。

涂层硬质合金刀具的切削性能参数见表 1-3。

**表 1-3  涂层硬质合金刀具的切削性能参数**

| 刀　具 | 刀　具　材　料 | | | | | 刀具涂层 | | |
| --- | --- | --- | --- | --- | --- | --- | --- | --- |
| | PCD | CBN | WC | SiN | AlO | TiN | TiCN | TiAlN |
| 刀具硬度/HV | 6000 | 3500 | 1500 1800 | 1700 | 1800 | 2900 | 3000 | 3300 |
| 对钢材料干接触的摩擦系数 | — | 0.24 | 0.6 | — | — | 0.4 | 0.4 | 0.3～0.5 |
| 最大工作温度/℃ | 600 | — | — | — | — | 600 | 400 | 815 |
| 热导率/[W/(m·K)] | 500 | 100 | 40～80 | 15～35 | 14～17 | — | — | — |
| 断裂强度/MPa | 690～965 | 690 | 1700～2000 | 480～750 | 275～345 | — | — | — |

### 1.4.6  陶瓷刀具

可用于高速加工的陶瓷刀具包括金属陶瓷、氧化铝陶瓷、氮化硅陶瓷、Sialon 陶瓷、晶须强化（Whisker reinforced）陶瓷以及涂层陶瓷刀具等。

氧化铝陶瓷刀具是以氧化铝（$Al_2O_3$）为主要成分，热压或冷压成形并在高温下烧结而成的一种刀具材料。和硬质合金相比，具有硬度高、耐磨性好（是一般硬质合金的 5 倍）、耐高温、化学稳定性和抗粘接性能好以及摩擦系数低等优点，因此适合于高速切削。陶瓷刀具允许的切削速度比硬质合金高 3～6 倍。

陶瓷刀具的主要缺点是强度和韧性差，热导率低。由于陶瓷刀具脆性大，抗弯强度和韧性低，因此承受冲击载荷的能力差。其热导率仅是硬质合金的 $1/3～1/2$，而线胀系数却比硬质合金高出 10%～30%，因而抗热冲击性能也差。当温度突变时，容易产生裂纹，导致刀片破损。用陶瓷刀具进行切削时，不宜使用切削液。

近些年来，国内外在改善陶瓷刀具性能的研究上有了很大进展，在提高原料纯度、改进制造工艺和加入添加剂等方面做了很多工作，使陶瓷刀具的性能得到改善。例如，近些年来出现的晶须强化陶瓷刀具，其韧性有很大提高，而且保持了陶瓷材料的高硬度、热硬性好及耐磨等优点，使其高速加工的性能更好。

（1）金属陶瓷刀具

金属陶瓷刀具出现在 20 世纪 30 年代。最初的金属陶瓷刀具由碳化钛和镍粘接组成，刀片比较脆，很容易损坏，只能用于精加工。现在使用的是碳化钛基的钛氮金属陶瓷（TiC/TiN）。由于在陶瓷材料中加入了金属，因而提高了强度，也改善了切削性能。

金属陶瓷刀具可用于高切速，中、低进给的成形加工，刀具寿命比硬质合金长。金属陶瓷的切削速度接近陶瓷刀具，但韧性比陶瓷刀具好，可以在一定程度上代替非涂层硬质合金刀具。金属陶瓷刀具适用于干切削，可铣削淬硬的模具钢。

在突破了金属陶瓷的 PCD 涂层技术后，目前在刀片表面可涂覆一层或多层超硬材料，提高了热硬性和耐磨性，扩大了金属陶瓷刀具的使用范围，可在更高的速度下加工钢和铸铁材料。金属陶瓷的涂层材料和硬质合金涂层基本相同，有 TiN、TiCN 和 $Al_2O_3$ 等。其复合涂层刀具的韧性更好，刀具更锋利，适用于合金钢、高合金钢、不锈钢和延性铁的高速精加工和半精加工，其加工效率和加工精度均有显著提高。

（2）氮化硅陶瓷刀具

氮化硅陶瓷（$Si_3N_4$）刀具的硬度仅次于金刚石、立方氮化硼和碳化硼而居第四位，是新一代的陶瓷刀具，1981 年开始投入市场。氮化硅陶瓷刀具的主要特点是具有良好的耐热性和抗热冲击性能，耐热性高达 1300～1400℃，高于一般陶瓷，高速切削性能很好。

（3）赛龙（Sialon）陶瓷刀具

赛龙陶瓷是以高硬度且抗振性能好的 $Si_3N_4$ 为硬质相，以 $Al_2O_3$ 为耐磨相，在 1800℃高温下进行热压烧结而成的新材料，呈单相组织，是 $Al_2O_3$ 在 $Si_3N_4$ 中的固熔体，因而称为 Si-Al-N（Sialon）赛龙陶瓷。

赛龙陶瓷具有很高的硬度、韧性和良好的高温性能及耐热冲击能力。和氮化硅陶瓷相比，其抗氧化能力、化学稳定性、抗蠕变能力和耐磨性都有一定程度的提高，适用于软、硬铁基合金、镍基合金、钛合金等材料的高速加工。

（4）晶须强化陶瓷刀具

晶须强化陶瓷是一种用氧化锆强化的陶瓷材料。氧化锆的强化作用就像将钢筋加入混凝土一样，可增加陶瓷材料的抗弯强度，使得陶瓷材料获得高硬度（＞3000HV）和高韧性。

晶须强化的作用是通过相变换特征实现的。相变换的作用是抑制刀具的破裂。由于材料结构的改变，在刀尖上引起破裂的能量被吸收和扩散，使刀具材料得到强化，提高了抗弯强度和韧性。

晶须强化陶瓷可以高速加工淬硬钢（达到 65HRC）和中等硬度的钢，具有化学稳定性好、抗热冲击性能好等优点，而且可以在加切削液的条件下进行切削，这是别的陶瓷刀具所不具备的。

（5）涂层陶瓷刀具

为了避免陶瓷刀具与工件材料产生化学反应，对韧性比较好的陶瓷刀具可以使用涂层技术。陶瓷刀具经涂层处理后，寿命会大大提高，零件的加工质量也得到明显改善，从而拓宽了陶瓷刀具的使用范围。对氮化硅陶瓷进行一层或多层（Ti、$Al_2O_3$ 和 TiN 等）涂层，可大大提高其抗侧面磨损性能。例如在相同加工条件下切削球墨铸铁，和未涂层陶瓷刀具比，其寿命可提高 10 倍左右。

总之，陶瓷刀具具有硬度高、价格低的优点，在改进烧结制造工艺和采取增韧技术后，陶瓷刀具的强度和断裂韧度大幅度提高，是对高硬度淬硬钢进行干切削的好刀具。研究表明，大多数的硬质合金刀具，包括涂层刀具，都不适合于切削硬度 58HRC 以上的淬硬钢。CBN 刀具和陶瓷刀具有很高的显微硬度和热稳定性，也是干切削淬硬钢比较理想的刀具，但 CBN 刀片价格昂贵，且抗弯强度和断裂韧度比较低。而陶瓷刀具资源丰富，价格不到 CBN 刀具的一半，因此采用陶瓷刀具也许更合适些。随着陶瓷强化技术的进一步发展，在高速精加工、半精加工、干切削和硬切削中，陶瓷刀具将会起到更重要的作用。

### 1.4.7　超硬材料刀具

超硬材料刀具主要包括金刚石刀具和立方氮化硼刀具，其中以人造金刚石复合片（PCD）刀具及立方氮化硼复合片（PCBN）刀具占主导地位。随着现代制造业的快速发展，超硬刀具的生产及应用也逐年快速增长。

（1）CBN 和 PCBN 刀具

立方氮化硼（Cubic Boron Nitride，简称 CBN）是以六方氮化硼为原料，利用超高温高压技术制成的一种无机超硬材料。其主要性能是：

① 具有仅次于金刚石的高硬度（8000～9000HV）和耐磨性，能在高速切削下保持精度；

② 具有比金刚石更好的热稳定性，高温硬度高于陶瓷，在 1300～1400℃高温下，其主要性能保持不变；

③ 化学稳定性好，在 1000℃以下时不发生氧化现象，与铁系金属在 1200～1300℃时也不易起化学反应。因此，在高速下切削淬火钢、冷硬铸铁时，粘接和扩散磨损比较小；

④ 热导率较高，摩擦系数较小，热导率虽比金刚石小（约为金刚石的 1/2），但远高于陶瓷刀具。

CBN 刀具的最大缺点是强度和韧性差，抗弯强度大约只有陶瓷刀具的 1/5～1/2，故一般只用于精加工。

根据 CBN 刀具的上述特点，它应该最适合于高硬度淬火钢、高温合金、可切削轴承钢（60～62HRC）、工具钢（57～60HRC）、高速钢（62HRC）等材料的高速加工。在淬硬模具钢的加工中，用 CBN 刀具进行高速切削，可以起到以铣代磨的作用，大大减少手工修光工作量，因而可大幅度提高加工效率。这一点是金刚石刀具所不能胜任的。

CBN 刀具在加工塑性大的钢铁金属、镍基合金、铝合金和铜合金时，因为容易产生严重的积屑瘤，使已加工表面质量恶化，故 CBN 刀具适合加工硬度在 45HRC 以上的钢材和铸铁等。CBN 刀具的另一个缺点是价格高，这也在很大程度上限制了它的广泛应用。

聚晶立方氮化硼（PCBN）的聚晶层由无数细小的、任意排列的晶体组成，具有各向同性的特点。晶粒中 CBN 的含量为 50%～60%时，它具有很高的抗压强度和化学稳定性，主要用于硬切削。提高 CBN 的含量，可提高其断裂韧度和耐磨能力，可用于切削淬硬铸铁和具有硬化层的材料。

最近，将 CBN 作为刀具的涂层材料的研究工作已获得成功。CBN 的涂层硬度仅次于金刚石，是一种很有前途的刀具涂层材料。

（2）聚晶金刚石（PCD）刀具

金刚石具有极高的硬度和耐磨性，是最硬的刀具材料。金刚石刀具具有非常锋利的刀刃，有很好的导热性，线胀系数很小，摩擦系数也小。因此可利用 PCD 材料实现有色金属及耐磨非金属材料的高精度、高效率、高稳定性和低表面粗糙度加工。

金刚石刀具的缺点是在加工铁系金属材料时耐热性不好，化学稳定性差，强度低，脆性大，抗冲击能力差。因此，一般不用于铁系金属的加工。

PCD 刀具从结构上主要可分为焊接式 PCD 刀具和可转位式 PCD 刀片两类。

通常的聚晶金刚石（PCD）刀具是在硬质合金基体上烧结一层 0.5～1mm 厚的聚晶金刚石片，成为金刚石和硬质合金的复合刀片。金刚石刀片的聚晶结构没有方向性，性能稳定，其寿命比硬质合金高得多，强度和抗冲击能力也比单晶金刚石好得多。

在突破了金刚石 PVD 涂层工艺的技术难关后，可以在复杂几何形状的刀具基体上均匀涂上 PCD 涂层。用这种 PCD 涂层刀具对非铁金属等材料进行高速切削时，PCD 涂层刀具比未涂层的硬质合金刀具寿命高几十倍。

# 1.5 切削力、切削热和切削温度

切削力是金属切削过程中的主要物理现象之一，它直接影响切削热的产生、刀具磨损、寿命和已加工表面质量，有时还会引起振动，甚至损坏刀具及机床零件。切削力又是设计机床、刀具、夹具的重要依据。

### 1.5.1　切削力的来源

切削过程中，在刀具作用下切削层与加工表面层发生弹性变形和塑性变形，因此就有变形抗力作用在刀具上。切屑与刀具前面、刀具后面与工件已加工表面之间还有相对运动，其摩擦力也作用在刀具上，上述各力形成了作用在刀具上的合力 $F$。

### 1.5.2　切削分力及其作用

作用在刀具上的合切削力 $F$，其大小和方向随加工条件的不同而发生变化。为了便于测量、研究和计算，常将合力分解成三个互相垂直的分力，如图 1-21 所示。

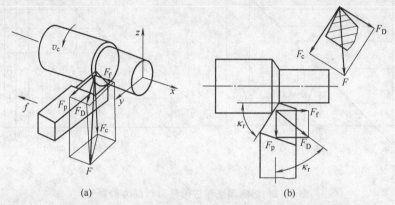

$$(a) \qquad\qquad (b)$$

图 1-21　切削力的分解

① 切削力 $F_c$（主切削力 $F_z$）——主运动方向的切削分力，即合力 $F$ 在切削速度方向上的分力。它消耗功率最多，是计算机床动力、校核机床和工、夹具强度及刚度的重要依据。

② 背向力 $F_p$（切深抗力 $F_y$）——垂直于工作平面上的分力，因作用在吃刀方向，又称为径向力。它能使工件弯曲和引起振动，对加工精度和表面粗糙度影响较大。

③ 进给力 $F_f$（进给抗力 $F_x$）——作用在进给方向上的切削分力，外圆车削时又称为轴向力。进给抗力作用在进给机构上，是设计和校验进给机构强度的依据。

由图 1-21 可知

$$F_f = F_D \sin\kappa_r \tag{1-15}$$

$$F_p = F_D \cos\kappa_r \tag{1-16}$$

$$F = \sqrt{F_c^2 + F_p^2 + F_f^2} \tag{1-17}$$

实验证明，$F_f$、$F_p$、$F_c$ 的比值随具体切削条件的不同可在很大范围内变化。一般 $F_p = (0.15 \sim 0.70)F_c$；$F_f = (0.01 \sim 0.60)F_c$。

### 1.5.3　影响切削力的因素

（1）工件材料的影响

工件材料的物理、力学性能及其状态确定着切屑形成中的变形及摩擦，因此它对切削力有较大的影响。工件材料的硬度和强度越高，变形抗力越大，切削力就越大。切削力还与工件的塑性变形及摩擦系数的大小有关。当材料的强度相同时，塑性和韧性大的材料，加工时切削力大。钢的强度与塑性变形大于铸铁，因此同样情况下切钢时产生的切削力将大于切铸铁时产生的切削力。

（2）切削用量的影响

切削深度 $a_p$ 和进给量 $f$ 通过对切削面积和单位切削力 $p$ 的影响来影响切削力。所谓单位切削力是指切下单位切削面积所产生的切削力。它随着进给量 $f$ 的增大而减小，但与切削深度 $a_p$ 的变化无关。因为当切削深度改变后，切削力 $F_c$ 与切削面积 $A_D$ 以相同的比例随着变化。而进给量 $f$ 增大，切削面积 $A_D$ 随之等比例增大，但切削力增大并不成比例。$f$ 增加一倍时，切削力只增加 70%左右。切削深度 $a_p$ 和进给量 $f$ 对切削力的影响如图 1-22 所示。

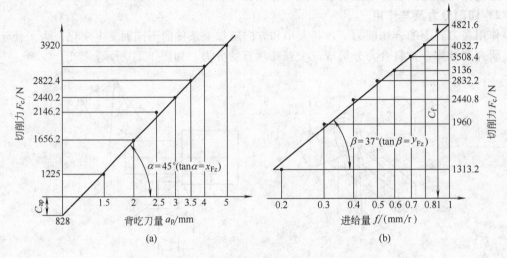

|(a)|(b)|

图 1-22   切削深度和进给量对切削力的影响

上述现象可以这样解释：在切削层断面内，变形并不是均匀的。直接受刃口挤压的切屑底层变形较严重，其厚度为 $h_{D0}$；其他部分不受刃口直接挤压，只受前面挤压，变形较小。当切削深度 $a_p$ 增加一倍时，切削层面积增加一倍，切削层底层的严重变形层占整个切削面积的比值不变，所以切削力也增加一倍。当进给量 $f$ 增加一倍时，虽然切削面积也增加一倍，但切削层底层的严重变形层 $h_{D0}$ 基本不变，因此其面积占整个切削面积的比例相对减少，从而使得切削力并未按比例增加一倍。

切削速度对切削力的影响主要体现在加工塑性材料情况下，如图 1-23 所示，可分为有、无积屑瘤两个阶段。在中低速阶段，随着切削速度的增大，积屑瘤逐渐增大，刀具的实际切削前角也逐渐增大，切削力相应逐渐减小，切削力为最小时，相当于积屑瘤达到最大值。当切削速度继续增加时，积屑瘤又逐渐减小，故切削力又逐渐增大，当切削速度达到一定数值时，积屑瘤消失，此时切削力增至最大。积屑瘤消失以后的阶段，随着切削速度的增加，由于切削温度逐渐升高，摩擦系数逐渐减小，切削力又重新缓慢下降并渐趋于稳定。

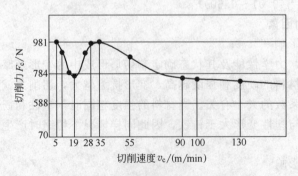

图 1-23   切削速度对切削力的影响

切削脆性金属时，由于其塑性变形较小，切屑与前面的摩擦很小，因此，切削速度对切削力的影响很小。

（3）刀具几何形状的影响

刀具前角 $\gamma_o$ 对切削力的影响较大，当前角增大时，切屑容易从前面排出，切削变形小，切削力减小。反之，当前角减小时，切削力增大。

主偏角对各切削分力有不同的影响，但对 $F_f$ 和 $F_p$ 影响较大，已知 $F_f = F_D \sin\kappa_r$，$F_p = F_D \cos\kappa_r$，所以当 $\kappa_r$ 增大时 $F_p$ 减小而 $F_f$ 增大。对于 $F_C$，当 $\kappa_r$ 增大时，切削宽度 $b_D$ 减小，切削厚度 $h_D$ 增大，由前述可知 $F_C$ 将减小。

刀尖圆弧半径 $r_\varepsilon$ 增大，参加工作的曲线刃长度增加，切屑不易流出，从而使切削变形增大，切削力增大。同时由于参加工作的曲线刃长度增加，主偏角 $\kappa_r$ 的平均值变小，使得 $F_p$ 增大而 $F_f$ 减小。

此外，刀具后角、磨损程度、刀具材料及冷却润滑液等因素对切削变形和摩擦有影响，故对切削力也有一定的影响。

## 1.5.4　切削功率及主切削力的估算

切削功率 $P_c$ 是指在切削区域内消耗的功率，单位为千瓦（kW）。切削功率可近似地按下式计算

$$P_c = \frac{10^{-3} F_c v_c}{60} \tag{1-18}$$

式中　$P_c$——切削功率，kW；

　　　$F_c$——主切削力，N；

　　　$v_c$——切削速度，m/min。

当已知 $P_c$ 以后，就可估算出机床电动机功率 $P_e$

$$P_e = \frac{P_c}{\eta} \tag{1-19}$$

式中　$P_e$——机床电动机功率，kW；

　　　$\eta$——机床传动总效率，一般取 $0.70 \sim 0.85$。

在生产实践中，常利用单位切削功率 $p_s$ 和单位切削力 $p$ 来估算切削功率和切削力的大小。单位切削功率是指单位时间内从工件上切除单位体积的金属材料所消耗的功率，其值等于切削功率 $P_c$ 与金属切除率 $Z_w$ 之比。

$$Z_w = \frac{1000 a_p f v_c}{60} \quad (\text{mm}^3/\text{s}) \tag{1-20}$$

切削功率　　　　　　　　　$P_c = p_s Z_w \quad (\text{kW}) \tag{1-21}$

切削力　　　　　　　　　　$F_c = p A_D \quad (\text{N}) \tag{1-22}$

式中　$a_p$——切削深度，mm；

　　　$f$——进给量，mm/r；

　　　$v_c$——切削速度，m/min；

　　　$p$——单位切削力，N/mm²；

　　　$A_D$——切削面积，mm²；

　　　$p_s$——单位切削功率，kW·s/mm³。

表 1-4 所列为采用硬质合金车刀对部分常用金属材料进行切削实验求得的单位切削力 $p$ 和单位切削功率 $p_s$ 值。实验是在进给量 $f = 0.3\text{mm/r}$ 条件下进行的。当进给量 $f$ 改变时，应将 $p$ 和 $p_s$ 值乘于修正系数 $K_{fp}$ 和 $K_{fp_s}$（见表 1-5）。

**表 1-4　硬质合金外圆车刀切削时单位切削力和单位切削功率**（$f=0.3$mm/r）

| 加工材料 | | | | 实验条件 | | 单位切削力 $p$ /(N/mm²) | 单位切削功率 $p_s$/(kW·s/mm³) |
|---|---|---|---|---|---|---|---|
| 名称 | 牌号 | 制造及热处理状态 | 硬度/HB | 车刀几何参数 | 切削用量 | | |
| 钢 | Q235 | 热轧或正火 | 134～137 | $\gamma_o=15°$ $\kappa_r=75°$ $\lambda_s=0°$ 前面带卷屑槽 | | 1884 | 1884×10⁻⁶ |
| | 45 | | 187 | | | 1962 | 1962×10⁻⁶ |
| | 40Cr | | 212 | | | 1962 | 1962×10⁻⁶ |
| | 45 | 调质 | 229 | $\gamma_o=15°$ $\kappa_r=75°$ $\lambda_s=0°$ 带负前角倒棱 | $a_p=1\sim5$mm $f=0.1\sim0.5$mm/r $v_c=90\sim105$m/min | 2305 | 2305×10⁻⁶ |
| | 40Cr | | 285 | | | 2305 | 2305×10⁻⁶ |
| 不锈钢 | 1Cr18Ni9Ti | 淬火、回火 | 170～179 | $\gamma_o=15°$ $\kappa_r=75°$ $\lambda_s=0°$ 带正前角倒棱 | | 2453 | 2453×10⁻⁶ |
| 灰铸铁 | HT200 | 退火 | 170 | $\gamma_o=15°$ $\kappa_r=75°$ $\lambda_s=0°$ 前面无卷屑槽 | $a_p=2\sim10$mm $f=0.1\sim0.5$mm/r $v_c=70\sim80$m/min | 1118 | 1118×10⁻⁶ |
| 可锻铁铸 | KT300 | 退火 | 170 | $\gamma_o=15°$ $\kappa_r=75°$ $\lambda_s=0°$ 前面带卷屑槽 | | 1344 | 1344×10⁻⁶ |

**表 1-5　进给量 $f$ 对单位切削力 $p$ 和单位切削功率 $p_s$ 的修正系数**

| $f$/(mm/r) | 0.1 | 0.15 | 0.2 | 0.25 | 0.3 | 0.35 | 0.4 | 0.45 | 0.5 | 0.6 |
|---|---|---|---|---|---|---|---|---|---|---|
| $K_{f_p}$、$K_{f_{p_s}}$ | 1.18 | 1.11 | 1.06 | 1.03 | 1 | 0.97 | 0.96 | 0.94 | 0.925 | 0.9 |

**【例 1-1】**　用主偏角 $\kappa_r=75°$ 的硬质合金车刀车削直径为 $\phi84$mm 的灰铸铁（HT200）工件外圆，切削用量为 $a_p=8$mm，$f=0.5$mm/r，$n=304$r/min，求切削功率及主切削力的大小。

**解**：金属切除率

$$Z_w=\frac{1000}{60}\times8\times0.5\times\frac{3.14\times84\times304}{1000}=5345\text{（mm}^3/\text{s）}$$

由表 1-4 查得　　　$p_s=1118\times10^{-6}$kW·s/mm³

由表 1-5 查得　　　$K_{f_{p_s}}=0.925$

切削功率　　　　　$P_c=p_s Z_w K_{f_{p_s}}=1118\times10^{-6}\times5345\times0.925=5.52\text{（kW）}$

由表 1-4 查得　　　$p=1118$N/mm²

由表 1-5 查得　　　$K_{f_p}=0.925$

切削力　　　　　　$F_p=pA_D K_{f_p}=1118\times8\times0.5\times0.925=4137\text{（N）}$

### 1.5.5　切削热与切削温度

（1）切削热

切削过程中的变形、摩擦所消耗的功转变为热能。单位时间内产生的热量与切削所消耗的功率成正比。

三个变形区是产生热量的热源，如图 1-24 所示。切削热传入刀具、切屑、工件和周围介质中，使它们温度升高，引起工件和刀具的热变形，加速刀具磨损。因此，研究切削热与切削温度具有十分重要的意义。

切削热的产生与传散关系可用下式表示：

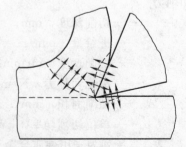

图 1-24　切削热的来源与传导

$$Q=Q_{变}+Q_{摩}=Q_{屑}+Q_{工}+Q_{刀}+Q_{介} \tag{1-23}$$

式中　　$Q$——切削过程中产生的总热量；

　　　　$Q_变$——变形消耗功转变来的热量；

　　　　$Q_摩$——摩擦消耗功转变来的热量；

　　　　$Q_屑$——传入切屑的热量；

　　　　$Q_工$——传入工件的热量；

　　　　$Q_刀$——传入刀具的热量；

　　　　$Q_介$——传入周围介质的热量。

实验表明，在一般干切削条件下，大部分的切削热由切屑传出，其次为工件和刀具，而介质传导的热量很少。切屑、工件和刀具传导热量的百分比随工件材料、切削用量、刀具材料和刀具几何角度等条件的不同而有所不同。通常是切削速度越高，切屑传散的热量越多。因此，高速切削时热量大部分被切屑带走，只有少量的热量传入工件和刀具。

（2）切削温度

切削热通过对切削温度的影响来影响切削过程，切削温度是指刀具表面上切屑和刀具接触处的平均温度。切削温度的高低取决于产生热量的多少及热传散的快慢。切削产生的热量少、传递热量的速度快，则切削温度低；反之如果切削产生的热量多、传递热量的速度慢，则切削温度高。切削温度对刀具的磨损与热变形影响很大，如在高温下能使车刀伸长 0.03～0.04mm，从而影响工件的加工精度。

通常在切削碳素结构钢时，切屑表面会形成一层有色的氧化膜，生产中常根据切屑的颜色来大致判断切削温度的高低。当切屑呈淡黄色时，切削温度约为 220℃；切屑呈深蓝色时，切削温度约为 300℃；当切屑呈淡灰色时，切削温度约为 400℃。

通过采用性能良好的冷却液、合理选择切削参数、刀具角度、刀具寿命指标（从两个热源入手），可以控制切削温度。切削用量三要素对温度的影响顺序由大到小依次为：$v_c$、$f$、$a_p$。

# 1.6　刀具磨损和寿命

在切削过程中刀具失去切削能力的现象称为钝化。钝化方式有磨损、崩刃和卷刃等。磨损是指在刀具与工件或切屑的接触面上，刀具材料的微粒被切屑或工件带走的现象。崩刃是指刀刃的脆性破裂。卷刃则是指刀刃受挤压后发生塑性变形而失去切削能力的现象。在正确设计、制造与使用的条件下，刀具磨损是钝化的主要表现形式。

## 1.6.1　刀具磨损形式

刀具磨损时按其发生的部位可分为：后面磨损、前面磨损和前后面同时磨损，如图 1-25 所示。

（1）后面磨损

后面磨损是指刀具磨损发生在后面。这种磨损方式一般在切削脆性金属或以较小进给量切削塑性金属的条件下。此时，前面上的机械摩擦较小，温度较低，所以后面磨损远大于前面磨损。后面磨损后，形成后角为零的棱面，其大小用符号 $VB$ 来表示。

（2）前面磨损

前面磨损是指刀具磨损发生在前面。这种磨损方式一般发生在以较大进给量切削塑性金属时。当切削过程有积屑瘤产生时，这种磨损方式更容易出现。因为积屑瘤能保护刃口，使后面离开加工表面而不受磨损。前面磨损后，在前面上形成月牙洼，月牙洼逐渐加深加宽，刃口强度随之减弱，当接近刃口时，将发生突然崩刃现象。

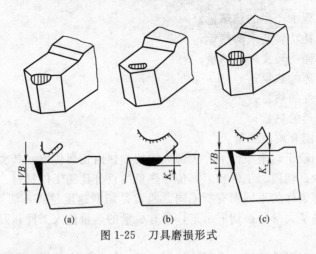

图 1-25　刀具磨损形式

（3）前、后面同时磨损

前、后面同时磨损是指前面上的月牙洼磨损和后面上的棱面磨损同时发生。这种磨损发生的条件介于上述两种磨损之间。

在大多数情况下，后面都有磨损，其大小 $VB$ 对加工精度和表面粗糙度影响较大，而且测量较方便，故一般用后面磨损量 $VB$ 来表示刀具的磨损程度。

### 1.6.2　刀具磨损过程和磨钝标准

随着切削时间的延长，刀具磨损也逐渐增大。刀具磨损速度主要取决于刀具材料、工件材料和切削速度。在不同的切削时段，刀具磨损的速度有较大差异。通常将刀具磨损过程分为三个阶段，如图 1-26 所示。

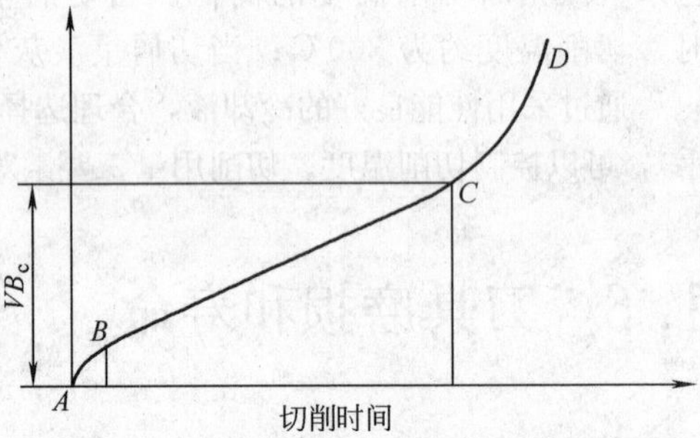

（1）初期磨损阶段（AB 段）

刀具刃磨后开始使用时由于新刃磨刀面表层不够光洁及组织缺陷，表层组织不耐磨，因而磨损较快。这一阶段称为初期磨损阶段。

图 1-26　刀具磨损过程

（2）正常磨损阶段（BC 段）

刀具经过初期磨损阶段后，刀具表面的高低不平及不耐磨缺陷层已被磨去，使刀具表面上压强减小而且较均匀，故磨损速度较初期磨损阶段缓慢。此时磨损量与切削时间基本成正比。这一阶段称为正常磨损阶段。

（3）急剧磨损阶段（CD 段）

刀具磨损到一定程度后，由于钝化厉害，摩擦过大，切削力和切削温度迅速增长，以致使刀具磨损的原因发生重大变化，导致磨损速度迅速加快。这一阶段称为急剧磨损阶段。

在认识了刀具磨损规律后，就可以正确地制定刀具的磨钝标准。从合理使用刀具材料的观点出发，在切削过程中应当尽可能避免刀具产生急剧磨损，所以一般取磨损曲线中正常磨损阶段终点处的磨损量 $VB_c$ 作为磨钝标准，称为合理磨钝标准。刀具的磨钝标准如果大于或小于 $VB_c$ 都会造成刀具材料消耗的增加。但精加工时，必须保证工件表面粗糙度和尺寸精度，因此要根据工艺要求来制定刀具的磨钝标准，这种标准称为工艺磨钝标准。工艺磨钝标准一般都小于合理磨钝标准。表 1-6 列出了几种刀具的磨钝标准，可供参考。

表 1-6　几种刀具的磨钝标准

| 刀具名称 | 工件材料 | 加工情况 | 磨钝标准/mm | | |
|---|---|---|---|---|---|
| | | | 高速钢 | 硬质合金 | 陶瓷刀 |
| 车刀 | 钢及铸钢 | 粗车 | 1.5～2.0 | 0.8～1.0 | 0.3～0.6($\kappa_r \leqslant 45°$) |
| | | 精车 | 0.4～0.5 | 0.3～0.5 | 0.4～0.8($\kappa_r \geqslant 45°$) |
| | 铸铁 | 粗车 | 3.0～4.0 | 1.4～1.8 | 0.4～0.8($\kappa_r \leqslant 45°$) |
| | | 精车 | 1.5～2.0 | 0.5～0.7 | 0.6～0.9($\kappa_r \geqslant 45°$) |
| 钻头 | 钢 | $d_0 \leqslant 20$ | 0.4～0.8 | | |
| | | $d_0 > 20$ | 0.8～1.0 | | |
| | 铸铁 | $d_0 \leqslant 20$ | 0.5～0.8 | | |
| | | $d_0 > 20$ | 0.8～1.2 | | |
| 铰刀 | 钢及铸铁 | | 0.2～0.6 | | |
| 端铣刀 | 钢及铸铁 | 粗铣 | 1.2～1.8 | 1.0～1.2 | |
| | | 精铣 | 0.3～0.5 | 0.3～0.5 | |
| | 铸铁 | 粗铣 | 1.5～2.0 | 1.5～2.0 | |
| | | 精铣 | 0.3～0.5 | 0.3～0.5 | |
| 镶齿三面刃铣刀 | 钢及铸铁 | 粗铣 | 1.2～1.8 | 1.0～1.2 | |
| | | 精铣 | 0.3～0.5 | 0.3～0.5 | |
| | 铸铁 | 粗铣 | 1.5～1.8 | 1.0～1.5 | |
| | | 精铣 | 0.3～0.5 | 0.3～0.5 | |
| 拉刀 | 钢及铸铁 | | 0.2～0.3（精拉齿） | | |
| 插齿刀 | | 粗插 | 0.8～1.0 | | |
| | | 精插 | 0.2～0.3 | | |
| 齿轮滚刀 | | 粗滚 | 0.8～1.2 | | |
| | | 精滚 | 0.2～0.4 | | |

注：1. 表中 $d_0$ 为钻头直径，单位为 mm。

2. 除高速钢刀具使用冷却润滑液外，其余均为干切削。

3. 机床刚度一般。

### 1.6.3　刀具寿命

在使用刀具时仅制定出磨钝标准是不够的。在加工过程中，操作人员要经常停车测量后面的磨损量是否已经达到磨钝标准，工作不方便，且会降低生产效率。因此，必须有一个不用停车测量而又能方便地判断磨损量是否已经达到磨钝标准的间接量，这个间接量就是刀具寿命。

刀具寿命是刀具刃磨后，从开始切削到后面磨损量达到磨钝标准所经过的切削时间，用 $T$ 表示，单位为 min，也即刀具寿命是刀具两次刃磨间的切削时间。它不包括工件装夹、测量、开机、停机等辅助时间。刀具寿命与刀具刃磨次数的乘积称为刀具总寿命，它是一把刀具从开始使用到完全报废为止所经过的总切削时间。

### 1.6.4　刀具寿命的影响因素和合理寿命

对于某一确定的刀具，若磨钝标准相同，刀具寿命愈大，表示刀具磨损愈慢。因此影响刀具磨损的因素也就是影响刀具寿命的因素。切削加工中机械摩擦的程度和切削温度的高低以及磨钝标准的大小等都直接影响到刀具寿命。

（1）工件影响

27

工件材料的强度、硬度愈高，导热性愈差，刀具磨损愈快，刀具寿命将愈低。

（2）切削用量的影响

切削用量 $v_c$、$f$、$a_p$ 增加时，刀具磨损加剧，刀具寿命降低。其中影响最大的是切削速度 $v_c$，其次是进给量 $f$，影响最小的是切削深度 $a_p$。

切削速度对刀具寿命的影响如图 1-27 所示。由图可知，在一定的切削速度范围内，刀具寿命最高，提高或降低切削速度都会使刀具寿命降低。

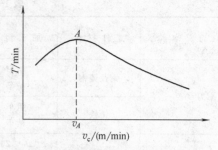

图 1-27　切削速度对刀具寿命的影响

由上可知，每种刀具材料都有一个最佳切削速度范围。为了提高生产率，通常采用的切削速度范围偏向于图 1-27 中的曲线峰值的右方。

进给量 $f$ 和切削深度 $a_p$ 的增大都会使切削面积增加、切削热增加和切削温度升高，从而使刀具寿命下降，但 $a_p$ 比 $f$ 影响要小。因为当 $a_p$ 增加时，切削热虽然有所增加，但切削宽度 $b_D$ 增大，使切削刃工作长度增加，散热条件随之有所改善，故切削温度上升较少，刀具寿命下降不多。

（3）刀具的影响

刀具材料的耐磨性、耐热性愈好，刀具寿命就愈高。

增大刀具前角 $\gamma_o$ 能减小切屑的变形，从而减小切削力和机床功率消耗，使切削温度不致过高，刀具寿命提高。但如果前角太大，则楔角 $\beta_o$ 太小，刃口强度和散热条件就差，反而使刀具寿命降低。可见，对于每一种具体的加工条件，都有一个使刀具寿命最高的合理前角。

刀尖圆弧半径增大或主偏角减小，都会使刀刃的工作长度增加，刀刃散热条件得到改善，从而降低切削温度；同时刀尖部分强度也较好，刀具寿命得到提高。但是刀尖圆弧半径增大或主偏角减小，将使径向切削分力增大，对于硬质合金等脆性刀具材料而言，容易产生崩刃而使刀具寿命降低。

刀具寿命也并不是越大越好。如果寿命选择过大，势必要选择较小的切削用量，结果使零件加工所需要的机动时间大为增加，生产率降低，加工成本提高。反之，若寿命选择过低，虽然可以采用较大的切削用量，但却因为刀具很快磨损而增加了刀具材料的消耗和换刀、磨刀、调刀等辅助时间，同样会造成生产率降低和成本提高。因此加工时要根据具体情况选择合适的刀具寿命。

生产中一般根据最低加工成本原则定刀具寿命，但当为了完成紧急任务或提高生产率对成本影响不大的情况下，也可根据最高生产率原则来确定刀具寿命。刀具寿命的具体数值可在有关手册中查到。下列数据可供参考：

| | |
|---|---|
| 高速钢车刀 | 30～90min |
| 高速钢钻头 | 80～120min |
| 硬质合金焊接车刀 | 60min |
| 硬质合金铣刀 | 120～180min |
| 齿轮刀具 | 200～300min |
| 组合机床、自动机床及自动线用刀具 | 240～480min |

可转位车刀的推广普及应用，使换刀时间和刀具成本大为降低，从而可将刀具寿命甚至选择在 15～30min，这就可以大大提高切削用量，进一步提高生产率。

# 1.7　工件材料的切削加工性和切削液

如前所述，工件材料对于金属切削过程具有重大影响。讨论切削加工性的目的是为了在设计时能合理地选择工件材料，而在加工时能选择最佳工艺条件组合，改善工件材料的切削加工性。

### 1.7.1　切削加工性的概念和衡量指标

所谓切削加工性也称可切削性，是指在一定切削条件下对工件材料切削加工的难易程度。它主要由材料自身的化学成分、金相组织、力学性能和物理、化学性质所决定，也与切削条件有关。这种对工件材料切削的难易程度通常是相对另一种材料而言的。一般在讨论钢材的切削加工性时，习惯采用碳素结构钢 45 钢为基准，即某种材料的切削加工性的好坏是相对于 45 钢而言的。

某种材料加工的难易程度要由具体的加工要求及切削条件而定。如纯铁粗加工切除余量很容易，但精加工要获得较小的表面粗糙度则很难；不锈钢在普通机床上加工并不困难，而在自动化生产条件下，断屑是个很大的问题，此时当属难加工材料。由此可见，随着具体加工要求和切削条件的不同，对工件材料切削加工性的评价也不同，衡量指标自然也就不同。通常精加工时以能较好的保证加工质量为工件材料切削加工性的主要指标；自动化加工则以断屑的难易程度作为材料切削加工性的重要指标。

总之，在各种不同情况下，可以用不同的指标来衡量材料的切削加工性，有时只用一个指标，有时则可能有几个指标。通常可从下列几个方面来衡量工件材料的切削加工性。

（1）刀具寿命 $T$ 或一定寿命下允许的切削速度 $v_T$

在相同切削条件下加工不同的材料时，显然在一定切削速度下刀具寿命 $T$ 较长或一定寿命下切削速度 $v_T$ 较大的材料，其切削加工性较好；相反，刀具寿命 $T$ 较短或一定寿命下切削速度 $v_T$ 较小的材料，其切削加工性较差。刀具寿命 $T=60\text{min}$ 时允许的切削速度 $v_T$ 可写作 $v_{60}$，同样 $T=30\text{min}$ 或 $T=15\text{min}$ 时，$v_T$ 可写作 $v_{30}$ 或 $v_{15}$。通常以切削正火状态 45 钢的 $v_{60}$ 为基准，并写作 $(v_{60})$，而把其他各种材料的 $v_{60}$ 与它相比，这个比值 $K_r$ 称为相对加工性，即 $K_r=v_{60}/(v_{60})$。当某材料的 $K_r>1$ 时，该材料比 45 钢容易切削，这些材料包括有色金属和易切钢等；当某材料的 $K_r<1$ 时，该材料比 45 钢难切削，这些材料包括调质过的 2Cr13 钢、45Cr 钢、50CrV 钢等。

（2）切削力

在相同切削条件下，凡是切削力大的材料较难加工，即切削加工性差；反之则切削加工性好。铜、铝及其合金加工时的切削力要比加工钢时小，所以它们的切削加工性比钢好。在粗加工或机床刚性、动力不足时往往采用切削力作为衡量切削加工性的主要指标。

（3）加工表面粗糙度或表面质量

精加工时，常以表面粗糙度或表面质量作为衡量材料切削加工性的主要指标。凡容易获得好的加工表面质量（包括表面粗糙度、冷作硬化程度等）的材料，切削加工性好；反之则差。从这一指标出发，低碳钢的切削加工性不如中碳钢，纯铝的切削加工性不如硬铝合金。

（4）切屑处理性

切屑的处理性主要取决于切屑的形态，带状切屑体积大，不容易清理，且容易拉伤已加工表面，尤其是自动化加工，将导致故障而停机。切屑的处理性主要指切屑的卷曲、折断，从而便于清理。

### 1.7.2 改善材料切削加工性的途径

(1) 调整化学成分，发展易切钢

金属材料中加入微量元素如硫、磷、铅、锰、钙等，可以显著改善其切削加工性，易切钢就是因为含有这些易切添加元素而改善了切削性能的，常用的易切钢有硫易切钢、铅易切钢和复合易切钢等。

(2) 合理选择材料供货状态

合理选择材料的供货状态也十分重要。低碳钢以冷拔状态最容易切削，因为低碳钢塑性太大，加工性不好，但经冷拔后，塑性大大降低，切削加工性得到改善。中碳钢以部分化的珠光体组织最容易切削。高碳钢则以完全球化的退火状态易于切削。锻件、气割件的余量不均匀且有硬皮，切削加工性不如冷拔或热轧毛坯好。

(3) 进行适当的热处理

切削加工前通过对材料进行适当的热处理，改变材料的金相组织是改善材料切削加工性的主要方法之一。一般钢料硬度在 170～230HB 间切削性能较好。低、中碳钢正火处理以提高其硬度，改善其切削性能；高碳结构钢和工具钢球化退火以调整至合适硬度，可减少磨损，改善切削加工性；2Cr13 不锈钢则调质至 28HRC 为宜，硬度过低，材料塑性大，不易得到粗糙度小的表面，硬度高则刀具易磨损。

### 1.7.3 合理使用切削液

(1) 切削液的作用

在金属切削过程中合理选用切削液，可以改善刀具与切屑和刀具与工件界面间的摩擦情况，改善散热条件，从而降低切削力、切削温度和刀具磨损。切削液还可减少刀具与切屑的粘接，抑制积屑瘤和鳞刺的生长，提高已加工表面质量，同时可以减少工件热变形，保证加工精度。

通常切削液应具备下列四个方面的作用。

① 冷却作用　切削液的冷却作用主要靠热传导，切削液能从它所能达到的最靠近热源的刀具、切屑和工件表面上带走热量，从而降低切削区温度。切削液的热导率和比热容愈高、自身温度愈低、流速流量愈大，则其冷却性能愈好。因此水的冷却性能最好，乳化液次之，油类最差。

② 润滑作用　金属切削过程中润滑液使工件与刀具间形成边界润滑摩擦，部分接触面积上的切削液润滑膜能阻止局部粘接，减少摩擦，减少切削力，降低积屑瘤，抑制鳞刺，提高加工表面质量。

③ 清洗作用　金属切削过程中会产生一些细小的碎屑或磨粉，这些碎屑或磨粉将可能划伤工件已加工表面和机床导轨面，或者嵌入砂轮空隙而降低砂轮磨削性能。因此要求切削液具有良好的清洗作用。

④ 防锈作用　为防止工件、机床、刀具等受周围介质腐蚀，要求切削液具有良好的防锈作用。防锈作用取决于切削液本身性能，加入防锈添加剂，可在金属表面吸附或化合，形成保护膜，防止与腐蚀介质接触而起到防锈作用。

此外，切削液的性价比、配制方便性、稳定性、环保性和对人体健康的影响也不可忽视。

(2) 切削液的种类

金属切削加工中常用的切削液可分为三大类：水溶液、乳化液、切削油。也有采用动植物油或固体润滑剂（二硫化钼）的。

水溶液是在水中加入一定的防锈添加剂和表面活性物质及油性添加剂配成。它既有良好的冷却性，又有一定的润滑性，且透明便于操作者观察。多用于磨削，也可用于切削。

乳化液是由乳化油加水稀释而成的。乳化油由矿物油、乳化剂及添加剂配成，用95%～98%的水稀释成乳白色或半透明的乳化液。它有良好的冷却作用，但润滑、防锈性能较差，可再加入一定量的油性、极压添加剂和防锈添加剂，配成极压乳化液和防锈乳化液。

切削油的主要成分是矿物油，常用机油、柴油和煤油等。

(3) 切削液的合理选择

切削液应根据工件材料、刀具材料、加工方法和加工要求等具体情况来选用才能取得应有的效果。

高速钢刀具耐热性差，故应采用切削液。粗加工时，金属切除量大，产生热量多，刀具磨损容易，此时使用切削液的主要目的是降低切削温度，可选用冷却为主的切削液。精加工时主要目的是改善加工表面质量，应选用润滑性能较好的极压切削油或高浓度极压乳化液。

硬质合金刀具耐热性好，某些情况下可以不用切削液，如果使用切削液可采用低浓度乳化液或水溶液，但必须连续充分供应，否则高温下刀具冷热不匀，容易产生很大的内应力而导致裂纹。

从工件材料考虑，切削钢料等塑性材料，需用切削液。切削铸铁等脆性材料，一般可不用切削液。对于高强度钢、高温合金等难加工材料，应采用极压切削油或极压乳化液，甚至配制专门的切削液以适应其要求。对于铜、铝及其合金，为了得到较高的表面质量和精度，可采用10%～20%的乳化液、煤油或煤油与矿物油的混合。由于硫会腐蚀铜，故切铜时不能用含硫的切削液。铝的强度低，如果极压添加剂与金属形成的化合物强度超过金属本身，这种切削液将带来相反的效果，故切铝时也不宜用硫化切削油。

从加工方法考虑，如钻孔、攻丝、铰孔和拉削等，其排屑方式多为半封闭状态，且导向部分或校正部分与已加工表面摩擦严重，对硬度高、强度大、韧性大、冷硬严重的难切削材料尤为突出，此时宜用乳化液、极压乳化液或极压乳化油。成形刀具、螺纹和齿轮刀具要保持形状、尺寸精度，且其加工成本高，刃磨复杂，要求较高的寿命，也应采用润滑性较好的极压切削油或高浓度极压切削油。磨削加工温度高，且磨屑会破坏工件表面质量，要求切削液具有较好的冷却性能和清洗性能，常用半透明或透明的水溶液和普通乳化液。磨削不锈钢、高温合金则宜采用润滑性能较好的水溶液和极压乳化液。

(4) 切削液的使用方法

切削液不仅要合理选择，而且要正确使用，才能取得较好的效果。常见的切削液使用方法有浇注法、高压冷却法和喷雾冷却法。

浇注法使用方便，应用广泛，但流速慢、压力低，较难直接进入刀刃最高温度处，故效果较差。使用时应使切削液尽量接近切削区。当用不同刀具切削时，最好能根据刀具形状和切削刃数目，相应改变浇注口的形式和数目。浇注切削液的流量在车、铣时约为10～20L/min。

高压冷却法常用于深孔加工，利用高压切削液直接接近切削区起冷却润滑作用，并将碎断的切屑随液流带出孔外。

喷雾冷却法是以压力为0.29～0.59MPa的压缩空气，借助喷雾器使切削液雾化，经直径1.5～3mm的喷嘴高速喷射到切削区，使高速气流带着雾化成细小液滴的切削液能渗透到切削区的接触表面间，当这些液滴遇到灼热的表面时，很快汽化，吸收大量的热量，达到较好的冷却效果。这综合了气体的高速和渗透性好、液体的汽化热高、可加各类添加剂的优点，可用于难切削材料及超高速切削，提高刀具寿命。

# 1.8 刀具几何角度的选择

刀具几何角度对切削变形、切削力、切削温度和刀具磨损均有显著影响，从而影响切削效率、刀具寿命、表面质量和加工成本。因此必须十分重视刀具几何角度的合理选择，以充分发挥刀具的性能。下面将分别介绍刀具各几何参数的功用及其选择原则。

### 1.8.1 前角

（1）前角的功用

前角对切削过程有很大的影响，主要体现在以下几个方面。

① 影响切削变形和切削力的大小　增大前角，将减少前面对金属切削层的挤压，使切削轻快，从而减小切削变形和切削力，降低切削功率消耗，减少切削热的产生。

② 影响加工表面质量　增大前角，能减小切削变形、加工硬化程度及深度，可抑制或消除积屑瘤，并使径向切削分力显著下降，有利于消除振动，从而提高加工表面质量。

③ 影响刀具寿命　前角太大，刀刃和刀头强度下降、散热条件差、刀具寿命降低；前角太小，切削力和切削温度增高，也将使刀具寿命降低。因此，在具体加工条件下，一定有一个使刀具寿命最大的合理前角。

④ 影响切屑形态和断屑效果　前角越小，切屑变形越严重，切屑比较容易折断。

（2）前角的选择

通常主要根据刀具材料、工件材料及具体加工情况来选择前角的大小。

① 根据刀具材料来选择　高速钢刀具的抗弯强度和冲击韧性比硬质合金要高得多，因此高速钢刀具可选择比较大的前角，而硬质合金刀具则应选择较小的前角。

② 根据工件材料来选择　当加工脆性材料时，切屑呈崩碎状，切削力带有冲击性，并集中在刃口附近，为了防止崩刃，一般应选用较小的前角。但脆性材料的抗压强度较大，故也不宜选择负前角。切削塑性材料时，切屑呈带状，切削力的作用中心远离刀刃，为了减小切削变形和切削力，降低切削温度，一般可选择较大的前角。

工件材料的强度、硬度越低，塑性越大时，选用的前角越大；反之选用的前角越小。因为工件材料的强度、硬度低时，产生的切削力小，切削热少，刀具磨损较慢，且不易崩刃，所以可以采用较大的前角，以使切削轻快。工件材料强度大、硬度高时，产生的切削力大，切削热多，刀头应有足够的强度和散热体积，以免崩刃和迅速磨损，因此应选择较小的前角。

硬质合金刀具加工特硬材料时，为了保证刀具有足够的强度，防止崩刃，应选择负前角。

加工不同材料时前角的选择可参考表 1-7。

**表 1-7　车刀的前角数值**

| 工　件　材　料 | 前　角　数　值/(°) | | 工　件　材　料 | 前　角　数　值/(°) | |
|---|---|---|---|---|---|
| | 高速钢 | 硬质合金 | | 高速钢 | 硬质合金 |
| 铝及镁的轻合金 | 30～35 | 30～35 | 奥氏体不锈钢 | — | 15～20 |
| 铜合金（软） | 25～30 | 25～30 | 淬火钢 | — | −5～10 |
| 铜合金（脆性） | 10～15 | 10～15 | 铸铁（≤220HB） | 20～25 | 15～25 |
| 钢 $\sigma_b \leqslant 80 \times 10^5$ Pa | 25～30 | 15～20 | 铸铁（>220HB） | 10 | 8 |
| 钢 $\sigma_b > 80 \times 10^5$ Pa | 20～25 | 10～15 | 钛合金 | 20 | 0 |

### 1.8.2　前面的形状及选择

常见的前面形式如图 1-28 所示。

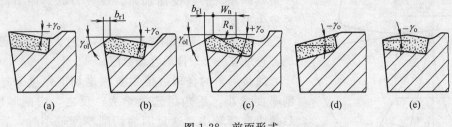

图 1-28　前面形式

（1）正前角平面型 [图 1-28（a）]

正前角平面型是一种最基本的前面形式，其形状简单，制造方便，能获得较锋利的刃口。但切削刃强度较差，且不易断屑。一般精加工和加工脆性材料及成形刀、铣刀等形状复杂刀具采用。

（2）正前角平面带负倒棱 [图 1-28（b）]

这种前面形式是沿主切削刃磨出很窄的棱边（称负倒棱）而形成的。这样就提高了刃口强度，增大了散热面积，改善了受力情况，从而提高了刀具寿命。有了负倒棱就可以取较大的前角，切削时切屑仍然沿前面流出，即倒棱并没有改变原来的前角，切屑变形也未增大。但倒棱宽度必须选择适当，过大将变成负前角切削。对于硬质合金刀具切削塑性材料，一般建议倒棱宽度 $b_{r1} = (0.5 \sim 1.0)f$，$\gamma_{o1} = -10° \sim -5°$；粗加工铸、锻钢件或断续切削，当系统刚性不足时，可取 $b_{r1} = (1.5 \sim 2)f$。

（3）正前角曲面带负倒棱 [图 1-28（c）]

正前角曲面带负倒棱型在前面上磨制或压制出卷屑槽，使切屑在沿前面流出时再经受一次附加的卷曲变形而折断。通常该形式刀面还在刃口处作出负倒棱，以增强刀刃强度和改善散热条件，从而提高刀具寿命。负倒棱宽度一般取 $(0.5 \sim 0.8)f$，以保证切屑沿着前面流出，而不是沿着负倒棱流出。总之，正前角负倒棱型既保证刀具有正前角，又保证刃口有足够的强度，刃口散热条件好，曲面槽便于断屑，因此粗加工或半精加工塑性材料时常采用。

（4）负前角型 [图 1-28（d）、（e）]

用硬质合金刀具加工高强度、高硬度材料以及切削淬火钢时，为了保证切削刃强度，可采用负前角的前面。当磨损主要发生在后面，不需要重磨前面时，则采用负前角单面型 [图 1-28（d）]；当磨损同时发生在前面和后面时，为了减少前面的刃磨面积，增加刀具的可重磨次数，充分利用刀具材料，则可采用负前角双面型 [图 1-28（e）]。此时负前角的棱面应有足够的宽度，以保证这部分起实际切削作用。

### 1.8.3　后角选择

后角也是刀具的主要几何参数之一。

增大后角能减少后面与工件加工表面间的摩擦，从而减少刀具的磨损，提高已加工表面质量和刀具寿命。同时可减小刃口圆钝半径 $r_n$，使刃口更为锋利，摩擦进一步减少，磨损降低，刀具寿命提高，加工表面质量得到改善。

增大后角，在同样的磨钝标准 $VB$ 条件下，刀具由新刃磨用到磨钝，允许磨去的体积较大，如图 1-29 所示，因而有利以提高刀具寿命。但后角越大，在同样磨钝标准条件下，刀具的径向磨损值 $NB$ 增大，因此，对于一些精加工刀具，当尺寸精度要求高时，就不宜按一

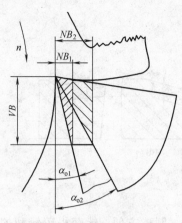

图 1-29 后角对磨损量的影响

般原则采用大后角。

当后角过大时，楔角 $\beta$ 减小，则将削弱刃口强度，减少散热体积，磨损反而加剧，导致刀具寿命下降，且容易发生振动。

可见，在一定切削条件下，后角过大或过小都是不利的，它总有一个最佳的合理数值。

通常后角的合理数值主要根据切削厚度来选择。切削厚度愈小，后角可选择愈大；反之，切削厚度愈大，后角应选择较小。这是因为切削厚度较小时，后面磨损比较显著，而前面的月牙洼磨损较轻微，增大后角可以减少后面磨损量。相反，切削厚度较大时，前面的月牙洼磨损较显著，而后面磨损相对下降，这时较小的后角可以增加刀头散热体积，减少前面磨损。此外，由于刀具刃口都存在圆钝半径 $r_n$，如图 1-20 所示，使厚度为 $\Delta h_D$ 的一层材料很难被切下，而仅是与后面形成摩擦。切屑厚度 $h_D$ 越小，刃口圆钝半径愈大，$\Delta h_D/h_D$ 愈大，被刃口挤压的材料层比例愈大，这将加剧刀具的后面磨损，降低已加工表面质量。此时若增大后角，即可减小刃口圆钝半径，使刃口锋利，便于切下薄切屑，减少刀具后面的摩擦与磨损，提高已加工表面质量。当切削厚度较大时，切削力较大，切削温度较高，为了保证刃口强度和提高刀具寿命，应选择较小的后角。

合理选择刀具的后角，除了在一定条件下取决于切削厚度外，还同工件材料、刀具材料及加工条件有关。工件材料强度、硬度愈高，为了保证刃口强度，宜取较小的后角；工件材料软而塑性大时，为了减少后面的摩擦磨损，应取较大的后角。加工脆性材料时，切削力集中在刃口附近，宜取较小的后角。工艺系统刚性较差时，为了适当增加刀具后面和加工表面之间的接触面积，以达到阻尼消振的目的，也应取较小的后角。对于粗糙度、精度要求高的精加工用刀具（拉刀、铰刀等），为了保证较高的尺寸寿命，后角也取得较小。

通常粗车时可取后角为 $4°\sim6°$，精车则取为 $8°\sim12°$。

副后角的作用与后角类似，它用来减少副后面与已加工表面之间的摩擦。它对刀尖强度有一定的影响。一般刀具通常将副后角制成与后角相同，但在某些特殊情况下，如切断刀，为了保证刀尖的强度或保持重磨后的尺寸精度，副后角选得很小，一般为 $1°\sim2°$。

### 1.8.4 主偏角、副偏角选择

（1）主偏角功用及选择

① 对刀具寿命的影响　主偏角 $\kappa_r$ 愈小，刀刃参加切削的长度和刀尖角 $\varepsilon_r$ 愈大，作用在单位刀刃上的切削力减小，切削温度下降，刀尖强度提高。因此，在工艺系统刚性足够而不至于引起振动的前提下，主偏角 $\kappa_r$ 愈小，刀具寿命愈高。

② 对各切削分力的影响　主偏角 $\kappa_r$ 增大时，切深抗力 $F_p$ 减小，进给抗力 $F_f$ 增大。因此，当工艺系统刚性较差时，应选取较大的 $\kappa_r$ 值。一般取 $\kappa_r=75°\sim93°$。强烈切削时，为了减小主切削力 $F_c$ 和切深抗力 $F_p$，一般取 $\kappa_r=75°$。

③ 对断屑情况的影响　主偏角 $\kappa_r$ 愈大，切削宽度愈小，切削厚度愈大，愈容易断屑。因此当塑性材料切削出现带状屑时可考虑增大 $\kappa_r$ 来使切屑折断。

④ 对工件表面形状的影响　车削阶梯轴时，为了同时车出外圆和端面，一般取 $\kappa_r=90°\sim93°$。有时为了用一把车刀依次车出外圆、端面、45°倒角，此时应取 $\kappa_r=45°$。镗削台阶不

通孔应使 $\kappa_r > 90°$。

此外，主偏角的大小还可能影响残留面积高度，当主切削刃的直线部分参与形成残留面积时，减小主偏角可减小表面粗糙度。

（2）副偏角功用及选择

副偏角 $\kappa_r'$ 的主要功用是减少副刀刃与已加工表面间的摩擦，其大小将直接影响表面粗糙度和刀具寿命，一般取 $\kappa_r' = 5° \sim 15°$。当工艺系统刚性差或需要中间切入时，为了避免振动，可取 $\kappa_r' = 30° \sim 45°$。对于弯头车刀，为了适应刀头和刀片的外形，取 $\kappa_r' = 45°$。在某些情况下，为了保证刀具强度或重磨后的尺寸精度，应选择较小的副偏角。如切断刀取 $\kappa_r' = 1° \sim 3°$。

### 1.8.5　刃倾角功用及选择

（1）对切屑流出方向的影响

如图 1-30 所示，当刃倾角 $\lambda_s$ 为正时，切屑流向待加工表面；而当刃倾角为负时，切屑将流向已加工表面方向，有可能将已加工表面划伤。因此，在精加工时，为了避免切屑划伤已加工表面，通常取正的刃倾角。

（2）对实际工作前角和刀刃圆钝半径的影响

实际工作前角和刃口圆钝半径是在切屑流出方向测量的前角和圆钝半径。当刃倾角 $\lambda_s$ 的绝对值增大时，通过空间角度换算可知，刀具实际工作前角大大增大，实际刃口圆钝半径显著减小，使切削刃变得很锋利，从而可减小切屑变形，减少刀具磨损，提高刀具寿命，使切削过程变得非常轻快，并实现微量（一次切深 $0.005 \sim 0.01$mm）切削。

（3）对切削过程平稳性和刀刃受冲击情况的影响

在断续切削情况下，当刃倾角 $\lambda_s = 0°$ 时，整个切削刃上各点同时切入切出，冲击大；当刃倾角 $\lambda_s \ne 0°$ 时，切削刃逐渐切入工件，冲击小，切削平稳。刃倾角越大，切削刃越长，切削过程越平稳（大螺旋角铣刀）。

如图 1-31 所示，当刃倾角 $\lambda_s$ 为正时，刀刃切入工件时刀尖首先接触工件，因而刀尖将受到冲击，当刀尖强度较差时容易崩刃；当 $\lambda_s$ 为负时，离刀尖较远的刃口处首先接触工件，刀具最薄弱的刀尖免受冲击而得到保护，从而避免崩刃的发生。

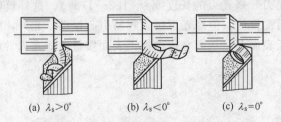

图 1-30　刃倾角对排屑方向的影响

(a) $\lambda_s > 0°$　　(b) $\lambda_s < 0°$　　(c) $\lambda_s = 0°$

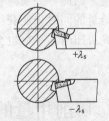

图 1-31　刃倾角对刀刃
受冲击情况的影响

（4）对各切削分力的影响

刃倾角 $\lambda_s$ 负值越大，切深抗力 $F_p$ 越大，当工艺系统刚性较差时，容易引起振动。

综上所述，刃倾角的合理选择，主要根据是加工工作条件。对于加工钢和铸铁，精加工时，为了避免切屑划伤已加工表面，常取 $\lambda_s = 0° \sim 4°$；粗加工时为了提高刃口强度，常取 $\lambda_s = -4° \sim 0°$。当切削断续表面承受冲击载荷时，为了保护刀尖，常取较大的负刃倾角（$-15° \sim -5°$）。车削淬硬钢时，取 $\lambda_s = -12° \sim -5°$。

### 1.8.6　过渡刃形状及参数选择

刀尖处强度低，散热条件差，是刀具最薄弱的地方，因此最容易磨损和崩刃。在主、副切削刃间磨出过渡刃，可加强刀尖，改善其散热条件，从而提高刀具寿命。但它会使刀刃的主、副偏角变小，从而引起切深抗力增加，导致振动，故过渡刃不宜过大。

过渡刃形式有三种，如图1-32所示。

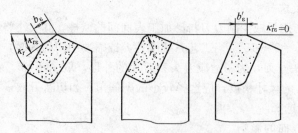

图1-32 过渡刃形式

（1）圆弧过渡刃

圆弧过渡刃的参数为刀尖圆弧半径 $r_\varepsilon$。当 $r_\varepsilon$ 增大时，可减小加工表面粗糙度，提高刀具寿命。但另一方面它会使切深抗力增大，极易引起振动，故 $r_\varepsilon$ 不宜过大。硬质合金刀具怕振动，$r_\varepsilon$ 更应当小一些。$r_\varepsilon$ 值推荐如下：

高速钢车刀　　　$r_\varepsilon=0.5\sim5\mathrm{mm}$

硬质合金车刀　　$r_\varepsilon=0.2\sim2\mathrm{mm}$

当工艺系统刚性较好时，取大值；反之则取小值。

（2）直线过渡刃

直线过渡刃结构简单，容易刃磨。一般粗加工或强力切削刀具、切断刀都采用直线过渡刃。其特征参数为过渡刃的长度 $b_\varepsilon$ 和偏角 $\kappa_{r\varepsilon}$。通常取 $\kappa_{r\varepsilon}=\dfrac{1}{2}\kappa_r$，$b_\varepsilon=0.5\sim2\mathrm{mm}$。切断刀的过渡刃参数一般取 $\kappa_{r\varepsilon}=45°$，$b_\varepsilon=(0.2\sim0.5)b_\mathrm{D}$。

（3）修光刃

从前面表面几何残留面积的计算可知，减小副偏角可以减小残留面积高度，从而减小表面粗糙度。因此，必要时可磨出一段修光刃，修光刃的长度 $b'_\varepsilon\approx(1.2\sim1.5)f$。这样就能在加大进给量的同时仍能获得较低的表面粗糙度值。但修光刃过大容易引起振动。此外，磨损后的修光刃凹凸不平，也会复映在已加工表面上，从而恶化已加工表面质量。修光刃常用于端铣刀。

# 1.9　切削用量的选择

切削用量的大小对切削力、切削功率、刀具磨损、加工质量和加工成本等均有显著影响。选择切削用量时，应在保证加工质量和刀具寿命的前提下，充分发挥机床潜力和刀具切削性能，使切削效率最高，加工成本最低。

### 1.9.1　切削用量的选择原则

（1）粗车时切削用量的选择原则

粗加工的主要特点是加工精度和表面质量要求不高，毛坯余量大而不均匀。因此，粗加工时选择切削用量的出发点是充分发挥机床潜力和刀具切削性能，使单件工序时间最短，以提高生产率，降低加工成本。

单件工序时间 $t_\mathrm{w}$ 主要包括机动时间 $t_\mathrm{m}$ 和辅助时间 $t_\mathrm{f}$。车削外圆时的机动时间为

$$t_m = \frac{L}{nf} \times \frac{Z}{a_p} = \frac{\pi d_w L Z}{1000 v_c f a_p} \qquad (1\text{-}24)$$

式中　$d_w$——被加工工件直径，mm；

　　　$L$——切削行程，mm；

　　　$Z$——工件单边加工余量，mm；

　　　$n$——机床主轴转速，r/min；

　　　$v_c$——切削速度，m/min；

　　　$f$——进给量，mm/r；

　　　$a_p$——切削深度，mm。

由式（1-24）可知，欲使机动时间 $t_m$ 最小，必须使 $v_c$、$f$、$a_p$ 三者乘积最大。如前所述，切削速度对刀具寿命影响很大，而切削深度影响最小。如果首先将切削速度选得很大，刀具寿命就会急剧下降，使换刀次数增加，辅助时间增多。若要保持刀具寿命不变，进给量和切削深度就要选得很小，这样就使得 $v_c$、$f$、$a_p$ 三者乘积变小，从而使 $t_m$ 增大。同时，若采用小的切削深度，则一次走刀不能切除全部加工余量，走刀次数增加，辅助时间也将增多。由上分析可知，粗加工切削用量的选择原则是：首先优先选择大的切削深度 $a_p$，其次选择较大的进给量 $f$，最后确定合理的切削速度 $v_c$。

（2）精车时切削用量的选择原则

精车时，加工精度和表面质量要求较高，加工余量小而均匀。因此，选择精加工切削用量的出发点是在保证达到加工质量要求的前提下，尽可能提高生产率。

切削用量 $v_c$、$f$、$a_p$ 对切削变形、残留面积高度、积屑瘤、切削力等的影响是不同的。因而它们对加工精度和表面粗糙度的影响也不同。

提高切削速度，可使切削变形、切削力减小，而且能抑制积屑瘤和鳞刺的产生。增大进给量，有利于断屑，但会使残留面积高度和切削力增大。增大切削深度，会使切削力显著增加，对加工质量不利。由此可见，精加工时应选择较小的切削深度和进给量，尽可能选用较高的切削速度。在切削速度受到工艺条件限制而不能提高时，可选择低速大进给配合修光刃来进行精加工。

### 1.9.2　切削用量的选择方法

（1）切削深度 $a_p$ 的选择

粗加工时切削深度的选择原则是尽可能用一次走刀切除全部加工余量，以使走刀次数最少。通常可取 $a_p = Z$，$Z$ 为单边加工余量。只有当 $Z$ 太大或加工余量很不均匀，或工艺系统刚性不足时，为了避免振动才分成两次或多次走刀。采用两次走刀时，第一次走刀的切削深度 $a_{p1} = (2/3 \sim 3/4)Z$，第二次走刀的切削深度 $a_{p2} = (1/4 \sim 1/3)Z$。在车削铸件或锻件毛坯时，第一次走刀的切削深度应避免刀刃在金属表层硬皮上切削。

在中小型车床上进行精车时，通常取 $a_p = 0.05 \sim 0.08$mm，半精车时 $a_p = 1 \sim 2$mm。精车时，切削深度也不宜选得太小，因为车刀刃口都有一定的圆钝半径，若切削深度太小，刃口圆钝半径的作用就比较显著，切屑形成困难，已加工表面刃口的挤压、摩擦变形大，反而会降低加工表面质量。

（2）进给量 $f$ 的选择

粗加工时对表面粗糙度的要求不高，进给量的选择主要受切削力的限制。在刀杆和工件的刚度以及刀片和机床进给机构强度允许的情况下，应选择较大的进给量。

表 1-8 所列为硬质合金车刀粗车外圆及端面时的进给量，供选用时参考。

### 表 1-8 硬质合金车刀粗车外圆及端面时的进给量参考值

| 工件材料 | 车刀刀杆尺寸 $B \times H/mm \times mm$ | 工件直径 $d/mm$ | 切削深度 $a_p/mm$ | | | | |
|---|---|---|---|---|---|---|---|
| | | | 3 | 5 | 8 | 12 | 12 以上 |
| | | | 进给量 $f/(mm/r)$ | | | | |
| 碳素结构钢和合金结构钢 | 16×25 | 20 | 0.3～0.4 | — | — | — | — |
| | | 40 | 0.4～0.5 | 0.3～0.4 | — | — | — |
| | | 60 | 0.5～0.7 | 0.4～0.6 | 0.3～0.5 | — | — |
| | | 100 | 0.7～0.9 | 0.5～0.7 | 0.5～0.6 | 0.4～0.5 | — |
| | | 400 | 0.8～1.2 | 0.7～1.0 | 0.6～0.8 | 0.5～0.6 | — |
| | 20×30 25×25 | 20 | 0.3～0.4 | — | — | — | — |
| | | 40 | 0.4～0.5 | 0.3～0.4 | — | — | — |
| | | 60 | 0.6～0.7 | 0.5～0.7 | 0.4～0.6 | — | — |
| | | 100 | 0.8～1.0 | 0.7～0.9 | 0.5～0.7 | 0.4～0.7 | — |
| | | 600 | 1.2～1.4 | 1.0～1.2 | 0.8～1.0 | 0.6～0.9 | 0.4～0.6 |
| 铸铁 | 16×25 | 40 | 0.4～0.5 | — | — | — | — |
| | | 60 | 0.6～0.8 | 0.5～0.8 | 0.4～0.6 | — | — |
| | | 100 | 0.8～1.2 | 0.7～1.0 | 0.6～0.8 | 0.5～0.7 | — |
| | | 400 | 1.0～1.4 | 1.0～1.2 | 0.8～1.0 | 0.6～0.8 | — |
| | 20×30 25×25 | 40 | 0.4～0.5 | — | — | — | — |
| | | 60 | 0.6～0.9 | 0.5～0.8 | 0.4～0.7 | — | — |
| | | 100 | 0.9～1.3 | 0.8～1.2 | 0.7～1.0 | 0.5～0.8 | — |
| | | 600 | 1.3～1.8 | 1.2～1.6 | 1.0～1.3 | 0.9～1.1 | — |

注：1. 加工断续表面及有冲击的加工时，表内的走刀量应乘系数 $K=0.75～0.85$。

2. 加工耐热钢及其合金时，不采用大于 0.1mm/r 的走刀量。

3. 在无外皮加工时，表内走刀量可乘系数 1.1。

精加工时产生的切削力不大，进给量主要受到表面粗糙度的限制，因此，精车时进给量 $f$ 一般选得较小。但同样也不宜选得太小，以免切削厚度太小而造成切屑难于切下。

表 1-9 所列为按表面粗糙度要求制定的进给量数据，可供选择时参考。使用此表时，应先预选一个切削速度。

### 表 1-9 硬质合金车刀精车时的进给量参考值

| 表面粗糙度 $Ra/\mu m$ | 加工材料 | 副偏角 $\kappa_r'/(°)$ | 切削速度范围 $v_c/(m/min)$ | 刀尖圆弧半径 $r_\varepsilon/mm$ | | |
|---|---|---|---|---|---|---|
| | | | | 0.5 | 1.0 | 2.0 |
| | | | | 进给量 $f/(mm/r)$ | | |
| 12.5 | 钢和铸铁 | 5 | 不限制 | — | 0.55～0.7 | 0.7～0.88 |
| | | 10～15 | | — | 0.45～0.6 | 0.6～0.7 |
| 6.3 | 钢 | 5 | <50 | 0.2～0.3 | 0.25～0.35 | 0.3～0.45 |
| | | | 50～100 | 0.28～0.35 | 0.35～0.4 | 0.4～0.55 |
| | | | >100 | 0.35～0.4 | 0.4～0.5 | 0.5～0.6 |
| | | 10～15 | <50 | 0.18～0.25 | 0.25～0.3 | 0.3～0.4 |
| | | | 50～100 | 0.25～0.3 | 0.3～0.35 | 0.35～0.5 |
| | | | >100 | 0.3～0.35 | 0.35～0.4 | 0.5～0.55 |
| | 铸铁 | 5 | 不限制 | | 0.3～0.5 | 0.45～0.65 |
| | | 10～15 | | | 0.25～0.4 | 0.4～0.6 |

| 表面粗糙度 $Ra/\mu m$ | 加工材料 | 副偏角 $\kappa_r'/(°)$ | 切削速度范围 $v_c/(m/min)$ | 刀尖圆弧半径 $r_\varepsilon/mm$ | | |
|---|---|---|---|---|---|---|
| | | | | 0.5 | 1.0 | 2.0 |
| | | | | 进给量 $f/(mm/r)$ | | |
| 3.2 | 钢 | ≥5 | 30～50 | — | 0.11～0.15 | 0.14～0.22 |
| | | | 50～80 | — | 0.14～0.20 | 0.17～0.25 |
| | | | 80～100 | — | 0.16～0.25 | 0.23～0.35 |
| | | | 100～130 | — | 0.2～0.3 | 0.25～0.39 |
| | | | >130 | — | 0.25～0.3 | 0.35～0.39 |
| | 铸铁 | ≥5 | 不限制 | — | 0.15～0.25 | 0.2～0.35 |
| 1.6 | 钢 | ≥5 | 100～110 | — | 0.12～0.15 | 0.14～0.17 |
| | | | 100～130 | — | 0.13～0.18 | 0.17～0.23 |
| | | | >130 | — | 0.17～0.26 | 0.21～0.27 |
| 加工材料强度不同时走刀量的修正系数 | | | | | | |
| 材料强度 $\sigma_b/GPa$ | | | <0.5 | 0.5～0.7 | 0.7～0.9 | 0.9～1.1 |
| 修正系数 $K_{料s}$ | | | 0.1 | 0.75 | 1.0 | 1.25 |

（3）切削速度 $v_c$ 的选择

粗车时，切削速度受刀具寿命和机床功率限制。当切削速度受刀具寿命限制时，可按下式计算：

$$v_c = \frac{C_v}{T^m a_p^{X_v} f^{Y_v}} K_v \tag{1-25}$$

式中　$v_c$——切削速度，m/min；

$\quad\quad C_v$——与寿命实验条件有关的系数；

$\quad\quad m$——寿命影响程度指数；

$\quad\quad X_v$——切削深度影响程度指数；

$\quad\quad Y_v$——进给量影响程度指数；

$\quad\quad K_v$——切削条件与实验条件不同时的修正系数；

$\quad\quad T$——刀具寿命，min；

$\quad\quad a_p$——切削深度，mm；

$\quad\quad f$——进给量，mm/r。

上述指数和系数可参考表 1-10 选取。

当切削速度受机床功率限制时，可按下式计算：

$$v_c \leqslant \frac{6 \times 10^4 P_e \eta}{F_c} \tag{1-26}$$

式中　$P_e$——机床电动机功率，kW；

$\quad\quad \eta$——机床传动效率；

$\quad\quad F_c$——主切削力，N。

精车时，机床功率足够，切削速度主要受刀具寿命的限制。

### 1.9.3　选择切削用量实例

实际生产中通常根据查表法或按经验数据来选择确定切削用量。表 1-8、表 1-9、表 1-11 为硬质合金车刀切削用量的推荐值，供选用时参考。

表 1-10　计算切削速度的系数、指数和修正系数

| 工件材料 | 进给量 f/(mm/r) | 硬质合金牌号 | 系数及指数 | | | |
|---|---|---|---|---|---|---|
| | | | $C_v$ | $m$ | $X_v$ | $Y_v$ |
| 结构钢 $\sigma_b=0.75\text{GPa}$ | ≤0.75 | YT5 | 227 | 0.2 | 0.15 | 0.35 |
| 铸铁（190HB） | ≤0.4 | YG6 | 292 | 0.2 | 0.15 | 0.2 |

修 正 系 数

| 工件材料 | 加工材料 | | 钢 | | | | 灰铸铁 | | |
|---|---|---|---|---|---|---|---|---|---|
| | $K_{料v}$ | | | $\dfrac{75}{\sigma_b}$ | | | $\left[\dfrac{190}{HBS}\right]^{1.5}$ | | |
| 主偏角 $\kappa_r$ | $\kappa_r/(°)$ | | 10 | 20 | 30 | 45 | 60 | 75 | 90 |
| | $K_{\kappa_{rv}}$ | 钢 | 1.55 | 1.3 | 1.13 | 1.0 | 0.92 | 0.86 | 0.81 |
| | | 铸铁 | | | 1.2 | 1.0 | 0.88 | 0.83 | 0.73 |
| 前面形状 | 前面形状 | | 带倒棱 | | | | 平面型（负前角） | | |
| | $K_{前v}$ | | 1.0 | | | | 1.05 | | |
| | 表面状况 | | 锻件，无外皮 | | 锻件，有外皮 | | 铸件，有外皮 | | |
| | $K_{皮v}$ | | 1.0 | | 0.8～0.85 | | 0.5～0.6 | | |
| 刀片牌号 | 切钢时 | 牌号 | YT30 | | YT15 | YT14 | YT5 | | |
| | | $K_{刀v}$ | 2.15 | | 1.54 | 1.23 | 1.0 | | |
| | 切铸铁时 | 牌号 | YG3 | | YG6 | | YG8 | | |
| | | $K_{刀v}$ | 1.15 | | 1.0 | | 0.83 | | |
| 加工方法 | 加工方法 | | 车外圆 | 镗孔 | 车端面 $d/D$ | | | | |
| | | | | | 0～0.4 | 0.5～0.7 | 0.8～1.0 | | |
| | $K_{工v}$ | | 1.0 | 0.9 | 1.25 | 1.20 | 1.05 | | |

表 1-11　硬质合金外圆车刀切削速度参考值

| 工 件 材 料 | 热处理状态 | $a_p=0.3\sim2\text{mm}$ $f=0.08\sim0.3\text{mm/r}$ $v_c/(\text{m/min})$ | $a_p=2\sim6\text{mm}$ $f=0.3\sim0.6\text{mm/r}$ $v_c/(\text{m/min})$ | $a_p=6\sim10\text{mm}$ $f=0.6\sim1\text{mm/r}$ $v_c/(\text{m/min})$ |
|---|---|---|---|---|
| 低碳钢易切钢 | 热轧 | 140～180 | 100～120 | 70～90 |
| 中碳钢 | 热轧 | 130～160 | 90～110 | 60～80 |
| | 调质 | 100～130 | 70～90 | 50～70 |
| | 淬火 | 60～80 | 40～60 | — |
| 合金结构钢 | 热轧 | 100～130 | 70～90 | 50～70 |
| | 调质 | 80～110 | 50～70 | 40～60 |
| 工具钢 | 退火 | 90～120 | 60～80 | 50～70 |
| 不锈钢 | — | 10～80 | 60～70 | 50～60 |
| 灰铸铁 | <190HB | 80～110 | 60～80 | 50～70 |
| | 190～225HB | 90～120 | 50～70 | 40～60 |
| 高锰（13%Mn） | — | | 10～20 | |
| 铜及钢合金 | — | 200～250 | 120～180 | 90～120 |
| 铝及铝合金 | — | 300～600 | 200～400 | 150～300 |
| 铸铝合金（7%～13%Si） | — | 100～180 | 80～150 | 60～100 |

注：切削钢与铸铁时 $T=60\sim90\text{min}$。

**【例 1-2】** 如图 1-33 所示，工件材料为调质 45 钢，毛坯尺寸为 $\phi$57mm，车削后尺寸为 $\phi$50mm×250mm，表面粗糙度 $Ra$ 为 3μm。在 CA6140 车床上用一头顶一头夹的方式进行加工。试选择和确定粗、精车切削用量。

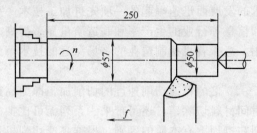

图 1-33　车削工件

**解：**

（1）粗车切削用量的计算

单边总余量
$$A=\frac{57-50}{2}=3.5 \ (\text{mm})$$

取切削深度
$$a_p=3\text{mm}$$

设车刀刀杆尺寸为 16mm×25mm。查表 1-8，得 $f=0.45\sim0.6$mm/r，根据机床说明书，取 $f=0.51$mm/r。

查表 1-11，得 $v_c=70\sim90$m/min，取 $v_c=80$m/min。

计算转速
$$n=\frac{1000v_c}{\pi d}=\frac{1000\times80}{3.14\times57}=447 \ (\text{r/min})$$

根据机床说明书，选取 $n=450$r/min。

实际切削速度
$$v_c=\frac{\pi dn}{1000}=\frac{3.14\times57\times450}{1000}=80.5 \ (\text{m/min})$$

校验机床功率：

机床输出功率　$P_o=P_e\eta=7.5\times0.75=5.6 \ (\text{kW})$　　（机床传动效率 $\eta=0.75$）

切削功率　　　　　　　　　$P_c=P_s Z_w K_{fp_s}$

由表 1-4 查得单位切削功率　$p_s=2305\times10^{-6}$kW·s/mm³

由表 1-5 查得　　　　　　$K_{fp_s}=0.925$

金属切除率 $Z_w=\dfrac{1000a_p f v_c}{60}=\dfrac{1000\times3\times0.51\times80.5}{60}=2053 \ (\text{mm}^3/\text{s})$

$$P_e=2305\times10^{-6}\times2053\times0.925=4.38 \ (\text{kW})$$

$P_e<5.6$kW，机床功率足够。

粗车切削用量为：　$a_p=3$mm，$f=0.51$mm/r，$n=450$r/min，$v_c=80.5$m/min。

（2）精车切削用量的计算

切削深度　　　　　　$a_p=3.5-3=0.5 \ (\text{mm})$

设切削速度为 120m/min，刀尖圆弧半径 $r_\varepsilon=1$mm，查表 1-9 得 $f=0.2\sim0.3$mm/r，根据机床说明书，取 $f=0.24$mm/r。

查表 1-11 得　$v_c=100\sim130$m/min，取 $v_c=120$m/min。

计算转速
$$n=\frac{1000v_c}{\pi d}=\frac{1000\times120}{3.14\times51}=749 \ (\text{r/min})$$

根据机床说明书，取 $n=710$r/min。

实际切削速度　　$v_c=\dfrac{\pi dn}{1000}=\dfrac{3.14\times51\times710}{1000}=114 \ (\text{m/min})$

精车切削用量为：$a_p=0.5\text{mm}$，$f=0.24\text{mm/r}$，$n=710\text{r/min}$，$v_c=114\text{m/min}$。

### 1.9.4 高速切削用量的选择

数控技术的发明与推广应用，使得切削加工自动化程度得到极大的提高，高速切削是近年来依托于数控等新技术的发展而迅速崛起的一项先进加工技术。高速切削加工技术使得汽车、模具、飞机、轻工和信息等行业的生产率和制造质量显著提高。如同数控技术一样，高速切削的研究与成功应用，意味着机械制造业的一场深远的技术革命，势必给制造业带来巨大的影响。

一般认为，以高于 5~10 倍的普通切削速度的切削加工即为高速切削加工。高速切削不仅可以大幅度提高单位时间材料切除率，还可带来一系列无可比拟的优越性。

高速切削与普通切削在机理上有本质的区别，根据高速切削机理的研究结果，当切削速度达到相当高的区域时，切削力下降，切削温度降低，热变形减少，刀具耐用度提高。

目前，高速切削还处于前期发展阶段，高速加工的理论研究还不够完善，可以用于指导高速加工的技术资料还十分贫乏，很少有公开共享的高速切削用量数据资料可以参考。

由于机理的不同，高速切削加工用量的选择原则有别于普通加工，其中切削速度是最重要的。随着切削速度的提高，切削力减少，大部分热量被切屑带走，切削温度上升少，有利于切削的进行。因此高速切削加工首先尽可能地选择高的切削速度。同时为了保证零件的加工精度，必须保持刀具每齿进给量或主轴每转进给量不变。显然，随着机床主轴转速的提高，高速切削时的进给速度必然相应的大幅提高。在上述前提下再选择较小的切深（背吃刀量）以保证合理的负荷。

## 复习思考题

1. 今车削一外圆 $D=\phi40\text{mm}$ 的工件，主轴转速 $n=500\text{r/min}$，进给量 $f=0.2\text{mm/r}$。试计算其切削速度和进给速度。

2. 一把主切削刃宽度为 4mm、刀头长度大于工件半径的割刀，其 $\lambda_s=0°$，$\gamma_o=10°$，$\alpha_o=4°$，$\alpha_o'=1°$。安装时，主刀刃高于中心 1mm，工件直径为 $\phi40\text{mm}$。试问：切断刀切到工件直径等于多少时不能切了，为什么？

3. 金属切削过程的实质是什么？切屑有哪几种类型？相互转化的条件是什么？研究切屑有何实际意义？

4. 什么是积屑瘤？它是怎样形成的？有何特点？减少或避免积屑瘤的主要措施有哪些？

5. 什么是鳞刺？它是怎样形成的？有何特点？减少或避免鳞刺的主要措施有哪些？

6. 试述三个切削分力的实用意义。

7. 为什么要研究切削热和切削温度？两者有何区别？

8. 在同样的切削条件下，切削铜、铝、碳素结构钢、不锈钢、钛合金等材料，试按刀具磨损的速度将它们排出顺序。

9. 金属切削刀具切削部分的材料，在切削性能和工艺性能方面应满足哪些要求？为什么？

10. 通用高速钢常用的有哪几种牌号？主要化学成分是什么？

11. 什么叫硬质合金？常用的有哪几类？试举出粗加工、精加工钢件和铸铁件的硬质合金牌号。

12. 刀具磨损有何规律和特点？

13. 什么叫刀具磨钝标准？什么是合理磨钝标准与工艺磨钝标准？各用于什么情况？

14. 什么叫刀具寿命？试分析切削用量三要素对刀具寿命的影响。

15. 已加工表面的残留面积是怎样造成的？残留面积的高度与哪些因素有关？

16. 前角、后角、主偏角各有哪些主要功用？如何选择？

17. 当工艺系统刚性不足时（如车细长轴），为什么常选用主偏角为90°甚至93°的车刀？

18. 为什么精车常选用较大的刀尖圆弧半径？刀尖圆弧半径是否越大越好？为什么？

19. 为什么切断刀的副偏角很小？

20. 为什么要制定合理的切削用量？切削用量选得越大，机动时间越短，是否说明生产率越高？为什么？

21. 为什么粗加工选择切削用量时，首先选择切削深度，其次选择进给量，最后才选择切削速度？

22. 粗、精车时限制进给量的因素各是什么？为什么？限制切削速度的因素又各是什么？为什么？

# 第**2**章 机械加工工艺规程

## 2.1 概述

### 2.1.1 生产过程和机械加工工艺过程

机器的生产过程是指将原材料转变为成品之间的所有劳动总和。为了降低生产成本和便于生产组织，许多机器不一定完全由一个工厂单独生产，而常常由很多专业化的工厂生产不同的零、部件来共同完成。

在生产中，凡是改变生产对象的形状、尺寸、相对位置和性质，使其成为成品或半成品的过程称为工艺过程。如毛坯制造工艺过程、机械加工工艺过程、热处理工艺过程及装配工艺过程等。

本书所指的工艺，就是制造产品的方法。

在许多情况下，工艺过程不是一成不变的，但在一定的生产条件下，应尽量使工艺过程制定得最为合理，最符合生产实际。将合理的、确定的工艺过程写成工艺文件，作为组织生产、管理和进行技术准备的依据，即为工艺规程。

### 2.1.2 机械加工工艺过程的组成

① 工序 工序是组成工艺过程的基本单元。工序是指一个（或一组）工人，在一个工作地（或一台设备）上，对同一个（或同时对几个）工件所连续完成的那一部分工艺过程。划分工序的主要依据是工作地点是否改变及加工是否连续完成。图 2-1 所示为某传动轴，在不同的生产条件下有不同的工序。表 2-1 所示为单件、小批生产的工艺过程。表 2-2 所示为大批、大量生产的工艺过程。

② 工步 工步是指在加工表面不变、加工工具不变和切削用量（转速及进给量）不变

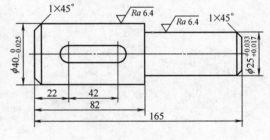

图 2-1 传动轴

的情况下所连续完成的那一部分工序。如表 2-1 中工序 1 有四个工步。

| 表 2-1 单件、小批生产的工艺过程 | | |
|---|---|---|
| 工序 | 内 容 | 设备 |
| 1 | 车端面,打中心孔,调头车另一端面, 打中心孔 | 车床 |
| 2 | 车大外圆及倒角,调头车小外圆及 倒角 | 车床 |
| 3 | 铣键槽,去毛刺 | 铣床 |

| 表 2-2 大批、大量生产的工艺过程 | | |
|---|---|---|
| 工序 | 内 容 | 设备 |
| 1 | 铣端面,打中心孔 | 专用机床 |
| 2 | 车大外圆及倒角 | 车床 |
| 3 | 车小外圆及倒角 | 车床 |
| 4 | 铣键槽 | 键槽铣床 |
| 5 | 去毛刺 | 钳工台 |

③ 走刀 在一个工步中，若加工余量较大，可以分几次切削，每一次切削称为一次走刀。

④ 安装　工件经一次装夹后所完成的那一部分工序称为安装。一道工序可以有一次安装，也可以有几次安装。如表 2-1 中工序Ⅰ和Ⅱ均有两次安装，而在工序Ⅲ和表 2-2 的各道工序中都只有一次安装。

⑤ 工位　在一次安装中，工件在机床上所占的每个位置上所完成的那一部分工序称为工位。图 2-2 所示为在立式钻床上钻、铰孔，图中Ⅰ为装卸工位，Ⅱ为钻孔工位，Ⅲ为铰孔工位。

### 2.1.3　生产类型及其工艺特征

生产纲领是指某种产品（或零件）包括备品和废品在内的年产量。根据生产的产品特征，如产品的外形尺寸、质量等，以及生产纲领中年产量的不同，其生产可分为单件生产、成批生产和大量生产三种生产类型。

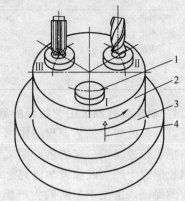

图 2-2　工位简图
1—工件；2—夹具回转部分；3—夹具固定部分；4—分度机构

① 单件生产　单个地生产不同结构和尺寸的产品，并且很少重复。例如重型机器制造、专用设备制造及新产品试制等。

② 成批生产　一年中分批地制造相同的产品，制造过程有一定的重复性。每批制造的相同产品的数量称为批量。根据批量的大小，成批生产又可分为小批生产、中批生产和大批生产。机床制造属于成批生产。

③ 大量生产　产品数量很大，大多数工作地点经常重复地进行某一个零件的某一道工序的加工。例如汽车、拖拉机、电动机等的制造都是以大量生产的方式进行的。

各种生产类型的工艺过程特点可归纳成表 2-3。

表 2-3　各种生产类型的工艺过程特点

| 工艺过程特点 | 生　产　类　型 | | |
| --- | --- | --- | --- |
| | 单件生产 | 成批生产 | 大量生产 |
| 工件的互换性 | 基本上没有互换性，广泛用钳工修配 | 大部分有互换性，少数用钳工修配 | 全部有互换性 |
| 毛坯制造方法及加工余量 | 铸件用木模手工造型，锻件用自由锻，毛坯精度低，加工余量大 | 部分采用金属模铸造和模锻 | 铸件广泛采用金属模机械造型，锻件广泛采用模锻，毛坯精度高，余量小 |
| 机床设备 | 通用机床按"机群式"排列 | 部分通用机床，部分专用机床 | 广泛采用高生产率的专用机床及自动线，机床按流水线式排列 |
| 夹具 | 多用标准附件，极少采用夹具，靠划线及试切法达到精度要求 | 广泛采用夹具，部分靠划线法达到精度要求 | 广泛采用高生产率夹具，靠夹具及调整法达到精度要求 |
| 刀具与余量 | 采用通用刀具和万能量具 | 较多采用专用刀具和量具 | 广泛采用高生产率的专用刀量具 |
| 工人 | 技术熟练 | 一定的熟练程度 | 普通的操作工和技术较高的调整工 |
| 工艺文件 | 有简单的工艺路线卡 | 过程卡、工艺卡、关键工序有工序卡 | 过程卡、详细的工序卡、检验卡 |

生产纲领和生产类型的关系随产品的大小和复杂程度而不同。表 2-4 给出了一个大致的范围。

表 2-4　生产纲领与生产类型的关系

| 生产类型 | 零件年生产类型 | | |
| --- | --- | --- | --- |
| | 重 型 零 件 | 中 型 零 件 | 轻 型 零 件 |
| 单件生产 | 少于 5 | 少于 10 | 少于 100 |
| 小批生产 | 5～100 | 10～200 | 100～500 |
| 中批生产 | 100～300 | 200～500 | 500～5000 |
| 大批生产 | 300～1000 | 500～5000 | 5000～50000 |
| 大量生产 | 1000 以上 | 5000 以上 | 50000 以上 |

### 2.1.4　制定机械加工工艺规程的原始资料和步骤

（1）机械加工工艺规程的作用

把工艺过程按一定的格式用文件的形式固定下来，便成为工艺规程。正确的工艺规程是根据长期的生产实践和科学研究总结出来的。工艺文件使生产秩序得以稳定，产品质量得到有效的保证，也便于车间的生产组织和管理工作。工艺规程是一切生产人员都应严格执行的、很严肃的工艺文件。

在新产品的试制中，有了工艺规程就可以有计划地作好技术准备和生产准备工作，如刀具、夹具、量具的设计、制造和采购、原材料、半成品、外购件的定购及人员的配备等。

在新建、扩建和改建机械制造厂的工作中，根据产品零件的工艺规程及其他资料，可以制定出车间应配备的机床设备的种类和数量，进而计算出所需的车间面积和人员数量，确定车间平面布置和厂房基建的具体要求。

工艺规程应满足优质、高效、低耗的要求。首先要保证设计图纸的各项要求，其次要以最经济的手段达到所要求的生产纲领。

生产率和经济性有时是矛盾的，例如采用了高生产率的设备则生产率提高，但投资大，在生产纲领不够大的情况下，就会使生产成本提高。在制定工艺规程时，要把握质量、生产率和经济性三者之间的辩证关系。

（2）制定机械加工工艺规程的原始资料

制定机械加工工艺规程时，必须具备下列原始资料。

① 零件的设计图纸和产品的装配图。

② 零件的生产纲领和生产类型。

③ 零件的验收质量标准。

④ 毛坯情况。

如毛坯的品种和规格、毛坯的制造方法和工艺要求，必要时应和有关人员共同确定毛坯图。

⑤ 工厂的生产条件。

如现有设备的规格、性能和精度，现有的刀具、夹具、量具、辅具的规格和使用情况，工人的技术水平，后方车间的生产能力等情况。

⑥ 国内外生产技术的发展情况。

应了解国内外相关厂家的生产技术的情况，结合本厂的具体情况，以使所制定的工艺规程具有较好的先进性。

（3）制定机械加工工艺规程的步骤

制定工艺规程的步骤大致如下。

① 分析研究产品的装配图和零件图。包括：a. 熟悉产品的性能、用途、工作条件，明确各零件的装配位置及其作用；b. 对装配图和零件图进行工艺性审查。

② 确定毛坯。毛坯质量高，则切削加工量小，可提高材料利用率、降低机械加工成本。在选择毛坯时，既要积极采用新工艺、新技术、新材料，又必须结合毛坯车间的具体情况，确定毛坯的形式和制造方法。

③ 拟定工艺路线。在拟定工艺路线时，要进行的主要工作是合理确定工件的定位夹紧方法、确定各表面的加工方法、划分加工阶段、确定工序集中与分散的程度、合理安排各表面的加工顺序以及安排热处理及其他辅助工序（去毛刺、倒角等）。

④ 确定各工序的设备、刀具、夹具、量具和辅助工具等。

⑤ 确定各工序的加工余量，计算工序尺寸及其公差。

⑥ 确定各工序的技术要求及检验方法。

⑦ 确定切削用量及工时定额。

⑧ 填写工艺文件。

# 2.2　定位基准的选择原则

### 2.2.1　基准的概念

零件是由若干个要素（点、线、面）组成，各要素之间都有一定的尺寸和位置公差要求。用来确定生产对象上几何要素间的几何关系所依据的那些点、线、面称为基准。根据基准的用途不同，可分为两类：设计基准和工艺基准。

（1）设计基准

在零件上用来确定其他点、线、面位置的基准称为设计基准。如图 2-3 所示轴套零件，其外圆和孔的设计基准为零件的轴心线；端面 $B$、$C$ 的设计基准是端面 $A$；$\phi25h6$ 外圆径向跳动的设计基准是轴孔 $D$ 的轴心线。而对于尺寸 35，端面 $A$ 和端面 $C$ 互为基准，即端面 $A$ 是端面 $C$ 的设计基准，端面 $C$ 也是端面 $A$ 的设计基准。

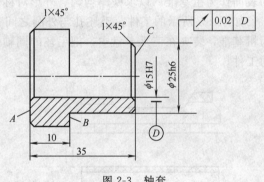

图 2-3　轴套

（2）工艺基准

在加工和装配过程中使用的基准称为工艺基准。按其用途又可分为定位基准、测量基准和装配基准。

① 定位基准　使工件在机床或夹具中占有正确的加工位置所采用的基准。作为定位基准的点、线、面可以是实际存在的，也可以是假想的，如外圆和内孔轴线、对称平面等。

② 测量基准　测量时所采用的基准，即用来确定被测量尺寸、形状和位置的基准。如图 2-3 所示零件以内孔与心轴配合测量外圆 $\phi25h6$ 的径向跳动，则内孔 $\phi15H7$ 轴线是外圆的测量基准；用卡尺测量尺寸 10 和 35 时，端面 $A$ 是端面 $B$、$C$ 的测量基准。

③ 装配基准　装配时用来确定零件在部件或产品（总成）中位置的基准。如箱体类零件的底平面、主轴的主轴颈等。

### 2.2.2　定位基准的选择

选择定位基准是制定工艺规程的一个十分重要的问题。在第一道工序中，只能使用工件上未加工的毛坯表面来定位，这种定位基准称为粗基准。在以后的工序中，可以采用经过加工的表面来定位，这种定位基准称为精基准。在选择定位基准时，应考虑以下几个问题。

• 用哪一个（或一组）表面作为加工时的精基准，才有利于经济合理地达到零件的加工要求？

• 为加工出该精基准，应采用哪一个（或一组）表面作为粗基准？

• 是否由个别工序为了特殊的加工要求，需要采用第二个（或组）精基准？

（1）粗基准的选择原则

① 若工件上必须保证某个重要表面的加工余量均匀，则应选择该表面为粗基准。这样做能保证加工面与待加工面的重要表面之间有一正确的相对位置，在以后加工该重要表面时，其余量就能保证均匀。当加工余量均匀时，加工时的切削力和工艺系统的弹性变形就均匀，不易发生振动，有利于获得较好的加工精度和表面粗糙度。

例如车床床身的加工，图 2-4 所示导轨面是最重要的表面，要求硬度高而均匀，要求能在加工时切去一层小而均匀的余量，以增加导轨的耐磨性。所以应先以导轨面为粗基准加工床腿底平面，由于毛坯误差而造成的余量不均在床腿底平面上被切去，然后以底平面为精基准，加工导轨面，如此能保证在床身导轨面上切去一层较小而均匀的加工余量。

② 选择零件上不加工表面为粗基准，可以保证加工面与不加工面之间有较正确的相互位置精度，如果工件上有好几个不加工的表面，则应以其中与加工表面的位置精度要求较高的表面作为粗基准，以求壁厚均匀、外形对称等。

如图 2-5 所示的工件，毛坯孔与外圆之间有偏心。外圆为不加工表面，应首先选择外圆为粗基准，装夹在三爪卡盘中，把毛坯的同轴度误差在镗孔时切掉，以获得加工后壁厚均匀的工件。

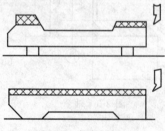

图 2-4　床身的加工

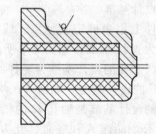

图 2-5　加工毛坯偏心的工件

加工表面与不加工表面之间的相互位置要求常常不直接标注在图纸上，但通过比较分析，还是可以从图纸上看出来的。例如图 2-5 所示零件的壁厚均匀、某些零件外形上的对称美观、箱体零件的内腔与腔内零件之间不能相碰等。

③ 选作粗基准的表面应尽可能平整、光洁，无飞边毛刺，以便定位准确，夹紧可靠。

④ 粗基准的定位精度很低，所以粗基准在同一尺寸方向上只允许使用一次。否则定位误差太大。

（2）精基准的选择原则

选择精基准时，主要考虑的问题是如何减少加工误差，提高定位精度，因此选择精基准原则有以下几个。

①“基准重合”原则。即应尽可能选用设计基准作为定位基准，以避免因基准不重合而引起定位误差。特别在最后精加工时，为保证加工精度，更应注意这一原则。

由于定位基准与设计基准不重合而引起的定位误差称为基准不重合误差，具体分析及计算将在第 5 章中讲解。

②"基准统一"原则。在零件加工的整个工艺过程或有关的某几道工序中尽可能采用同一个（或同一组）定位基准来定位，称为"基准统一"原则。

因为基准统一，可以简化夹具的设计和制造工作。特别是在流水线生产中应用十分广泛。如箱体类零件一般用"一面两销"定位（在第五章中讲解）、轴类零件一般用顶尖孔定位等。应注意"基准重合"和"基准统一"是两个不同的概念。"基准重合"是指在某一道工序中选用设计基准作为该工序的定位基准。而"基准统一"是指在整个工艺规程中或某几道工序中，选用相同的一个表面（或一组表面）作为定位基准，即在这些工序中，定位基准是同一个（或同一组）表面，而在各工序中的加工表面和加工要求是不同的。

③"互为基准、反复加工"原则。如加工精密齿轮时，齿面经高频淬火后有变形，必须进行磨削加工，因其淬硬层较薄，应使磨削余量小而均匀，所以要先以齿面为定位基准磨削内孔，再以内孔为定位基准磨削齿面，以保证齿面磨削余量均匀。

④"自为基准"原则。有些精加工工序要求加工余量小而均匀，以保证加工质量和提高生产率，这时就以加工面本身作为精基准，称为"自为基准"。如磨削车床床身导轨面时，就用百分表找正床身的导轨面后进行磨削。

⑤ 所选用的定位基准，应能保证工件的装夹稳定可靠、夹具结构简单、操作方便。

以上原则在实际使用时常常会相互矛盾，应用时应结合具体的生产条件和生产类型进行分析比较，找出主要矛盾，灵活运用这些原则。

# 2.3　工艺路线的拟定

拟定工艺路线是制定工艺规程中关键的一步，它与定位基准的选择有着密切的关系。它包括选定各个表面的加工方法、确定是否要划分加工阶段、确定工序集中与分散程度、确定各个表面的加工顺序和装夹方法、详细拟定工序的具体内容等。应提出几套方案加以比较。工艺路线不但影响加工的质量和效益，而且影响工人的劳动强度、设备投资、车间面积、生产成本等问题，必须认真考虑。

## 2.3.1　表面加工方法的选择

在分析研究零件图的基础上，对各加工表面选择相应的加工方法和方案。

（1）外圆表面的加工

外圆表面的加工方法主要有车削和磨削。当表面粗糙度要求较小时，则采用光整加工。根据这些表面加工要求的不同，通常采用的加工方案见表 2-5。

**表 2-5　外圆表面加工方案及其经济精度**

| 加 工 方 案 | 经济精度 | 表面粗糙度 $Ra/\mu m$ | 适 用 范 围 |
|---|---|---|---|
| 粗车 | IT11～IT13 | 50～100 | |
| └─半精车 | IT8～IT9 | 3.2～6.3 | 适用于除淬火钢以外的金属材料 |
| 　　└─精车 | IT7～IT8 | 0.8～1.6 | |
| 　　　　└─滚压（或抛光） | IT6～IT7 | 0.08～0.20 | |
| 粗车—半精车—磨削 | IT6～IT7 | 0.40～0.80 | |
| 　　└─粗磨—精磨 | IT5～IT7 | 0.10～0.40 | 除不宜用于有色金属外，主要适用于淬硬钢件的加工 |
| 　　　　└─超精磨 | IT5 | 0.012～0.10 | |
| 粗车—半精车—精车—金刚石车 | IT6～IT5 | 0.025～0.40 | 主要用于有色金属 |

| 加 工 方 案 | 经济精度 | 表面粗糙度 $Ra/\mu m$ | 适 用 范 围 |
|---|---|---|---|
| 粗车—半精车—粗磨—精磨—镜面磨 | IT 5 以上 | $0.025\sim0.20$ | |
| └精车—精磨—研磨 | IT 5 以上 | $0.05\sim0.10$ | 主要用于高精度要求的钢件加工 |
| └粗研—抛光 | IT 5 以上 | $0.025\sim0.40$ | |

（2）孔加工

孔加工方案见表 2-6，要根据被加工孔的技术要求和具体的生产条件选用。

**表 2-6  内孔表面加工方案及其经济精度**

| 加 工 方 案 | 经济精度 | 表面粗糙度 $Ra/\mu m$ | 适 用 范 围 |
|---|---|---|---|
| 钻 | IT11～IT13 | ≥50 | |
| └扩 | IT10～IT11 | 25～50 | |
| └铰 | IT8～IT9 | 1.60～3.20 | 加工未淬硬钢及铸铁的实心毛坯，也 |
| └粗铰-精铰 | IT7～IT8 | 0.80～1.60 | 可用于加工有色金属（表面粗糙度稍大） |
| └铰 | IT8～IT9 | 1.60～3.20 | |
| └粗铰-精铰 | IT7～IT8 | 0.80～1.60 | |
| 钻—(扩)—拉 | IT7～IT8 | 0.80～1.60 | 大批大量生产 |
| 粗镗(或扩) | IT11～IT13 | 25～50 | |
| └半精镗(或精铰) | IT8～IT9 | 1.60～3.20 | 加工未淬硬的各种钢件外，毛坯上已 |
| └精镗(或铰) | IT7～IT8 | 0.80～1.60 | 有铸出的或锻出的孔 |
| └浮动镗 | IT6～IT7 | 0.20～0.40 | |
| 粗镗(扩)—半精镗—磨 | IT7～IT8 | 0.20～0.80 | 主要用于淬硬钢，不宜用于有色金属 |
| └粗磨—精磨 | IT6～IT7 | 0.10～0.20 | |
| 粗镗—半精镗—精镗—金刚镗 | IT6～IT7 | 0.05～0.20 | 主要用于精度要求高的有色金属 |
| 钻—(扩)—粗铰—精铰—珩磨 | IT6～IT7 | 0.025～0.20 | 精度要求很高的孔，若以研磨代替珩 |
| └拉—珩磨 | IT6～IT7 | 0.025～0.20 | 磨，则精度可达 IT6 以上，表面粗糙度达 |
| 粗镗—半精镗—精镗—珩磨 | IT6～IT7 | 0.025～0.20 | $Ra0.10\sim0.16\mu m$ |

如加工精度为 7 级、表面粗糙度为 $Ra1\sim2\mu m$ 的孔，可以采用如下几种不同的加工方案。

① 钻—扩—粗铰—精铰  该方案适用于加工直径较小的孔，因孔径太大，扩孔钻和铰刀不便于制造和使用，一般直径 $d<60mm$。对于小直径的孔，有时只需要铰一次便可达到技术要求。铰刀为定尺寸刀具，保证精度容易，故广泛用来加工未淬硬钢或铸铁，但对有色金属铰出的孔表面粗糙度较大，常用精细镗孔的方案来代替。

② 粗镗—半精镗—精镗  该方案适用于加工毛坯上已铸出或锻出的孔，孔径不宜太小，否则会因镗杆太细而影响加工质量。箱体零件的孔系加工通常采用这种方案。

③ 粗镗—半精镗—磨  该方案适用于需淬火的零件。对于铸铁及未淬硬钢的工件也可以采用，但磨孔的生产率较低，一般不需淬火的零件尽量不采用。此外采用磨孔方案时，还必须考虑被加工零件的大小应当和磨床的规格相适应，太大的零件是无法在磨床上加工的。

④ 钻（扩）—拉  该方案适用于成批和大量生产时加工中小型零件，生产率高，但拉刀制造复杂、成本较高。工件材料可为未淬硬钢、铸铁和有色金属，被拉的孔不宜太大太长，一般孔长不超过孔径的 3～4 倍。

（3）平面加工

平面一般采用铣削和刨削加工。当有滑动表面和要求较高的平面时，还需在此基础上进行精加工。平面加工方案见表 2-7。

**表 2-7　平面加工方案及其经济精度**

| 加　工　方　案 | 经济精度 | 表面粗糙度 $Ra/\mu m$ | 适　用　范　围 |
|---|---|---|---|
| 粗车 | IT11～IT13 | ≥50 | 适用于工件的端面加工 |
| └─半精车 | IT8～IT9 | 3.20～6.30 | |
| 　　└─精车 | IT7～IT8 | 0.80～1.60 | |
| 　　　└─磨 | IT6～IT7 | 0.10～0.80 | |
| 粗刨（或粗铣） | IT11～IT13 | ≥50 | 适用于不淬硬的平面（用端铣加工，可得到较低的表面粗糙度） |
| └─精刨（或精铣） | IT7～IT9 | 1.60～6.30 | |
| 　　└─研刮 | IT5～IT6 | 0.10～0.80 | |
| 粗刨（或粗铣）—精刨（或精铣）—宽刃精刨 | IT6～IT7 | 0.20～0.80 | 批量较大，宽刃精刨效率高 |
| 粗刨（或粗铣）—精刨（或精铣）—磨 | IT6～IT7 | 0.20～0.80 | 适用于精度要求较高的平面加工 |
| 　　　　└─粗磨—精磨 | IT5～IT6 | 0.025～0.40 | |
| 粗铣—拉 | IT6～IT9 | 0.20～0.80 | 适用于大批量生产中加工较小的不淬硬平面 |
| 粗铣—精铣—磨—研磨 | IT5～IT6 | 0.025～0.20 | 适用于加工高精度平面 |
| 　　└─抛光 | IT5 以上 | 0.025～0.10 | |

平面的精加工方法通常有以下几种。

① 研刮　适用于在单件小批生产中加工大型零件上的配合表面。

② 磨削　广泛应用于中小型零件平面的精加工。

③ 精铣或精刨　未淬硬的中小型零件常常采用高速精铣的方法，大型零件则多采用宽刃精刨。

此外，对于配合精度要求特别高的小型零件的精密平面，常采用研磨的方法作为最后的精加工工序。

在选择表面的加工方法时，应与生产规模、零件材料及硬度、零件的结构形状、加工表面的尺寸等许多因素统一考虑。必须结合生产实际，全面考虑，才能得到最佳的加工方案。

而各种加工方案所能达到的精度都有一个较大的范围。对于每一种加工方法，所能达到的加工精度越高，所消耗的工时和成本也越大。但两者之间并不完全成正比关系，当一种加工方法的加工精度超过一定的限度后，所需要的加工工时就会迅速增加，这就大大降低了生产率，增加了生产成本，所以是不经济的。

各种加工方法在正常条件下能经济地达到的加工精度称为这种加工方法的经济加工精度。所谓正常的生产条件是指：完好的设备、使用合适的刀具和夹具、一定熟练程度的工人、合理的工时定额等。

### 2.3.2　加工阶段的划分

零件的加工质量要求较高时，必须把整个加工过程划分为几个阶段。

① 粗加工阶段　在这一阶段中要切除大量的加工余量，如何提高生产率是该阶段主要考虑的问题。

② 半精加工阶段　在这一阶段中应为主要表面的精加工作准备，使其达到一定的加工精度并保证精加工时的加工余量，同时完成一些次要表面的加工，如连接孔的钻孔、攻丝、

铣键槽等工序。它一般在热处理之前进行。

③ 精加工阶段　保证各主要表面达到图纸规定的质量要求。

④ 光整加工阶段　对于精度要求很高、表面粗糙度要求很小（IT6 及以上，$Ra \leqslant 0.20\mu m$）的零件，要进行专门的光整加工。

应注意的是，光整加工是以提高加工精度和减小表面粗糙度为主的，一般不能纠正被加工表面的形状误差和位置误差。

加工阶段的划分有如下几个优点。

① 有利于保证加工精度。粗加工时，由于切去的加工余量大，则所需的夹紧力和切削力也要很大，因此工艺系统的受力变形相应地增大，当工件刚性较差时更为严重。同时粗加工时切削温度高，工艺系统的热变形较大。另一方面，毛坯存在着内应力，粗加工时工件表面被切去较大一层金属，内应力重新分布而使工件产生变形，因此不可能达到高的加工精度和小的表面粗糙度。工件需要先完成各表面的粗加工，再通过半精加工和精加工逐步减小切削用量、切削力和切削热，逐步修正工件的变形，提高加工精度和减小表面粗糙度，最终达到零件图纸的要求。各加工阶段之间的时间间隔相当于自然时效处理，有利于消除工件的内应力，使工件有变形的时间，以便在后一道工序中加以修正。

② 有利于合理地使用机床设备。粗加工可用刚度大、功率大、精度低的机床；精加工时使用精密机床，由于此时切削力小，有利于长时期地保持机床的精度。

③ 粗加工安排在前，可及早发现毛坯的缺陷（如铸件的气孔、砂眼等），以免继续加工造成工时的浪费。

④ 为了在机械加工工序中插入必要的热处理工序，同时使热处理发挥充分的效果，这就自然地要求把机械加工工艺过程划分为几个阶段，而每个阶段各有其特点及应达到的目的。

⑤ 精加工工序安排在最后，可有效地使精加工后的表面不受或少受损伤。

### 2.3.3　工序的集中与分散

在安排零件的工艺规程时，还要解决工序的集中与分散的问题。所谓工序集中，就是在一台机床上尽可能多地加工工件的几个表面，在批量较大时，常采用多轴、多面、多工位机床和复合刀具等方法来实现工序集中，从而有效地提高生产率。加工中心和柔性生产线（FMS）是工序集中的极端情况。在单件小批量生产中，工序集中是在通用机床和数控机床上进行的。工序分散则相反，整个工艺过程的工序数目较多，工艺路线长，而每道工序所完成的加工内容较少，一般适用于加工批量大的场合。

工序集中的特点是：

① 减少了设备的数量，减少了操作工的数量和生产面积；

② 减少了工序数目，减少了运输工作量，简化了生产计划工作，缩短了生产周期；

③ 减少了工件的装夹次数，不仅有利于提高劳动生产率，而且由于在一次装夹下加工了许多表面，也易于保证这些被加工表面之间的位置精度；

④ 因为采用的专用设备和专用工艺装备数量多而复杂，因此机床和工艺装备的调整、维修工作量较大。

而工序分散的特点是：

① 采用比较简单的机床和工艺装备，调整容易；

② 对工人的技术要求低，仅需对其进行短时间的培训即可上岗；

③ 生产准备工作量小，产品更新换代容易；

④ 设备及操作工数量较多，所需生产面积大。

单件小批生产一般采用工序集中的方式，而大批大量生产既可以集中，也可以分散，应根据具体情况进行分析。随着加工中心的快速发展，采用工序集中的生产方式是发展趋势。

### 2.3.4　加工顺序的安排

（1）加工工序的安排

在安排加工顺序时，一般应遵循如下几个原则。

① 先粗后精。即加工工序的安排顺序为：粗加工、半精加工、精加工和光整加工。

② 先主后次。即先安排主要表面的加工，后安排次要表面的加工。主要表面一般是指装配基准面、工作表面等；而次要表面是指非工作表面的加工（如紧固用的光孔和螺孔等）。

③ 基面先行。即先基准面后其他表面。工件刚开始进行加工时，总是先把精基准面加工出来，在此基础上再进行其他表面的加工。

④ 先面后孔。当有平面和孔需要加工时，一般先加工平面后加工孔。

一般零件的加工顺序为：精基准的加工→主要表面的粗加工→次要表面的加工→热处理→主要表面的精加工→最后检验。

（2）热处理工序的安排

热处理主要用来改善材料的性能和消除内应力。一般热处理工序在工艺过程中的安排如下。

① 为改善金属的组织和加工性能而进行的预先热处理，如退火、正火等，一般安排在机械加工之前。

② 为消除内应力而进行的时效处理工序，常安排在粗加工之后、精加工之前，或在各加工阶段之间安排几次，应根据零件的加工要求和刚性而定。

③ 为提高零件的力学性能而进行的最终热处理，如淬火、氮化等，一般应安排在工艺过程的后期，但在该表面的最终加工之前。淬火前应安排去毛刺工序。

④ 装饰性热处理如发蓝等，一般安排在工艺过程的最后进行。

（3）辅助工序的安排

检验工序是主要的辅助工序，它是监控产品质量的主要措施。在每道工序中，操作者必须进行自检，同时在下列情况下必须安排单独的检验工序：

① 粗加工阶段结束之后；

② 重要工序之后；

③ 零件从一个车间转到另一个车间时；

④ 特种性能（如磁力探伤、密封性试验等）检验之前；

⑤ 零件全部加工结束之后。

# 2.4　加工余量及工序尺寸的确定

### 2.4.1　加工余量的概念

在从工件毛坯加工成成品的过程中，毛坯尺寸与零件图的设计尺寸之差为加工总余量，即为某被加工表面上切除的金属的总厚度。而相邻两个工序的工序尺寸之差，即被后一道工序所切除的金属层厚度就是工序余量。

某一道工序的加工尺寸称为工序尺寸。图 2-6 表示了加工余量与工序尺寸的关系。

对于外表面 [图 2-6（a）]：　　　　　　　$Z_b = a - b$　　　　　　　　　　（2-1）

对于内表面［图 2-6 （b）］：　　　　　$Z_b = b - a$　　　　　　　　　　　(2-2)

式中　$Z_b$——本工序的加工余量；

　　　$a$——前道工序的工序尺寸；

　　　$b$——本道工序的工序尺寸。

上述表面上的加工余量为非对称的单边余量，即刀具在加工表面上直接切除的金属层的厚度。旋转表面（如孔和外圆等）的加工余量是对称余量，是刀具在加工表面上直接切除金属层的厚度。

对于轴［图 2-6 （c）］：　　　　　$2Z_b = d_a - d_b$　　　　　　　　　(2-3)

对于孔［图 2-6 （d）］：　　　　　$2Z_b = d_b - d_a$　　　　　　　　　(2-4)

式中　$2Z_b$——直径上的加工余量；

　　　$d_a$——前道工序的工序尺寸；

　　　$d_b$——本道工序的工序尺寸。

由于毛坯尺寸、零件尺寸和各道工序的工序尺寸都存在误差，就使得实际上的加工余量在一定的范围内是变动的，出现了最大和最小加工余量，它们与工序尺寸及其公差的关系如图 2-7 所示。由此可见：

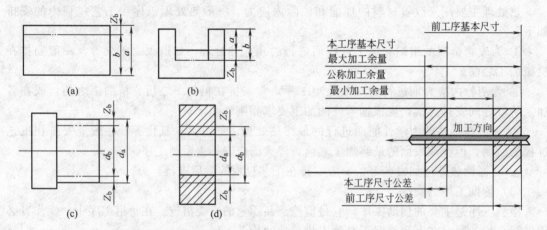

图 2-6　加工余量与工序尺寸的关系　　　　图 2-7　加工余量与工序尺寸及其公差的关系

公称加工余量＝前道工序基本尺寸－本道工序基本尺寸

最小加工余量＝前道最小工序尺寸－本道最大工序尺寸

最大加工余量＝前道最大工序尺寸－本道最小工序尺寸

工序加工余量公差＝前道工序尺寸公差＋本道工序尺寸公差

工序尺寸的公差一般按"入体"原则标注。即对于被包容面，基本尺寸即为最大工序尺寸（上偏差为零）；而对于包容表面，基本尺寸即是最小尺寸（下偏差为零）；毛坯尺寸的公差一般按双向标注。

### 2.4.2　加工余量的确定方法

加工余量的确定方法有三种。

① 查表法　根据生产实践和试验研究，已将毛坯余量和各种工序的工序余量数据汇编成手册。在确定加工余量时，可从手册中查得所需数据，然后结合本厂的实际情况进行适当修正。该方法目前应用最为广泛。

② 经验估计法　该法是根据实践经验来确定加工余量的。一般而言，为防止加工余量不足而产生废品，往往估计的数量都偏大，所以该法只适用于单件、小批量生产。

　　③ 分析计算法　是根据加工余量计算公式和一定的试验资料，通过计算确定加工余量的一种方法。采用这种方法确定的加工余量比较合理，但必须有比较全面可靠的试验资料及先进的计算手段，该法在生产中应用很少。

　　在生产中，广泛采用查表法确定工序尺寸和公差。当某一表面的加工工艺过程确定后，先画出它的余量和工序尺寸分布图，然后查表确定各工序的余量和公差数值，最终工序的尺寸和公差应当等于图纸规定的尺寸和公差，顺序地向前推算得到各工序的尺寸和公差。

　　在查表时应当注意表中数据是公称值，对称表面的余量是双边的，非对称表面的余量是单边的。中间工序的尺寸公差可以查各种加工方法的经济加工精度。

　　图 2-8 所示为某齿轮内孔的加工，加工要求为 $\phi 58^{+0.03}_{\ 0}$ mm。加工过程为扩孔—拉孔—磨孔。图 2-9 说明了余量、工序尺寸和公差之间的关系。表 2-8 所列为各工序的加工余量、工序尺寸及其公差的确定过程。

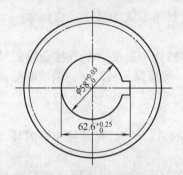

图 2-8　某齿轮内孔的加工

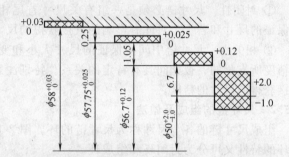

图 2-9　加工余量、工序尺寸及其公差间的关系

表 2-8　各工序加工余量、工序尺寸及公差的计算

| 工序名称 | 加工余量/mm | 工序尺寸/mm | 工序公差/mm | 工序尺寸公差/mm |
|---|---|---|---|---|
| 磨孔 | 0.25 | 58 | 0.03 | $\phi 58^{+0.03}_{\ 0}$ |
| 拉孔 | 1.05 | 58－0.25＝57.75 | 0.025 | $\phi 57.75^{+0.025}_{\ 0}$ |
| 扩孔 | 6.7 | 57.75－1.05＝56.7 | 0.12 | $\phi 56.7^{+0.12}_{\ 0}$ |
| 毛坯孔 | — | 50 | 3 | $\phi 50^{+2.0}_{-1.0}$ |

# 2.5　工艺尺寸链

　　毛坯经过机械加工成为所需要的零件。在加工过程中，其形状和尺寸是不断变化的，前后工序的尺寸也是相互关联的，只有在表面最终加工及按设计尺寸直接加工的情况下，工序尺寸才和设计尺寸一致。在其他情况下，有时为了间接保证设计尺寸，有时为了给其后的加工留有余量，工序尺寸与设计尺寸不重合。确定这种工序尺寸及其公差，应进行尺寸链的换算，即解工艺尺寸链。在解这类尺寸链时，一般均从最终工序开始，依次往前工序推算。

### 2.5.1　工艺尺寸链的定义和特征

　　图 2-10（a）所示为主轴箱体镗主轴孔。底面 2 是设计基准，尺寸 $A$、$B$ 是设计尺寸。而镗孔时为了设置中间支承，以顶面 1 为定位基准，即直接保证工序尺寸 $C$，设计尺寸 $B$ 是通过尺寸 $A$ 和本道工序尺寸 $C$ 间接保证的。其尺寸关系可用图 2-10（b）右侧所示的关系来表达。从图中可以看出，尺寸 $A$、$B$、$C$ 形成一个封闭的图形。这种由相互联系的尺寸按一

定顺序首尾相接形成封闭的尺寸组即为尺寸链。而由单个零件在工艺过程中的有关尺寸所形成的尺寸链称为工艺尺寸链。

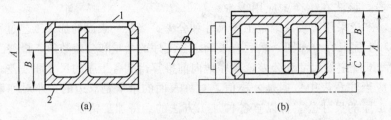

图 2-10　定位基准与设计基准不重合
1—顶面；2—底面

尺寸链的特点如下。

① 封闭性　尺寸链必须是一组有关尺寸首尾相接构成封闭形式的尺寸。它包含一个间接保证的尺寸和若干个对此有影响的直接获得的尺寸。

② 相关性　尺寸链中间接保证的尺寸大小和变化（即精度）是受这些直接获得的尺寸的精度所支配的；彼此间具有特定的关系。特别注意的是，间接保证的尺寸的精度必然低于直接获得的尺寸的精度。

## 2.5.2　尺寸链的组成及做法

组成尺寸链的各个尺寸称为尺寸链的环。图 2-10 所示的 $A$、$B$、$C$ 都是尺寸链的环。按各环的特性又可分为封闭环和组成环。

① 封闭环　零件加工后间接获得的、其精度受其他各环影响而间接保证的设计尺寸（用 $A_0$ 表示），如图 2-10（b）中的尺寸 $B$。

② 组成环　除封闭环以外的其他环都称为组成环。如图 2-10 中的 $A$、$C$ 等。按组成环对封闭环的影响情况又可分为增环和减环。

a. 增环　当其余各组成环不变，而某环增大使封闭环也增大，则该环即为增环。用 $\vec{A}$ 表示。

b. 减环　当其余各组成环不变，而某环增大使封闭环反而减小，则该环即为减环。用 $\overleftarrow{A}$ 表示。

## 2.5.3　尺寸链的基本计算式

尺寸链的计算可以用极值法（极大极小法）和概率法（统计法）。当生产批量大时，用概率法可有效地降低生产成本。现仅介绍极值法。

（1）封闭环的基本尺寸

根据尺寸链的封闭性，封闭环的基本尺寸就等于组成环基本尺寸的代数和，即

$$A_0 = \sum_{i=1}^{m} \vec{A}_i - \sum_{i=m+1}^{n-1} \overleftarrow{A}_i \qquad (2\text{-}5)$$

式中　$A_0$——封闭环的基本尺寸；

　　　$\vec{A}_i$——增环的基本尺寸；

　　　$\overleftarrow{A}_i$——减环的基本尺寸；

　　　$m$——增环的环数；

　　　$n$——包括封闭环在内的总环数。

（2）封闭环的极限尺寸

如果组成环中的增环都是最大极限尺寸，而减环都是最小极限尺寸，则封闭环的尺寸必将是最大极限尺寸，即

$$A_{0\max} = \sum_{i=1}^{m} \vec{A}_{i\max} - \sum_{i=m+1}^{n-1} \hat{A}_{i\min} \tag{2-6}$$

同理

$$A_{0\min} = \sum_{i=1}^{m} \vec{A}_{i\min} - \sum_{i=m+1}^{n-1} \hat{A}_{i\max} \tag{2-7}$$

（3）封闭环的上、下偏差

最大极限尺寸减去基本尺寸就是上偏差，最小极限尺寸减去基本尺寸就是下偏差。

$$\mathrm{ES}(A_0) = \sum_{i=1}^{m} \mathrm{ES}(\vec{A}_i) - \sum_{i=m+1}^{n-1} \mathrm{EI}(\hat{A}_i) \tag{2-8}$$

$$\mathrm{EI}(A_0) = \sum_{i=1}^{m} \mathrm{EI}(\vec{A}_i) - \sum_{i=m+1}^{n-1} \mathrm{ES}(\hat{A}_i) \tag{2-9}$$

式中　$\mathrm{ES}(A_0)$，$\mathrm{EI}(A_0)$——分别为封闭环的上、下偏差；

$\mathrm{ES}(\vec{A}_i)$，$\mathrm{ES}(\hat{A}_i)$——分别为尺寸$\vec{A}_i$和$\hat{A}_i$的上偏差；

$\mathrm{EI}(\vec{A}_i)$，$\mathrm{EI}(\hat{A}_i)$——分别为尺寸$\vec{A}_i$和$\hat{A}_i$的下偏差；

（4）封闭环的公差

将式（2-6）减去式（2-7），即得封闭环的公差 $T(A_0)$：

$$T(A_0) = \sum_{i=1}^{m} T(\vec{A}_i) + \sum_{i=m+1}^{n-1} T(\hat{A}_i) \tag{2-10}$$

式中　$T(\vec{A}_i)$——尺寸$\vec{A}_i$的公差；

$T(\hat{A}_i)$——尺寸$\hat{A}_i$的公差。

由此可以看出：封闭环的公差等于各组成环公差之和。

### 2.5.4　工艺尺寸链的应用

在工序图或其他工艺文件上用以标定被加工表面位置的基准称为工序基准。它通常是考虑到工件定位、刀具调整或测量加工尺寸的方便而确定的。因此工序基准往往就是定位基准或测量基准。

在表面的最终加工时，当所选的工序基准就是其设计基准时，即"基准重合"，就可以将设计尺寸直接标注在工艺文件上而不需要作任何尺寸换算。但是当所选的工序基准与设计基准不重合时，所标注的工序尺寸和偏差就必须应用尺寸链的原理和公式进行换算。工艺尺寸链常常用于以下几种情况。

（1）定位基准与设计基准不重合时工序尺寸的计算

在这种情况下，封闭环是应当保证而又不能以基准重合的方式直接保证的设计尺寸。此时组成环是直接保证的工序尺寸或者是在前面工序中已经获得的设计尺寸。

**【例 2-1】**　图 2-10 所示零件，其孔轴心线和顶面 1 的设计基准为底面 2，尺寸分别为：$A = (600 \pm 0.20)\mathrm{mm}$，$B = (350 \pm 0.30)\mathrm{mm}$。为了使镗模能安置中间导向支承，镗孔时以顶面 1 为定位基准，按尺寸 $C$ 进行加工，求工序尺寸 $C$。

**解：**在该尺寸链中，尺寸 $A$ 是由上道工序保证的，尺寸 $C$ 有本道工序直接保证，而尺寸 $B$ 是通过尺寸 $A$ 和 $C$ 间接保证的，所以尺寸 $B$ 是该尺寸链的封闭环。建立如图 2-10（b）

右侧所示的尺寸链图，$A$ 为增环，$C$ 为减环。

基本尺寸：

因为
$$B = A - C$$

所以
$$C = A - B = 600 - 350 = 250 \text{（mm）}$$

计算上、下偏差：

因为
$$\text{ES}(A_0) = \text{ES}(A) - \text{EI}(C)$$
$$\text{EI}(A_0) = \text{EI}(A) - \text{ES}(C)$$

所以
$$\text{ES}(C) = \text{EI}(A) - \text{EI}(A_0) = [(-0.2) - (-0.3)] = +0.1 (\text{mm})$$
$$\text{EI}(C) = \text{ES}(A) - \text{ES}(A_0) = 0.2 - 0.3 = -0.1 (\text{mm})$$

即工序尺寸 $C$ 为：

$$C = (250 \pm 0.1) \text{mm}$$

由此可知，当本工序采用基准重合时，即以面 2 定位，则工序尺寸的公差为 $\pm 0.30$mm。当基准不重合时，工序尺寸的公差为 $\pm 0.10$mm，它要比基准重合时小，即加工要求提高了很多。因此，在制定加工工艺时，应尽量采用"基准重合"的原则。

（2）测量基准与设计基准不重合时工序尺寸的计算

在零件的加工过程中，常常遇到某些加工表面的尺寸不便（或无法）按设计尺寸直接测量的情况。这时就要选择某一易于测量的表面作为测量基准，以完成测量工作，从而间接保证设计尺寸的要求。在这种情况下也需要进行工序尺寸的计算。

**【例 2-2】** 图 2-11 所示为某套筒零件，设计尺寸为 $50_{-0.17}^{0}$ mm 和 $10_{-0.36}^{0}$ mm；而大孔深度则没有明确的精度要求，只要上述两个尺寸加工合格，它就符合要求。但在加工时，设计尺寸 $10_{-0.36}^{0}$ mm 直接测量比较困难，而大孔的深度 $A_2$ 可方便地用深度游标卡尺进行测量，现求大孔深度 $A_2$ 的大小。

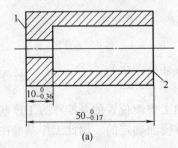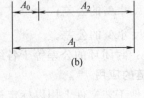

图 2-11　套筒零件测量尺寸的计算

**解：** 由于出现了设计基准与测量基准不重合的情况，所以需按工艺尺寸链的原理进行换算。画出如图 2-11（b）所示的尺寸链图。

在工艺尺寸链中，$A_0 = 10_{-0.36}^{0}$ mm，是间接保证的设计尺寸，它是封闭环。

$A_2$ 的基本尺寸：

因为
$$A_0 = A_1 - A_2$$

所以
$$A_2 = A_1 - A_0 = 50 - 10 = 40 \text{（mm）}$$

计算 $A_2$ 的上、下偏差：

因为
$$\text{ES}(A_0) = \text{ES}(A_1) - \text{EI}(A_2)$$
$$\text{EI}(A_0) = \text{EI}(A_1) - \text{ES}(A_2)$$

所以
$$\text{ES}(A_2) = \text{EI}(A_1) - \text{EI}(A_0) = -0.17 - (-0.36) = +0.19 (\text{mm})$$
$$\text{EI}(A_2) = \text{ES}(A_1) - \text{ES}(A_0) = 0 - 0 = 0$$

所以 $A_2 = 40^{+0.19}_{0}$ mm。

（3）以待加工表面为工序（或测量）基准时工序尺寸的计算

在零件加工中，有些加工表面的工序基准（或测量基准）是待加工表面，当加工这个表面时，不仅要保证本工序对该表面尺寸或位置公差的要求，而且还要同时保证以该表面作为工序基准的有关表面的要求。在这种情况下，需要按尺寸链原理进行工序尺寸换算。

【例 2-3】　图 2-12 所示为某汽车用齿轮，内孔设计尺寸 $D = \phi 58^{+0.03}_{0}$ mm，键槽深度设计尺寸 $L = 62.6^{+0.25}_{0}$ mm。其加工过程（见图 2-13）为：

① 扩孔至 $D_k = \phi 56.7^{+0.12}_{0}$ mm；

② 拉孔至 $D_1 = \phi 57.75^{+0.025}_{0}$ mm；

③ 拉键槽保证尺寸 $l$；

④ 淬火；

⑤ 磨内孔至图纸尺寸 $D_m = \phi 58^{+0.03}_{0}$ mm。

试计算工序尺寸 $l$ 及其偏差。

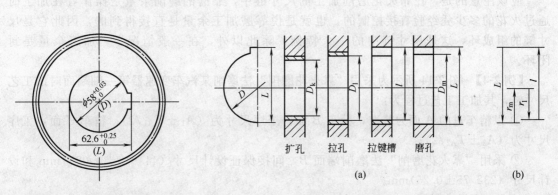

图 2-12　齿轮孔加工零件图　　　　　　图 2-13　齿轮孔与键槽加工时的工艺尺寸链

**解：** 由于键槽应在淬火前拉削，而作为工序基准的孔，在淬火后还要进行磨削，此时的关键是如何控制拉键槽尺寸 $l$ 使磨孔后能保证其设计尺寸 $L$，所以它是以待加工表面为工序基准的工序尺寸的确定问题。

我们略去磨削后孔中心线和拉削后孔中心线的同轴度误差，则可以认为磨削后孔表面和拉削后孔表面是通过它们的中心线发生联系的，以孔半径和中间工序尺寸为组成环，设计尺寸 $L = 62.6^{+0.25}_{0}$ mm 在磨孔工序中间接保证，所以它是封闭环，画出如图 2-13（b）所示尺寸链图，$l$ 和 $r_m$ 是增环，$r_1$ 是减环。其中 $r_1 = 28.875^{+0.0125}_{0}$ mm，$r_m = 29^{+0.015}_{0}$ mm，$l$ 为所求工序尺寸，运用尺寸链计算公式进行计算，并将计算结果按"入体原则"标注尺寸。

$l$ 的基本尺寸：

因为　　　　$L = l + r_m - r_1$

所以　　　　$l = L - r_m + r_1 = (62.6 - 29 + 28.875) = 62.475$ (mm)

计算 $l$ 的上、下偏差：

因为　　　$\mathrm{ES}(L) = \mathrm{ES}(l) + \mathrm{ES}(r_m) - \mathrm{EI}(r_1)$

　　　　　　$\mathrm{EI}(L) = \mathrm{EI}(l) + \mathrm{EI}(r_m) - \mathrm{ES}(r_1)$

所以　　　$\mathrm{ES}(l) = \mathrm{ES}(L) - \mathrm{ES}(r_m) + \mathrm{EI}(r_1) = (0.25 - 0.015 + 0) = 0.235$ (mm)

　　　　　　$\mathrm{EI}(l) = \mathrm{EI}(L) - \mathrm{EI}(r_m) + \mathrm{ES}(r_1) = (0 - 0 + 0.0125) = 0.0125$ (mm)

因此 $l = 62.475^{+0.235}_{+0.0125}$ mm ≈ $62.49^{+0.22}_{0}$ mm。

（4）控制加工余量间接保证设计尺寸（靠火花磨削）时工序尺寸的计算

在生产上常采用"靠火花磨削"方法磨削轴类零件的轴肩端面，它是直接控制磨削余量而间接保证设计尺寸的一种加工方法。在加工时，由操作者根据砂轮靠磨工件时所产生的火花多少，凭经验判断磨去了多少余量，从而使设计尺寸得到间接保证的。该方法的优点是能够以切去最少而必要的余量，不进行尺寸测量而保证尺寸公差要求，因而能显著地提高生产率。

由于"靠火花磨削"法磨去的余量在一定范围内是变动的，所以磨削后的尺寸误差比磨削前的相应尺寸误差有所扩大，即每磨削一次就扩大一个靠磨余量的变动值，最大变动值为磨削余量的公差值。由此可见，采用这种方法磨削，后一道工序的工序尺寸公差比前一道工序的工序尺寸公差大。为了保证零件的设计要求，磨削前的工序尺寸公差，就应比设计要求的公差小一个磨削余量的变动值。

然而在一般情况下，轴类零件的轴向尺寸公差往往较大，所以采用该方法是行之有效的。

应该注意的是，在靠火花磨削加工的尺寸链中，靠磨的磨削余量是操作者在加工时通过火花的多少凭经验直接控制的，也就是说靠磨加工余量是直接得到的，因此它是尺寸链的组成环，这是尺寸链中的一个特例，除此以外，在一般情况下，加工余量是封闭环。

**【例 2-4】** 图 2-14 所示为采用"靠火花磨削"法磨削某汽车变速器第一轴端面时的工艺尺寸链，其加工工艺过程为：

① 以精车过的 $A$ 面为基准，精车 $B$ 面，工序尺寸为（$A_1 \pm T_{A1}/2$）；精车 $C$ 面，工序尺寸为（$A_2 \pm T_{A2}/2$）；

② 采用"靠火花磨削"法磨削端面 $B$，间接保证设计尺寸 $(44.915 \pm 0.085)$mm 和设计尺寸 $(232.75 \pm 0.25)$mm。

试求工序尺寸。

**解：** 建立如图 2-15 所示的工艺尺寸链，"靠火花磨削"法磨削的余量和公差由现场生产水平而定，一般取 $z = (0.1 \pm 0.02)$mm，特别注意它是尺寸链的组成环。根据尺寸链公式很容易求出其工序尺寸为

$$A_1 = (45.015 \pm 0.065)\text{mm}$$

$$A_2 = (232.65 \pm 0.23)\text{mm}$$

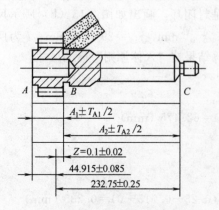

图 2-14 "靠火花磨削"法磨削端
面时的工艺尺寸链

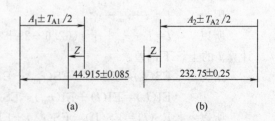

(a)　　　　　　　　(b)

图 2-15 "靠火花磨削"法磨削时的两
个工艺尺寸链

# 2.6　工艺方案的经济分析与工艺文件

### 2.6.1　生产成本和工艺成本

零件生产成本是制造一个零件或一台产品所消耗费用的总和。生产成本分为两类。一类是与工艺过程直接有关的费用，称为工艺成本。工艺成本一般占生产成本的 $70\% \sim 75\%$，是生产成本的主要因素。如材料费、生产工人的工资、机床使用的折旧和维修费用、工艺装备的折旧和维修费用、车间和工厂的管理费用等。另一类是与工艺过程无直接关系的费用，如行政人员的开支、厂房折旧和维修费用、照明取暖费用和通风费用等。

（1）工艺成本的计算

工艺成本由两大部分组成。

① 可变费用　可变费用是与年产量直接有关的费用。它包括材料费、机床电费、工人的工资、普通机床的折旧费和维修费、普通刀具费用和万能夹具费用等。

② 不变费用　不变费用是与年产量无直接关系的费用。它包括专用机床折旧费和维修费、专用工艺装备的费用等。专用机床及工艺装备是专为某些零件的某些特定加工工序设计制造和采购的，它不能用于其他零件及工序的加工，当产量不足、机床负荷不满时就只能闲置不用。由于设备折旧年限（或年折旧费用）是确定的，因此专用机床和专用装备的费用不随年产量的变化而变化。

（2）工艺成本的计算

由于在同一生产条件下，不同工艺方案与工艺过程无关的费用基本上是相等的，所以生产成本的分析和评比，只分析和评比工艺成本即可。

若零件的年产量为 $N$，则全年的工艺成本 $S_a$ 为

$$S_a = VN + C \tag{2-11}$$

单件工艺成本 $S$ 为

$$S = V + \frac{C}{N} \tag{2-12}$$

式中　$S_a$——全年工艺成本，元；

$\quad\ S$——单件工艺成本，元/件；

$\quad\ N$——年产量，件；

$\quad\ V$——可变费用，元/件；

$\quad\ C$——不变费用，元。

式（2-11）和式（2-12）均可用于计算单个工序的工艺成本。

图 2-16 及图 2-17 所示分别为全年工艺成本和单件工艺成本与年产量 $N$ 的关系。

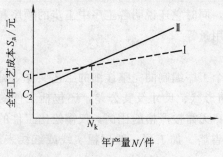

图 2-16　工艺成本与年产量的关系

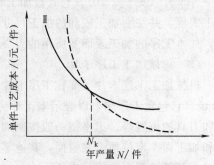

图 2-17　两种工艺方案的经济评比

对不同的工艺方案进行经济评比如下。

① 各工艺方案基本投资相近，或采用现有设备的条件下，用工艺成本作为衡量各工艺方案经济性的依据。

当产量 $N$ 为一变量时，设有两个工艺方案，分别计算两个方案的工艺成本，并画出工艺成本图。由图 2-17 可知，两个方案的经济性取决于计划产量。当年产量 $N < N_k$ 时，宜采用方案 II；当 $N > N_k$ 时，宜采用方案 I。$N_k$ 称为临界产量。计算可得

$$N_k = \frac{C_2 - C_1}{V_1 - V_2} \tag{2-13}$$

② 各工艺方案的基本投资相差较大时，在考虑工艺成本的同时，还应比较基本投资的回收期。

如方案 I 采用价格较贵的高效机床及其工艺装备，基本投资费用大，但工艺成本 $S_{a1}$ 较低；方案 II 采用价格便宜的一般设备，基本投资小，但工艺成本 $S_{a2}$ 较高。这时若单独比较其工艺成本，评定其经济性是不合理的，还必须同时比较基本投资的回收期。回收期是指方案 I 比方案 II 多花费的投资，需要多少时间才能由于工艺成本降低而收回来，回收期愈短，经济效果就愈好。

(3) 降低工艺成本的途径

① 明确工艺过程的基本要求；

② 合理选择机床和工艺装备；

③ 正确选择毛坯和提高其质量；

④ 改进机械加工方法；

⑤ 优化工艺参数。

## 2.6.2　工艺文件

零件的机械加工工艺规程制定后，应将其内容填入工艺文件中，以便组织和指导生产，同时作为技术准备的依据。生产中常用的工艺文件有以下几种。

(1) 机械加工工艺过程卡片

机械加工工艺过程卡片（简称过程卡）是简要说明零件整个生产过程的一种卡片（见表 2-9）。其内容比较简单，包含产品的名称和型号、零件的名称和件号、毛坯的种类和材料等。它还包括工序的顺序号、工序的名称和内容、所用的机床型号和工艺装备的名称及其编号、工时定额等。

(2) 机械加工工艺卡片

机械加工工艺卡片（简称工艺卡片）是以工序为单位详细说明零件的机械加工工艺过程的一种卡片（见表 2-10）。它有被加工零件在本工序的加工简图，用数字或符号标注出各个加工表面，并注明加工表面的加工尺寸及技术要求，同时它还说明各工序中工步的顺序和内容，如本工序的加工表面及所用的刀夹量具和切削用量等。

(3) 机械加工工序卡片

机械加工工序卡片（简称工序卡片）是为每一个工序编制的完整详细的工艺文件（见表 2-11）。它包含工序图，以表示本工序完成后工件的形状、尺寸及其公差，还包括工件的定位和刀具的位置等。工序图一般按照加工位置绘制，无需按严格的比例，仅需绘出工件的轮廓和加工面、定位面、夹紧面，其他零件结构可以省略。加工面一般用粗实线或红线表示，定位夹紧等按规定的符号来画。

**表 2-9　机械加工工艺过程卡片**

共＿＿页第＿＿页

| 厂　名 | 机械加工过程卡 | | 产品型号 | | 零件名称 | | 零件号 | |
|---|---|---|---|---|---|---|---|---|
| | | | C6140 | | 开合螺母外壳 | | 03-08-11 | |
| 毛坯种类 | 铸件 | 材料 HT150 | 毛坯尺寸 | 每一毛坯可制件数 | 1 | 每台件数 | 1 | 单件质量/kg | 5.6 |

| 工序 | 车间 | 工序内容 | 设备 | 工艺装备名称与编号 | | | | 工时 t/min | |
|---|---|---|---|---|---|---|---|---|---|
| | | | | 夹具 | 刀具 | 量具 | 辅具 | 准备 | 单件 |
| | 铸工 | 铸造、清沙 | | | | | | | |
| | 铸工 | 退火 | | | | | | | |
| 10 | 金工 | 粗铣两侧面 | X6130 万能铣 | 铣夹具 | YG8φ110 端铣刀 | 游标卡尺 | | | |
| 20 | 金工 | 铣燕尾面 | X5028 立铣 | 虎钳 | 55°角铣刀 | 样板 | | | |
| 30 | 金工 | 刮燕尾面 | | | | | | | |
| 40 | 金工 | 钻、扩、铰 φ10H7 销孔 | Z5025 立钻 | 翻转式钻模 | φ9 钻；φ9.8 扩；φ9.96 粗铰；φ10 精铰 | φ10H7 塞规 | 快换夹头 | | |
| 50 | 金工 | 镗孔 φ40H7 | C6136 车床 | | YG8 单刃镗刀 | φ40H7 塞规 | 镗杆 | | |
| 60 | 金工 | 精铣两侧面 | X6130 万能铣 | | YG8φ110 端铣刀 | 游标卡尺 | | | |
| 70 | 金工 | 磨两侧面 | M7130 平面磨 | 磁力工作台 | | 卡规 | | | |
| 75 | | 检验 | | | | | | | |
| 80 | 金工 | 切开 | X6030 卧铣 | 铣夹具 | 锯片铣刀 | | | | |
| 90 | 金工 | 修毛刺、打标记 | | | | | | | |
| 100 | 金工 | 钻攻螺孔 M6 | Z5018 立钻 | | φ4.7 钻、M6 丝锥 | M6 塞规 | 丝夹 | | |
| 110 | 金工 | 钻、铰销孔 φ6H7 | Z5018 立钻 | | φ5.8 钻、φ6 铰 | φ6H7 塞规 | | | |
| 120 | 装配 | 配钻铰侧面销孔 φ3 | | | | | | | |

| 编制 | | 校对 | | 审核 | | 会签 | | 批准 | | 日期 | |
|---|---|---|---|---|---|---|---|---|---|---|---|

**表 2-10　机械加工工艺卡片**

共＿＿页第＿＿页

| 厂　名 | | 机械加工工艺卡 | | |
|---|---|---|---|---|
| 产品型号 | 零件名称 | | 零件号 | |
| 材　料 | 名称 | 牌号 | 力学性能 | |
| 零件简图及技术要求 | | | | |
| 毛　坯 | 种类 | 尺寸 | 每一毛坯可制件数 | |
| 每台件数 | 批量 | 净重/kg | 毛重/kg | |

| 序号 | | 工序和工步名称 | 加工面号数 | 定位表面 | 同时加工零件数 | 工艺装备名称及编号 | | | | | 加工尺寸 l/mm | | | 加工用量 | | | | | | 工时 t/min | | | | |
|---|---|---|---|---|---|---|---|---|---|---|---|---|---|---|---|---|---|---|---|---|---|---|---|---|
| 工序 | 工步 | | | | | 机床（名称、型号、编号） | 夹具 | 刀具 | 量具 | 辅具 | 直径或宽度 | 长度 | 计算的行程长度 | 每边余量 | 切削深度 $a_p$/mm | 行程次数 | 进给量 $f$/(mm/r) | 切削速度/(m/r) $v$ | 每分钟转数或双行程 | 切削功率 | 机动时间 | 辅助时间 | 工作地服务时间 | 准备—终结时间 | 合计 |
| 1 | 2 | 3 | 4 | 5 | 6 | 7 | 8 | 9 | 10 | 11 | 12 | 13 | 14 | 15 | 16 | 17 | 18 | 19 | 20 | 21 | 22 | 23 | 24 | 25 | 26 |

| 编制 | | 校对 | | 审核 | | 会签 | | 批准 | | 日期 | |
|---|---|---|---|---|---|---|---|---|---|---|---|

**表 2-11　机械加工工序卡片**

| 厂　名 | 机械加工工序卡 | 产品名称 | | 零件名称 | | 零件号 | |
|---|---|---|---|---|---|---|---|
| | | 材料牌号 | 硬　度 | | 净重/kg | | 每台件数 |
| | | 机床名称 | 型　号 | | 资产编号 | | 冷却液 |
| | | 夹具名称 | | | 夹具编号 | | |

| | | | |
|---|---|---|---|
| 加工简图及技术要求 | | | |

| 批量 | 同时加工件数 | 准备—终结时间 $T_b$/min | 单件时间 $t$/min | | | | 班产件数 |
|---|---|---|---|---|---|---|---|
| | | | 机动时间 | 辅助时间 | 附加时间 | 单件时间 | |

| 工步 | 工步名称 | 工具名称及编号 | | | 直径或宽度 $d$/mm | 加工计算长度 $l$/mm | 加工余量 $Z$/mm | 行程次数 | 切削深度 $a_p$/mm | 进给量 $f$/(mm/r) 或 (mm/min) | 切削速度 /(mm/min) | 每分钟转数或行程数 | 工时 $t$/min | |
|---|---|---|---|---|---|---|---|---|---|---|---|---|---|---|
| | | 刀具 | 量具 | 辅具 | | | | | | | | | 机动时间 | 辅助时间 |

| 编制 | | 校对 | | 审核 | | 会签 | | 批准 | | 日期 | |
|---|---|---|---|---|---|---|---|---|---|---|---|

　　在单件小批生产中使用过程卡片，对于关键零件或复杂零件则需绘制工艺卡片。在成批生产中多使用工艺卡片。在大批大量生产中，除过程卡片外，还需对每一个工序编制工序卡片。此外，对半自动及自动机床还有机床调整卡片，对重要的检验工序一般有检验工序卡片等。

# 2.7　时间定额和提高生产率的工艺途径

## 2.7.1　时间定额

　　时间定额是在一定的生产条件下，规定完成一道工序所消耗的时间。时间定额是衡量工艺过程的劳动生产率的主要指标，是安排生产计划、核算成本的重要依据，也是设计或扩建工厂（或车间）时计算设备和人员数量的主要资料。

　　完成一个零件的一道工序时间定额称为单件时间定额（$T_p$），它由以下几部分组成。

　　① 基本时间（$t_m$）　直接改变生产对象的尺寸、形状、相对位置、表面状态或材料性质等工艺过程所消耗的时间。

　　在切削加工中，它是切除金属所消耗的机动时间，它包括刀具的切入和切出时间。它可通过切削用量、单边余量和行程长度计算得到。

　　② 辅助时间（$t_a$）　它是实现工艺过程所必须进行的各种辅助动作所消耗的时间。它包括装卸工件、开停机床、改变切削用量、测量工件、手动进刀和退刀等有关动作。

　　基本时间加辅助时间称为作业时间，用 $t_0$ 表示。

　　③ 布置工作地时间（$t_s$）　它是为使加工正常进行所消耗的时间。如操作者照管工作地（如换刀、润滑机床、清理切屑、修正砂轮等工作），一般常按作业时间的 2%～7% 进行计算。

④ 休息和生理需要时间（$t_{r \cdot n}$）　它是操作者在工作时间内为恢复体力和满足生理需要所消耗的时间，一般可按作业时间的 2% 进行计算。

因此，单件时间定额为

$$T_p = t_m + t_a + t_s + t_{r \cdot n} \quad (\text{min}) \tag{2-14}$$

在成批生产中，还必须考虑准备—终结时间（$t_{r \cdot f}$）。它是成批生产中，操作者为了生产一批零件而进行准备和结束工作所消耗的时间。因为在一批零件开始生产前，需要熟悉有关的工艺文件、领取毛坯、安装及调试机床、刀具、夹具等。该批零件加工完后，也需要拆下和归还工艺装备、发送成品等工作。

### 2.7.2　提高生产率的工艺途径

所谓劳动生产率是指一个工人在单位劳动时间内制造的合格产品的数目。它也可以用完成某一工作所必需的劳动时间来衡量。我们通常把完成零件一个工序的必需的时间称为时间定额。

缩短时间定额就可以提高劳动生产率，特别是应减少占时间定额较大的那些时间。在工艺上，可采取以下一些措施。

（1）缩短基本时间

① 提高切削用量；

② 减少切削行程长度。

（2）缩短辅助时间

① 采用先进的夹具；

② 采用各种快换装置，如快速换刀、自动换刀等；

③ 采用多工位加工；

④ 采用两个相同夹具交替工作；

⑤ 采用主动检验或自动测量装置。

（3）同时缩短基本时间和辅助时间

① 采用多件加工；

② 采用多刀多刃加工以及成形切削；

③ 采用先进高效的机床加工，如半自动机床、自动机床多工位机床、组合机床、自动线等。

（4）缩短准备—终结时间

① 按照相似零件组的要求设计夹具和布置刀具；

② 采用可换刀架或刀夹；

③ 采用刀具的微调机构和对刀的辅助工具；

④ 采用使准备—终结时间极少的先进加工机床。

## 复习思考题

1. 说明工艺规程的作用及制定工艺规程的基本原则。制定工艺过程时，为什么要划分加工阶段？

2. 什么叫生产纲领？生产类型有哪些？了解各种生产类型的工艺特点。

3. 何谓"工序集中"及"工序分散"？各有什么特点？

4. 在选择粗基准和精基准时，应分别遵循哪些基本原则？

5. 何谓工艺尺寸链？常运用在哪些场合？如何确定封闭环、增环和减环？请写出尺寸链的计算公式。

6. 试述机械加工过程中安排热处理工序的目的。

7. 在工艺尺寸链中，加工余量是否都是封闭环？在什么情况下是组成环？

8. 试选择图 2-18 所示端盖零件加工时的粗基准。

9. 图 2-19 所示零件在加工时，图纸设计要求保证尺寸（6±0.1）mm，但是这一尺寸不便直接测量，只好通过测量尺寸 $L$ 来间接保证，试求工序尺寸 $L^{\delta L}$。

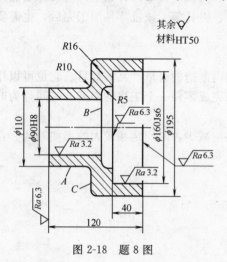

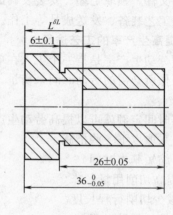

图 2-18　题 8 图　　　　　　　　　　　　图 2-19　题 9 图

10. 要求在轴上铣一个键槽，如图 2-20 所示。加工顺序为车削外圆 $A_1=\phi 70.5_{-0.1}^{0}$ mm；铣键槽尺寸为 $A_2$；磨外圆 $A_3=\phi 70_{-0.06}^{0}$ mm，要求磨外圆后保证键槽尺寸为 $N=62_{-0.3}^{0}$ mm，求键槽尺寸 $A_2$。

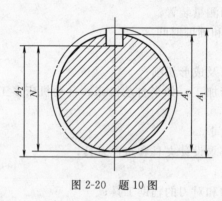

图 2-20　题 10 图

# 第**3**章 机床夹具

## 3.1 机床夹具概述

在机械制造过程中，用来固定加工对象，使其占有正确的位置，以接受加工或检测的装置，都可统称为夹具。如焊接过程中用于拼焊的焊接夹具、检验过程中用的检验夹具、装配过程中用的装配夹具、机械加工中用的机床夹具等，都属于泛指的夹具范畴。本章所讨论的对象仅限于机床夹具。为了叙述方便，以下把机床夹具简称为夹具。

在机床上进行加工时，除了使用刀具、量具之外，还需要一些装夹工件的辅助装置，如车床上的三爪卡盘、铣床上的平口钳等。它们通常将不需要找正便能将工件安装到机床的正确位置上。这些辅助装置称为机床夹具。此外还需要一些装夹和支承刀具的辅助工具，如铣刀杆、钻夹头等，称为辅具。刀具、夹具、量具和辅具统称为工艺装备。夹具在工艺装备中占有十分重要的地位。因为夹具的好坏对于工件的加工精度、生产率及成本影响很大，因此夹具是机械加工中的一个十分重要的装备。

### 3.1.1 工件装夹的实质

在机床上加工工件时，为了使该工序所加工的表面能达到图纸规定的尺寸、几何形状以及与其他表面的相互位置精度等技术要求，在加工前，必须首先将工件装夹牢靠。

把工件装好，就是要在机床上确定工件相对刀具的正确加工位置。工件只有处在这一位置上才能接受加工，才能保证其被加工表面达到工序所规定的各项技术要求。通常把确定工件在机床上或夹具中占有正确的位置的过程称为定位。

把工件夹牢，就是指在已经定好的位置上将工件可靠地夹住。以防止在加工时工件因受到切削力、离心力、冲击和振动等的影响，发生不应有的位移而破坏了定位。所以，工件定位后将其固定，使其在加工过程中保持定位位置不变的操作，称为夹紧。

由此可知，工件装夹的实质，就是在机床上对工件进行定位和夹紧。装夹工件的目的则是通过定位和夹紧而使工件在加工过程中始终保持其正确的加工位置，以保证达到该加工工序所规定的加工技术要求。

### 3.1.2 工件装夹的方法

在机械加工工艺过程中，常见的工件装夹方法，按其实现工件定位的方式来分，可归纳为以下两类。

（1）找正定位装夹

找正定位装夹方法是常用于单件小批生产中的工件装夹方法。一般这种方法是以工件的有关表面或专门划出的线痕作为找正依据，用划针或指示表进行找正，以确定工件的正确定位位置，然后再将工件夹紧进行加工。

如图 3-1 所示，在铣削连杆状零件的上下两平面时，若零件批量不大，则可在机用虎钳中，按预先在工件侧边划出的加工线痕（或直接按毛坯端面），用划针进行找正。其方法是：沿工件四周移动划针，检视上表面所划线痕对划针针尖的偏离情况。轻击工件进行校正，直至各处加工线均与划针尖对准为止。将工件加力夹紧并重复校验一次，以检查找正好的正确位置有没有因夹紧而发生变化，若有变化发生，则需重新校正。

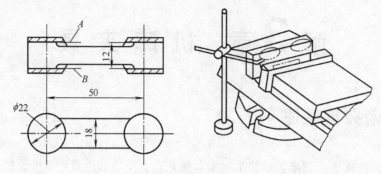

图 3-1 在机用虎钳上找正和装夹连杆状零件

按找正方式装夹工件的方法，能较好地适应工序或加工对象的变换，夹具结构简单，使用简便经济，适用于单件、小批生产。但是这种方法生产率低，劳动强度大，加工质量不高，还往往要增加划线工序。

随着生产的发展，对产品的数量和质量的要求日益提高，从而推动了夹具结构的发展。人们创造了新的装夹方法和新的工艺装置，能够直接装夹工件而无需找正。

（2）专用夹具定位装夹

在此仍然以图 3-1 所示的工件为例，说明如何在专用夹具中进行工件的装夹。

图 3-2 是铣连杆状工件上下两端面所用的铣床夹具。这是一个双件装夹专用铣床夹具。毛坯先放在 I 位置上铣出第一端面（A 面），然后将此工件翻身放入 II 位置铣出第二个端面（B 面）。夹具中每次同时装夹两个工件，其中 I 位置装夹的是上下平面均未加工过的毛坯。II 位置装夹的是已经在 I 位置铣出 A 面的半成品。铣刀每铣削一次，便可分别在两个位置上各得到一个铣出 A 面的半成品和两面都铣好的成品零件。I 位置的工件是以毛面作为定

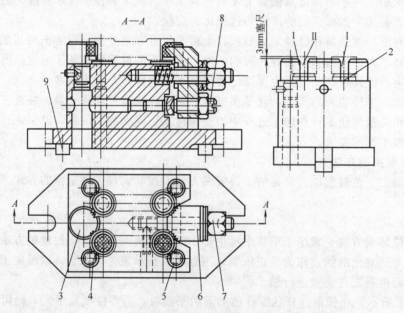

图 3-2 铣连杆状工件两端面的双件装夹专用铣床夹具

1—对刀块；2—锯齿头支承钉；3～5—挡销；6—压板；7—螺母；8—压板支承螺钉；9—定位键

位基准，分别与夹具上的定位元件：锯齿头支承钉 2，挡销 3、4、5 保持接触。Ⅱ位置的定位方式基本与Ⅰ位置相同，只是改用三个平头支承钉与已经铣好的光面 A 接触。调整铣刀端面与对刀块 1 端面间的间隙，使厚度为 3mm 的塞尺刚刚能塞入，这样就能保证在位置Ⅱ加工出来的零件厚度尺寸为 12mm；在Ⅰ位置上加工出来的工件其 B 面有足够的加工余量。由此可知，由于工件上的定位表面与夹具上相应的定位元件保持接触，使工件在夹具中相对刀具处于正确的加工位置。这就解决了工件的定位问题。然后拧紧夹紧螺钉上的螺母 7，使压板 6 的三角形夹紧端楔入两个工件之间，将两个工件同时牢牢地夹紧在加工位置上。

通过以上实例，可以归纳出用夹具装夹工件方法的特点：

① 工件直接装入夹具，依靠定位基准与夹具的定位元件相接触，而占有正确的相对位置，不再需要找正便可将工件夹紧；

② 夹具预先在机床上已调整好位置（也有在加工过程中再决定位置的），工件通过夹具相对于机床也占有了正确位置；

③ 夹具上还有确定刀具位置的元件，工件通过夹具相对于刀具也占有了正确的位置；

④ 夹具位置及刀具位置一经调整好，在规定的磨损范围限度内，不需要再进行调整，可连续加工一批工件并保证加工要求。

### 3.1.3 夹具的组成

图 3-3 所示为一个铣削轴端槽的夹具。工件以外圆和端面为定位基准，放在一个固定 V 形块 1 和定位支承 2 上定位，转动手柄 3，偏心轮推动活动 V 形块夹紧工件。对刀块 6 用来确定铣刀相对工件的位置。所有的装置和元件都装在夹具体 5 上。为了方便地确定夹具在机床上的正确位置，在夹具底部装有定向键 4，安装夹具时只要将两个定向键放入铣床工作台的 T 形槽中并靠向一侧，则不需要再进行找正便可将夹具固定在工作台上。

由上分析可知，机床夹具的组成大致如下。

① 定位元件及定位装置　它们是用来确定工件在夹具上位置的元件或装置，如图 3-3 中的固定 V 形块 1 和定位支承 2 等。

② 夹紧元件及夹紧装置　它们是对工件实施夹紧操作的元件或装置，如图 3-3 中的偏心轮、手柄 3 及活动 V 形块等。

③ 对刀及导向元件　它们是用来确定刀具位置或引导刀具方向的元件，如图 3-3 中的对刀块 6，钻、镗夹具中的钻套、镗套等。

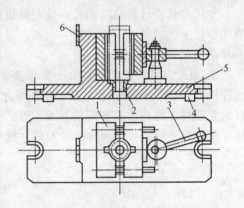

图 3-3　铣削轴端槽夹具
1—V 形块；2—定位支承；3—手柄；4—定向键；5—夹具体；6—对刀块

④ 连接元件　它们是用来确定夹具和机床之间正确位置的元件，如图 3-3 中的定向键 4。

⑤ 其他元件及装置　如分度装置及为了便于将工件卸下而设置的顶出器等。

⑥ 夹具体　将上述元件和装置连成整体的基础件。

### 3.1.4 夹具的功用

夹具作为工艺系统的重要组成部分之一，其主要功用如下。

① 保证加工精度。由于采用夹具安装，可以正确地确定刀具、机床与工件之间的相对位置，因而比较容易获得较高的加工精度。

② 缩短辅助时间，提高生产率。采用夹具安装工件方便迅速，可省去试切、找正或对刀等时间，若采用多件或多工位加工，使辅助时间与机动时间重合，可进一步提高劳动生产率。

③ 减轻工人劳动强度。采用夹具安装工件，有可能减少工件的安装次数，若在夹具上采用机械化传动或电动装置，工件的装卸将更加方便、省力、轻松、安全。如采用气动液压夹具，只要操作手控或电控阀，就可轻松完成工件的夹紧或松开动作，工人劳动强度大为减轻。

④ 扩大机床工艺范围。

### 3.1.5 夹具的分类

夹具的分类方法很多，通常根据其使用范围可将其分为以下几类。

（1）通用夹具

通用夹具是指结构和尺寸已经标准化、系列化，在一定范围内具有一定的通用性的夹具。如车床上的三爪卡盘、四爪卡盘、铣床上的平口钳、分度头、平面磨床的电磁吸盘等。这些夹具通用性强、应用广泛，并由专业厂批量生产，有些已经成为机床的一个附件而随机床一起供应。

（2）专用夹具

这是为某一特定工件的特定工序而专门设计的一种夹具。一般根据零件加工工艺要求提出设计任务，由后续工装设计人员设计后交与工具车间投入制造。专用夹具广泛应用于成批以上生产及单件小批生产的关键工序中。

（3）其他新型夹具

专用夹具设计制造周期长，且产品更换后无法利用而报废，因此无法满足新产品试制和单件小批生产的需求。针对这一问题，经过多少年工作的经验积累总结，产生了一些新颖的夹具结构形式。

① 组合夹具　组合夹具由一套预先制造好的标准元件组合而成，如图 3-4 所示。这些元件按夹具各组成部分分成几个功能类，它们具有各种不同的形状、尺寸和规格，并具有较好的互换性、耐磨性和较高的精度。生产中可根据具体工件的工艺要求组装成各种专用夹具。使用完毕后，可方便地拆开元件，洗净后存放起来，待需要时重新组装成新的夹具。

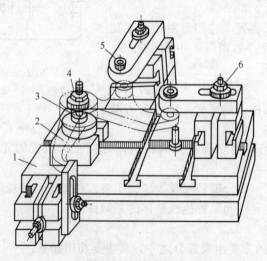

图 3-4　组合夹具

1—基础件；2—支承件；3—定位件；4—夹紧件；5—导向件；6—紧固件

组合夹具按照组装所依据的基面形状，可分为孔系和槽系两大类，我国目前采用的是槽系组合夹具，分为大型、中型、小型三种系列，其中以中型系列用得最多。

组合夹具的精度主要取决于各主要元件的精度、组装的刚度及调整精度，所以它的各主要元件加工精度和表面质量均要求很高，而且要求有很高的耐磨性，一般用低碳合金钢制造并经渗碳淬火，表面硬度为60HRC左右。组合夹具由于灵活通用，使生产准备时间大大缩短，同时能节约大量的设计、制造夹具的时间和材料，特别适用于新产品试制等单件小批生产和临时性生产任务。但组合夹具刚性较差，同时需要大量的元件储备，从而限制了它在中小型企业的推广使用。

② 通用可调及成组夹具　图3-5所示为一通用可调夹具。它用来加工各种尺寸的回转体端面上的孔。扳动手柄6，可使工作台带动卡盘左右移动，手柄1用来使钻模板升降至一定的位置，以适应不同高度的工件，同时还可以方便地更换新的钻套。可见，这种夹具通过一些简单的调整，即可用来加工同类型的、尺寸相近或加工工艺相似的其他工件。这种通用可调夹具加工对象不很确定，通用范围较大。

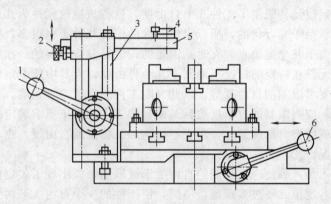

图 3-5　通用可调夹具
1—升降手柄；2—固定螺钉；3—滑柱；4—钻套；5—钻模板；6—卡盘移动手柄

如果针对成组加工工艺中某一组特定的零件的某道工序而设计制造的可调整夹具，其加工对象和适用范围比较明确，结构更加紧凑，称为成组夹具。通用可调夹具和成组夹具是当前专用夹具的发展方向之一。

划分夹具类型的方式很多。若按夹具所使用的机床来分，又可分为车床夹具、铣床夹具、钻床夹具、磨床夹具等。若按夹具所采用的夹紧动力源分，则可分为手动夹具、气动夹具、液压夹具、电动夹具等。

# 3.2　工件在夹具中的定位

如前所述，工件在加工前，必须首先使它在机床上相对刀具占有正确的加工位置，这就是定位。夹具在工件定位过程中起着决定性作用，工件正是通过夹具相对机床、刀具而占有正确的加工位置。但在夹具中所谈的定位问题是指工件在夹具中占有正确的加工位置。至于保证工件在机床上相对刀具占有正确的加工位置，除了工件在夹具中定位外，还涉及夹具在机床上的安装位置、刀具在夹具中的对刀与引导及整个工艺系统的调整等问题。本节仅讨论工件在夹具中的定位问题。

在研究分析工件定位问题时，定位基准的选择是关键。一般来说，工件的定位基准一旦被选定，则工件的定位方案也就基本上确定了。通常工件在每道工序中所使用的定位基准是由工艺人员在编制工件的工艺文件时规定了的（见第4章内容）。夹具设计人员在按夹具设计任务书设计有关夹具时，也正是以工艺文件所规定的相应定位基准，作为研究和确定工件定位方案的依据。不过，在关于工件定位基准的选择上，夹具设计人员和工艺人员间常会产生意见分歧。因为工艺人员往往单纯从工艺上保证工件加工质量的角度出发去选择定位基准，这样选择的定位基准有时难于实现稳定定位或使夹具结构变得十分复杂。因此，在不影响加工质量的前提下，从简化夹具结构的角度出发，有必要重新考虑并更换定位基准。此时夹具设计人员应会同工艺人员认真进行协商讨论，选择更为合理的定位基准，从而使夹具结构更加简单和经济。

### 3.2.1 工件定位基本原理

如前所述，在拟定工件的机械加工工艺规程时，已经选择和确定了工件的定位基准。夹具设计的目的和任务之一就是选择和设计恰当的定位元件和定位装置与工件的定位基准相接触，限制工件在夹具中的自由度，以实现工件的定位，使一批工件在夹具中都能占有一个正确的位置。通常某定位元件限制了工件几个自由度，就称该定位元件为几点。

由于工件的形状是千变万化的，所以以定位元件的形式和种类也很多，要孤立地确定某一个定位元件究竟相当于几个定位点，有时是困难的，也是没有必要的。在实际应用时，往往直接分析某个定位元件在特定的情况下限制了几个自由度，夹具中所有定位元件的组合是否完全限制了工艺所要求限制的自由度等，以此判断工件的定位是否正确。

工件在定位时，应当限制的自由度数目是由具体工序的加工要求确定的。但有时为了承受切削力、夹紧力或使夹具结构简化，对于不影响加工精度的自由度，也加以限制。这些都属于定位的正常情况。

如果定位元件不足，致使应该限制的自由度未被限制，就出现了欠定位，显然这是实际生产所不允许的。若定位元件过多或定位不当，使工件的一个自由度被两个以上的定位元件所重复限制，便出现了过定位现象。这种情况会产生定位干涉，有时会带来很大的误差，一般情况下是应该避免的。图3-6所示是几种过定位及其改进措施的例子。

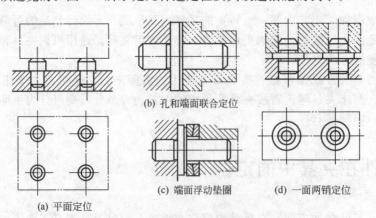

(b) 孔和端面联合定位

(a) 平面定位　　(c) 端面浮动垫圈　　(d) 一面两销定位

图 3-6　几种过定位及其改进措施

图3-6（a）为平面定位的情况。如果工件的定位基面为粗基准，由于定位基面本身有较大的平面度误差，因此不可能同时与四个支承钉接触，定位不稳定。若在夹紧力作用下强制工件与四个支承钉全部接触，势必使工件变形，产生较大的误差。此时应撤去一个支承钉，再将支承钉重新分布；或将其中之一改为不起定位作用的辅助支承。但是，如果定位基面为精基准，本身的形状误差很小，而四个支承钉又能较好地保证在同一平面内，则这种定位方

式不仅不会导致不良后果，反而增加了定位的稳定性，在生产中常常采用。

图 3-6（b）为孔和端面联合定位的情况。大端面和长销组合在一起出现过定位。一般情况下，应采取以下几种措施之一来避免：

① 长销与小端面组合，定位以长销为主限制四个自由度，端面仅限制一个自由度；

② 短销与大端面组合，定位以大端面为主限制三个自由度，短销限制两个自由度；

③ 长销与大端面组合，端面上装有浮动垫圈，长销限制四个自由度，端面浮动垫圈只限制一个自由度，但增加了端面刚性［图 3-6（c）］。

图 3-6（d）表示了一面两销定位的情况。因为两销都限制了沿孔心连线方向移动的自由度，当孔心距误差较大时，会出现定位干涉而使工件无法装入。为了改变这种情况，可将其中之一销削扁，使它不限制沿孔心连线方向移动的自由度。

### 3.2.2　常见定位方式及定位元件

在分析工件的定位方式时，习惯上都是利用定位支承点的概念。因为利用定位支承点对工件自由度限制的分析方法能够简化问题，便于分析。但是工件在夹具中实际定位时，却绝不是，也不可能是真正的采用定位支承点来定位，而是根据工件上已被选作定位基准面的形状，采用相应结构形状的定位元件来定位的。此时，工件上的定位基准面和夹具上定位元件的工作表面保持一定形状的点、线或面接触。因此，必须学会如何将各种具体的定位元件转化为相应的定位支承点，这是正确运用定位基本原理对各种具体定位方式进行定位分析的关键。

（1）平面定位

平面定位方式所需的典型定位元件及定位装置均已标准化，通常根据工件基准面情况不同而选择。

① 支承钉和支承板　工件以粗基准定位时，由于基准面是粗糙不平的毛坯表面，若使其与一精密平板的平面保持接触，则这时显然只有此粗基准上的三个最高点与之接触，为了保证定位的稳定可靠，对于作为主要定位面的粗基准而言，一般必须采用三点支承方式。对于加工过的精基准面，事实上也不会绝对平整。因此也还是不可能采用与工件精基准面作全面接触的整体大平面式的定位元件来定位，通常仍然采用小平面式的定位元件。

图 3-7 所示为各种支承钉。图 3-7（a）为平头支承钉，常用于精基准定位。图 3-7（b）为圆头支承钉，它与工件间为点接触，容易保证接触点位置的相对稳定，多用于粗基准定位。但这种支承由于是点接触，因而容易磨损。图 3-7（c）为锯齿形支承钉，它能增加接触面间的摩擦力，以防工件受力走动，常用于毛基准侧面定位。以上这些支承钉结构和尺寸均已标准化，详见《夹具零部件》（GB 2226—80）。

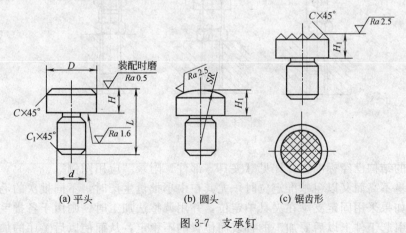

(a) 平头　　　　(b) 圆头　　　　(c) 锯齿形

图 3-7　支承钉

对于大中型零件，当用精基准定位时，通常采用支承板，如图 3-8 所示。支承板有两种结构形式。图中的 A 型，结构简单，制造方便，但切屑末易堆聚在固定支承板用的沉头螺钉坑中，不易清除。B 型结构克服了上述问题，但制造略嫌麻烦。支承板的结构和尺寸也已标准化，详见《夹具零部件》（GB 2236—80）。

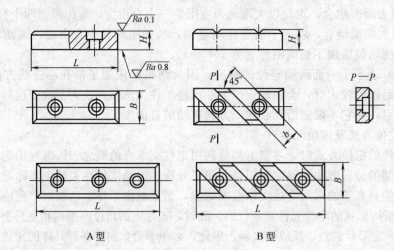

A 型　　　　　　　　　　B 型

图 3-8　支承板

为了使上述两类固定支承耐磨，通常采用高碳工具钢、合金工具钢淬火或低碳钢渗碳淬火制造，淬火硬度 60～64HRC。支承钉与基体孔的配合多选为 H7/n6 和 H7/m6。

工件以精基准作平面定位时所用的平头支承钉或支承板，一般在安装到夹具体上后，需进行最终磨削，以求使位于同一平面内的各支承钉或支承板保持等高，且与夹具体底面保持必要的位置精度（如平行或垂直）。因此，此类定位元件须注意在高度尺寸 $H$ 上预留最终修磨余量。

② 可调支承和自位支承　当工件的定位基面尺寸、形状变化较大或系列化产品生产时往往需要采用可调支承。可调支承的顶面位置可以在一定范围内调节，调节好后用螺母将其锁紧。一般调整一次后加工一批零件，调整好的可调支承其作用相当于固定支承。其典型结构如图 3-9 所示。

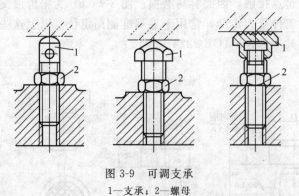

图 3-9　可调支承
1—支承；2—螺母

可调支承的结构已经标准化，详见《夹具零部件》附录"应用图例"。

在毛坯质量不高而又以粗基准定位时，尤其在中小批量生产时，不同批次的毛坯尺寸往往变化很大；如果采用固定支承在夹具中定位，并用调整法加工时，则由于各批毛坯尺寸不一致，将直接引起工件上以后要加工的各表面位置的不稳定，从而使以后工序的加工余量变化太大，影响加工精度。而采用可调支承则可通过批次首件调整来解决上述问题。

在系列化生产中，往往采用同一夹具来加工不同规格的零件。在这种情况下，夹具上常采用可调支承，以适应定位面尺寸在一定范围内的变化。图 3-10 所示为加工相同台阶尺寸而长度不同的销轴夹具采用可调支承的例子。

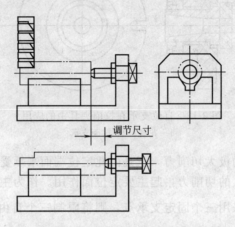

调节尺寸

图 3-10　使用可调支承加工不同尺寸的零件

自位支承又称为浮动支承，是指支承本身在定位过程中所处的位置随工件定位基准面的变化而自动与之相适应。因此，这种支承在夹具上是活动的，图 3-11 所示为几种自位支承结构。图 3-11（a）为球面三点式，定位时可保证与工件定位面上的三个分布点接触；图 3-11（b）和图 3-11（c）为两点式浮动支承，分别通过球面和斜面实现浮动，从而确保工件与支承的两个浮动点接触。由于自位支承是活动的，因此，尽管每个自位支承与工件可能作三点或两点接触，实质上仍然只起一个定位支承点的作用，即只限制一个自由度。但是由于自位支承扩大了与工件定位面间的支承面积，有利于提高定位稳定性和支承刚性，并可补偿工件的形状或位置误差，使定位更加可靠。

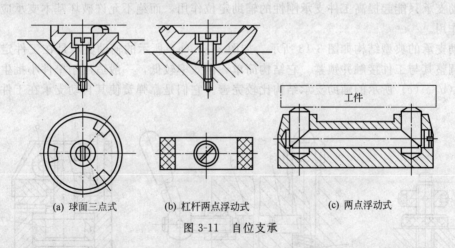

(a) 球面三点式　　　(b) 杠杆两点浮动式　　　(c) 两点浮动式

图 3-11　自位支承

图 3-12 所示是在齿轮坯上拉花键孔。齿坯以被拉孔的预制孔和一端面作为定位基准。拉孔时将拉刀的前导部分穿入工件预制孔与之相配合，以便保证被拉花键孔与工件上原有预制孔同轴。可见，拉刀的前导部分在拉削开始前起着定位元件的作用，就相当于一段定位用的心轴，限制了齿坯的四个自由度：$\vec{X}$、$\vec{Z}$、$\widehat{X}$、$\widehat{Z}$。根据工艺要求，只需再设置一个支承点，限制一个自由度 $\vec{Y}$ 即可。因此，作为定位基准的工件端面，只需要起止推定位作用。

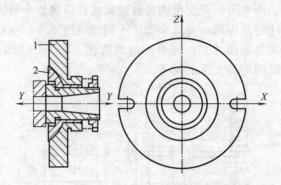

图 3-12　自位支承在拉削夹具中的应用
1—花盘；2—球面支承

　　然而，拉削时所产生的极大切削力，正是由此定位端面来承受。所以，要求这一端面定位稳定，刚性好，能承受大的切削力，起主要定位面作用。作为主要定位面，一般需与三个定位支承点相接触，而若采用三个固定支承点，则将限制三个自由度：$\vec{Y}$、$\hat{X}$、$\hat{Z}$；连同拉刀前导部分限制的四个自由度，总共限制了七个自由度，其中重复限制了 $\hat{X}$、$\hat{Z}$ 两个自由度，显然导致了过定位。为了保证工件必要的定位稳定性和支承刚性，而又不发生过定位，图中采用了球面式自位支承。

　　③ 辅助支承　以上介绍的固定支承（支承钉和支承板）可调支承和自位支承，都是工件以平面定位时起主要定位作用的定位元件，通常称为基本支承。在运用定位基本原理来分析平面定位问题时，只有这类基本支承才可以转化为定位支承点。

　　生产中，有时当工件在上述基本支承上定位以后，往往由于工件刚性差，在切削力、夹紧力或工件本身重力的作用下，可能出现定位不稳定或局部变形现象，这时就需要增设辅助支承。

　　辅助支承只能起提高工件支承刚性的辅助定位作用，而绝不允许破坏基本支承应起的主要定位作用。

　　辅助支承的典型结构如图 3-13 所示。如图 3-13（a）所示的辅助支承是在工件定位夹紧后，再调整其与工件接触并锁紧。它结构简单，但效率较低，一般适用于单件小批生产。如图 3-13（b）、（c）所示的辅助支承结构比较完善。它们是靠弹簧使其自动支承在工件的某表

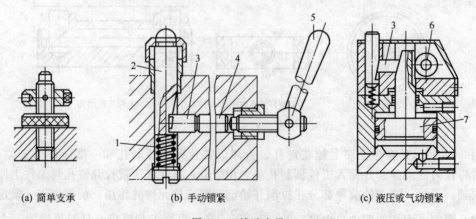

(a) 简单支承　　　(b) 手动锁紧　　　(c) 液压或气动锁紧

图 3-13　辅助支承
1—弹簧；2—支承；3—锁紧销；4—推杆；5—手柄；6—滚子；7—活塞

面上，然后将它们锁紧，因此通常称为自动调节辅助支承。图 3-13（b）是手动锁紧式，转动手柄 5 推动锁紧销 3，利用斜面锁紧支承，适用于批量生产。图 3-13（c）是气动或液压锁紧式，使操作更加方便，适用于大批量生产。各种辅助支承在使用时，应在工件卸下后将支承调低，或将锁紧装置松开，安装好工件后再进行调整和锁紧。

辅助支承在形式上与可调支承类似，但它们的作用是不同的。辅助支承对每一个工件都需要重新调整，它不起定位作用，一般用在粗基准辅助定位、预定位及工件刚性较差的场合。

（2）圆孔定位

圆孔定位在夹具中应用十分广泛。其基本特点是定位孔和定位元件间处于配合状态，理论上要求确保工件孔中心线与夹具定位元件轴线重合。圆孔定位常用的定位元件有心轴和定位销两种形式。

① 心轴　心轴的结构形式很多。图 3-14 所示是小锥度心轴，这类心轴的表面带有很小的锥度，一般为 $K=1 : 5000 \sim 1 : 1000$。工作时，利用小锥度的自锁性将工件楔紧在心轴上，从而带动工件旋转，因此不需另加夹紧装置。小锥度心轴定心精度高，可达 $0.005 \sim 0.01$ mm。但它所能传递的转矩较小，并要求工件孔有较高的精度，否则孔径的变化将影响工件在心轴上的轴向位置，给后续加工带来麻烦。因此，这种心轴一般适用于定位孔的精度不低于 7 级的精车和磨削加工。

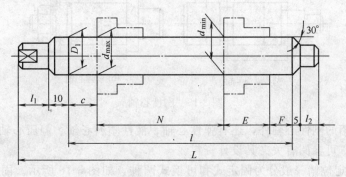

图 3-14　小锥度心轴

小锥度心轴设计参数的确定如下。

a. 锥度 $K=1 : 1000 \sim 1 : 5000$，定心精度要求高时取较小值。

b. 大端直径 $D_1$ 和保险圆锥面长度 $c$。

为了保证心轴能夹紧同一批工件中最大孔径的工件，心轴的大端应留有一段保险圆锥面，其长度为 $c$。此外还应留有 10mm 的圆柱面以便测量和后续修磨。

一般取 $D_1 = D_{max} + (0.01 \sim 0.02)$mm。公差取 $0.005 \sim 0.01$mm。

$$c = \frac{D_1 - D_{max}}{K} \tag{3-1}$$

式中　$D_{max}$——工件孔的最大直径，mm。

一批工件在心轴上的轴向变动范围

$$N = \frac{\delta_D}{K}$$

式中　$\delta_D$——工件孔的公差，mm。

c. 导向长度 $F$。

一般取 $\qquad\qquad\qquad F = (0.3 \sim 0.5)D$

式中　$D$——工件孔的公称直径，mm。

d. 端部尺寸。

在心轴的小端作出 5mm 长的 30°圆锥面，便于工件装入。通常取 $l_1 = 20 \sim 40$mm，$l_2 = 10 \sim 15$mm。

e. 总长 $L$。

$$L = c + N + E + F + l_1 + l_2 + 15 \tag{3-2}$$

式中　$E$——工件长度，mm。

在保证工件精度和夹紧可靠的前提下，应尽可能缩短心轴的长度，以提高心轴的刚性。一般取长径比 $\frac{L}{D} < 8$。如果 $\frac{L}{D} > 8$，则应将工件孔按公差范围分成 $2 \sim 3$ 组，心轴也相应分成 $2 \sim 3$ 根，使每根心轴的长径比不超过 8。

图 3-15 所示为圆柱刚性心轴。其中（a）为过盈配合型，其定心精度高，但装卸工件较麻烦，常用配合种类为 H7/r6、H7/s6、H7/u6，根据传递切削扭矩的大小选择配合的松紧，右端 e8 作为引导便于工件装入。（b）为间隙配合型，其定心精度不够高，但装卸工件方便，常用配合种类为 H7/h6、H7/g6、H7/f6，通过螺母经开口垫圈把工件夹紧。

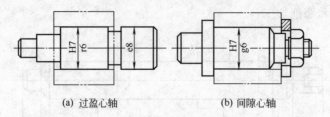

(a) 过盈心轴　　　　　　　　　(b) 间隙心轴

图 3-15　刚性心轴

除了以上介绍的刚性心轴外，还有弹性心轴、液性塑料心轴、静压心轴等，这类心轴属于定心夹紧类型，可参阅有关夹具设计资料。

② 定位销　定位销一般分为固定式和可换式两种，如图 3-16 所示。固定式定位销直接用过盈配合装在夹具体上使用。当定位销定位部分直径 $D < 10$mm 时，由于销径太细，为了避免销子上受力过大而剪断，通常在销子定位端根部倒成大圆角。此时在夹具体上安装定位销的部分应设计成埋头坑，以便定位销的圆头部分沉入坑内，而不妨碍工件定位。

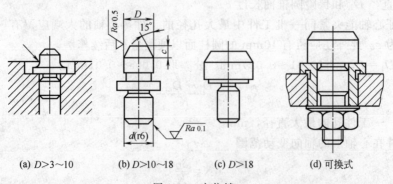

(a) $D > 3 \sim 10$　　(b) $D > 10 \sim 18$　　(c) $D > 18$　　(d) 可换式

图 3-16　定位销

大批大量生产中，因为工件装卸及其频繁，定位销容易磨损而丧失定位精度，必须定期维修更换，故常采用可换式定位销结构，如图 3-16（d）所示，这类定位销的衬套与夹具体为过渡配合，而内径与定位销则为间隙配合，从而便于拆卸，但定位精度较低。

所有定位销的定位端头部均做成 15°的大倒角，以便于工件装入。

定位销的标准结构可参阅《夹具零部件》（GB 2203—80 和 GB 2204—80）。

③ 圆锥销　在实际生产中，常常遇到工件以圆孔在锥销上的定位方式，如图 3-17 所示。其定位方式是圆柱面和圆锥面的接触，所以，两者的接触迹线是圆锥销某一高度上的截面圆。因此，这种定位方式较之于短圆柱定位，多限制了一个高度方向的移动自由度。若将其轴向做成浮动，则只能限制两个移动方向的自由度。

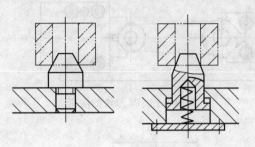

图 3-17　圆锥销定位

（3）外圆定位

外圆定位也是一种常见的定位方式，在生产中应用十分广泛。外圆定位有两种基本形式：定心定位和支承定位。

由于外圆柱面具有对称性，很容易采用自动定心装置，将其轴线确定在要求的位置上。如常见的三爪卡盘和弹簧夹头等便是最普通的实例。

V 形块定位属于外圆的支承定位方式。V 形块定位不仅适合于完整的圆柱表面，而且也适合于非完整圆柱表面。这种定位方式的突出优点是对中性好，即定位用的外圆柱表面轴线始终处在 V 形块的对称面上，而不受定位基准本身误差的影响。且 V 形块为开放式结构，安装工件方便，所以在生产中得到了广泛的应用。

常用的 V 形块结构如图 3-18 所示。图 3-18（a）为整体式，用于精基准定位，且基准面较短时；图 3-18（b）为间断式，供以粗基准定位或阶梯形圆柱面定位用；图 3-18（c）为分体式，可用于基准面较长和两段基准面分布较远时。当 V 形块的工作表面呈间断形式或为两个单独的零件时，其工作表面应一次磨出以求一致。

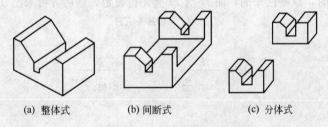

(a) 整体式　　　　(b) 间断式　　　　(c) 分体式

图 3-18　常用 V 形块结构

图 3-19 所示为夹具上采用 V 形块为定位元件的例子。连杆零件除以其平面定位外，用大头的外圆靠在固定 V 形块上定位，限制两个移动方向的自由度，小头用一个活动 V 形块夹紧工件，同时限制其绕大头外圆中心旋转的自由度。

V 形块的工作角（两斜面间的夹角）一般选 60°、90°和 120°。其中以 90°最为常用。V 形块的典型结构和基本尺寸，可参考《夹具零部件》（GB 2208—80）。如有必要自行设计时，则可参照图 3-20 进行有关尺寸的计算。

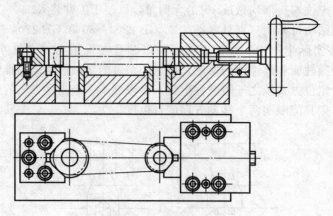

图 3-19  V 形块的应用

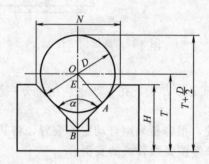

图 3-20  V 形块的尺寸

由图可知，V 形块的标准尺寸有：

$D$——V 形块的标准心轴或检验心轴直径（即理论上工件定位用的外圆直径），mm；

$H$——V 形块的高度，mm；

$N$——V 形块的开口尺寸（供划线和粗加工用），mm；

$T$——V 形块的标准定位高度（当 V 形块制造完毕后，将检验心轴放在 V 形块上按尺寸 T 综合检验其制造精度）。

在设计 V 形块时，$D$ 是已知的，而 $N$ 与 $H$ 需先行设定，然后方可求出 $T$。具体计算如下。

$$T-H=OB-EB$$

而

$$OB=\frac{D}{2\sin\frac{\alpha}{2}} \qquad EB=\frac{N}{2\tan\frac{\alpha}{2}}$$

则

$$T=H+\frac{1}{2}\left[\frac{D}{\sin\frac{\alpha}{2}}-\frac{N}{\tan\frac{\alpha}{2}}\right] \qquad (3-3)$$

当 $\alpha=90°$ 时

$$T=H+0.707D-0.5N \qquad (3-4)$$

当 $\alpha=120°$ 时

$$T=H+0.578D-0.289N \qquad (3-5)$$

而尺寸 $N$：

当 $\alpha=90°$ 时

$$N=1.41D-2a \tag{3-6}$$

当 $\alpha=120°$ 时

$$N=2D-3.46a \tag{3-7}$$

其中
$$a=(0.14\sim0.16)D$$

尺寸 $H$：大直径定位时，取 $H\leqslant0.5D$；小直径定位时，取 $H\leqslant1.2D$。

在实际设计非标准 V 形块时也可参考 GB 2208—80 中有关结构参数进行。

（4）一面两销组合定位

以上所述均为工件以单一基准面定位时采用的定位元件，在实际生产中，为了实现工件的完全定位，或限制工艺所要求限制的自由度数，常常采用两个或两个以上的表面作为组合定位基准，此时相应的需要两个以上的定位元件组合使用。一面两销组合定位方式被广泛用于大中型箱体类零件的加工中。这种定位方式简单可靠，夹紧方便，便于实现基准统一，从而实现工序间夹具结构的统一。有时当工件上没有合适的小孔供定位用时，常把紧固螺钉孔的精度提高或专门做出两个工艺孔，以备一面两销定位用。

根据定位基本原理分析，一面两销定位会产生过定位，因此常将其中一个销做成削扁销来避免过定位。现将其有关计算介绍如下。

设：工件两销孔直径为 $D_1$、$D_2$；夹具两销子直径为 $d_1$、$d_2$；工件两销孔中心距及偏差为 $L_D\pm\delta_{LD}$；夹具两销子中心距及偏差为 $L_d\pm\delta_{Ld}$。

可能出现定位干涉的最坏情况为孔间距制成最大，而销间距制成最小，反之亦然。两种情况下的干涉均应消除，但它们的计算方法和结果是相同的。现以第一种情况为例，计算削扁销的宽度 $b$。

如图 3-21 所示，设孔 1 的中心与销 1 的中心重合于 $O_1$，其中心距误差全部由削扁销 2 来补偿，$O_2$ 为销 2 的中心，$O_2'$ 为孔 2 的中心。

$$O_2O_2'=\delta_{LD}+\delta_{Ld}$$

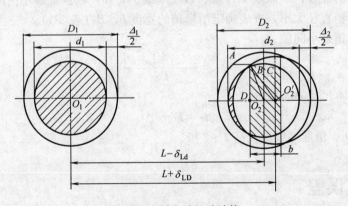

图 3-21　削扁销尺寸计算

由于这一偏移使孔 2 与销 2 产生月牙形干涉区（图中阴影部分）。为了避免这种干涉，削扁销 2 的宽度 $b$ 应当小于、最多等于 $BC$。

由直角三角形 $BDO_2$ 和 $BDO_2'$ 可得
$$BO_2^2-O_2D^2=BO_2'^2-(O_2D+O_2O_2')^2$$

其中
$$BO_2=\frac{D_2}{2}-\frac{\Delta_2}{2}$$

$$O_2 D = \frac{b}{2}$$

$$BO'_2 = \frac{D_2}{2}$$

代入上式，化简并略去其中高阶项，可得到近似公式

$$b \approx \frac{\Delta_2 D_2}{2(\delta_{LD} + \delta_{Ld})} \tag{3-8}$$

式中　$\Delta_2$——削扁销的最小间隙。

为了保证削扁销的强度，小直径的削扁销常制成菱形结构，故又称为菱形销。$b$ 为留下的圆柱部分的宽度，菱形的宽度 $B$ 应小于 $d_{2max}$，一般可根据直径查表得到（见表 3-1）。

**表 3-1　削扁削尺寸**

| | $D_2$ | 3～6 | >6～8 | >8～20 | >20～25 | >25～32 | >32～40 | >40～50 |
|---|---|---|---|---|---|---|---|---|
| | $b$ | 2 | 3 | 4 | 5 | 6 | 7 | 8 |
| | $B$ | $D_2-0.5$ | $D_2-1$ | $D_2-2$ | $D_2-3$ | $D_2-4$ | | $D_2-5$ |

在设计削扁销时，已知条件为两孔的基本尺寸及偏差、两孔中心距及偏差，要求确定两销的基本尺寸偏差、两销的中心距及偏差。具体设计步骤如下。

① 定位销中心距基本尺寸与定位孔中心距基本尺寸相同。偏差取值：

$$\delta_{Ld} = \left( \frac{1}{5} \sim \frac{1}{3} \right) \delta_{LD}$$

计算时注意先将 $\delta_{LD}$ 化成双向对称偏差的形式。

② 定位销 1 的配合，一般取 H7/g6、H7/f6 或 H7/f5，以保证最小间隙，便于安装。

③ 根据定位销直径大小，查表确定削扁销的宽度 $b$、$B$（表 3-1）。

④ 计算削扁销最小间隙 $\Delta_2$

$$\Delta_2 = \frac{2b(\delta_{LD} + \delta_{Ld})}{D_2}$$

⑤ 削扁销基本尺寸 $d_2$ 及配合

$$d_2 = D_2 - \Delta_2$$

配合可选为 $h$、精度等级比孔高 1～2 级。

# 3.3　定位误差

在使用夹具加工工件时，除了要求工件安装可靠、操作方便、调整迅速外，首要的是保证加工精度。但是，在机械加工中，产生加工误差的原因很多，如机床误差、夹具误差、与定位方法有关的误差，以及刀具误差、加工中的受力变形及热变形等。这些误差最终反映在工件的加工精度上，其对加工精度的影响总和应当不超出工件允许的公差，才能使工件合格。这样便可用下列误差不等式表示它们之间的关系：

$$\Delta_D + \Delta_j + w \leqslant \delta_k \tag{3-9}$$

式中　$\Delta_D$——与定位有关的误差，简称定位误差；

　　　$\Delta_j$——与夹具有关的其他误差，如夹具制造误差、导向误差、夹紧误差等；

　　　$w$——其他加工误差；

　　　$\delta_k$——工件公差。

夹具设计时，应尽量减少与夹具有关的误差，特别是定位误差，以满足加工精度的要求。本节讨论的只是夹具误差中的定位误差问题。

### 3.3.1　定位误差的组成

图 3-22 可以说明定位误差的组成情况。首先应该明确，工件以夹具定位时，一般是按调整法进行加工的。刀具的位置相对夹具上的定位元件调整好以后，用来加工一批工件。如果是按逐件试切法加工，则根本不存在定位误差。

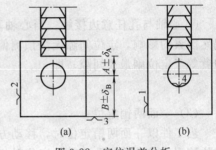

图 3-22　定位误差分析

图中所示零件其图纸尺寸为 $A\pm\delta_A$，$B\pm\delta_B$。当各大平面和孔均已经加工好，最后铣槽时，可能有以下两种方案。

其一是以底面和侧面定位，如图中（a）所示。此时并没有直接保证设计尺寸 $A\pm\delta_A$，产生了基准不重合误差 $\Delta_{基}$，其大小等于尺寸 $B$ 的公差 $2\delta_B$。

其二是以孔为主要定位基准，如图中（b）所示。此时定位基准与设计基准重合，不产生基准不重合误差。但是当定位孔与定位销之间采用间隙配合时，由于定位基准和定位元件制造不准确而使得定位孔中心位置不定，对于加工出的一批零件而言，尺寸 $A$ 也将在一定范围内变化。这后一项误差称为定位基准位移误差 $\Delta_{定移}$。

综上所述，定位误差包括两部分：一是由于基准不重合引起的基准不重合误差 $\Delta_{基}$，二是由于定位基准和定位元件制造不准确引起的定位基准位移误差 $\Delta_{定移}$。当这两项误差同时存在时，定位误差 $\Delta_D$ 的大小是它们的向量和。

基准不重合误差的计算方法已在工艺尺寸链中叙述过，此处着重分析定位基准位移误差以及某些情况下它们的综合影响。

### 3.3.2　工件以圆柱面定位时定位基准位移误差的计算

（1）工件定位孔在过盈配合定位心轴（或销）上定位

因为工件圆孔与心轴是过盈配合，所以定位副间无径向间隙，也即不存在定位副不准确引起的定位误差。可见，过盈配合定位心轴的定心精度是相当高的。

（2）工件定位孔在间隙配合定位心轴（或销）上定位

间隙配合定位心轴上定位由于定位副存在间隙，因此有径向定位误差。定位副最大间隙为

$$\Delta_{max}=\Delta+\delta_D+\delta_d$$

式中　$\Delta$——定位副最小间隙；

　　　$\delta_D$——定位孔公差；

　　　$\delta_d$——定位轴公差。

间隙配合定位心轴定位可根据定位心轴与定位孔的接触情况不同，分成下列几种情况。

① 心轴与孔单边接触　当心轴水平，而工件较重时，工件在心轴上定位后，由于自重的作用往往在上母线处接触，定位副间隙集中在下母线处，此时工件基准孔中心位置可能产生的最大位移为

$$\Delta_{\text{定移max}} = \frac{\Delta_{\max}}{2} = \frac{\Delta + \delta_D + \delta_d}{2}$$

对于一批工件而言，最小间隙 $\Delta$ 总是存在的，因此任何一个工件其定位孔中心相对于定位销中心都最少要下降 $\Delta/2$，此项误差可以通过在调整刀具时预先消除，因此，此时的定位基准位移误差 $\Delta_{\text{定移}}$ 为

$$\Delta_{\text{定移max}} = \frac{\delta_D}{2} + \frac{\delta_d}{2} \tag{3-10}$$

② 心轴与孔任意边接触 当心轴垂直，或即使心轴水平但工件较轻时，由于受夹紧等偶然因素的影响，定位间隙无法预测偏向哪一边，则工件基准孔中心位置可能的最大变动范围就等于定位副最大间隙。即

$$\Delta_{\text{定移}} = \Delta_{\max} = \Delta + \delta_D + \delta_d \tag{3-11}$$

（3）一面两销定位

当工件以一面两销定位时，移动方向的定位误差由定位孔 1 和圆柱销来确定，其定位基准位移误差的计算与上述单孔定位时相类似。即在销与孔任意边接触时

$$\Delta_{\text{定移}} = \Delta_{\max} = \Delta + \delta_D + \delta_d$$

此外，如果两定位孔和销作上下错移接触，如图 3-23 所示，造成工件两定位孔连线相对夹具上两定位销连线发生偏转，产生的最大转角误差为 $\Delta_\theta$。

$$\tan\Delta_\theta = \frac{Q_1 Q_1' + Q_2 Q_2'}{L} = \frac{\delta_{D1} + \delta_{d1} + \Delta_1 + \delta_{D2} + \delta_{d2} + \Delta_2}{2L}$$

$$\Delta_\theta = \arctan\left(\frac{\delta_{D1} + \delta_{d1} + \Delta_1 + \delta_{D2} + \delta_{d2} + \Delta_2}{2L}\right) \tag{3-12}$$

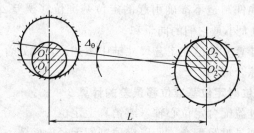

图 3-23　采用一面两销定位时的转角误差

实际上，工件还可能向另一方向偏转，所以真正的转角误差应当为 $\pm\Delta_\theta$。

当工件以外圆表面在圆孔中定位时，其定位基准位移误差的计算与上述方法类似，在此不再赘述。

### 3.3.3　工件在 V 形块上定位时定位误差的计算

V 形块是一种对中定位元件，当定位基准外圆的直径有制造误差时，虽然基准的中心始终在 V 形块的对称中心平面内而不会发生左右偏移，即 V 形块在垂直于对称平面的方向无定位误差，但是外圆直径的误差将会引起圆的中心在 V 形块的对称中心平面内发生上下偏移，这便是定位基准位移误差的大小。

由图 3-24 可见，定位基准位移误差的大小等于 $AA'$。其值为

$$AA' = AE - A'E = \frac{D}{2\sin\frac{\alpha}{2}} - \frac{(D - \delta_D)}{2\sin\frac{\alpha}{2}} = \frac{\delta_D}{2\sin\frac{\alpha}{2}}$$

即
$$\Delta_{定移} = \frac{\delta_D}{2\sin\frac{\alpha}{2}}$$

式中    $\delta_D$——定位基准外圆的直径公差；

      $\alpha$——V 形块夹角。

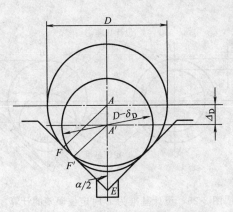

图 3-24   V 形块的定位基准位移误差

    当工件以外圆柱表面在 V 形块上定位时可以将定位基准认为是外圆的中心。上面已经计算出定位基准位移误差。由于工件待加工尺寸的设计基准不同，还有可能产生基准不重合误差，定位误差的大小为上述两项误差的综合影响结果。可能出现图 3-25 所示的三种情况。

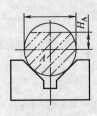 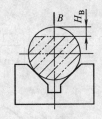 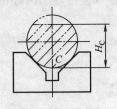

   (a) 设计基准为$A$点       (b) 设计基准为$B$点       (c) 设计基准为$C$点

图 3-25   工件以外圆在 V 形块上定位时三种不同设计基准的情况

    (1) 设计基准为工件中心 $A$ 时 ［图 3-25（a）］

    当设计基准为工件中心时，定位基准与设计基准重合，也就无基准不重合误差存在，定位误差仅为定位基准位移误差一项，即

$$\Delta_D = \Delta_{定移} = \frac{\delta_D}{2\sin\frac{\alpha}{2}} \tag{3-13}$$

    (2) 设计基准为工件上母线 $B$ 时 ［图 3-25（b）］

    如果设计基准为工件中心上母线 $B$，则与定位基准工件中心不重合，将产生基准不重合误差，其值为

$$\Delta_基 = \frac{\delta_D}{2}$$

    定位误差 $\Delta_D$ 应为 $\Delta_基$ 与 $\Delta_{定移}$ 的向量和。由图 3-26 可见，当工件外圆尺寸由 $D$ 变为 $D-\delta_D$ 时，设计基准的位置从 $B$ 变到 $B'$，即 $\Delta_基$ 的方向是向下的（这一误差使尺寸 $H_B$ 减小）；而定位基准位移误差 $\Delta_{定移}$ 使得中心从 $A$ 点变到 $A'$ 点，即 $\Delta_{定移}$ 的方向也是向下的（$B$

点随之下降，也使尺寸 $H_B$ 减小），两项误差同向（对尺寸 $H_B$ 影响相同），它们的向量和应当等于两者相加。

$$\Delta_D = \frac{\delta_D}{2\sin\frac{\alpha}{2}} + \frac{\delta_D}{2} = \frac{\delta_D}{2}\left(\frac{1}{\sin\frac{\alpha}{2}} + 1\right) \tag{3-14}$$

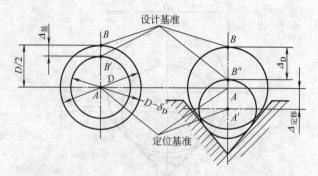

图 3-26　设计基准为 $B$ 时定位误差的计算

（3）设计基准为工件下母线 $C$ 时［图 3-25（c）］

当设计基准为工件下母线 $C$ 时，其定位误差同样由 $\Delta_基$ 与 $\Delta_{定移}$ 两项组成，但情况刚好与上述（2）相反，如图 3-27 所示。当工件外圆尺寸由 $D$ 变为 $D-\delta_D$ 时，设计基准的位置从 $C$ 变到 $C'$，即 $\Delta_基$ 的方向是向上的，与 $\Delta_{定移}$ 的方向相反（即两者对 $H_C$ 的影响相反）。因此，它们的向量和应当等于两者相减。

$$\Delta_D = \frac{\delta_D}{2\sin\frac{\alpha}{2}} - \frac{\delta_D}{2} = \frac{\delta_D}{2}\left(\frac{1}{\sin\frac{\alpha}{2}} - 1\right) \tag{3-15}$$

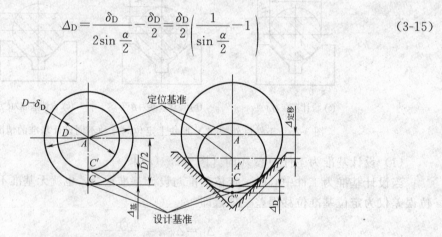

图 3-27　设计基准为 $C$ 时定位误差的计算

当 $\alpha = 90°$ 时，上述三种情况的定位误差如下。

$$\Delta_{D(A)} = 0.707\delta_D \tag{3-16}$$

$$\Delta_{D(B)} = 1.207\delta_D \tag{3-17}$$

$$\Delta_{D(C)} = 0.207\delta_D \tag{3-18}$$

综上所述，工件以外圆在 V 形块上定位时，其设计基准即加工尺寸的标注方法不同，所产生的定位误差也不同。当以下母线标注时，定位误差最小，以中心标注时次之，以上母线标注时，定位误差最大。因此，轴套类零件上的键槽及削扁等尺寸，一般都由下母线标注。

### 3.3.4　定位误差分析计算实例

【例 3-1】　图 3-28 所示为一箱体零件加工侧孔 $\phi32^{+0.035}_{0}$ 的工序图。要求保证：①孔中心与 $\phi470$ 外圆中心距 $40\pm0.2$；②孔中心线与外圆 $\phi470^{0}_{-0.12}$ 及孔 $\phi120^{+0.035}_{0}$ 中心连线夹角为 $90°\pm12'$。工件以端面 $A$、外圆 $\phi470^{0}_{-0.12}$ 及孔 $\phi120^{+0.035}_{0}$ 定位。采用图 3-28（b）所示的定位套 1 及削扁销 2 为定位元件，定位套直径 $\phi470F8$（$^{+0.165}_{+0.068}$），削扁销直径 $\phi120^{-0.020}_{-0.042}$，定位套与削扁销中心距为 $148.56\pm0.02$，试分析和计算定位误差的大小。

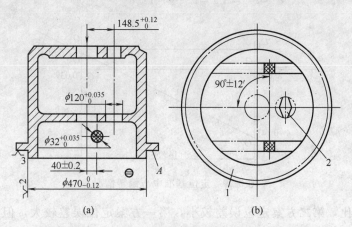

图 3-28　箱体零件工序图及定位元件布置形式

1—定位套；2—削扁销

**解：**本例可采用两种不同的加工方案。

（1）定位副垂直安置，在卧式镗床上加工

对尺寸 $40\pm0.2$：

$$\Delta_D=\Delta_{定移}=\Delta_{max}=0.165+0.12=0.285（mm）\qquad（因基准重合 \Delta_{基}=0）$$

对角度 $90°\pm12'$：

$$\Delta_\alpha=\arctan\frac{\Delta_{1max}+\Delta_{2max}}{2L}=\arctan\frac{0.165+0.12+0.035+0.042}{2\times148.56}=4'11''$$

因工件可以在任意方向偏转，故实际转角定位误差为 $\pm\Delta_\alpha=\pm4'11''$。

（2）定位副水平安装，在摇臂钻床上加工

由于工件重力的影响，工件定位基准中心总是偏向下方。

对尺寸 $40\pm0.2$：

$$\Delta_D=\Delta_{定移}=\frac{\delta_孔+\delta_轴}{2}=\frac{0.097+0.12}{2}=0.109（mm）$$

对角度 $90°\pm12'$：

定位套 1 与外圆 $\phi470$ 可能出现的最大和最小间隙为

$$\Delta_{1max}=0.165+0.12=0.285（mm）$$

$$\Delta_{1min}=0.068+0=0.068（mm）$$

削扁销 2 与定位孔 $\phi120$ 可能出现的最大和最小间隙为

$$\Delta_{2max}=0.035+0.042=0.077（mm）$$

$$\Delta_{2min}=0+0.02=0.02（mm）$$

由于工件重力的影响，定位基准中心必然下移一段距离，其变动范围在 $\frac{\Delta_{max}}{2}$ 和 $\frac{\Delta_{min}}{2}$ 之间，这样就使得两个定位基准中心的连线有可能出现偏转，计算两种极限情况，如图3-29

所示：

$$\Delta_{\alpha 1} = \arctan \frac{\Delta_{1\max} - \Delta_{2\min}}{2L} = \arctan \frac{0.285 - 0.02}{2 \times 148.56} = \arctan 0.00089 = 3'4''$$

$$\Delta_{\alpha 2} = \arctan \frac{\Delta_{2\max} - \Delta_{1\min}}{2L} = \arctan \frac{0.077 - 0.068}{2 \times 148.56} = \arctan 0.00003 = 6''$$

双向偏转引起的总转角误差为

$$\Delta_{\alpha} = \Delta_{\alpha 1} + \Delta_{\alpha 2} = 3'4'' + 6'' = 3'10''$$

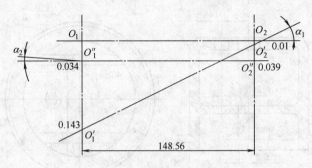

图 3-29　定位基准中心偏转情况

两种方案对比，第二方案定位误差较小，第一方案定位误差较大，但并未超出允许范围，且安装工件比较容易方便，可以根据具体生产条件选择其中之一。

# 3.4　工件的夹紧

### 3.4.1　夹紧装置的组成与要求

机械加工中，工件的安装包括定位和夹紧两个密切相关的过程。以上主要讨论了工件在夹具中的定位问题，目的在于解决工件的定位方法和保证必要的定位精度。但是，即使将工件的定位问题解决的十分正确，那也只是完成了工件装夹任务的前一半。单纯定好位，在大多数情况下还无法进行加工。

工件在定位元件上定位以后，必须用一定的装置或机构将它压牢，以保证在加工过程中不产生位移和振动，这样才完成了工件在夹具中装夹的全部任务。这种将工件压紧、压牢的机构称为夹紧装置。

（1）夹紧装置的组成

典型的夹紧装置由图 3-30 所示的各部分组成。

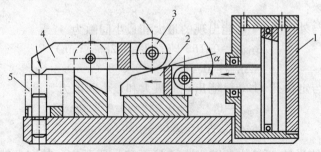

图 3-30　夹紧装置组成

1—汽缸；2—斜楔；3—滚子；4—压板；5—工件

①　力源装置　力源装置是产生夹紧作用力的装置。通常是指机动夹紧时所使用的气动、液压、电动等动力装置。图 3-30 中的汽缸 1 便是一种力源装置。

②　中间递力机构　中间递力机构是介于力源和夹紧元件之间的递力机构。它把力源装置的夹紧作用力传递给夹紧元件，然后由夹紧元件最终完成对工件的夹紧。

根据夹具总体布局和工件夹紧的实际需要，一般中间递力机构在传递夹紧力过程中起到以下作用：

a. 改变夹紧作用力的方向；

b. 改变夹紧作用力的大小；

c. 保证夹紧机构的工作安全、可靠并具有一定的自锁性能，以便在夹紧作用力一旦消失后，仍能使整个夹紧系统处于可靠的夹紧状态。

对于图 3-30 所示的中间递力机构（斜楔）而言，如果设计得当，则以上三种作用都能兼而有之。图中作为力源装置的汽缸，其活塞杆所产生的夹紧作用力的方向本身是水平的，但是通过中间递力机构的换向作用，使夹紧作用力的方向改变成垂直向上，由此便可推动夹紧元件（压板）完成对工件的夹紧作用。与此同时，根据夹紧力的实际需要，利用中间递力机构的斜楔，可以实现使夹紧作用力增大，即一般所谓的增力（扩力）作用。这种能起增力作用的夹紧机构称为增力机构。此外，斜楔本身具有一定的自锁性能，能保证整个夹紧系统的工作安全可靠。

③　夹紧元件　夹紧元件是夹紧装置的最终执行元件。通过它和工件受压面的直接接触而完成夹紧作用。

④　夹紧机构　一般所谓的夹紧机构，是指手动夹紧时用的，它由中间递力机构和夹紧元件所组成。

实际上，根据工件的定位方法、加工要求和生产规模，夹紧装置的组成，也并非一成不变。甚至在有的场合下，工件也允许不预夹紧而直接加工，这时就根本不设置夹紧装置。例如：在重型工件上钻小孔，这时工件本身的重量及其所产生的摩擦力足以克服钻削力和钻削力矩，所以不必夹紧工件。又如在倒角、锪孔口小平面、去毛刺等工序中，由于加工面很小，加工时产生的切削力和切削力矩不大，这时往往在工件侧面设置一个或两个防转挡销，便可防止工件转动，甚至用手握住工件也能进行加工，因此，也无须设置夹紧装置。

（2）夹紧装置的要求

夹紧装置的性能如何对整个夹具的使用性能影响很大，在设计夹具时必须加以考虑和分析。对夹紧装置的基本要求是，在不破坏工件定位精度，并保证加工质量的前提下，应尽量做到：

①　夹紧准确、安全、可靠，能自锁；

②　夹紧动作迅速，操作方便、省力；

③　结构简单，便于制造；

④　夹紧变形小，不影响加工精度。

夹紧装置的结构形式是多种多样的。典型的有各种手动夹紧装置，也有利用气动、液压等作为动力源的机动夹紧装置，有单点夹紧装置，还有实现多点、多件同时夹紧的联动机构，以及它们的各种组合形式。本节只介绍简单的手动夹紧装置。

### 3.4.2　斜楔夹紧机构

斜楔夹紧机构是最常用、最基本的一种夹紧形式。如图 3-31 所示，工件 1 在支承钉 2 上定位而钻孔，敲击斜楔 5 的大头即可将工件楔紧。

图 3-32 为斜楔受力分析，按平衡条件可计算出斜楔所产生的夹紧力。$F$ 为作用在斜楔大端的作用力，$F_N$ 为夹具体对斜楔的法向反作用力，$F_2$ 为斜楔与夹具体滑动面上的摩擦力，$F_R$

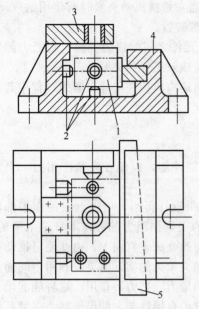

图 3-31 斜楔夹紧机构

1—工件；2—支承钉；3—模板；

4—夹具体；5—斜楔

为它们的合力，$\varphi_2$ 为斜楔与夹具体间的摩擦角；$F_W$ 为工件对斜楔的法向反作用力，它在数值上就等于斜楔作用给工件的夹紧力，$F_1$ 为斜楔与工件间的摩擦力，$F_P$ 为它们的合力。根据斜楔受力平衡条件，可得

$$F_W \tan\varphi_1 + F_R \sin(\alpha + \varphi_2) = F \qquad (3\text{-}19)$$

$$F_W = F_R \cos(\alpha + \varphi_2) \qquad (3\text{-}20)$$

由式（3-20）得

$$F_R = \frac{F_W}{\cos(\alpha + \varphi_2)} \qquad (3\text{-}21)$$

代入式（3-19）得

$$F_W \tan\varphi_1 + F_W \tan(\alpha + \varphi_2) = F \qquad (3\text{-}22)$$

故夹紧力

$$F_W = \frac{F}{\tan\varphi_1 + \tan(\alpha + \varphi_2)} \qquad (3\text{-}23)$$

式中   $F_W$——夹紧力，N；

      $F$——作用在斜楔上的外力，N；

      $\alpha$——斜楔的楔角，（°）；

      $\varphi_1$——斜楔与工件间的摩擦角，（°）；

      $\varphi_2$——斜楔与夹具体间的摩擦角，（°）。

通常取 $\varphi_1$、$\varphi_2 = 4° \sim 6°$，$\alpha = 6° \sim 10°$。

若夹紧后外力 $F$ 消失，此时斜楔机构仍能将工件夹紧而不松开，这就是所谓的自锁。那么怎么样才能使斜楔夹紧具有自锁性能呢？在图 3-33 中，如果外力撤销后斜楔具有松开的趋势，则摩擦力的方向就与其相反，从而起到阻止其松开的作用。但在与夹具体接触的斜面上，如果摩擦力 $F_2$ 较小，合力 $F_R$ 就有可能产生一个平行于斜楔左侧直边的分力而使斜楔松开。

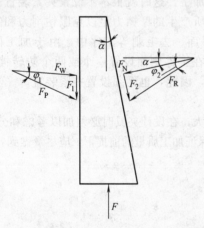

图 3-32 斜楔受力分析

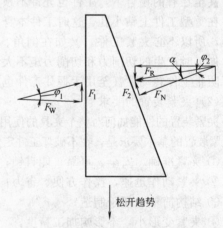

图 3-33 斜楔自锁条件分析

为了避免这种情况的发生，必须保证左侧直边的摩擦力 $F_1$ 大于右侧斜面上合力 $F_R$ 在垂直向下的分力，即

$$F_1 > F_R \sin(\alpha - \varphi_2) \qquad (3\text{-}24)$$

但

$$F_1 = F_W \tan\varphi_1 \qquad (3\text{-}25)$$

$$F_W = F_R \cos(\alpha - \varphi_2) \qquad (3\text{-}26)$$

将式（3-25）、式（3-26）代入式（3-24），得

$$F_W \tan\varphi_1 > F_W \tan(\alpha - \varphi_2) \qquad (3\text{-}27)$$

即
$$\alpha < \varphi_1 + \varphi_2 \qquad (3-28)$$

式（3-28）即为斜楔夹紧自锁的条件。

为了确保可靠自锁，一般取 $\alpha = 6°$，则 $\tan 6° = 0.1 = 1/10$，所以通常取斜楔的斜度为 $1:10$。

斜楔夹紧机构的优点是结构简单，且有较大的扩力作用。$\alpha$ 越小，扩力作用越明显。但当 $\alpha$ 角较小时，斜楔块要移动较大的行程才能夹紧工件，这样操作就不方便，且效率低。所以，斜楔一般都制成双斜型并用来与机动夹紧装置联合使用。

### 3.4.3　螺旋夹紧机构

螺旋夹紧机构是夹具中应用最广泛的一种夹紧机构。它的优点是扩力比大（可达 80 以上）、自锁性好、结构简单紧凑、适应性强、制造容易，且大部分元件均已经标准化，设计选用方便。缺点是动作较慢，操作劳动强度大。

螺旋夹紧是斜楔夹紧的一种变形，螺杆可以看作是绕在圆柱表面上的斜楔。所以其夹紧力的计算与斜楔夹紧相似。

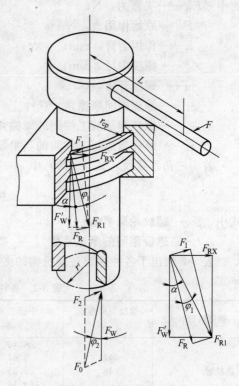

图 3-34 为夹紧状态下螺杆的受力示意。图中施加在手柄上的原始力矩 $M = FL$，工件对螺杆的反作用力有垂直于螺杆端面的反作用力 $F_W$（其值等于夹紧力）和摩擦力 $F_2$，$F_2$ 分布于整个接触面上，计算时可看成集中作用于当量摩擦半径 $r'$ 的圆周上。$r'$ 的大小与端面接触形式有关，其计算方法见图 3-35。图中 $F_W$ 为施加给工件的夹紧力，$F_2$ 为螺杆端部与工件接触面上的摩擦力。

螺母对螺杆的反作用力有垂直于螺旋面的正压力 $F_R$ 及螺旋面上的摩擦力 $F_1$，其合力为 $F_{R1}$。此力分布于整个螺旋的接触面上，计算时可认为其作用于螺纹中径处。为了计算方便，将 $F_{R1}$ 分解为水平方向的分力 $F_{RX}$ 和垂直方向的分力 $F'_W$（其值等于 $F_W$），根据力矩平

图 3-34　螺杆受力示意

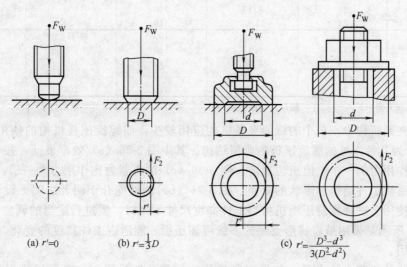

(a) $r' = 0$　　(b) $r' = \frac{1}{3}D$　　(c) $r' = \dfrac{D^3 - d^3}{3(D^2 - d^2)}$

图 3-35　当量摩擦半径

衡条件，得

$$FL - F_W \tan(\alpha + \varphi_1) r_{cp} - F_W \tan\varphi_2 r' = 0 \qquad (3-29)$$

解之得

$$F_W = \frac{FL}{r_{cp}\tan(\alpha + \varphi_1) + r'\tan\varphi_2} \qquad (3-30)$$

式中　　$F_W$——夹紧力，N；

　　　　$F$——原始作用力，N；

　　　　$L$——作用力臂，mm；

　　　$r_{cp}$——螺纹中径，mm；

　　　　$\alpha$——螺纹升角，(°)；

　　　$\varphi_1$——螺旋副间摩擦角，(°)；

　　　$\varphi_2$——螺杆端部与工件间的摩擦角，(°)；

　　　　$r'$——螺杆端部与工件间的当量摩擦半径，mm。

若为三角形螺纹，式（3-30）中 $\varphi_1$ 应为当量摩擦角。

$$\tan\varphi_1 = \frac{f}{\cos\beta} \qquad (3-31)$$

式中　　$\beta$——螺纹轮廓半角；

　　　　$f$——螺旋副间的摩擦系数。

表 3-2 列出了各种螺旋夹紧机构的夹紧力，供设计时参考。

**表 3-2　各种螺旋夹紧机构的夹紧力**

| 螺钉端部形式 | 螺纹公称直径 $d$/mm | 中径之半 $r_{cp}$/mm | 手柄长度 $L$/mm | 原始作用力 $F$/N | 产生的夹紧力 $F_W$/N |
| --- | --- | --- | --- | --- | --- |
| 点接触 | 10 | 4.50 | 120 | 25 | 4200 |
| | 12 | 5.43 | 140 | 35 | 5700 |
| | 16 | 7.35 | 190 | 65 | 10600 |
| | 20 | 9.19 | 240 | 100 | 6500 |
| | 24 | 11.02 | 310 | 130 | 23000 |
| 面接触 | 10 | 4.50 | 120 | 25 | 3000 |
| | 12 | 5.43 | 140 | 36 | 4000 |
| | 16 | 7.35 | 190 | 65 | 7200 |
| | 20 | 9.19 | 240 | 100 | 11400 |
| | 24 | 11.02 | 310 | 130 | 16000 |
| 圆环面接触 | 10 | 4.50 | 120 | 45 | 4000 |
| | 12 | 5.43 | 140 | 70 | 5800 |
| | 16 | 7.35 | 190 | 100 | 8500 |
| | 20 | 9.19 | 240 | 100 | 8500 |
| | 24 | 11.02 | 310 | 150 | 14600 |

注：表中螺纹升角＝$2°30' \sim 3°30'$，螺旋副间摩擦角＝$6°35'$，螺钉端面与工件间的摩擦系数 $f = 0.1$。

　　在螺旋夹紧机构中，单个的螺旋夹紧机构应用较少，而螺旋压板机构的使用非常普遍。图 3-36 所示为几种常见的螺旋压板的典型结构。其中图 3-36（a）效率最低，按杠杆比算夹紧力大约为作用力的一半，但机构紧凑。图 3-36（c）的夹紧力比作用力大一倍，操作省力，但使用时常受到工件结构和形状的限制。图 3-36（b）的性能介于两者之间。设计时根据具体情况选择使用。三种螺旋压板机构当工件高度尺寸不同时，需进行适当的调整。

　　图 3-37 所示是采用带齿梯形支座的多级可调压板，能适应工件高度的变化，使用简便，值得推广应用。

　　对于一些结构紧凑的夹具，如果夹紧机构的安装位置受限制，可采用钩形压板。图 3-

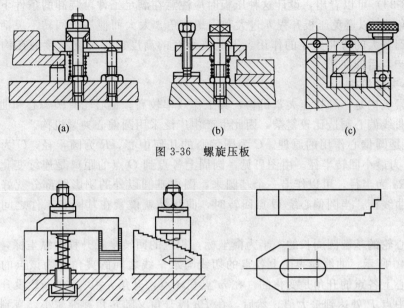

(a)                           (b)                          (c)

图 3-36  螺旋压板

图 3-37  多级可调压板

38 所示即为螺旋钩形压板的典型结构。为了便于装卸工件，图中的钩形压板能自动回转，在压板抬起或下降的过程中，借助压板圆柱面上的螺旋槽和侧面螺钉端部的配合实现自动回转。螺旋槽升角 $\beta$ 的大小为

$$\tan\beta = \frac{s}{h} \tag{3-32}$$

$$s = \frac{\pi d\phi}{360^\circ} \tag{3-33}$$

式中   $s$——压板回转时沿圆柱面转过的弧长，mm；

$h$——压板回转时的升程，mm；

$d$——导向圆柱的直径，mm；

$\phi$——压板的回转角度，(°)。

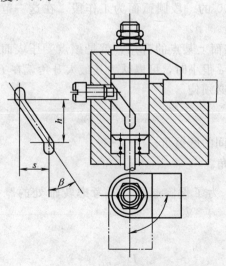

图 3-38  螺旋钩形压板

由式（3-33）可以看出，设计这种压板时应注意在满足工件可装卸的条件下尽可能选用较小的回转角 $\phi$，以避免压板升程 $h$ 过大和因螺旋角 $\beta$ 太大而使压板回转不灵活。钩形压板在夹紧时受到较大的弯曲力矩的作用，因此支承套的高度应保证支承接触在钩形压板的上端，以防止产生后仰变形。

### 3.4.4　偏心夹紧机构

偏心夹紧机构是一种快速夹紧机构，其工作效率较高。偏心轮有圆偏心和曲线偏心两种形式，由于曲线偏心制造比较复杂，因此生产中广泛采用圆偏心夹紧机构。

图 3-39 是圆偏心作用的原理。$C$ 为圆偏心的几何中心，$R$ 为圆半径，$O$ 为圆偏心的回转中心，$R_0$ 为最小回转半径。由图可见，圆周上各点到 $O$ 点的距离是连续变化的。若以 $O$ 点为圆心，$R_0$ 为半径，可以作出一个基圆来，图中基圆以外的阴影线部分就好似绕在基圆柱上的一个曲线楔。当圆偏心绕 $O$ 点回转时，曲线楔就楔紧在基圆和工件之间，从而把工件夹紧。

以圆偏心轮的基圆圆周长的一半为横坐标，相应的回转半径升程为纵坐标，将曲线楔展开，如图 3-40 所示。曲线楔表面上各点的切线与水平线之间的夹角即为该点的升角。由图可见，圆偏心上各点的升角是变化的。在 $m$ 点和 $n$ 点，升角 $\alpha=0°$，在 $mP$ 段升角随转角逐渐增大，在中点 $P$ 处达到最大值，然后，在 $Pn$ 段升角又随转角逐渐减小，直到 $n$ 点 $\alpha=0°$。

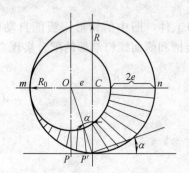

图 3-39　圆偏心作用原理

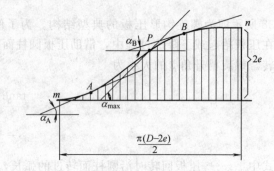

图 3-40　曲线楔展开图

升角随转角变化是圆偏心的一个重要特征。为了使夹紧可靠，在设计偏心夹紧机构时，一般只选用 $P$ 点左右 $60°\sim90°$ 的一段圆弧面为工作段。在这一范围内，升角变化较小，且有一定的数值。

在图 3-39 中，圆偏心表面上某点的升角，就是该点受压表面（与圆偏心相切）与旋转半径的法线之间的夹角。当 $\alpha$ 很小时，可以认为其最大升角就在 $P'$ 点处。

为了保证圆偏心自锁，必须使

$$\alpha_{max} \leqslant \varphi_1 + \varphi_2$$

式中　$\varphi_1$——偏心轮与工件间的摩擦角；

　　　$\varphi_2$——转轴处的摩擦角。

由图可见，$\tan\alpha'_p = \dfrac{2e}{D}$，为了保险起见，不考虑转轴处的摩擦，则 $\alpha_{max} \leqslant \varphi_1$；$\tan\alpha_{max} \leqslant \tan\varphi_1$，即 $\dfrac{2e}{D} \leqslant f_1$。

当 $f_1 = 0.1$ 时，　　　　　　　　　　　$\dfrac{D}{e} \geqslant 20$　　　　　　　　　　（3-34）

当 $f_1 = 0.15$ 时，$\qquad\qquad\qquad\qquad \dfrac{D}{e} \geqslant 14 \qquad\qquad\qquad\qquad$ (3-35)

式中　$D$——圆偏心轮的直径，mm；

$\qquad$ $e$——偏心距，mm。

式（3-34）和式（3-35）即为圆偏心的自锁条件，$\dfrac{D}{e}$ 称为圆偏心的偏心率，设计圆偏心时一般都取 $\dfrac{D}{e} \geqslant 14$。

如上所述，由于圆偏心上各点升角不同，因此，各点的夹紧力也不相同，在升角最大处其夹紧力最小，一般只需要校验该点处的夹紧力。计算夹紧力时，可将圆偏心转化为一假想斜楔，如图 3-41 所示。作用在手柄上的原始力矩 $FL$ 使偏心转动，相当于在夹压点 $P$ 处作用了一个力 $F'$ 使偏心转动一样，这两个力矩是完全等效的。即

$$FL = F'\rho \qquad\qquad\qquad (3\text{-}36)$$

式中　$\rho$——夹压点的回转半径。

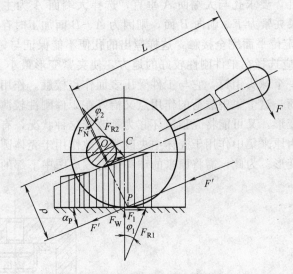

图 3-41　圆偏心夹紧力的计算

力 $F'$ 的水平分力 $F'\cos\alpha_P$ 即为作用于假想斜楔大端的使斜楔向里楔紧的力，因此，根据斜楔夹紧原理，可得

$$F_W = \frac{F'\cos\alpha_P}{\tan\varphi_1 + \tan(\alpha_P + \varphi_2)} \qquad\qquad (3\text{-}37)$$

将式（3-36）代入式（3-37）并认为 $\cos\alpha_P \approx 1$，可得偏心夹紧的夹紧力为

$$F_W = \frac{FL}{\rho[\tan\varphi_1 + \tan(\alpha_P + \varphi_2)]} \qquad\qquad (3\text{-}38)$$

设手动作用力 $F = 150\text{N}$，表 3-3 的数值可供设计偏心轮时参考。

偏心夹紧动作迅速、生产率高，但自锁性能不稳定、夹紧行程较小，一般仅适用于工件夹紧表面误差较小、加工时无振动的场合。

圆偏心机构已经标准化，设计时可参考有关资料。

表 3-3 手动偏心轮的夹紧力

| 偏心轮尺寸/mm | | | 夹紧力/N | 偏心轮尺寸/mm | | | 夹紧力/N |
|---|---|---|---|---|---|---|---|
| 直径 $D$ | 力臂长 $L$ | 偏心距 $e$ | | 直径 $D$ | 力臂长 $L$ | 偏心距 $e$ | |
| 40 | 75 | 2 | 1900 | 65 | 90 | 3.5 | 1400 |
| 50 | 90 | 2.5 | 1840 | 80 | 130 | 5 | 1600 |
| 60 | 130 | 3 | 2200 | 100 | 150 | 6 | 1500 |

### 3.4.5 夹紧机构的设计原则

在具体设计或选用夹紧装置时，必须遵循一定的准则。这些准则本质上都和夹紧力有关。从力学角度来看，要表述和研究任何一个力，必须掌握力的三要素，即力的大小、方向和作用点。对于夹紧力也不例外。因此夹紧装置的设计选用准则主要也就是从正确确定夹紧力的大小、方向和作用点来考虑的。

① 夹紧力应保证定位准确可靠而不能破坏原有的定位精度。在确定夹紧力的作用点和方向时，应使工件的定位基面和定位元件可靠地接触而不致脱开，因为工件的各定位基面之间不可避免地存在位置误差，因此，夹紧力应当尽量朝向主要定位基面。如图 3-42 所示，工件在夹具上定位镗孔，要求孔与大端面 $A$ 垂直，选择大端面 $A$ 为主要定位基准。夹紧力 $F_W$ 应朝向 $A$ 面。如果夹紧力 $F_W$ 朝向 $B$ 面，则因为 $A$、$B$ 面加工时存在的垂直度误差而使得 $A$ 面不能很好地与定位平面完全接触，这样镗出的孔便不能保证与 $A$ 面垂直了。

② 夹紧力作用点应选择在工件刚性较好的地方，使夹紧变形最小。图 3-43 所示的夹紧装置，其夹紧元件是一个球头销钉，它与工件受压表面作点接触。作用在这一点上的夹紧力便相当于一个集中载荷，这个集中载荷的作用点又恰好在工件刚性较薄弱的壳体中央。这样既容易使壳顶受压后变形，又可能将壳顶压坏。为了改变这种状况，有必要将集中载荷改为分布载荷，使作用点由原来集中作用于壳体中央改为分散作用于壳体圆筒部分的圆周上。这样便可避免工件发生变形。为此，需将原来的球头销钉改成图中下部的球面压块。

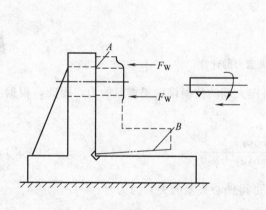

图 3-42 夹紧力作用在主要定位基面上

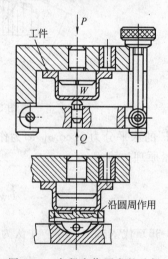

图 3-43 夹紧力作用点的选择

③ 夹紧力作用点应尽量靠近工件被加工表面，以提高定位稳定性，避免加工过程中的振动。夹紧力作用点应尽可能靠近被加工表面，使夹紧稳固，不易产生振动。如图 3-44 所示，夹紧力 $F$ 对着主要定位面而远离被加工表面，则应增加附加夹紧力 $F_1$，并在 $F_1$ 下方设置辅助支承 $A$。同样道理，附加夹紧力 $F_1$ 的位置也应愈接近工件被加工表面愈好。

④ 夹紧力的方向应有利于减少夹紧力，这样既可使操作省力，又可使结构紧凑。如图

3-45 所示在工件上钻孔，夹紧时是靠工件端面上的摩擦力矩与切削力矩相平衡的，图中的切削力、重力和夹紧力同向，则除了夹紧力外的这些外力所产生的摩擦力可以补偿一部分夹紧力的作用，夹紧力便可以取得较小，夹具结构便可以设计得更加紧凑。

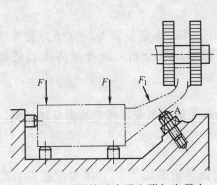

图 3-44　增设辅助支承和附加夹紧力

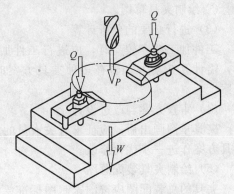

图 3-45　钻削时 $P$、$W$、$Q$ 三力同向

# 3.5　夹具设计方法与步骤

在夹具设计中，除了要考虑工件的定位、夹紧和夹具结构外，还需进行夹具总图上尺寸公差及技术要求的标注、工件在夹具中加工的精度分析、夹具的经济性分析等。

### 3.5.1　夹具设计的基本要求

① 加工精度要求　夹具应有合理的定位夹紧方案，合适的尺寸、公差和技术要求，并进行必要的精度分析，确保夹具能满足工件的加工精度要求。

② 生产率要求　夹具的复杂程度要与工件的生产纲领相适应。必须根据工件生产批量的大小选择不同复杂程度的快速高效定位夹紧装置，以缩短辅助时间，提高生产率。

③ 工艺性要求　夹具的结构应尽可能简单、合理，便于加工、装配、检验和维修。专用夹具的制造属于单件生产。当最终精度由调整或修配保证时，夹具上应设置修配结构环节，如适当的调整间隙、可修磨的垫片等。

④ 使用性要求　夹具的操作应简便、省力、安全可靠，且便于排屑，必要时应设置专门的排屑结构。

⑤ 经济性要求　除考虑夹具本身结构简单、标准化程度高、成本低廉外，还应根据生产纲领对夹具方案进行必要的经济分析，以提高夹具在生产中的经济效益。

### 3.5.2　夹具设计步骤

（1）明确设计任务与收集设计资料

首先在已知生产纲领的前提下，研究工件的原始零件图、工序图、工艺规程和设计任务书，对工件进行工艺分析。了解工件的结构特点、材料，本工序的加工表面、加工要求、加工余量、定位基准和夹紧表面及所用的机床、刀具、量具等。

其次根据设计任务收集有关资料，如机床的技术参数，夹具零部件的国家标准、部标准和企业标准，各类夹具图册、夹具设计手册等，还可收集一些同类夹具的设计图样，并了解企业的工装制造水平，以供参考。

（2）拟定夹具结构方案并绘制夹具草图

① 确定工件的定位方案，设计定位装置。

② 确定工件的夹紧方案，设计夹紧装置。

③ 确定其他装置及元件的结构形式，如对刀、导向装置，分度装置等。

④ 确定夹具体的结构形式及夹具在机床上的安装方式。

⑤ 绘制夹具草图。

（3）进行必要的分析计算

工件加工精度较高时，应进行工件加工精度分析，并计算定位误差。有动力装置的夹具，需计算夹紧力。当有多种夹具方案时，可通过技术经济分析，选择经济效益较高的方案。

（4）审查方案与改进设计

夹具草图画出后，应征求有关人员的意见，并送有关部门审查，然后根据反馈意见，对夹具方案作进一步优化修改。

（5）绘制夹具装配总图

夹具的总装配图应按国家制图标准绘制。绘图比例尽量采用 1∶1。主视图按夹具面对操作者的方向绘制。总图应把夹具的工作原理、各种装置的结构及相互关系表达清楚。

夹具总图的绘制次序如下。

① 用双点划线将工件的外形轮廓、定位基面、夹紧表面及加工表面绘制在各视图的合适位置上。在总图中工件可看作透明体，不遮挡后面的线条。

② 依次绘出定位装置、夹紧装置、其他装置及夹具体。

③ 标注必要的尺寸、公差和技术要求。

④ 编制夹具明细表及标题栏。

（6）绘制夹具零件图

夹具中的非标准零件均要画出零件图，并按夹具总图要求确定零件的尺寸、公差及技术要求。

### 3.5.3 夹具总图上尺寸、公差及技术要求的标注

（1）夹具总图上应标注的尺寸和公差

① 最大轮廓尺寸　若夹具上有活动部分，则应用双点画线画出最大活动范围，或标出活动部分的尺寸范围。

② 影响定位精度的尺寸和公差　主要指工件与定位元件之间及定位元件相互之间的尺寸、位置公差。

③ 影响对刀精度的尺寸和公差　主要指刀具与对刀或导向元件之间的尺寸、公差。如钻套导引孔的尺寸公差等。

④ 影响夹具在机床上安装精度的尺寸和公差　主要指夹具安装基面与机床相应配合表面之间的尺寸、公差。如钻模安装基面的平面度误差。

⑤ 影响夹具制造精度的尺寸和公差　主要指定位元件、对刀元件、安装基面三者之间的位置尺寸和公差。

以上②～⑤项又总称为与工件加工精度直接有关的尺寸和公差。

⑥ 其他重要尺寸和公差　它们为一般机构设计中应标注的配合尺寸、公差。

（2）夹具总图上应标注的其他技术要求

夹具总图上无法用符号标注而又必须说明的问题，可作为技术要求用文字写在总图的空白处。如几个支承面采用装配后再修磨达到等高、活动 V 形块应能灵活移动、夹具的防锈措施、夹具装饰漆颜色、夹具使用时的操作顺序等。

（3）夹具总图上公差值的确定

夹具总图上标注公差值的原则是：首先满足工件加工精度要求，在夹具制造的经济精度范围内，适当增加精度储备，以延长夹具的使用寿命；同时使夹具的制造成本不至于太高。

① 直接影响工件加工精度的夹具公差 当夹具总图上标注的尺寸公差、位置公差直接影响工件的加工精度时。取

$$T_J = \left(\frac{1}{2} \sim \frac{1}{5}\right) T_k$$

式中 $T_J$——夹具总图上的尺寸公差或位置公差；

$T_k$——与 $T_J$ 相应的工件尺寸公差或位置公差。

当工件产量大、加工精度低时，$T_J$ 取小值。因这样可延长夹具使用寿命，又不增加夹具制造难度；反之取大值。

对于直接影响工件加工精度的配合尺寸，在确定了配合性质后，应尽量选用优先配合。

② 与工件上未注公差的加工尺寸对应的夹具公差 工件的加工尺寸未注公差时，工件公差 $T_k$ 视为 IT12～IT14，夹具上的相应尺寸公差按 IT9～IT11 标注；工件上的位置要求未注公差时，工件位置公差 $T_k$ 视为 9～11 级，夹具上相应位置公差按 7～9 级标注；工件上加工角度未注公差时，工件公差 $T_k$ 视为 $\pm 10' \sim \pm 30'$，夹具上相应角度公差标注为 $\pm 3' \sim \pm 10'$。

### 3.5.4 工件在夹具中加工的精度分析

（1）影响加工精度的因素

用夹具装夹工件进行机械加工时，其工艺系统中影响工件加工精度的因素很多。与夹具有关的因素如图 3-46 所示，有定位误差 $\Delta_D$、对刀误差 $\Delta_T$、夹具在机床上的安装误差 $\Delta_A$ 和夹具制造误差 $\Delta_Z$ 等。在机械加工工艺系统中，因机床精度、刀具精度、刀具与机床的位置精度、工艺系统的受力变形和受热变形等因素造成的加工误差统称为加工方法误差。因该项误差影响因素多，又不便于计算，所以在设计夹具时常根据经验为它留出工件公差的 1/3。计算时可设

$$\Delta_G = T_k / 3$$

（2）保证加工精度的条件

工件在夹具中加工时，总加工误差 $\sum \Delta$ 为上述各项误差之和。由于上述误差均为独立随机变量，应用概率法叠加。因此保证工件加工精度的条件是

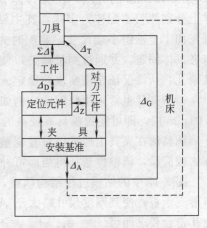

图 3-46 工件在夹具中加工时
影响加工精度的因素

$$\sum \Delta = \sqrt{\Delta_D^2 + \Delta_T^2 + \Delta_A^2 + \Delta_Z^2 + \Delta_G^2} \leqslant T_k$$

即工件的总加工误差 $\sum \Delta$ 应不大于工件的加工尺寸公差 $T_k$。

为保证夹具有一定的使用寿命，防止夹具因磨损而过早报废，在分析计算工件加工精度时，需留出一定的精度储备量 $J_c$。因此将上式改写为

$$\sum \Delta \leqslant T_k - J_c$$

或

$$J_c = T_k - \sum \Delta \geqslant 0$$

当 $J_c \geqslant 0$ 时，夹具能满足工件的加工精度要求。$J_c$ 值的大小还表示了夹具使用寿命的长短和夹具总图上各项公差 $T_J$ 确定得是否合理。

### 3.5.5 夹具的制造特点及其保证精度的方法

（1）夹具的制造特点

夹具通常是单件生产，且制造周期很短。为了保证工件加工要求，很多夹具要有较高的制造精度。夹具制造中，除了生产方式与一般产品不同外，在应用互换性原则方面也有一定的限制，经常采用修配方法，而夹具的制造主要在企业的工具车间进行，一般工具车间有多种加工设备，都具有较好的加工性能和加工精度，以保证夹具的制造精度。

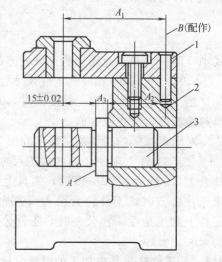

图 3-47 钻模精度调整法
1—钻模板；2—夹具体；3—定位轴

（2）保证夹具制造精度的方法

夹具上与工件加工尺寸直接有关且精度较高的部位，在夹具制造时常用调整法和修配法来保证夹具精度。

对于需要采用调整或修配的零件，可在其图样上注明"装配时精加工"或"装配时与××件配作"字样等。

图 3-47 所示为一钻床夹具保证钻套孔距尺寸 $(15\pm0.02)$ mm 的方法。在夹具体 2 和钻模板 1 的图样上分别注明"配作"字样，其中钻模板上的锥销孔可先加工至锥销小端尺寸，装配时先用螺钉将钻模板与夹具体固定，并通过测量调整，使钻套处于合适位置后，即可将钻模板与夹具体一起钻铰锥销孔，从而保证钻模精度的稳定。

镗床夹具也常采用修配法。例如将镗套的内孔与所使用的镗杆单配间隙控制在 $0.008\sim0.01$mm 内，即可使镗模具有较高的导向精度。

调整法在夹具上通常可设置调整垫圈、调整垫板、调整套等元件来控制装配尺寸。这种方法较简易，调整件选择得当即可补偿其他元件的误差，以提高夹具的制造精度。

图 3-47 中的钻模进行结构调整，将定位轴台肩尺寸做成略小于 $A_3$，在其外圈增设一个环形支承板，使其厚度尺寸略大于 $A_3$，待钻模板装配时按测量尺寸修正支承板 $A_3$ 的尺寸使其符合要求即可。

## 复习思考题

1. 为什么说夹紧不等于定位？

2. 试述基准不重合误差、基准位移误差和定位误差的概念及产生原因。

3. 工件装夹在夹具中，凡是有六个定位支承点，即为完全定位；凡是超过六个定位支承点，就是过定位；不超过六个定位支承点，就不会出现过定位。这种说法对吗？为什么？

4. 不完全定位和过定位是否均不允许存在？为什么？

5. 什么是辅助支承？使用时应注意什么？举例说明辅助支承的应用。

6. 什么是自位支承（浮动支承）？它与辅助支承有何不同？

7. 如果主要定位面上的三个定位支承点按图 3-48 那样分布在一条直线上，则这些定位支承点限制了哪几个自由度？能否起到主要定位面的作用？

8. 如果导向定位面上两个定位支承点按图 3-49 那样分布，则这时是否仍有导向作用？

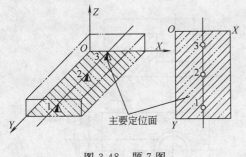

图 3-48 题7图

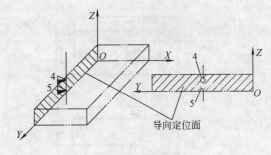

图 3-49 题8图

9. 如图 3-50 所示，在三爪卡盘中夹持工件外圆，（a）相对夹持长度长，（b）相对夹持长度短。问相对夹持长度不同对限制自由度有何影响？

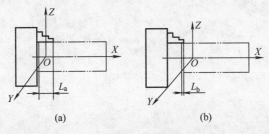

图 3-50 题9图

10. 图 3-51 所示的定位方案中，这些定位元件限制了哪几个自由度？有无过定位现象？试分析之。

11. 图 3-52 为镗削连杆小头孔工序定位简图。定位时在连杆小头孔内插入削扁定位销，夹紧后拔出削扁定位插销，就可以进行小孔镗削，试分析各定位元件所消除的自由度。

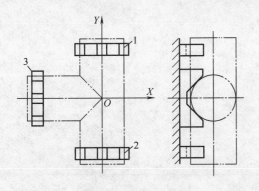

图 3-51 题10图

图 3-52 题11图

12. 有一批如图 3-53 所示的零件，锥孔和各平面均已加工合格，今在铣床上铣宽度为 $b-\Delta b$ 的槽。要求保证槽底到底面的距离为 $h-\Delta h$；槽侧面与 $A$ 面平行；槽对称轴线通过锥孔轴线。问图示的定位方案是否合理？有无改进之处？试分析之。

13. 有一批如图 3-54 所示的零件，圆孔和各平面均已加工合格，今在铣床上铣宽度为 $b-\Delta b$ 的槽。要求保证槽底到底面的距离为 $h-\Delta h$；槽侧面到 $A$ 面的距离为 $a\pm\Delta a$，且与 $A$ 面平行。问图示的定位方案是否合理？有无改进之处？试分析之。

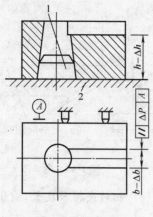

图 3-53　题 12 图

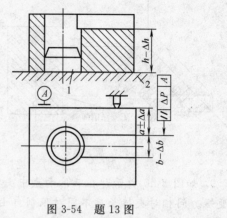

图 3-54　题 13 图

# 第 4 章　零件加工精度与表面质量

## 4.1　概述

每一种机械产品都是由许多相互关联的零件装配而成的，即机械产品的最终制造质量和零件的加工质量有着直接的关系，零件的加工质量是整台机器质量的基础，它决定了机器的使用性能和寿命。影响机械产品质量的因素有：零件的材料、毛坯的制造方法、零件的热处理工艺、零件的机械加工及装配等。它不仅取决于技术水平，也与企业的管理状况有关。在机械产品中，大多数零件是通过机械加工获得的，所以，本章将介绍机械加工质量的概念。

### 4.1.1　加工精度和加工误差

（1）加工质量

零件的加工质量指标有两大类：加工精度和表面质量。它包含以下一些内容：

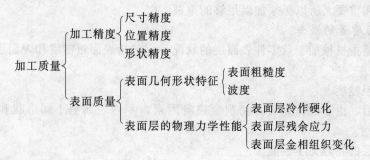

（2）加工精度和加工误差

加工精度是指零件在加工后的实际几何参数（尺寸、形状和相互位置）与设计图纸规定的理想零件的几何参数的符合程度。加工误差是指零件加工后的实际几何参数对设计图纸规定的理想几何参数的偏离程度。实际值愈接近理想值，则加工精度就愈高，即加工误差愈小。"加工精度"和"加工误差"仅仅是评定零件几何参数准确程度这一个问题的两个方面而已。在实际生产中，加工精度的高低往往是以加工误差的大小来衡量的。

在实际生产中，任何一种加工方法不可能、也不必要把零件做得绝对准确，而只要将加工误差控制在性能要求所允许的范围（即公差）之内即可。因此，在制定技术要求时，应以最低的精度、较大的表面粗糙度满足最高的性能为准则。

加工精度包括尺寸精度、形状精度和位置精度。

① 尺寸精度　零件的直径、长度和表面间距离等尺寸的实际值与理想值的接近程度。

② 形状精度　零件表面或线的实际形状与理想形状的接近程度。如直线度、平面度、圆度、圆柱度、线轮廓度和面轮廓度等。

③ 位置精度　零件表面或线的实际位置和理想位置的接近程度。如平行度、垂直度、同轴度、对称度、位置度、圆跳动和全跳动等。

（3）经济加工精度

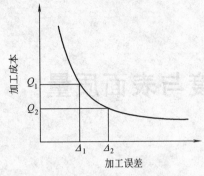

图 4-1　加工误差与加工成本的关系

所谓经济加工精度，是指在正常生产条件下（采用符合质量标准的设备、工艺装备和使用标准技术等级的工人，不延长加工时间）所能保证的公差等级。任何一种加工方法，所能获得的加工精度均有一个相当大的变动范围。但不同的精度要求（误差大小）所花费的加工时间、加工成本也不尽相同，它们的关系如图 4-1 所示。图中 $\Delta_1-\Delta_2$ 之间既可满足技术要求又不必花费过高的成本。它是比较容易得到的、能经济达到的加工精度，也就是此加工方法的经济加工精度。

### 4.1.2　表面质量

机械产品的工作性能，尤其是它的可靠性和耐久性，在很大程度上取决于对机器工作性能有重要影响的零件的表面质量。

机械加工后的零件表面并非理想的光滑表面，它存在着不同程度的表面粗糙度、冷硬、裂纹等表面缺陷。尽管只有极薄的一层（几微米～几百微米），但对机器零件的使用性能却有极大的影响。有研究表明，约有 80％的机器零件失效的原因归咎于因表面质量（如磨损、疲劳、腐蚀等）所带来的影响。随着产品性能的不断提高，一些重要的零件必须在高应力、高速、高温等条件下工作，由于表面上作用着最大的应力并直接受到外界介质的腐蚀，表面层的任何缺陷都可能引起应力集中、应力腐蚀等现象而导致零件的损坏，因而表面质量问题变得更为突出和重要。所以必须加以足够的重视。

#### 4.1.2.1　表面质量的概念

表面质量是指机械加工后零件表面层的状况，它包括表面粗糙度和表面层的物理力学性能两方面。

（1）表面粗糙度

机械加工后，由于残留有刀具切削痕迹等因素，零件表面呈不同形状和大小的凸峰和凹谷。

（2）表面层的物理力学性能

机械加工过程中，在切削力和切削热的作用下，零件表层产生很大的塑性变形，表层的物理、力学、化学性能与内部不同，主要有以下三个方面：

① 表面层因塑性变形引起的冷作硬化；

② 表面层因切削热引起的金相组织的变化；

③ 表面层中产生的残余应力。

#### 4.1.2.2　表面质量对机器零件使用性能的影响

（1）表面质量对零件耐磨性的影响

① 表面粗糙度对耐磨性的影响　一般情况下，表面粗糙度 $Ra$ 为 $0.4\sim0.8\mu m$ 的表面具有较好的耐磨性。经过珩磨而具有交叉网纹印痕的表面、经过刮削具有细小凹坑的表面均具有良好的耐磨性。但表面粗糙度并非越小越耐磨。如图 4-2 所示，表面粗糙度太大，接触表面的实际压强增大，粗糙不平的凸峰相互咬合、挤裂、切断，故磨损加剧。而表面粗糙度太小，也会导致磨损加剧，因为表面

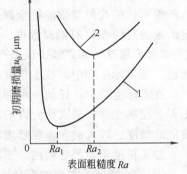

图 4-2　表面粗糙度与初期
磨损量的关系
1—轻载荷；2—重载荷

太光滑，存不住润滑油，接触面容易发生分子粘接而加剧磨损。表面粗糙度的最佳值与机器零件的工作情况有关。载荷加大时，磨损曲线向上、向右移动，最佳表面粗糙度也随之

右移。

② 物理力学性能对零件耐磨性的影响　机械加工后的表面都会有一定程度的冷作硬化，冷作硬化能提高零件表面的耐磨性，例如 Q255A 钢经冷拔加工后硬度可提高 15％～45％，磨损量可减少 20％～30％。

在磨削淬火钢零件时，表层金属的马氏体组织要发生转变成回火组织或二次淬火组织等。这些变化会影响零件的耐磨性。

(2) 表面质量对零件工作精度的影响

① 表面粗糙度对零件工作精度的影响　加工表面粗糙度使相互接触的表面仅有很少的实际接触面积，如精车后仅有 10％～15％的表面相互接触，因此影响零件的配合性质。

如果表面加工得太粗糙，对于间隙配合来说，表面粗糙度将使配合间隙在初期磨损阶段便迅速增大，致使配合精度受到破坏，特别是对尺寸小、精度要求高的间隙配合影响更大。

对过盈配合而言，零件在装配过程中，配合表面的凸峰被挤压，故实际有效过盈减小，降低了配合强度。

对于部件来说，由于零件表面的粗糙度使零件间实际接触面积只是名义接触面的一小部分，且真正处于接触状态的，仅仅是这小部分的个别凸峰，如图 4-3 所示。(a) 为两表面的理想接触情况，接触长度为 $L$；(b) 为两表面的实际接触情况，它是局部接触（$l_1$，$l_2$，…，$l_n$）。此时接触面积小，压强大，它往往超过金属的屈服极限和强度极限而凸峰被迅速压平。引起接触变形，接触变形中不仅有表层的弹性变形，而且有局部塑性变形，表面愈粗糙，零件的接触刚度愈低。

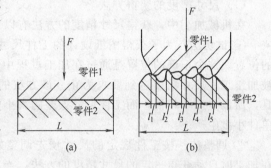

图 4-3　两表面接触情况

② 残余应力对零件精度的影响　表面残余应力虽然在零件内部是平衡的，但由于金属材料的蠕变作用，残余应力在经过一段时间后便会自行减弱以至消失，同时零件也随之变形，引起零件尺寸和形状误差。对一些高精度零件，如精密机床的床身、精密量具等，如果表面层有较大的残余应力，就会影响它们精度的稳定性。

(3) 表面质量对零件疲劳强度的影响

① 表面粗糙度对零件疲劳强度的影响　表面粗糙度的凹谷部位容易引起应力集中，在交变载荷作用下产生疲劳裂缝。

② 物理力学性能对疲劳强度的影响　重要轴的轴颈及转角处、各种重要弹簧的表面一般采用滚压、喷砂、喷丸等方法对零件表面进行处理。其目的是使表面产生局部塑性变形向四周扩张，因材料扩张受阻而产生很大的残余压应力，表面层的残余压应力能够部分地抵消工作载荷施加的拉应力，延缓疲劳裂纹的扩展，因而提高了零件的疲劳强度。而残余拉应力容易使已加工表面产生裂纹并使其扩展而降低疲劳强度。带有不同残余应力表面层的零件，其疲劳寿命可相差数倍至数十倍。

表面层冷作硬化能提高零件的疲劳强度，因冷硬层不但能阻止已有的裂纹扩大，而且能防止疲劳裂纹的产生。

(4) 表面质量对零件抗腐蚀性能的影响

腐蚀性的介质凝聚在金属的表面，对金属表层产生腐蚀作用，腐蚀的程度和速度与零件表面粗糙度有很大关系。机械加工后表面产生凹谷或显微裂纹，腐蚀性物质就积聚在凹谷和

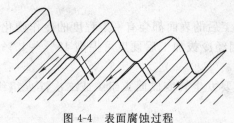

图 4-4　表面腐蚀过程

裂纹处，如图 4-4 所示，并按箭头方向产生侵蚀作用，它逐渐渗透到金属内部，使金属断裂而剥落下来，然后形成新的凹凸表面。以后腐蚀作用再由新的凹谷向内扩展，如此重复地继续下去。表面粗糙度愈小，凹谷愈浅，愈不容易产生腐蚀。

在零件表面层造成压缩残余应力和一定程度的强化，将有助于提高零件的耐腐蚀性能。

有些零件按其在机构中的作用，并不要求小的表面粗糙度，但由于工作环境的原因，要求它有较高的抗腐蚀能力，则零件的表面必须经过抛光。

# 4.2　加工精度的影响因素

### 4.2.1　获得加工精度的方法

（1）尺寸精度的获得方法

在机械加工中，获得尺寸精度的方法有以下几种。

① 试切法　为了获得图纸设计的工件尺寸精度，加工时必须使刀具相对于工件有正确的位置。这个正确的位置是通过在加工过程中进行"试切—测量—再试切"，反复进行直到被加工工件尺寸精度达到要求为止。该方法的特点是：由于需要多次试切、测量和调整刀具，所以生产率较低，而工件尺寸误差的大小也与操作工的技术水平有关。因此，它适用于单件小批生产。

② 调整法　按工件规定的尺寸预先调整好机床、刀具、夹具、工件之间的相互位置，在加工时自动获得一定的尺寸精度的方法。当产量较大时，通常采用调整法保证工件尺寸。很显然，调整法比试切法的生产率要高，而且加工尺寸的稳定性也好。它适用于生产批量较大的场合。

③ 定尺寸刀具法　定尺寸刀具法是利用刀具的相应尺寸来保证被加工工件的尺寸要求的。如用钻头、铰刀等刀具加工，被加工工件的尺寸是由刀具的尺寸决定的，零件的加工精度与刀具本身制造精度关系极大。

④ 主动测量法（自动控制法）　用一定的装置一边加工一边自动测量，当工件达到要求的尺寸时自动停止加工。如采用闭环控制的数控机床加工工件。

（2）工件形状的获得方法

工件形状的获得方法有以下三种。

① 轨迹法　轨迹法是依靠刀具与工件之间的相对运动轨迹来获得所需工件形状的一种方法。如车削外圆面、锥面等。

② 成形法　成形法是利用具有一定形状的刀刃的成形刀具代替普通刀具直接在工件表面上加工出对应的成形表面。如拉削成形表面、用三角形螺纹车刀车削螺纹等。

③ 展成法　在加工时刀具和工件作展成运动，在展成运动过程中，刀刃包络出被加工表面的形状的方法，也称为范成法。如滚齿加工圆柱齿轮齿廓，就是利用滚刀和被加工齿轮以一定传动比作展成运动过程中，由一系列刀刃包络成形的。

形状精度主要取决于机床精度和刀具精度。

① 机床精度　如车削时机床主轴回转精度影响了工件的圆度等。

② 刀具精度　如齿轮滚刀的制造精度影响了齿轮的齿形精度等。

（3）获得位置精度的方法

① 划线、找正法　该方法精度低、生产率也低，其误差常常大于 0.1mm。

② 夹具安装定位法　该方法不仅精度高、生产率高，而且对机床操作者的要求不高，操作省力方便。

### 4.2.2　原始误差

（1）工艺系统

机床、夹具、工件和刀具构成的弹性系统简称为工艺系统。

（2）原始误差和加工误差

在机械加工中，零件的尺寸、几何形状和表面间相对位置的形成，归根到底取决于工件和刀具在切削运动过程中的相互位置关系，而工件和刀具又是安装在夹具和机床上面，并受到夹具和机床的约束，因此，在机械加工时，机床、夹具、刀具和工件形成了一个完整的系统，这个系统称为工艺系统。加工精度与整个工艺系统的精度有关。工艺系统中的各种误差，就在不同的具体条件下，以不同的程度反映为加工误差。因此将引起工艺系统各环节间相互位置相对于理想状态产生偏移的各种因素称为原始误差。该偏差使工件在加工后产生加工误差。即加工误差的产生是由于工艺系统存在原始误差。

### 4.2.3　加工原理误差

加工原理误差是由于采用了近似的刀具轮廓、近似的成形运动轨迹和近似速比的成形运动加工零件而产生加工误差。

如车削模数蜗杆时，由于蜗杆的螺距是 π 的倍数，而 π 是一个无理数，所以只能用近似传动的挂轮比，因而产生了由于近似传动比的成形运动所引起的加工误差。

采用近似的成形运动或近似的刀具轮廓虽然会带来加工原理误差，但这样可以简化机床或刀具的结构，降低刀具成本和提高生产率。

### 4.2.4　机床几何误差

工件是通过机床加工而成的，但机床及其零部件在生产过程中也不可避免地存在一定的加工误差。机床精度可分为三种：一种是在没有切削力作用下的精度，称为静态精度；一种是在有切削力和切削运动作用下的精度，称为动态精度；另一种在有温升情况下的精度，称为热态精度。本节主要讲述静态精度，它一般由制造、安装和使用中的磨损造成。而对加工精度影响较大的是主轴回转精度、导轨导向精度和传动链传动精度。

（1）导轨导向精度

导轨副运动件实际运动方向与理论运动方向的符合程度即为导向精度。以车床为例，导向误差通常包含如下几个方面。

① 导轨在水平面内的直线度（导轨弯曲）　如果车床导轨在水平面内存在着如图 4-5 所

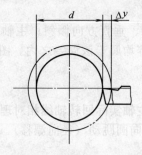

图 4-5　车床导轨在水平面内的直线度
误差对工件加工精度的影响

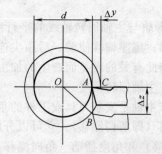

图 4-6　车床导轨在垂直面内的直线度
误差对工件加工精度的影响

示的直线度误差 $\Delta y$，设 $\Delta y = 0.3\text{mm}$，则加工后，工件直径误差为 $0.6\text{mm}$。此外，由于沿轴向的 $\Delta y$ 是变化的，还将引起工件的圆柱度误差，此时，圆柱度误差为 $0.3\text{mm}$。

② 导轨在垂直面内的直线度（导轨弯曲）  如果车床导轨在垂直面内存在着如图 4-6 所示的直线度误差 $\Delta z$，则刀尖从 $A$ 点移动到 $B$ 点，并引起工件半径上的加工误差 $\Delta y$。由直角三角形 $\triangle OAB$ 可知：

$$\left(\frac{d}{2} + \Delta y\right)^2 = \left(\frac{d}{2}\right)^2 + \Delta z^2$$

则

$$d\Delta y + \Delta y^2 = \Delta z^2$$

因为 $\Delta y^2$ 很小，故可省略，则

$$\Delta y = \frac{\Delta z^2}{d}$$

由于 $\Delta z$ 很小，所以 $\Delta z^2$ 就更小，因此 $\Delta y$ 非常小，即对加工精度的影响很小。

我们将原始误差对加工精度影响最大的方向（上例中的水平方向）称为误差敏感方向，它是被加工表面的法线方向；反之称为误差不敏感方向，一般是被加工表面的切线方向。很显然在分析研究加工精度时应主要分析原始误差在误差敏感方向上的影响。

根据以上分析，车床导轨在水平面内的直线度误差对工件加工精度的影响很大，应严格控制。

③ 前后导轨的平行度（导轨扭曲）  当车床的前、后导轨在垂直面内有平行度误差时，如图 4-7 所示，因在两个不同截面间前、后导轨高度差为 $\delta$（为原始误差），使床鞍在此间移动时偏斜造成刀具在水平面发生位移 $\Delta y$，则工件半径误差为 $\Delta R = \Delta y \approx \frac{H}{B}\delta$，通常车床 $\frac{H}{B} \approx \frac{2}{3}$，外圆磨床 $\frac{H}{B} \approx 1$，因此该原始误差对加工精度的影响很大，应引起重视。

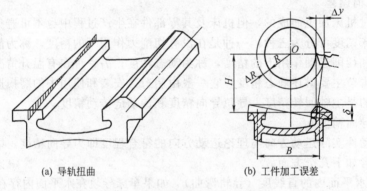

(a) 导轨扭曲　　　　　　　(b) 工件加工误差

图 4-7  导轨扭曲引起的加工误差

④ 导轨与主轴回转轴线的平行度  如导轨本身沿水平、垂直方向倾斜；主轴回转轴线角向漂移；尾座偏移使前、后顶尖连线与刀具轨迹不平行等均属于该误差之内。图 4-8 所示为几项与此有关的误差而产生的加工误差。

（2）主轴回转精度

机床主轴是安装刀具或工件的基准。主轴回转误差即主轴实际回转轴线相对理论回转轴线的偏离（即所谓漂移）。它可以分解成三种基本形式：径向圆跳动（径向漂移）、轴向窜动（轴向漂移）和角度摆动（角向漂移），如图 4-9 所示。

对不同类型的机床而言，其误差敏感方向不同，加工内容不同，因此主轴回转误差对加工精度的影响也有所不同。

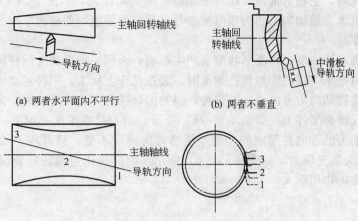

(a) 两者水平面内不平行　　　　(b) 两者不垂直

(c) 两者在垂直面内不平行

图 4-8　导轨与主轴回转轴线的平行度误差产生的加工误差

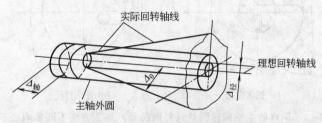

图 4-9　主轴回转误差的基本形式

$\Delta_{径}$—径向圆跳动；$\Delta_{轴}$—轴向窜动；$\Delta_{\theta}$—角度摆动

　　主轴的纯轴向窜动对圆柱面的加工精度没有影响，但加工端面时，会使其端面与中心线不垂直，如图 4-10（a）所示。当主轴回转一周时，来回窜动一次，使加工出的端面近似为螺旋面：向前窜动的半周形成右螺旋面，向后窜动的半周形成左螺旋面。端面对中心线的垂直度误差随着切削半径的减小而增大，即

$$\tan\theta = \frac{A}{R}$$

式中　$A$——主轴轴向窜动的幅值；

　　　$R$——工件车削端面的半径；

　　　$\theta$——端面切削后的不垂直度偏角。

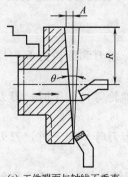

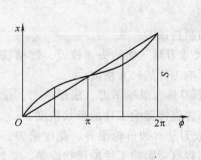

(a) 工件端面与轴线不垂直　　　　(b) 螺距周期误差

图 4-10　主轴纯轴向窜动

在加工螺纹时，主轴的轴向窜动将使螺距产生周期误差，如图 4-10（b）所示。所以在相关标准中对机床主轴轴向窜动的幅值常常都有严格的要求，如精密车床的主轴轴向窜动规定为 $2\sim3\mu m$ 等。

角度摆动则对圆柱度、端面形状都会产生影响；而同一一种形式的回转误差对于不同的加工方法的影响也是不一样的。如镗孔加工时，若在镗床上加工，回转运动由刀具执行，随着主轴上刀具的旋转切削力方向也一起旋转，误差的敏感方向也在变动中，则轴线任何方向的漂移都会直接反映到工件上，如图 4-11（a）所示。而若是在车床上加工，回转运动由工件执行，此时切削力的方向是固定的，误差敏感方向固定不变，只有在 $y$ 轴方向上的漂移才会 1∶1 地转化为加工误差，如图 4-11（b）所示。因此镗床主轴的回转误差对保证工件圆柱面的形状精度的作用更大。

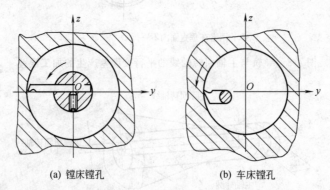

(a) 镗床镗孔　　　　　　　　　　(b) 车床镗孔

图 4-11　同样的主轴回转误差（径向跳动）加工方法不同影响也不同

（3）传动链的传动误差

机床的切削运动是通过具体的传动机构实现的。这些传动机构由于本身的制造误差、安装误差和工作中的磨损，最终引起传动链两个执行件之间的相对运动误差，称为传动误差。

传动误差将影响各成形运动之间的运动精度。如滚齿加工，这种传动误差将影响滚刀与工件之间的展成运动精度，从而影响到齿轮的加工精度；车床车削螺纹也是如此。

传动误差主要是机床传动链中各传动元件（齿轮、分度蜗轮副、丝杆螺母副等）的制造误差、装配误差及在使用中的磨损等原因造成的。各元件在传动链中的位置不同，其影响程度也不同。如各个传动齿轮的转角误差将通过传动比反映到其执行件（工件）。如果传动链是升速传动，则传动元件的转角误差将扩大；而在降速传动时，则转角误差将缩小。

### 4.2.5　刀具误差

刀具误差包括刀具的制造误差和在加工时的磨损所引起的误差，它们将影响工件的加工精度。

（1）刀具的制造误差

① 采用定尺寸刀具（如钻头、铰刀、键槽铣刀、镗刀和圆拉刀等）加工时，刀具的尺寸误差将直接影响工件的尺寸精度。

② 采用成形刀具（成形车刀、成形铣刀、成形砂轮等）加工时，刀刃的形状误差、刃磨和安装误差都将直接影响工件的形状精度。

③ 采用展成刀具（如齿轮滚刀、花键滚刀、插齿刀等）加工时，刀刃的形状误差、刃磨和安装误差都将直接影响工件的形状误差。

④ 对于一般的单刃刀具（如车刀、镗刀、刨刀和铣刀等），加工表面的形状主要由机床运动的精度来保证，加工表面的尺寸主要由调整精度决定。刀具的制造误差对加工精度没有

直接影响，但是刀具的耐用度较低，刀具容易磨损。

（2）刀具磨损的影响

在精加工过程中，刀具的磨损所引起的误差一般占加工误差总数很大的比例。特别是主要加工表面径向的刀刃的磨损量，称该磨损量为尺寸磨损，如图 4-12 所示的 $NB$。刀具在这个方向上的磨损不仅影响工件的尺寸精度，还影响工件的形状精度。如在车床上车削长轴或镗深孔时，随着车刀逐渐磨损，就可能在工件上车出锥度。此外，用成形刀具加工时，刀具的磨损会使工件的轮廓发生变化。在多刀机床上加工时，因为各刀具的磨损量各不相同，造成工件各部分的尺寸误差也不一样。

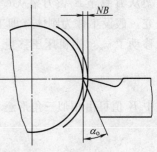

图 4-12　后面的磨损

刀具的磨损规律与其他机器一样，可分为三个阶段（见图 1-26）。第一阶段（初期磨损阶段）时间短（大约为几分钟），磨损程度剧烈，切削路程不超过 1km。第二阶段（正常磨损阶段）磨损量与切削路程成正比关系，切削路程可达 30km，它是刀具进行正常工作的阶段。第三阶段（急剧磨损阶段）刀具的磨损量迅速增大，刀刃在很短时间内损坏，这时刀具已不能使用，必须重新刃磨或换刀。

### 4.2.6　工艺系统的弹性变形

（1）机床刚度及其对加工精度的影响

工艺系统在外力（主要是切削力，还有夹紧力、传动力和离心力等）的作用下就会产生弹性变形，这种弹性变形包括工艺系统各组成环节本身的弹性变形以及各组成环节配合（或接合）处的位移。工艺系统弹性变形（简称压移）的大小除了取决于外力的大小外，还取决于工艺系统抵抗外力的能力。所以，在外力作用下，工艺系统抵抗变形的能力称为工艺系统的刚度。

从材料力学可知，任何一个物体受到力的作用时都要产生相应的变形。若引起工艺系统弹性变形的作用力 $F$ 是静态的力，则由此力和由它所引起的在作用力方向上产生的变形量 $y$ 的比值称为静刚度 $k$（简称刚度）。

$$k = \frac{F}{y}$$

式中　$k$——静刚度，N/mm；

　　　$F$——作用力，N；

　　　$y$——沿作用力 $F$ 方向上的变形，mm。

若该作用力是交变力（力的大小随时间的变化而变化），则由该力和变形关系所确定的刚度称为动刚度。

在各种外力作用下工艺系统各部分在其受力方向将产生相应的变形。同样，工艺系统的受力变形也应主要研究误差的敏感方向，即通过刀具的加工表面的法线方向的位移。

在实际加工中，切削力的大小及其作用点的位置总是变化的，有时力的方向也会变化，因此系统的受力变形也会随之变化。现以图 4-13 车床顶尖间加工光轴为例。假设切削过程中切削力大小不变；车刀悬伸量很短，受力后弯曲变形极小以致其法向分量可忽略

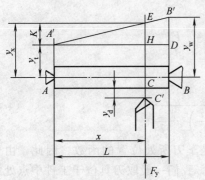

图 4-13　机床刚度的计算

不计；顶尖、刀架都看作是机床的一部分。此时工艺系统的受力变形就取决于机床和工件的受力变形。

如图 4-13 所示，在任意点切削力的作用下（图中只标出 $F_y$）床头位置从 $A$ 移至 $A'$，尾架从 $B$ 移至 $B'$，刀架从 $C$ 移至 $C'$。床头、尾架和刀架的压移分别为 $y_t$、$y_w$、$y_d$。为便于研究，假设工件为刚体（即工件受力后不变形），则工件轴线由 $AB$ 移至 $A'B'$，在离床头 $x$ 处移动了 $y_x$，则机床压移量 $y_j$ 为

$$y_j = y_x + y_d \tag{4-1}$$

而
$$y_x = y_t + K$$

其中 $K$ 值可由相似三角形 $\triangle A'B'D$ 和 $\triangle A'EH$ 求出

$$\frac{K}{y_w - y_t} = \frac{x}{L}$$

所以
$$K = \frac{x}{L}(y_w - y_t)$$

故
$$y_x = y_t + \frac{x}{L}(y_w - y_t) \tag{4-2}$$

设 $F_A$、$F_B$ 分别为由切削力 $F_y$ 在床头和尾架处所引起的压力，则有

$$F_A L = F_y(L - x)$$
$$F_B L = F_y x$$

或
$$F_A = F_y\left(\frac{L - x}{L}\right)$$

$$F_B = F_y\left(\frac{x}{L}\right)$$

因为
$$y_t = \frac{F_A}{J_t}$$

$$y_w = \frac{F_B}{J_w}$$

所以
$$y_t = \frac{F_y}{J_t}\left(\frac{L - x}{L}\right)$$

$$y_w = \frac{F_y}{J_w}\left(\frac{x}{L}\right)$$

代入式（4-2）并整理得

$$y_x = \frac{F_y}{J_t}\left(\frac{L - x}{L}\right)^2 + \frac{F_y}{J_w}\left(\frac{x}{L}\right)^2 \tag{4-3}$$

将式（4-3）及 $y_d = F_y / J_d$ 代入式（4-1）得

$$y_j = \frac{F_y}{J_t}\left(\frac{L - x}{L}\right)^2 + \frac{F_y}{J_w}\left(\frac{x}{L}\right)^2 + \frac{F_y}{J_d}$$

故任意点即离床头为 $x$ 处的机床刚度 $J_j$ 为

$$J_j = \frac{F_y}{y_j} = \cfrac{1}{\cfrac{1}{J_t}\left(\cfrac{L - x}{L}\right)^2 + \cfrac{1}{J_w}\left(\cfrac{x}{L}\right)^2 + \cfrac{1}{J_d}} \tag{4-4}$$

由式（4-3）可知，机床的刚度不是一个常值，而是车刀所处位置的函数。因此，由于工艺系统弹性变形的影响，工件沿轴线的直径将有变化。我们一般取刀具位于工件中点处的刚度代表机床的刚度，即以 $x = L/2$ 代入式（4-4），可知机床的刚度为

$$J_{j(\frac{1}{2})} = \cfrac{1}{\cfrac{1}{4}\left(\cfrac{1}{J_t} + \cfrac{1}{J_w}\right) + \cfrac{1}{J_d}} \tag{4-5}$$

当车刀位于床头处时，以 $x = 0$ 代入式（4-4）得

$$J_{j(0)} = \cfrac{1}{\cfrac{1}{J_d} + \cfrac{1}{J_t}} \tag{4-6}$$

当车刀位于尾架处时，以 $x = L$ 代入式（4-4）得

$$J_{j(L)} = \cfrac{1}{\cfrac{1}{J_d} + \cfrac{1}{J_w}} \tag{4-7}$$

令 $\dfrac{dJ_j}{dx} = 0$，得刚度的极值在 $x_0$ 处

$$x_0 = \frac{LJ_w}{J_t + J_w}$$

又因 $\dfrac{d^2 J_j}{dx^2} < 0$，即 $J_j$ 有最大值

$$J_{jmax} = \cfrac{1}{\cfrac{1}{J_t + J_w} + \cfrac{1}{J_d}} \tag{4-8}$$

因此，当知道工艺系统的各个组成部分的刚度后，就可求出系统刚度。然而机床各部件刚度问题比较复杂，无法进行精确计算，只能用实验的方法进行测定。

图 4-14 所示为某旧车床刀架的刚度曲线。试验时载荷逐渐增大，再逐渐减小，反复三次，图中所示的就是三次加载一次卸载曲线。从图中可知：①力和变形的关系不是直线关系，不符合虎克定律，反映了部件的变形不纯粹是弹性变形；②加载曲线与卸载曲线不重合，它们之间所包容的面积代表了在加载卸载的循环中所损失的能量，即消耗在克服部件内零件之间的摩擦力和接触面塑性变形所做的功；③当载荷卸去后，变形恢复不到起点，这说明部件的变形不但有弹性变形，而且还产生了不能恢复的塑性变形，在图中可见有 $10\mu m$ 左右的变形，在反复加载后，残余变形逐渐减少到零，加载曲线才和卸载曲线重合；④部件的实际刚度远比设想的要小，如车床的刀架，它由许多零件组合而成，存在着许多薄弱环节，在受力变形时不能和整体的零件相比。从图 4-14 可知，刚度曲线的斜率表示了刚度的大小。

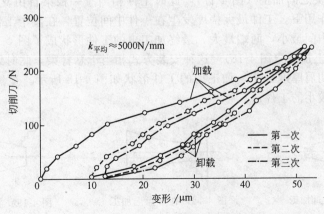

图 4-14　某旧车床刀架的刚度曲线

机床的刚度除了与组成部件的结构尺寸有关外，还与制造和装配的质量有关，影响机床刚度的其他因素如下。

① 配合零件的接触刚度　零件接触表面抵抗因外力而产生变形的能力称为接触刚度。机械加工后零件的表面并非理想的平整和光滑。装配后零件间的实际接触面积也只是一小部分，且仅是这一小部分中的表面粗糙度中的个别凸峰，如图 4-15 所示。在外力作用下，这些接触点产生了较大的接触应力，因而有较大的接触变形。在这些接触变形中，不但有表面层的弹性变形，而且还有局部的塑性变形，造成了部件的刚度曲线不呈直线而呈复杂的曲线。接触表面塑性变形及接触面间存在着油膜是造成残余变形的原因。经过几次加载后才能使冷硬等现象逐渐消除（该现象在滑动轴承副中最为明显）。

② 薄弱零件自身的变形　在部件中，个别薄弱零件对部件刚度的影响很大。如图 4-16 所示，在机床燕尾槽导轨中，常用楔铁来补偿导轨间的间隙，因为楔铁薄而长，自身刚度很差，同时制造不可能达到理想的准确程度，所以它们接触不良，在外力的作用下产生很大的变形，致使部件刚度大幅下降。

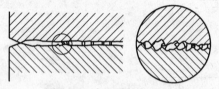

图 4-15　表面的接触情况

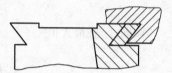

图 4-16　机床的薄弱零件

③ 间隙和摩擦的影响　零件间的间隙也影响机床的刚度。此时主要表现在加工时载荷方向经常改变的镗床、铣床等机床上。当载荷方向改变时，间隙所引起的位移破坏了原来刀具与加工表面间的准确位置关系，因此影响很大。而对于单向受力，使工件始终靠一边的加工方式，这种影响就小得多。为此，在切削加工前应先将机床空运转一段时间，使机床零件发生热膨胀，以减小间隙，可提高机床的刚度。

刚度在机械加工中是一个很重要的问题。它不仅对工件的加工精度有很大的影响，而且对工艺系统的振动也有很大的关系。因此，在机械加工中，如何提高工艺系统的刚度始终是一个主要的课题。

提高工艺系统的刚度，不仅可以提高工件的加工精度，而且可以提高切削用量以提高生产率；还可以有效地防止或降低切削时的振动现象。

（2）工件的刚度及其对加工精度的影响

下面以车床上常见的加工实例进行分析。

① 工件在两顶尖之间加工（图 4-17）　此时工件相当于一根梁自由支承在两个支点上，在径向切削分力的作用下，工件最大挠度发生在工件中间位置，在整个工作行程中的切屑厚度不一样，在工件中间最小，两端最大，最终加工出的工件形状成了图 4-17 所示的腰鼓形。

② 工件在卡盘上加工（图 4-18）　这种安装方式相当于悬臂梁，此时最大挠度发生在工件的末端，此处的切屑厚度最小，加工后的工件形状如图 4-18 所示。显然，这种安装方式一般适用于长径比较小的工件。

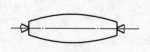

图 4-17　在两顶尖之间加工

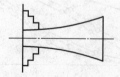

图 4-18　在卡盘上加工

图 4-19　前端夹在卡盘上后端用顶尖支承加工

③ 工件安装在卡盘上并用后顶尖支承（图 4-19）　这种装夹方式是前两种方式的组合，加工后的工件形状如图 4-19 所示。

④ 薄壁工件的加工　刚度很差的工件在夹具夹紧力的作用下会产生弹性变形，如图 4-20 所示用三爪卡盘夹紧并加工薄壁套筒零件的内孔，工件的变形很大，此时弹性变形对工件的加工精度影响非常大。图 4-20（a）为夹紧后工件的变形情况；图 4-20（b）为将内孔加工完毕后工件的形状；图 4-20（c）为卸下工件后，工件弹性变形恢复的形状，被加工孔产生了加工误差。在加工易变形的薄壁工件时，应使夹紧力在工件的圆周上均匀分布，比较合理的方案是采用液性塑料夹具进行加工。

（3）误差复映规律

在车床上加工具有偏心的毛坯，如图 4-21 所示。当毛坯转一转时，背吃刀量从图示的最大值 $a_{p1}$ 变为最小值 $a_{p2}$，其切削力也由最大变为最小，此时，工艺系统各部件也相应地产生弹性压移，切削力大时弹性压移大，切削力小时弹性压移也小，所以偏心的毛坯加工后所得到的零件仍然是偏心的，即毛坯的误差被复映了下来，只不过加工后误差值减小了，这种现象称为误差复映规律。

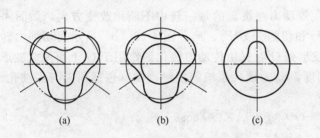

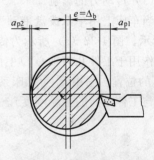

图 4-20　薄壁工件在三爪卡盘中被夹紧时的加工情况　　　　图 4-21　车削偏心毛坯

由理论分析可知，当毛坯的偏心量一定时，工艺系统的刚度愈大，加工后工件的偏心量愈小，即加工后工件的精度愈高。

我们以误差复映系数 ε 来表示工件加工后精度的提高程度，即

$$\varepsilon = \frac{\Delta_w}{\Delta_b} = \frac{\lambda}{J_s} C_{Fz} f^{0.75}$$

式中　　ε——误差复映系数；

　　$\Delta_w$——加工后工件直径上的误差；

　　$\Delta_b$——毛坯的误差；

　　λ——主要与刀具几何角度有关的系数，一般取 0.4；

　　$J_s$——工艺系统刚度；

　　$C_{Fz}$——与工件材料、刀具几何形状等有关的系数；

　　$f$——进给量。

显然，工艺系统刚度愈高，ε 愈小，复映在工件上的误差愈小。

当加工过程分成几个工步时，因每个工步的误差复映系数分别为 $\varepsilon_1$，$\varepsilon_2$，…，$\varepsilon_n$，则总的复映系数 $\varepsilon_\Sigma = \varepsilon_1 \varepsilon_2 \cdots \varepsilon_n$。

因每个复映系数均小于 1，经过几次走刀后，所以 $\varepsilon_\Sigma$ 将是一个很小的数值。加工误差也就降到允许的范围以内。

由误差复映概念还可以得出以下结论。

① 每一件毛坯的形状误差，不论是圆度、圆柱度、同轴度（偏心、径向跳动等）、直线度误差等都以一定的复映系数复映成工件的加工误差，这是由于切削余量不均而引起的。

② 在车削的一般情况下，由于工艺系统刚度比较高，复映系数远小于1，在2～3次走刀后，毛坯误差很快下降。特别是第二次、第三次走刀时的进给量通常是递减的（即半精车、精车），复映系数 $\varepsilon_2$ 和 $\varepsilon_3$ 也就递减，加工误差的下降更快。故在一般车削时，只有在粗加工时用误差复映规律估算加工误差才有实际意义。但是在工艺系统刚度低的场合（如镗孔时镗杆较细、车削时工件较细长以及磨孔时磨杆较细等），则误差复映的现象较为明显，有时需要从实际反映的复映系数着手分析提高加工精度的途径。

③ 在大批大量生产中，均采用定尺寸调整法加工，即刀具在调整到一定的切深后，就一件件地连续进行加工。因此，对于一批尺寸大小有变化的毛坯来说，每件毛坯的加工余量是不一样的。由于误差复映的原因，造成了这批被加工工件的"尺寸分散"。为了保证尺寸分散不超出允许的误差范围，就必须查明误差复映的大小，这是在分析和解决加工精度问题时经常遇到的工作。

### 4.2.7　工艺系统中传动力、惯性力、夹紧力和重力引起的变形对加工精度的影响

（1）传动力的影响

当车床上用单爪拨盘带动工件时，传动力在拨盘的每一转中不断地改变方向，如图 4-22 所示。图 4-22（a）所示为传动力 $F_c$ 和切削分力 $F_y$、$F_z$；图 4-22（b）所示为切削力转化到作用于工件几何轴心 $O$ 上而使之变形到 $O'$，又由传动力转化到作用于 $O'$ 上而使之变形到 $O''$ 的位置。图中 $k_s$ 为机床系统的刚度，$k_c$ 为顶尖系统的接触刚度（包括顶尖与主轴孔、顶尖与工件之间的接触刚度）。由图得

$$r_0^2 = \overline{OA}^2 + \overline{OO'}^2 + 2\overline{OA} \times \overline{OO'}\cos\beta$$

$$\beta = \arctan\frac{F_z/k_s}{F_y/k_s} = \arctan\frac{F_z}{F_y}$$

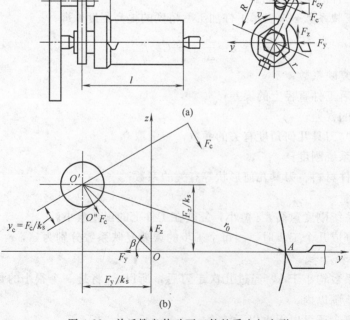

图 4-22　单爪拨盘传动下工件的受力与变形

只要切削分力 $F_z$、$F_y$ 不变，则 $\beta$、$\overline{OO'}$ 也不变，但是 $\overline{OA}$ 是恒值，所以 $r_0$ 是恒值，它和旋转力 $F_c$ 无关。而 $O'$ 是工件的平均回转中心，$O''$ 是工件的瞬时回转中心，$O'$ 围绕 $O''$ 作与主轴同频率的回转，相当于一个 $y$-$z$ 平面内的偏心运动。整个工件则在空间作圆锥运动，即固定的后顶尖为其顶点，前顶尖带着工件在空间作了一个圆周运动。主轴几何轴线具有纯角度摆动，即几何轴线（前、后顶尖的连线）相对于平均轴线（$O'$ 与后顶尖的连线）在空间成为一定锥度的圆锥轨迹。

（2）惯性力的影响

在切削加工时，因高速旋转的零部件（工件、夹具和刀具等）的不平衡而产生离心力，在每一转中不断地改变方向，致使工艺系统的受力变形发生变化，从而引起加工误差。

图 4-23 所示为车削一零件，该零件存在一偏心质量 $m$，当离心力指向刀具时，由于车床头架存在变形，将工件推向工具，使工件实际切深增加，如图 4-23（a）所示。而当离心力背向刀具时，就将工件推离刀具，使实际切深减小，如图 4-23（b）所示。由此可知，这都将使工件产生圆度误差。

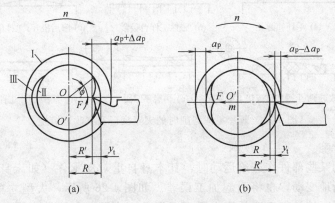

图 4-23　由惯性力引起的加工误差

设刀尖与回转轴线间的调整距离为 $R$，在离心力作用下车床头架的变形为 $y_t$，则刀尖与工件回转轴线间的实际距离 $R'$ 为

$$R' = R - y_t \qquad (4\text{-}9)$$

再设车床头架的刚度为 $k_t$，力 $F$ 的方向与 $y$ 轴的夹角为 $\phi$，则由离心力 $F$ 引起的头架在 $y$ 方向上的变形为

$$y_t = \frac{F\cos\phi}{k_t} \qquad (4\text{-}10)$$

代入式（4-9）得

$$R' = R - \frac{F\cos\phi}{k_t} = R\left(1 - \frac{F}{Rk_t}\cos\phi\right)$$

当 $\phi = 0$ 时，$y_t = F/k_t$ 使头架右移，切深增加；

当 $\phi = \pi$ 时，$y_t = -F/k_t$ 使头架左移，切深减小。

因此工件的圆度误差为

$$\Delta = \frac{F}{k_t} - \left(-\frac{F}{k_t}\right) = \frac{2F}{k_t}$$

当在加工时工件存在偏心时，可以在不平衡质量的反向加平衡块，以使两者的离心力相互抵消；还可以降低转速以减小离心力对加工精度的影响。

（3）夹紧力的影响

刚性较差的工件，若夹紧力施加不当，常常会引起工件的变形而造成几何形状误差。图 4-24 所示为用三爪卡盘夹持薄壁筒类零件时的情况。图 4-25 所示为磨削薄片零件时的情况。

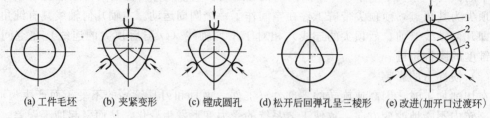

（a）工件毛坯　　（b）夹紧变形　　（c）镗成圆孔　　（d）松开后回弹孔呈三棱形　　（e）改进（加开口过渡环）

图 4-24　套筒零件夹紧变形误差及其改进措施

1—三爪；2—工件；3—开口过渡环

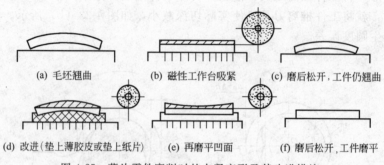

（a）毛坯翘曲　　　　（b）磁性工作台吸紧　　　　（c）磨后松开，工件仍翘曲

（d）改进（垫上薄胶皮或垫上纸片）　　（e）再磨平凹面　　（f）磨后松开，工件磨平

图 4-25　薄片零件磨削时的夹紧变形及其改进措施

（4）重力的影响

大型机床中的某些部件作进给运动时，其本身自重对支承件（如床身、横梁、立柱等）的作用点位置不断地变动，也将引起加工误差。如图 4-26 所示，大型立车在刀架自重的作用下产生横梁变形，使被加工工件产生平面度误差（中凹）和圆柱度误差（锥度）。工件的尺寸越大，所产生的加工误差也越大。

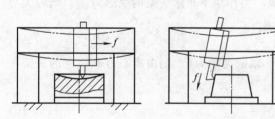

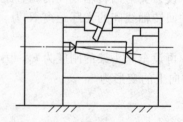

图 4-26　立车部件的自重引起的加工误差　　　　图 4-27　工件自重引起的加工误差

当工件的尺寸较大时，也会因其自重引起的变形而产生加工误差。图 4-27 所示为在靠模车床上加工尺寸较大的光轴，由于车床尾座的刚度较头架低，车床头架和尾架在工件自重的作用下所产生的受力变形不同，位移的方向又是影响加工精度的方向，因此在工件上产生了锥度误差。但此误差可通过调整靠模板的斜度来抵消尾座下沉对加工精度的影响。

（5）减小工艺系统受力变形的措施

减小工艺系统的受力变形是切削加工中保证加工质量和提高产量的有效途径。根据长期的生产实践，可以采取以下措施。

① 提高机床各部件间的接触刚度。

a. 减小表面粗糙度及平面度、直线度误差。

b. 合理选用相互配合的两个零件接触表面的材料或经表面强化以提高抵抗接触变形的能力。

c. 合理地设计零部件结构、断面形状，恰当地设置加强肋，以提高零部件的刚度。

d. 尽量减小连接零件的数量和结合面数量是提高接触刚度最有效的方法。

e. 采用预加载荷的方法来提高结合面的接触刚度。

② 提高刀具与工件的刚度。在加工中可采取增设辅助支承、减小悬伸量、增大刀杆直径等措施。

③ 合理地安装工件，减小夹紧变形和切削力引起的变形。如图 4-28 所示，（b）显然比（a）合理，加工时工件的变形可大大地减小。

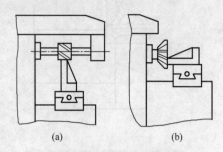

图 4-28　铣角块零件时的两种安装方法的比较

## 4.2.8　工艺系统的热变形

在机床上进行加工时，工艺系统受到切削热、摩擦热和阳光及取暖设备的辐射热等的影响，因此工件、刀具及机床的许多部分都会因温度的升高而产生复杂的变形，从而改变它们之间的相互位置，破坏工件和刀具之间的相对运动的正确性，改变已调整好的加工尺寸，引起背吃刀量和切削力的改变，以及破坏传动链的传动精度等，所以工艺系统的热变形对加工精度具有很大的影响。

（1）机床热变形引起的加工误差

由于各类机床的结构和工作条件相差很大，所以引起机床热变形的热源和变形形式也是各不相同的。

车床工作时，热源主要由床头箱中轴承和齿轮在运转时的摩擦所引起，由于床头箱受热变形，主轴位置要升高，在水平方向也产生位移，影响加工精度较大的是水平方向上的位移。为了减少机床热变形的影响，一般在工作前开动机床后空转一段时间，在达到或接近热平衡后再进行加工。在加工有些精密零件时，尽管有不切削的间断时间，但仍让机床空转，以保持机床的热平衡。

图 4-29 所示为外圆磨床因床身壁板 1 和 2 受热不均匀而使工作台偏转，工件从实线位置移到双点划线位置。床身壁板受热不均匀，是因为液压系统的输油管路和输送冷却液的电泵，以及位于床身右方盛油和盛冷却液的箱子 3 和 4。比壁板 1 更靠近热源的壁板 2 还要受热空气流的影响，因此壁板 2 伸长较多。为了改变这种状况，有些机床将液压油箱、冷却液箱和电动机等置于床身之外，以减少温升。

（2）工件热变形引起的加工误差

工件所受的热主要来自切削区域，切削热的分布情况如图 4-30 所示。加工精密零件或薄壁零件时，加工环境的温度变化也会产生明显的影响。均匀的温度变化，将使工件的尺寸变化；而不均匀的温度变化，会改变工件的形状。

为了减小工件的热变形，可采取以下措施：

① 采取强烈冷却；

② 提高切削速度，使大部分切削热来不及传至工件而随切屑带走；

③ 夹紧工件时，要考虑它们的线性热变形的补偿，如在磨床、多刀车床上采用弹簧后顶尖、液压后顶尖或气动后顶尖等柔性环节。

（3）刀具热变形引起的加工误差

刀具的热源主要来自切削热。虽然切削热传给刀具的比例较少，但刀具的体积小，故刀面上的温度还是较高的。如车刀的刀头受热后伸长，被加工工件的直径就会减小。

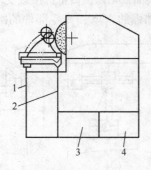

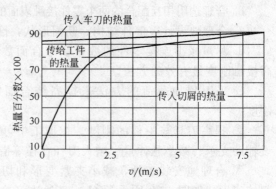

图 4-29 外圆磨床床身壁板受热不
均匀使工作台偏转

1,2—床身壁板；3—油箱；4—冷却液箱

图 4-30 切削热的分布

车刀的热变形与以下因素有关：

① 提高切削用量中的任一项，都能使车刀的伸长量增加；

② 车刀热伸长量与刀杆横剖面尺寸近似成反比；

③ 硬质合金刀片愈厚，车刀的热伸长量愈小；

④ 车刀的热伸长量与被加工材料的强度极限近似成正比；

⑤ 有冷却液时，车刀的热伸长量可大为减小。

### 4.2.9 工件内应力（残余应力）

当工件的外力去除后，仍残留在工件内部的应力称为内应力，也称为残余应力。内应力是由于金属内部宏观或微观的组织发生了不均匀的体积变化而产生的。它来自热加工和冷加工。内应力总是拉伸应力和压缩应力并存而处于平衡状态，也就是其合力等于零。存在内应力的零件处于一种不稳定的状态。当零件所处环境发生变化时，如温度的改变或工件表面被切除一层金属，则原来的内应力平衡状态被破坏，工件将发生形状变化，并形成新的平衡状态，这个过程称为内应力的重新分布。

内应力经过一个阶段后，会自动地逐步消失，同时零件的形状发生变化。

工件产生内应力的原因，从工艺过程来说，它是由于零件材料不均匀的体积变化所引起的，原因有：

① 零件不均匀的加热和冷却；

② 零件材料金相组织的转变；

③ 强化时塑性变形的结果；

④ 零件机械加工后，其表面也会产生内应力。

### 4.2.10 其他原因

（1）测量误差

测量误差是指工件实际尺寸与量具测出的尺寸之间的差值。测量误差主要是由计量器具本身存在误差、测量方法的误差、温度的影响等因素造成的。

（2）调整误差

在进行切削加工时，为了获得图纸规定的尺寸，就必须对机床、刀具及夹具进行调整。在单件、小批生产中，通常是采用试切法来调整的；而在成批或大批大量生产中，则采用调整法。

在采用试切法时，会存在误差；同样，在调整法中，对刀有误差，而挡块、电器行程开关、行程控制阀等的精度和灵敏度都会影响到调整的正确性，即存在着调整误差。

# 4.3　提高加工精度的工艺途径

前面已经讨论了各种因素原始误差对加工精度的影响。为了保证和提高加工精度，必须根据产生加工误差的主要原因，采取相应的误差预防或误差补偿等有效的工艺措施来直接控制原始误差或控制原始误差对零件加工精度的影响。

## 4.3.1　减小误差法

在查明影响加工精度的主要原始误差因素后有针对性地采取措施，以消除或减小误差。

如在车细长轴时，因工件的刚性很低，容易产生弯曲变形和振动，如图 4-31 （a）所示。"车工怕细长"说明了细长轴加工的难度。为了减小因吃刀抗力使工件弯曲变形所产生的加工误差，除采用跟刀架减小工件的弯曲变形外，还采用了反向进给的切削方式，如图 4-31 （b）所示。进给方向由卡盘一端向尾架进给，使轴向切削力 $F_x$ 对工件是拉伸作用而不是压缩。

采用有伸缩性的弹性后顶尖，既可避免工件从切削点到尾架一段的受压而产生弯曲，又使工件的热伸长量可以得到补偿。

在反向进给时采用大进给量和较大主偏角的车刀，以增大 $F_x$，使工件受到更大的拉伸作用，它可以抑制振动，使切削过程平稳。

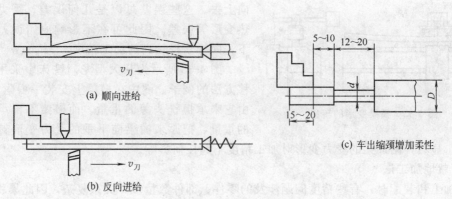

(a) 顺向进给

(b) 反向进给

(c) 车出缩颈增加柔性

图 4-31　车细长轴的方法比较

在卡盘一端的工件上车出了一个如图 4-31 （c）所示的缩颈部分，缩颈直径 $d \approx D/2$（$D$ 为工件坯料的直径）。工件在缩颈部分的直径减小了，柔性增加了，起到了类似万向接头的作用，消除了由于坯料本身的弯曲而在卡盘强制夹持下轴心线歪斜的影响。

## 4.3.2　误差补偿法

误差补偿就是人为地造出一种新的原始误差来抵消原有的原始误差。尽量使这两个误差大小相等，方向相反，从而达到消除或减小加工误差、提高加工精度的目的。

误差补偿在生产中被广泛采用。图 4-32 所示为精密丝杆车床中用校正机构提高机床的传

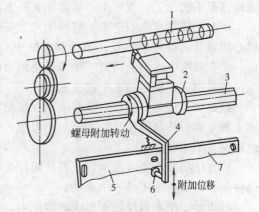

图 4-32　螺纹加工校正装置

1—工件；2—螺母；3—车床丝杆；4—摆杆；
5—校正尺；6—滚柱；7—校正曲线

动链精度。

在精密丝杆车床上，机床传动链误差将直接反映到被加工工件的螺距上，使精密丝杆的加工精度受到影响。为了提高精密丝杆的加工精度，采用了误差补偿原理以消除或减少传动链的误差。

车床螺母2与摆杆4连接，摆杆4的另一端装有和校正尺5接触的滚柱6。当丝杆转动时，滚柱就沿校正尺移动。由于校正尺5上预先已加工出与丝杆螺距误差相对应的曲线，所以就使得摆杆4上下摆动，螺母2就相对地产生了附加转动。当螺母与丝杆作反向转动时，螺距就增大；作同向转动时，螺距则减小。从而以校正尺的人为误差抵消丝杆的螺距误差，使加工精度得到提高。

### 4.3.3 误差分组法

在机械加工中常会由于毛坯或半成品的误差引起定位误差或误差复映，造成本工序的加工误差超差的现象。

可根据误差复映的规律，在加工前将这批工件按误差的大小分为 $n$ 组，每组工件的误差范围就缩小为原来的 $1/n$。然后再按各组工件的加工余量或有关尺寸的变动范围，调整刀具与工件的相对位置或选用合适的定位元件，使各组工件加工后的尺寸分布中心基本一致，大大地缩小了整批工件的尺寸分散范围。该办法比起直接提高本工序的加工精度要简便易行。

### 4.3.4 转移误差法

误差转移是把影响加工精度的原始误差转移到误差的非敏感方向或不影响加工精度的方

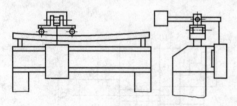

图 4-33 横梁变形的转移

向上去。这些误差可以是几何误差、受力变形和热变形等误差。因此可在不影响原始误差的情况下，同样获得较高的加工精度。

图 4-33 所示为某大型龙门铣床中采用误差转移方法的例子。图中在横梁上安装一根附加的梁，由它来承担铣头等的重量。而横梁不再承受铣头的重量，把原来横梁向下垂的受力变形转移到附加梁上。显然，附加梁的受力变形对加工精度不起任何影响。

### 4.3.5 就地加工法

在加工和装配时，有些精度问题涉及的零件、部件数量多，关系复杂，因此累积误差过大。如果采用提高零部件的加工精度的方法，将使相关的零件加工精度要求过高，使得加工困难甚至不能加工。而采用"就地加工"方法就可以很好地解决这个问题。

例如在转塔车床制造中，转塔上六个安装刀架的大孔轴心线必须保证与机床主轴旋转的轴心线重合，而六个平面又必须和主轴中心线垂直。如果把转塔作为单独零件加工这些表面，要在装配中达到上述两项要求是很困难的，因为它包含了很复杂的尺寸链关系。因此在生产中采用了"就地加工"的方法。

就地加工法的方法是：这些表面在装配前不进行精加工。在转塔装配到机床上后，在主轴上装上镗刀杆和能作径向进给的小刀架，分别镗六个大孔和车六个端面。这样就可以很方便地保证加工精度。

该方法的要点是：要求保证部件间什么样的位置关系，就在这样的位置关系上利用一个部件装上刀具去加工另一个部件。

就地加工法不但应用于机床的装配中，在零件的加工中也常常作为保证加工精度的有效措施。如在机床上"就地"修正花盘和卡盘平面度及卡爪的同轴度；在机床上"就地"修正夹具的定位面等。

### 4.3.6　误差均分法

误差均分就是利用有密切联系的表面之间的相互比较和相互修正或利用互为基准进行加工，以达到很高的加工精度。例如研磨时的研具精度并不是很高，分布在研具上的磨料颗粒尺寸大小也可能不一样，由于研磨时工件和研具的相对运动，使工件上各点均有机会与研具的各点相互接触并受到均匀的微量切削，工件与研具相互修正，接触面不断扩大，高低不平处逐渐接近，几何形状精度也逐渐共同提高，并进一步使误差均化，所以就能获得精度高于研具原始精度的加工表面。

精密的标准平板就是利用三块平板相互对研，刮去最高点，逐步提高这三块平板的平面度。一些精密的偶合件，如轴孔与轴径的配研、精密分度盘副的配研等都是采用这种加工方法加工的。

## 4.4　表面质量的影响因素

### 4.4.1　切削加工后的表面粗糙度

切削加工后工件的表面粗糙度主要由几何因素、物理因素及机床-刀具-工件系统的振动等因素形成。

（1）几何因素

在理想的切削条件下，刀具相对于工件作进给运动时，刀尖在工件表面上留下的残留面积如图 4-34 所示，形成表面粗糙度，其最大高度为 $R_{\max}$，它与工件每转进给量 $f$、刀尖圆弧半径 $r_{\varepsilon}$、主偏角 $\kappa_{\mathrm{r}}$ 和副偏角 $\kappa_{\mathrm{r}}'$ 等有关。设 $r_{\varepsilon}=0$，由几何关系可得

$$R_{\max}=\frac{f}{\cot\kappa_{\mathrm{r}}+\cot\kappa_{\mathrm{r}}'}$$

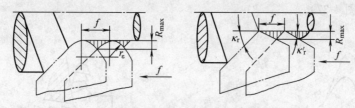

图 4-34　车削时的残留面积高度

实际车刀刀尖总有圆弧半径，因此可得

$$R_{\max}\approx\frac{f^2}{8r_{\varepsilon}}$$

由此可见，减小进给量 $f$、减小主偏角 $\kappa_{\mathrm{r}}$ 和副偏角 $\kappa_{\mathrm{r}}'$、增大刀具圆角半径 $r_{\varepsilon}$ 都可使残留面积高度 $R_{\max}$ 减小，从而减小表面粗糙度。

（2）物理因素

由于存在着与被加工材料的性能及其切削机理有关的物理因素，因此切削加工后的实际表面粗糙度与理论值往往存在着较大的区别。

① 刀具的影响　在切削加工过程中刀具的刃口圆角及后面的挤压和摩擦，使金属材料产生塑性变形，致使理论残留面歪曲，因而增大了表面粗糙度。

② 积屑瘤的影响　切削钢件时，切屑沿着前面流动，在高温、高压和摩擦力的作用下，与前面接触的切屑层流动比较慢（滞流层）。在一定条件下，滞流层不随切屑一起流动，即

脱离切屑黏附在前面上而形成积屑瘤，如图 4-35 所示。它塑性变形很大，结晶组织已完全改变，因此它的硬度很高，在一定的时期内能代替刀刃进行切削，随着积屑瘤的逐渐增大，在加工表面上划出一些与切削速度同向的划痕。但当积屑瘤增大到一定程度时，作用在它上面的力失去平衡，则一部分积屑瘤破裂，随切削一起流走，一部分就黏附在工件上，使得加工表面粗糙。积屑瘤在加工过程中不断地形成、长大、破碎，周而复始，使工件表面粗糙度增大。

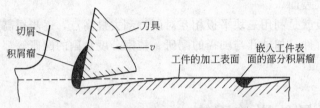

图 4-35　积屑瘤对工件表面质量的影响

积屑瘤的成长与切屑速度有着密切的关系，如图 4-36 所示。

所以在加工钢件时，低速切削和高速切削对减小工件的表面粗糙度都是有利的，在生产实践中，精加工时应以低速或者高速切削以避免积屑瘤的形成。如精铰孔时（IT7，$Ra0.63\sim2.5\mu m$），一般以 $v=0.033\sim0.08m/s$ 的低速，并加冷却液以减少摩擦。而在精车时，则采用高速切削（$v>1.33m/s$）。

积屑瘤的形成也与工件材料的塑性和硬度有关。

③ 鳞刺的影响　鳞刺是指在已加工表面上出现的鳞片状毛刺，它大大地增加了工件的表面粗糙度。在加工中出现鳞刺是由于切削在前面上的摩擦和冷焊作用造成周期性地停留（暂时不沿前面流出），代替刀具的前面进行挤压，造成切削层和工件之间出现撕裂现象，这一现象反复周期性地连续发生，因此在被加工工件表面上出现一系列的鳞刺，影响已加工表面的粗糙度（见图 4-37）。

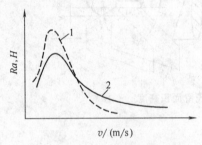

图 4-36　积屑瘤、表面粗糙度与
切屑速度之间的关系
1—积屑瘤；2—表面粗糙度

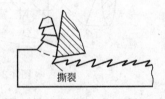

图 4-37　鳞刺的产生

在较低的切削速度下，用高速钢、硬质合金或陶瓷刀具，切削常用的塑性金属（低碳钢、中碳钢、铬钢、不锈钢和铝合金等），在车、刨、钻、插、滚齿和车螺纹等加工时，都有可能出现鳞刺。

④ 振动波纹　切削加工过程中的各种不稳定因素将会在切削系统中诱发产生振动，造成刀具和工件间产生一附加相对位移，使加工表面上出现周期性的纵横向波纹，增大表面粗糙度。产生振动的主要原因往往是工艺系统刚性不足，尤其是当径向分力 $F_y$ 较大时，情况将更为严重。

造成表面粗糙度的原因除了上述几个方面外，还有其他方面的一些原因，如由于刀刃粗糙不平整而复映在已加工表面上所造成的沟痕、后面和已加工表面的摩擦、切屑对已加工表面的拉毛等。

（3）表面粗糙度的影响因素及控制措施

凡是影响残留面积、积屑瘤、鳞刺和振动等的因素都会影响表面粗糙度。

① 工件材料　加工时工件材料塑性越低，硬度越高，则积屑瘤、鳞刺等现象减少，表面粗糙度就越小。因此，高碳钢、中碳钢、调质钢加工后表面粗糙度较小。加工铸铁时容易形成崩碎切屑，在同样条件下，铸铁加工后的表面粗糙度略高于中碳钢。

② 切削用量　切削用量三要素中，切削速度和进给量对表面粗糙度影响较大，背吃刀量对表面粗糙度没有显著影响。

切削速度是影响表面粗糙度的重要因素。在一定切削条件下，采用中等切削速度加工45 钢，由于积屑瘤的影响，表面粗糙度较大。若采用低速或高速来加工，可以避免积屑瘤和鳞刺的产生，从而获得较为光洁的表面。通常精加工总是采用高速或很低的切削速度，但应注意切削速度太高将可能引起振动。

降低进给量 $f$ 可以减少残留面积高度，降低加工表面粗糙度。但是进给量也不宜太小，以免切削厚度太小，刀具无法切下很薄的切屑，使刀具与加工表面间产生严重挤压，从而加剧刀具磨损和加工表面的冷硬程度。

③ 刀具几何角度　增大前角和后角，能使切削刃锋利，减少切屑的变形和前、后面间的摩擦，抑制积屑瘤和鳞刺的产生。此外，增大前角可减小径向切削分力 $F_y$，防止振动，减小表面粗糙度。但后角也不宜过大，过大的后角将可能导致振动。

减小主偏角和副偏角，增大刀尖圆弧半径，可使残留面积高度降低，从而减小表面粗糙度，但当工艺系统刚性不足时容易引起振动，反而会恶化加工表面质量。

④ 切削液　在低速精加工时，合理地选择与使用切削液，可显著地减小表面粗糙度。因为切削液有冷却润滑作用。加工中使用切削液可降低切削温度、减小摩擦、抑制或消除积屑瘤和鳞刺的产生。此外，切削液还能起冲洗与排屑的作用，可保证已加工表面不被切屑挤压刮伤。

### 4.4.2　磨削加工后的表面粗糙度

磨削加工与切削加工有着很多不同之处。磨削加工是用砂轮表面大量的形状和分布很不均匀、很不规则的磨粒作为刀刃进行"切削"的加工，同时，砂轮的工作表面将随着磨粒的修正、磨粒的脱落而不断地改变。磨削后的被加工表面是由这些磨粒的"切出"非常细密的刻痕而组成的。因工件的被加工表面单位面积上通过的磨粒数非常多，所以磨削加工可以得到较小的表面粗糙度，故磨削加工一般作为精加工，往往是最后的加工工序，特别是淬硬后工件的精加工。

在磨削过程中，磨粒大多具有很大的负前角，因而产生了比切削加工大得多的塑性变形，增大了被加工工件的表面粗糙度。

影响磨削加工后工件表面粗糙度的主要因素有以下几方面。

（1）砂轮

对于砂轮主要考虑粒度、硬度、组织、磨料和修正等因素。

① 粒度　砂轮的粒度愈细，则砂轮工作表面上的单位面积的磨粒也愈多，加工时在工件上的刻痕也愈细密，则表面粗糙度值愈小。

② 硬度　砂轮的硬度是指磨粒在磨削力的作用下从砂轮表面脱落的难易程度。黏结剂的黏结力愈大，砂轮的硬度就愈高。砂轮的软硬与磨粒本身的硬度无关，它与被加工工件的

材料、加工要求有关。砂轮硬度太硬，则加工时当磨粒钝化后不易脱落，太软就太易脱落，这样都会减弱切削作用，影响表面粗糙度的减小。

③ 组织　砂轮的组织是表示砂轮内部结构松紧程度的参数。砂轮的总体积由磨粒、黏结剂和气孔构成，通常用磨粒所占砂轮总体积的百分比来表示，它分为紧密（0～1）、中等（5～8）和疏松（9～14）三大级，共 15 个号。

砂轮组织的松紧会直接影响到磨削加工的生产率和表面质量。组织紧密能获得高精度和小的表面粗糙度；而组织疏松的砂轮加工时不易被堵塞，适合加工较软材料的工件。

④ 磨料　砂轮中磨粒的材料称为磨料，它是砂轮的主要组成部分，直接担负着切削任务，应具有极高的硬度、耐磨性、耐热性和韧性。

磨料可分为天然磨料和人造磨料两大类。天然磨料一般因其质地不均匀、含杂质多和价格昂贵而很少采用。人造磨料主要有刚玉类、碳化硅类和高硬类等。

⑤ 修正　砂轮的修正对磨削表面粗糙度影响很大，用金刚石修正砂轮相当于在砂轮工作表面上车出一道螺纹，修正导程和切深愈小，修正出的砂轮就愈光滑，磨削刃的等高性也愈好，因而磨出的工件的表面粗糙度也就愈小。

此外砂轮的旋转质量的平衡问题也对磨削加工的表面粗糙度有影响。

（2）磨削用量

磨削用量主要有砂轮的速度、工件速度、轴向进给量、磨削深度及空走刀次数等。

① 砂轮速度　砂轮速度高，则每个磨粒在单位时间内切除的金属少，切削力相应就小，热影响区较浅，单位面积的划痕多，塑性变形速度可能跟不上磨削速度，因此表面粗糙度值小。砂轮速度对被加工工件表面粗糙度影响的实验曲线如图 4-38 所示。

② 工件速度　工件速度对被加工工件表面粗糙度的影响与砂轮速度相反，当工件速度高时，将使表面粗糙度增大。工件速度对被加工工件表面粗糙度影响的实验曲线如图 4-39 所示。

③ 轴向进给量　轴向进给量取小值，则在单位时间内加工的长度就短，故表面粗糙度减小。

④ 磨削深度　磨削深度（背吃刀量）$a_p$ 对被加工工件的表面粗糙度影响很大。当磨削深度增大时，加工时工件材料相应的塑性变形也将增大，从而增大了被加工工件的表面粗糙度，当然磨削加工的生产率也随

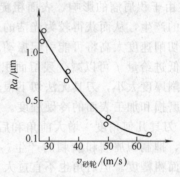

图 4-38　砂轮速度对表面粗糙度的影响曲线

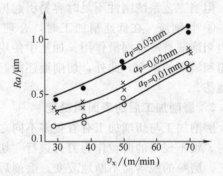

图 4-39　工件速度对表面粗糙度的影响曲线

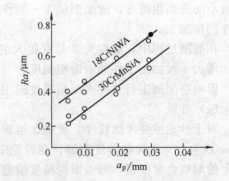

图 4-40　磨削深度对表面粗糙度的影响曲线

之降低。图 4-40 所示为磨削深度对被加工工件表面粗糙度影响的实验曲线。生产中通常在磨削开始时采用较大的磨削深度，目的是提高生产率，而在最后则采用小的磨削深度甚至无进给磨削，以降低被加工工件的表面粗糙度。

此外，工件材料的硬度、冷却液的选择与净化等对磨削表面粗糙度的影响亦不容忽视。

### 4.4.3　机械加工后表面层物理力学性能的影响因素

加工过程中工件由于受到切削力、切削热的作用，工件的表面层金属的物理力学性能将发生很大的变化，因而造成与里层材料性能有很大的不同。最主要的变化是表面层的金相组织的变化，以及在表面层中产生残余应力、冷作硬化。而不同的被加工材料在不同的切削条件下将产生不同的表面层特性。

工件已加工表面的显微硬度是加工时塑性变形引起的冷作硬化和切削热产生的金相组织变化引起的硬度变化的综合作用的结果。表面层的残余应力也是金属塑性变形引起的残余应力和切削热产生的热塑性变形和金相组织变化引起的残余应力的综合作用的结果。

（1）加工表面的冷作硬化

切削（或磨削）加工过程中在表面层产生的塑性变形使晶体间产生剪切滑移，晶格严重扭曲，致使晶粒拉长、破碎和纤维化，从而引起材料的强化，导致表面层的强度和硬度都提高，这就是冷作硬化。

表面层冷作硬化的程度取决于产生塑性变形的力、速度以及变形时的温度。切削力愈大，则产生的塑性变形也愈大，因而硬化程度也就愈大；而切削速度愈大，则塑性变形的时间愈短，变形愈不充分，所以硬化程度减小。变形时的温度不仅影响塑性变形程度，还会影响变形后金相组织的恢复。

在车、铣、刨等加工过程中，由切削力引起的塑性变形起主导作用，因此加工硬化较明显。

磨削加工时温度比切削温度高得多，因此在磨削过程中由磨削热及冷却条件决定的弱化或金相组织变化起主导作用。

在某些情况下，表面层的硬化可以增加工件的耐磨性和疲劳强度，但切削或磨削加工引起的加工硬化常伴随着大量的显微裂纹，当硬化较为严重时，硬化过度反而会降低耐磨性和疲劳强度。故切削加工时，总是努力减轻加工硬化。

影响冷作硬化的主要因素如下。

① 刀具的影响　刀尖的前角、刃口圆角和后面的磨损量对于冷硬层的影响很大。减小刀具的前角、刃口及后面的磨损量增大，冷硬层的深度和硬度也随之增大。

② 切削用量的影响　当切削速度增大时，硬化层的深度和硬度都将减小。因为一方面切削速度增大会使切削温度增高，有助于冷硬的回复，而另一方面由于切削速度大，刀具与工件的接触时间短，塑性变形程度减小。

当进给量增大时，切削力增大，塑性变形程度相应增大，故硬化程度增大。

③ 被加工材料的影响　被加工材料的硬度愈小、塑性愈大，切削加工后的冷硬愈大。

（2）加工表面层的残余应力

在没有外力作用下零件上存留的应力称为残余应力。残余应力可分为残余压应力和残余拉应力。残余拉应力将对零件的使用性能产生不利的影响。而适当的残余压应力可以提高零件的疲劳强度，因此常常在加工时有意使工件产生一定的压应力，如滚压工件的表面、对工件表面进行喷丸处理等。但过大的残余压应力可能导致工件表面的显微裂纹。

当切削（磨削）加工过程中，加工表面层相对基体材料发生形状、体积或金相组织的变化时，加工表面层中将产生残余应力。残余应力的大小是随着深度的变化而变化的。最外层的残余应力和内层的符号相反、相互平衡。产生残余应力的主要原因有以下三个方面。

① 冷塑性变形的影响　加工时在切削力的作用下，被加工表面层受到切削力作用而产生拉应力。外层应力较大，产生伸长塑性变形，表面积增大；内层应力较小，处于弹性变形状态。切削力去除后内层材料趋向复原，但此时将受到外层已塑性变形的金属的限制。所以外层产生残余压应力，而内层产生残余拉应力，且内、外层应力相互平衡，如图 4-41 所示。

② 热塑性变形的影响　切削加工时，在切削热的作用下，外层温度比内层高，外层产生的热膨胀比内层大，因此外层的热膨胀受到内层的限制而产生压应力，内层则产生拉应力。当外层的温度达到一定的值，此时热应力超过材料的屈服极限时，就将产生热塑性变形，外层材料在压应力作用下相对缩短。当切削过程结束，工件温度逐渐下降到与内层温度一致时，因外层已发生热塑性变形，但受到内层的限制而产生了残余拉应力，内层则产生了残余压应力，如图 4-42 所示。

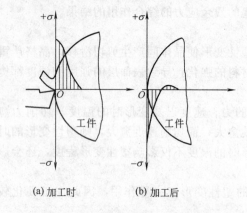

(a) 加工时　　(b) 加工后

图 4-41　由冷塑性变形产生的残余应力

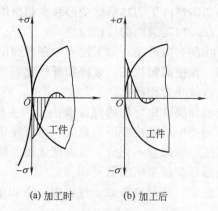

(a) 加工时　　(b) 加工后

图 4-42　由热塑性变形产生的残余应力

③ 金相组织变化的影响　切削加工时，当切削热高到超过材料的相变温度时，将引起表面层的相变。不同的金相组织有不同的密度，所以相变也将引起体积的变化。由于基体材料的限制，表面层在体积膨胀时将产生压应力，缩小时将产生拉应力。各种金相组织中马氏体密度最小，奥氏体密度最大。即马氏体密度 $\gamma_马 = 7.75 \text{g/cm}^3$，珠光体密度 $\gamma_珠 = 7.78 \text{g/cm}^3$，奥氏体密度 $\gamma_奥 = 7.96 \text{g/cm}^3$。

磨削淬硬钢时若表面层产生回火现象，则马氏体转化为索氏体或屈氏体（这两种组织均为扩散度很高的珠光体），因为体积缩小，表面层产生残余拉应力，内层产生残余压应力。若表面层产生二次淬火现象，则表面层产生二次淬火马氏体，其基体比内层的回火组织大，因而表面层产生压应力，内层产生残余拉应力。

（3）磨削烧伤与裂纹

磨削加工时，磨削区的瞬时温度有时达到甚至超过相变温度，引起表面层金相组织的变化，使表面层的硬度下降，并伴随产生表面残余拉应力甚至出现细微裂纹，同时出现彩色的氧化膜（色彩随温度的不同、膜厚的不同而变化），这就是磨削烧伤。磨削烧伤使零件性能和使用寿命大大降低，应尽量避免。

① 回火烧伤　对淬硬钢进行磨削时，若磨削区的温度超过原来的回火温度而造成二次回火，表面层的回火马氏体有部分会继续转变为硬度较低的回火索氏体、屈氏体组织，且它们的密度比马氏体小而产生收缩，受内层阻碍产生残余拉应力。

② 淬火烧伤　磨削淬硬钢时，当磨削温度超过（对一般中碳钢，$A_{c3}$ 约为 720℃）线时，在切削液的急冷作用下，工件最外层将出现二次淬火马氏体组织。其密度比内层的回火马氏

体大，因而表面层出现残余压应力，硬度将比原来的回火马氏体高。但这一层既薄又脆，在该层的下面与基体所夹的一层，受到外层的热影响又会有部分变为回火组织，呈现残余拉应力。

③ 退火烧伤　干磨削时，当磨削区的温度超过 $A_{c3}$ 线时，表面层的金属空冷冷却深度比较缓慢而造成退火，生成退火组织，其硬度、强度均大幅下降。

当采用无进给磨削时，尽管可以去除烧伤色，但烧伤层依然存在，会给工件留下使用隐患。

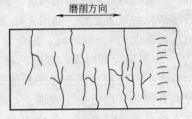

图 4-43　磨削裂纹

④ 磨削裂纹　磨削时，常常产生相变和热塑性变形引起的拉应力，当残余拉应力超过材料的强度极限时，零件表面就会产生裂纹，有的裂纹也可能不在工件的表面上，而是在表面层下面，成为肉眼难以发现的缺陷。裂纹的方向常与磨削方向垂直或呈网状，如图 4-43 所示，裂纹的产生与烧伤同时出现。

磨削裂纹的产生与被加工材料及其热处理工序有着很大的关系。当磨削硬质合金时，由于它的脆性大、抗拉强度低和导热性差，故特别容易产生裂纹。当磨削高碳淬硬钢时，由于它的晶界脆弱，所以也容易产生磨削裂纹。工件在淬硬后如果存在残余应力，则即使在正常的磨削条件下也会产生裂纹。渗碳、渗氮时如果工艺处理不当就会在表面层晶界上析出脆性的碳化物、氮化物，在磨削时的热应力作用下就容易沿着这些组织产生脆性破坏，从而出现网状裂纹。

（4）影响磨削烧伤的工艺因素

减轻磨削烧伤的根本途径是减小磨削热、加强散热，同时也应考虑减小烧伤层的厚度。

① 磨削用量　改变磨削用量时，工件残余应力的分布和大小会有很大的变化。其中磨削深度 $a_p$ 影响最大，如图 4-44 所示。随着砂轮切深的增加，残余应力增大，同时残余应力的深度也随着增加。当切深减小到一定值后可以得到低残余应力的表面层。

砂轮速度增大时，工件表面层的温度会增加，但同时表面与热源的接触时间将减小，热量不容易传入内层，烧伤层将变薄。这层很薄的烧伤层有可能在以后的无进给磨削、精磨、研磨和抛光等工艺中被除去。图 4-45 所示为降低砂轮速度时能得到的残余应力。由于降低砂轮速度会影响磨削加工的效率，所以生产中一般不大采用。

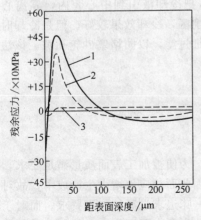

图 4-44　磨削切深 $a_p$ 对残余应力的影响

1—切深 0.05mm/行程；2—0.025mm/行程；

3—低残余应力

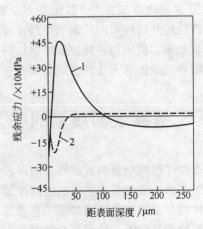

图 4-45　砂轮速度对残余应力的影响

1—砂轮速度 30m/s；2—砂轮速度 10m/s

② 砂轮　首要问题是合理选择砂轮。一般不要用硬度太高的砂轮，以保证砂轮在磨削过程中具有良好的自锐性。选择磨料时，应考虑它对磨削不同材料工件的适应性。采用橡胶黏结剂的砂轮，有助于减轻工件表面层的烧伤。因橡胶黏结剂的弹性较好，当磨粒受到过大的切削力时可产生弹让作用，从而使磨削深度减小，减小切削力和表面层的温度。

增大磨削刃间距，可使砂轮和工件间断接触，这样工件的受热时间缩短，改善了散热条件，能有效地减轻热损伤程度。例如在生产中常常用粗修整的砂轮、疏松组织的砂轮等，使用开槽砂轮的效果更好，如图 4-46 所示。有时还在磨床上，直接用带有螺旋线的滚轮在砂轮上滚压出宽度为 1.5~2mm、深度为 0.5~1mm、与砂轮轴线成 60°角的螺旋槽。

③ 提高冷却效果　现在的冷却方法往往冷却效果很差，由于高速旋转的砂轮表面上产生强大的气流层，以至于冷却液没有多少能够真正进入到磨削区，而常常是大量地喷注在已经离开磨削区的已加工表面上，而此时磨削热已进入工件的表面层造成了热损伤，故改进冷却方法是很有必要的。具体的方法如下。

a. 采用高压大流量冷却，不仅能增强冷却作用，而且还可以对砂轮的表面进行冲洗，使砂轮的空隙不易被切屑堵塞。此时机床应有防护罩，以防冷却液飞溅。

b. 为了减轻高速旋转砂轮表面高压附着气流的作用，可以加装空气挡板，如图 4-47 所示，使冷却液能顺利地喷注到磨削区。这对高速磨削更为重要。

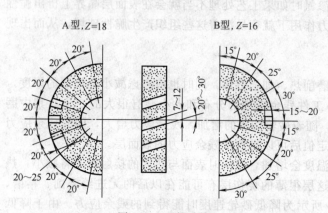

图 4-46　开槽砂轮

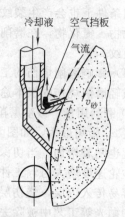

图 4-47　带空气挡板的冷却液喷嘴

④ 采用内冷却方法　砂轮是多空隙、能渗水的，把冷却液引到中心腔内，靠离心力作用从砂轮的外圆周喷出，因而冷却液可以直接到达磨削区，冷却效果较好。但是冷却时要形成大量水雾，机床需要加装防护罩，同时冷却液应仔细过滤，以防堵塞砂轮孔隙。该法的缺点是精磨时操作者无法观察磨削火花进行试切吃刀。

# 4.5　提高表面质量的工艺途径

在加工过程中影响表面质量的因素是非常复杂的。为使被加工表面质量满足要求，必须对加工方法、切削参数进行适当的控制，但同时也会因此而相应地增大生产成本，故对于一般零件应尽量采用常用的加工工艺来保证质量，不应一味追求过高的加工要求。而对于一些直接影响产品性能、使用寿命和安全工作的重要零件的主要表面则应加以控制，以便获得较高的表面质量。提高零件表面质量的加工方法大致可分为两种：一是着重于减小加工表面粗糙度；二是着重于改善表面层的物理力学性能。

### 4.5.1　减小表面粗糙度的加工方法

减小表面粗糙度的加工方法很多，但都在于保证很薄的金属切削层。

（1）控制磨削参数

磨削是一种很重要的精加工工艺方法，它既可以用低粗糙度磨削来代替光整加工，又可以用来高效磨削，使粗、精加工同时完成。而磨削参数对于产品的性能、寿命、安全等有直接的影响。对于表面质量的影响而言，有些磨削参数常常是相互矛盾的。如修整砂轮时，要降低粗糙度就应将砂轮修整的细些，但因此却易引起表面烧伤；而为了避免工件的烧伤，工件速度常取较大值，但又会增大表面粗糙度，同时容易引起颤振；磨削用量取小值又会大大降低生产率。所以在生产中，既要参考以往的加工经验及常用手册，又要在生产中不断地试验、比较和总结，从而获得相应的、符合实际的磨削用量。另外，在磨削加工时控制磨削温度对保证磨削表面质量亦非常重要。

（2）采用超精加工、珩磨等光整加工方法作为最终加工工序

超精加工、珩磨等磨削加工工艺都是利用磨条以一定的压力在工件的被加工表面上作相对运动以降低工件表面粗糙度和提高精度。一般用于粗糙度为 $Ra<0.1\mu m$ 表面的加工。因为这种加工切削速度低、磨削压强小，所以加工时产生的热量很少，不会产生热损伤，而且存在残余压应力。但加工余量合适时，还可以去除磨削加工的变质层。

采用超精加工、珩磨工艺虽然比直接采用精磨达到要求的粗糙度要多增加一道工序，但因为这些加工方法都是靠加工表面自身定位进行加工的，因而机床结构简单，精度要求低，而且大多设计成多工位机床，工人能进行多机床操作，所以生产效率较高，加工成本较低。因此在大批大量生产中得到了广泛的应用。

① 超精加工　超精加工是用细粒度的磨具（油石）对工件施加很小的压力，并作短行程低频往复振动和慢速进给运动，以实现微量磨削的一种光整加工方法。图 4-48 为超精加工示意。

对工件施加的压力为 $5\sim20MPa$，振动频率为 $8\sim35Hz$，振幅为 $1\sim5mm$。由于加工余量很小（$5\sim25\mu m$），所以超精加工难以修正加工尺寸、形状相对位置误差；其主要作用在于提高表面质量。

超精加工在加工初期由于工件表面粗糙度较大，只有少数凸峰与油石接触，比压极大，切削作用强烈，磨粒会产生破裂、脱落，因而磨粒锋利，工件表面凸峰很快被磨去。这时油石与工件

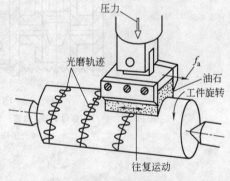

图 4-48　超精加工

接触面积逐渐增加，比压降低进入正常切削状态，工件表面变得平滑起来。随着加工的继续进行，磨粒被磨钝，切削作用减弱，油石的光滑表面对工件进行抛光，使工件表面呈现光泽。当润滑液在油石和工件表面之间形成连续油膜后，切削过程便自动停止。超精加工中切削液的作用是冲洗切屑和脱落的磨粒，并在油石和工件之间形成油膜。常用的切削液是80%的煤油加 20%的全损耗系统用油配制而成，使用时需经精细过滤。

超精加工实质上是先经历了低速低压的磨削加工过程，来除去工件表面的残留凸峰，因而磨削时发热极少，没有烧伤现象，同时利用磨粒复杂的运动轨迹及用磨钝的磨粒对工件表面进行抛光。经过加工，工件可获得表面粗糙度为 $Ra0.01\sim0.08\mu m$ 的精细表面。由于油石与工件为浮动接触，因此工件的相互位置精度及形状精度应由前道工序保证。超精加工的生产率高，所用设备简单，操作简便，适宜于加工轴类外圆柱表面，如汽车零件、精密量具

等超精加工。

② 珩磨　珩磨是用磨粒很细的油石在一定的压力下，低速进行的光整加工的方法。多用于圆柱孔的加工。

图 4-49 所示为一种简单的机械调压式珩磨头。磨头体 5 通过浮动联轴节与机床主轴连接，以消除机床主轴和工件内孔不同轴的问题。四块（也有三、五、六块的）油石 4 用黏结剂（或机械方法）与垫块 6 固结在一起，并装进磨头体 5 的槽中。垫块 6 两端由弹簧 8 箍住，使油石保持在磨头体 5 上。当转动螺母 1 时，通过调整锥 3 和顶销 7 使油石张开以调整磨头的工作尺寸及油石的工作压力。这种珩磨头因油石的磨损和孔径的增大，油石对孔壁的压力就不能保持恒定，因此在珩磨过程中，要经常停车转动螺母 1 来调整工作压力，从而影响了生产率。在成批大量生产的工厂，广泛采用气动、液动调节工作压力的珩磨头。珩磨头工作时有两种运动：旋转运动和轴向往复运动。由于两种运动的结果，油石上每颗磨粒在工件孔壁上磨出如图 4-50 所示的左右螺旋形的交叉痕迹。为使整个工件表面能均匀地被加工到，油石在孔的两端都要露出一段越程（大约为油石长度的 1/5～1/3）。

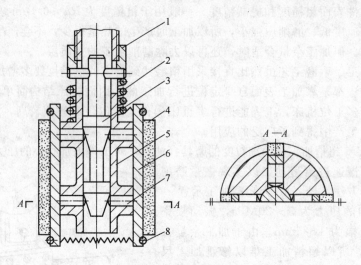

图 4-49　珩磨头
1—螺母；2—弹簧；3—调整锥；4—油石；5—磨头体；
6—垫块；7—顶销；8—弹簧

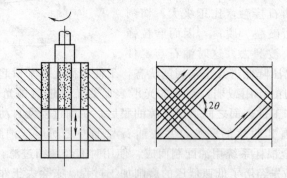

图 4-50　珩磨时磨粒的运动轨迹

珩磨时，由于在工件表面形成螺旋形的交叉痕迹，能获得 $Ra\ 0.08～0.63\mu m$ 的表面粗糙度；由于珩磨头的结构具有很大的径向刚度，因此工作平稳，不会出现振动，且余量很小，冷却润滑充分，所以切削温升小，加工表面破坏层浅，这些都有利于获得高的尺寸精度

（达 IT6～IT7）。珩磨时，油石总是对工件表面有压力，由于油石是用径向弹簧将它保持在珩磨头上，在孔径较小的地方，油石的压力就会自动增加，多磨掉一些金属；在孔径较大处，油石的压力就自动减小，被磨去的金属就少，最后使加工表面逐渐获得精确的圆柱度，其圆柱度或圆度可达 0.003～0.005mm 以内。

由于在珩磨时加工余量很小，为保证切削时余量均匀，珩磨头和机床主轴是浮动连接的，因此珩磨不能修正被加工孔轴线的位置误差和直线度误差。

在珩磨时，磨粒可能嵌入加工表面中，因珩磨常常是孔加工的最后工序，所以珩磨后要将工件洗净，否则会加速零件在工作过程中的磨损。珩磨不宜加工韧性的有色金属，因为油石容易被堵塞而不能正常工作。

珩磨是一种光整加工，珩磨前被加工表面必须经过精细加工。珩磨余量与孔径、珩磨前的加工方法及工件材料的性质有关。

珩磨前加工精度愈高，珩磨余量就愈小。珩磨余量过大时，将降低生产率，并难以得到正确的孔径。在大批大量生产中，珩磨前往往进行细镗（金刚镗）。珩磨通常分为粗、精珩两道工序。粗珩除去余量的 2/3～4/5，其余的由精珩除去，精珩只是去掉或修平粗珩所留下的凸峰。

珩磨头的旋转速度一般可取：加工铸铁为 1m/s 左右，钢为 0.5m/s，铝青铜和黄铜为 1.33～1.5m/s。珩磨头的轴向往复速度：加工铸铁或青铜时为 0.25～0.38m/s，钢为 0.2m/s。

油石的磨料根据工件材料的加工性能来确定。铸铁、未淬火钢件用碳化硅，钢件用刚玉，金刚石和立方氮化硼油石也获得广泛的应用。油石常用人造树脂作黏结剂，因树脂油石具有一定的弹性，且耐压性高，即使在高压下仍能保持其良好的切削性能，同时使用寿命长。油石的粒度要根据加工性质而定，粗珩采用较粗的磨粒（粒度号小），以获得较高的生产率；精珩用细的磨粒（粒度号大），以减小表面粗糙度。

珩磨时，油石与工件接触面积大，必须供应大量的清洁冷却润滑液。工件表面质量的好坏在很大程度上也取决于冷却液的使用是否恰当。珩磨铸铁和钢件时，多采用煤油，因煤油的黏性很小，表面张力不大，容易渗入到工件和油石间的缝隙中去，冲洗掉下的磨粒和切屑。珩磨时，在煤油中加入 10% 的机油或锭子油，能延长冷却液的使用期限，并减小表面粗糙度。

平顶珩磨是一种珩磨新工艺。它的特点是保证加工痕迹交叉角 $2\theta$ 为 45°～70°，并要求加工表面沟纹为如图 4-51 所示的平顶，且平顶总面积占 1/2～2/3。

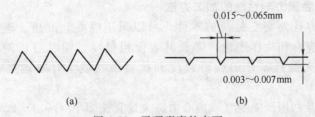

图 4-51　平顶珩磨的表面

加工时，工件在一次安装中完成粗、精珩的工作。粗珩时在工件表面加工出划痕较深的粗糙轮廓［见图 4-51（a）］，再通过精珩把这些划痕尖峰磨平而成平顶。粗珩用粗粒的金刚石油石，精珩用细粒的碳化硅油石。粗、精珩油石装在同一个珩磨头上，当粗珩到预定余量，油石还没有完全收缩回来之前，精珩油石即扩张出去，至精珩油石贴紧内孔表面，粗珩油石才缩回，这由珩磨头上的双油缸来实现。

具有这样网纹的平顶表面，其承载能力比一般珩磨的表面大，沟槽有储存足够润滑油的作用，可大大减小孔表面的磨损，提高机器零件的使用寿命。

③ 研磨　研磨是在研具和工件之间放入研磨剂，对工件表面进行光整加工的方法。研磨时，研磨剂受到工件或研具的压力作复杂的相对运动，部分磨粒被不规则的嵌入研具和工件表面。通过研磨剂的机械和化学作用，即可从工件表面切除一层极薄的金属，从而获得很高的加工精度和很小的表面粗糙度。

研具材料应比工件材料软，以使磨粒嵌入研具表面，对加工面进行切削挤压。为使研具磨损均匀和保持形状准确，研具的材料组织要均匀、有耐磨性，常用的研具材料为铸铁和青铜。研磨前要求工件应进行良好的精加工，研磨余量为 0.003～0.005mm，压力为 0.1～0.3MPa，研磨速度：粗研为 40～50m/min；精研为 10～15m/min。常见的研磨方法有手工研磨和机械研磨两种。

手工研磨的生产率低，研磨质量与工人的技术熟练程度有关，但它很简单，常用于中、小批生产中。

进行研磨时研磨套材料要求比较软，组织细密均匀且耐磨。最常用的是硬度为 120～160HB 的铸铁研磨套，它适用于加工各种工件材料，并且制造容易，成本低。另外也有用铜、巴氏合金、粉末冶金、塑料和硬木。

研磨时使用的研磨剂由磨料和油脂混合而成，磨料应具有较高的硬度，常用磨料有刚玉、铬刚玉、碳化硅、碳化硼、人造金刚石微粉等。

研磨液用来调和磨料和起冷却作用，以加速研磨过程。研磨液一般常用煤油或汽油，加入黏性较大而氧化作用较强的油酸、脂肪酸、硬脂酸或工业用甘油混合而成。

研磨可以获得很高的尺寸精度（IT5～IT6）和很小的表面粗糙度（$Ra0.04～0.16\mu m$）。若将偶合件互为研具进行对研，则可以达到极佳的气、液密封性，但它们只能成对使用，不具备互换性。

④ 抛光　抛光是在毡轮、布轮、带轮等软研具上涂上抛光膏，利用抛光膏的机械作用和化学作用，去掉工件表面粗糙度峰顶，使表面达到光泽镜面的加工方法。

抛光过程去除的余量极小，不容易保证均匀地去除余量，因此只能减小粗糙度值，不能改善零件的精度。

抛光轮弹性较大，故可抛光形状较复杂的表面。抛光材料可用氧化铝、碳化硅以及氧化铁、氧化铬等。磨粒粒度应视抛光要求的粗糙度而定。在抛光膏中还含有油酸和硬脂酸等成分，所以抛光过程也有化学作用。

### 4.5.2　改善表面层物理力学性能的加工方法

对于承受高应力且为交变载荷的零件，可以采用喷丸、滚压、辗光等表面强化工艺使表面层产生残余应力和冷作硬化，降低其表面粗糙度，同时可以消除磨削加工等工序的残余拉应力，大大提高零件的疲劳强度和抗腐蚀性能，有效地提高零件的物理力学性能。

① 喷丸　喷丸是利用压缩空气或离心力将大量直径细小（$\phi0.4～2mm$）的丸粒（钢丸、玻璃丸）高速（35～50m/s）向零件表面喷射的方法。它使零件的表面层产生很大的塑性变形，引起表面层的冷作硬化及残余压应力，喷丸强化可适用于任何复杂形状的零件。它的表面硬化层深度可达 0.7mm，表面粗糙度可从 $Ra2.5～5\mu m$ 减小到 $Ra0.32～0.63\mu m$。如果要得到更小的表面粗糙度，可以在喷丸后再进行小余量的磨削加工，但是必须注意磨削温度的控制，以免影响强化的效果。

喷丸后的零件使用寿命可提高数倍甚至数十倍。在磨削、电镀等加工工序后进行喷丸可有效地去除这些工序带来的有害残余拉应力。

② 滚压　用自由旋转的工具钢（T12、CrWMn、CrNiMn 等，淬硬 62～64HRC）制成的钢滚轮或钢珠，对零件表面施加压力，使表面层金属产生塑性变形，并可使粗糙度的波峰在一定程度上填充波谷，如图 4-52 所示。

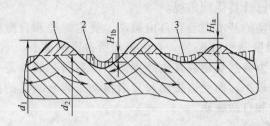

(a) 滚压时表面粗糙度的变化情况

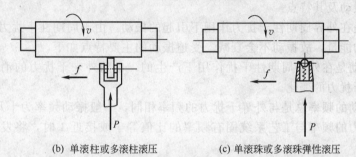

(b) 单滚柱或多滚柱滚压　　　(c) 单滚珠或多滚珠弹性滚压

图 4-52　滚压加工

1—峰；2—谷；3—填充层；$d_1$、$d_2$—滚压前、后的直径；

$H_{1a}$、$H_{1b}$—滚压前、后的表面粗糙度

滚压常常在精车或精磨后进行，适用于加工外圆、平面以及直径大于 $\phi 30mm$ 的孔。滚压方法使用简单，在普通车床上装上滚压工具即可进行，因此应用非常广。滚压加工可使表面粗糙度从 $Ra1.25～10\mu m$ 降到 $Ra0.08～0.63\mu m$，表面硬化深度达 $0.2～1.5mm$，硬化程度达 10%～40%。

③ 金刚石压光　用金刚石工具挤压加工表面，其运动关系与滚压不同，工具与加工面之间不是滚动，压光效果十分理想，如图 4-53 所示。金刚石工具修整成半径为 1～3mm、粗糙度小于 $0.012\mu m$ 的球面或圆柱面。由于金刚石的物理力学性能高，而且与金属接触时的摩擦系数小，所示消耗的动力和能量小，生产效率和表面质量很高。金刚石压光后工件表面产生压应力，零件疲劳强度显著提高。

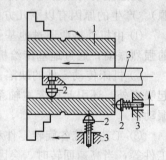

图 4-53　金刚石压光

1—工件；2—压光头；3—心轴

# 4.6　机械加工过程中的振动

机械加工过程中，工件与刀具之间常常发生强烈的相对振动。这种振动使表面粗糙度增大或产生明显的波纹，严重恶化了表面质量，加速刀具（或砂轮）和机器零件的磨损，从而降低加工质量。为了避免产生振动，常常不得不降低切削用量，致使刀具和机床的性能得不

到充分发挥，限制了生产率的提高。此外，振动产生的噪声还会损害操作工人的健康。随着现代工业的发展，对零件加工精度和表面质量的要求愈来愈高，一些精密零件的精度要求常在 $1\mu m$ 以下，表面粗糙度 $Ra$ 则小于 $0.02\mu m$，而且不允许出现波度。此时，加工过程中哪怕出现微小的振动也是不允许的。所以，研究机械加工过程的振动，弄清产生振动的原因，寻求消振、减振的措施，已日益受到重视。

机械加工过程中的振动的基本类型有自由振动、受迫振动和自激振动。根据资料统计，受迫振动约占 $30\%$，自激振动约占 $65\%$，自由振动所占比例很小。

自由振动是由于切削力突然变化或其他外界偶然因素引起的，是一种迅速衰减的振动，它对机械加工过程的影响较小。而受迫振动和自激振动是非衰减性的振动，其危害性较大。所以应重点关注受迫振动和自激振动。

### 4.6.1 受迫振动（强迫振动）

（1）受迫振动及其特点

受迫振动是在外界周期性干扰力作用下引起的振动。由于周期性干扰力所做的功补充了系统阻尼消耗的能量，故振动不会衰减。受迫振动的主要特点如下。

① 受迫振动是在外界周期性干扰作用下产生的，也随外来干扰力的消失而消失，振动本身不能引起干扰力的变化。

② 受迫振动的频率总是与外界干扰力的频率相同，一般振动频率为十几到 $100Hz$。

③ 当干扰力的频率与工艺系统固有频率的比值等于或接近 1 时，将发生共振现象，振幅达到最大值。

④ 受迫振动的振幅与干扰力、工艺系统刚度以及阻尼大小有关。干扰力越大、刚度和阻尼越小，则振幅越大。

（2）引起受迫振动的原因

受迫振动的振源可来自机床内部（称为机内振源），也可来自机床外部（称为机外振源）。产生的原因有以下几方面。

① 由机外振源通过地基引起的振动。如邻近锻压设备、冲床、刨床和通道上的汽车等的强烈振动，通过地基传给机床。

② 机床传动零件的缺陷。例如齿轮精度不高，传动时产生冲击；滚动轴承的误差除引起噪声外，还引起机床主轴系统的振动；平口带的接缝不良、三角带的厚薄不匀都会引起振动。

③ 工艺系统各旋转零件和工件不平衡。例如没有平衡好的砂轮、带轮、卡盘、花盘和工件等，当高速回转时，会因离心力方向的周期性变化而引起振动。

④ 切削不连续。例如端铣、刨、插加工，断续车削，以及砂轮硬度不匀和砂轮局部堵塞等，都会形成周期性变化的切削力从而引起振动。

（3）消除或减小受迫振动的途径

查明并清除（或隔离）外界周期性干扰力是消除受迫振动的最有效的方法。提高工艺系统刚度、增强阻尼，也可收到减振效果。

① 隔振　防止振动向刀具和工件传递。对机外振源可用橡皮垫或在机床基础四周挖防振沟阻止振源传入；或将有振源的设备隔离，防止振源外传；对机内本身的振源，也可采取隔离的办法，如将外圆磨床上的电动机通过隔振衬垫与机床弹性连接。

一般情况下应使锻压设备、冲床等远离切削加工机床，粗加工机床远离精加工机床。

② 消除或减小机内的干扰力　例如平衡好电动机转子、砂轮以及所有转速在 $600\,r/min$ 以上的机件、夹具和工件；断续切削时增加刀具同时工作的次数或降低切削用量；磨削时合

理选择砂轮的粒度和组织，以消除砂轮因堵塞而引起的振动。

③ 提高机床系统刚度和阻尼　例如调整轴承间隙和零部件之间的间隙以提高刚度；加强机床与地基的连接以提高刚度。

④ 改变振源频率，使其远离机床系统的固有频率，避免出现共振现象　例如改变铣床转速和刀齿数；采用不同齿距的铣刀或从镶片铣刀中取出若干刀齿等，往往也可以改变振动频率，使其不出现共振。

### 4.6.2　自激振动（自振）

（1）自激振动及其特点

自激振动也是一种不衰减振动，维护振动的交变干扰力，是由振动系统本身在振动过程中激发产生的。即使不受到任何外界周期性的干扰力作用，振动也会发生并维持。

自激振动的特点如下。

① 在无外来周期性干扰力作用下，能把工艺系统固定方向的运动转变为某种交变力而引起振动。振动的频率等于或接近于工艺系统的固有频率。

② 自激振动的振幅大小及振动能否产生，取决于每一振动周期内系统获得能量与阻尼消耗能量的对比情况。

③ 维持自振的交变力是在振动过程中产生的，受振动的控制。故振动一停止，此交变力也消失。

（2）产生自激振动的原因

切削振动过程的物理现象十分复杂，有许多学说用以解释各种状态下产生自激振动的原因。有两种主要解释自振的学说：一种是从切削过程不稳定性解释引起振动的"再生自振理论"；一种是从机床结构的特性解释产生振动的"振型关联自振理论"。

再生自振理论认为原来稳定的切削过程，由于偶然的振动引起自由振动使工件表面形成振纹。当刀具从已有振纹的表面上切除切屑，因切削厚度周期性地变化，引起切削力也产生相应的周期性变化，使新形成的表面再出现振纹。

振型关联自振理论则假设自振系统可简化为两个自由度的弹性系统，当系统产生振动时，使刀尖合成运动轨迹似于椭圆。当振出时补充的能量大于振入时消耗的能量时，系统获得多余的能量以支持和加强振动。

（3）减小和消除自振的途径

① 合理选择切削参数

a.合理选择切削用量　在任何情况下都应避免宽而薄的切削，因为增加背吃刀量或减小进给量都会使振幅加大，振动加剧。车削时，切削速度在 $v=30\sim70\text{m/min}$ 范围内容易振动，采用较低或较高的切削速度可以避免自振。

b.合理选择刀具几何参数　适当增大刀具前角和主偏角可以减小推力 $F_y$ 和单位切削力，从而减小振动。一般来说，后角对于切削稳定性无多大影响，但当 $\alpha=2°\sim3°$ 时，振动有明显减弱。若将后角磨出负倒棱（见图4-54），

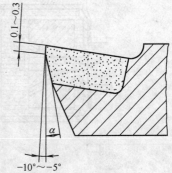

图 4-54　负倒棱消振车刀

或适当增大钻头的横刃，都能起到有效的消振作用。刀尖圆弧半径过大，推力 $F_y$ 随之增大，容易产生振动。但刀尖圆弧半径过小又会增大表面粗糙度，并缩短刀具寿命。

c.改进刀具结构　若采用弯头刨刀，可使刀具受力弯曲不致切入工件而增加摩擦阻力（见图 4-55），因此可以减小刀具的高频振动。当采用弹性刀杆的车刀（见图 4-56）时，刀杆切向刚度高，不易产生弯曲高频振动；但其径向刚度低，会使误差复映增大。

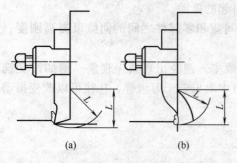

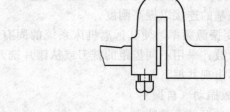

图 4-55 直头刨刀和弯头刨刀变形对比          图 4-56 弹性刀杆车刀

② 增加工艺系统的抗振性　增加工艺系统的刚度，对于减小振动有很大的作用。如减小主轴和尾架的悬伸量、主轴轴承进行合理的预紧、改善顶尖与顶尖孔的配合、减小刀杆的悬伸量等，都可以提高切削加工的抗振性。

③ 采用减振装置　当采取上述各种措施仍达不到消振的目的时，应该考虑使用减振装置。减振装置具有结构轻巧、效果显著等优点。它对于消除受迫振动和自激振动都有效，已得到广泛的应用。

减振装置可分为阻尼器和吸振器两种。

a. 阻尼器的基本原理及应用　阻尼器是基于阻尼作用，把振动能量转变成热能消耗掉，以达到减小振动的目的。阻尼愈大，减振效果愈好。

图 4-57 所示为阻尼动力吸振器，适用于消除无心磨床的砂轮振动。其中附加惯性质量 1 可在小轴 3 上自由转动，小轴 3 与砂轮轴相连，惯性质量被黏性液体 2 所包围，液体 2 封装在壳体 4 内。当砂轮主轴产生扭转振动时，由于黏性液体的阻尼作用，大大降低了主轴振动的振幅。

图 4-58 所示为干摩擦阻尼器，它利用多层摩擦片相互摩擦，达到消除振动能量的目的。

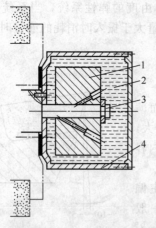

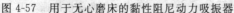

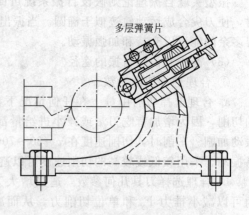

图 4-57 用于无心磨床的黏性阻尼动力吸振器          图 4-58 干摩擦阻尼器

b. 吸振器的原理及应用　吸振器又分为动力式吸振器和冲击式吸振器。

动力式吸振器是利用弹性元件把一个附加质量连接到振动系统上的吸振器。其减振原理与摩擦阻尼器不同。它不是利用消耗能量达到减振的，而是利用附加质量的动力作用，使弹性元件加在系统上的力与系统的激振力尽量相互抵消，以达到减振的目的。

图 4-59 所示为用于镗刀杆的有阻尼动力吸振器。它用微孔橡皮衬垫做弹性元件，并有

附加阻尼作用，能达到较好的消振作用。

冲击式吸振器由一个自由的质量与壳体所组成。当系统振动时，由于自由质量的往复运动，产生冲击消耗了振动的能量，从而达到减小振动的目的。

图 4-60 所示为可调整预压力的冲击式减振器，用于消除刀具的高频振动。当振动的刀具向下挠曲时，外壳因惯性克服弹簧的力量向上移动，这时外壳与刀杆之间有了间隙。当刀具向上振动时，外壳却以一定速度向下运动。由于这样反复冲击，消耗了振动能量，因而可以显著地减小振动。螺栓可用来调节弹簧的弹力，以适应不同情况的需要。

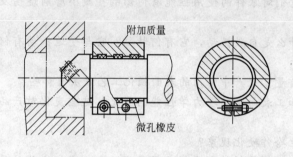

图 4-59　用于镗刀杆的阻尼动力吸振器

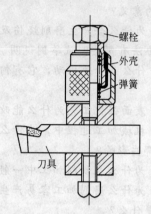

图 4-60　可调整预压力的冲击式减振器

## 复习思考题

1. 何谓加工精度？何谓加工误差？两者有何区别与联系？

2. 零件的加工精度应包括哪些内容？获得加工精度的方法有哪些？

3. 何谓误差敏感方向？它在分析机床导轨误差对加工精度的影响时有何意义？

4. 何谓工艺系统刚度？机床部件刚度有哪些特点？影响部件刚度的因素有哪些？

5. 已知一工艺系统的误差复映系数为 0.25，工件在本工序前有椭圆度 0.45mm。若本工序形状精度规定允许公差为 0.01mm，问至少要走几刀才能使形状精度合格？

6. 在卧式铣床上铣削键槽，如图 4-61 所示，经测量发现靠近工件两端深度大于中间，且都比调整的深度尺寸小。试分析造成这一现象的原因。

图 4-61　题 6 图

图 4-62　题 7 图

7. 图 4-62 所示为床身零件，当导轨面在龙门刨床上粗刨之后便立即进行精刨。试分析若床身的刚度较低，精刨后导轨面将会产生什么样的误差？

8. 为什么磨削加工都采用死顶尖？实际使用时还应注意些什么？

9. 在车床上加工一批光轴的外圆，加工后经测量发现整批工件有几何形状误差，如图 4-63 所示，试说明可能产生这些误差的各种因素。

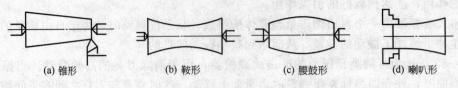

图 4-63　题 9 图

10. 表面质量的含义包括哪些主要内容？为什么机械零件的表面质量与加工精度具有同等重要的意义？

11. 为什么会产生磨削烧伤及裂纹？它们对零件的使用性能有何影响？减小磨削烧伤及裂纹的办法有哪些？试举例说明。

12. 什么是受迫振动，它有何特征？什么是自激振动，它有何特征？它与受迫振动有何区别？

13. 表面强化工艺为什么能改善表面质量？生产中常用的表面强化工艺方法有哪些？

14. 机械加工过程中，为什么会造成加工表面层物理力学性能的变化？这些变化对产品质量有哪些影响？

15. 为什么在切削加工中一般都会产生冷作硬化现象？

16. 为什么磨削加工容易产生烧伤？如果工件材料和磨削用量无法改变，减轻烧伤的最佳途径是什么？

17. 机械加工中，为什么工件表面层金属会产生残余应力？磨削加工与切削加工工件表面产生残余应力的原因是否相同？

# 第 **5** 章 数控车削加工工艺

## 5.1 数控车床概述

数控车床在国内数量最多，应用最广，占数控机床总数的 25％左右。数控车床与普通车床相似，即由床身、主轴箱、刀架、进给系统、冷却系统和润滑系统等部分组成。但其进给系统与普通车床有本质的区别，传统的普通车床有进给箱和交换齿轮架，而数控车床是直接利用伺服电动机通过滚珠丝杠驱动溜板和刀架实现进给运动，因而其进给系统的结构可以大为简化。从生产批量上看，数控车床一般适合于多品种和中小批量的生产。但随着数控车床制造成本的降低，目前不论是国外国内，使用数控机床进行大批量生产也越来越普遍。

### 5.1.1 数控车床分类

数控车床品种繁多，规格不一，可按如下方法进行分类。

（1）按车床主轴位置分类

① 立式数控车床　简称数控立车，其车床主轴垂直于水平面，有一个直径很大的工作台，用来装夹工件。这类机床主要用于加工径向尺寸大、轴向尺寸相对较小的大型复杂零件。

② 卧式数控车床　又有水平导轨和倾斜导轨两种。倾斜导轨结构可以使车床具有更大的刚性，并易于排除切屑，因此档次较高的数控车床一般都采用倾斜导轨。图 5-1 所示为 TND360 卧式数控车床。

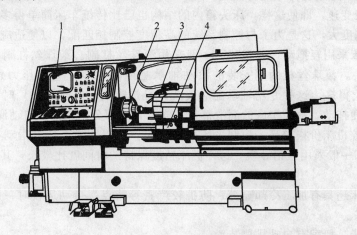

图 5-1　TND360 卧式数控车床

1—荧光屏显示器；2—卡盘；3—回转刀架；4—十字溜板

（2）按加工零件的基本类型分类

① 卡盘式数控车床　这类车床没有尾座，适合车削盘类（含短轴类）零件。夹紧方式多为电动或液动控制，卡盘式结构多具有可调卡爪或者不淬火的卡爪（软卡爪）。

② 顶尖式数控车床　这类车床配有普通尾座或数控尾座，适合车削较长的零件及直径

不太大的盘类零件。

（3）按刀架数量分类

① 单刀架数控车床　一般配置有各种形式的单刀架，如四工位卧动转位刀架或多工位转塔式自动转位刀架。单刀架数控车床可以进行两坐标控制。

② 双刀架数控车床　双刀架一般配置平行分布，也可以相互垂直分布。双刀架数控车床可以进行四坐标控制，多数采用倾斜导轨。

（4）按功能分类

① 经济型数控车床　采用步进电动机和单片机对普通车床的进给系统进行改造后形成的简易型数控车床，成本较低，但自动化程度和功能都较差，车削加工精度也不高，适用于要求不高的回转类零件的车削加工。

② 普通数控车床　根据车削加工在结构上进行专门设计并配备通用数控系统而形成的数控车床，数控系统功能强，自动化程度和加工精度比较高，适用于一般回转体零件的车削加工。这种数控车床可同时控制两个坐标轴，即 $X$ 轴和 $Z$ 轴。

③ 车削加工中心　在普通数控车床的机床上增加了 $C$ 轴和动力头，更高级的数控车床带有刀库，可控制 $X$、$Z$、$C$ 三个坐标轴，联动控制轴可以是（$X$、$Z$）、（$X$、$C$）、（$Z$、$C$）。由于增加了 $C$ 轴和动力头，加工功能大大增强，除可以进行一般车削外，还可以进行径向和轴向铣削、曲面铣削、中心线不在零件回转中心的孔和径向孔的钻削加工。

### 5.1.2　数控车床结构特点

与传统车床相比，数控车床在结构上有以下特点。

① 由于数控车床刀架的两个运动方向分别由两台伺服电动机驱动，所以传动路线短。不必使用挂轮、光杠等传动部件，用伺服电动机直接与丝杠连接带动刀架运动。伺服电动机丝杠也可以用同步带副或齿轮副连接。

② 多功能数控车床采用直流或交流主轴控制单元来驱动主轴，按控制指令作无级变速，主轴之间不必用多级齿轮副来进行变速。为扩大变速范围，现在一般还要通过一级齿轮副，以实现分段无级变速，即使这样，床头箱内的结构也已比传统车床简单得多。数控车床的另一结构特点是刚度大，这是为了与控制系统的高精度控制相匹配，以便适应高精度的加工。

③ 数控车床采用轻拖动，刀架移动一般采用滚珠丝杠副。滚珠丝杠副是数控车床的关键机械部件之一，滚珠丝杠两端安装的滚动轴承是专用轴承，它的压力角比常用的向心推力球轴承要大得多。这种专用轴承配对安装，是选配的，在轴承出厂时就是成对的。

④ 为了轻便拖动，数控车床的润滑都比较充分，大部分采用油雾自动润滑。

⑤ 由于数控机床价格较高、控制系统寿命较长，所以数控车床的滑动导轨也要求耐磨性好。数控车床一般采用镶钢导轨，这样机床精度保持的时间就比较长，其使用寿命也可延长许多。

⑥ 数控车床还具有加工冷却充分、防护较严密等特点，自动运转时一般都处于全封闭或半封闭的状态。

⑦ 数控车床一般配有自动排屑装置。

# 5.2　数控车削加工的工艺特点

数控车削加工工艺与普通车削相似，但也有其独特的特点，主要表现在以下几个方面。

（1）适应性强，适于多品种、小批量零件的加工在传统的自动或半自动车床上加工一个新零件，一般需要调整机床或机床附件，以使机床适应加工零件的要求；而使用数控车床加工不同的零件时，只要重新编制或修改加工程序（软件）就可以迅速达到加工要求，大大缩短了更换机床硬件的技术准备时间，因此适用于多品种、单件或小批量生产。

（2）加工精度高、加工质量稳定

由于数控机床集机、电等高新技术为一体，加工精度普遍高于普通机床。数控机床的加工过程是由计算机根据预先输入的程序进行控制的，这就避免了因操作者技术水平的差异而引起的产品质量的不同。而且对于一些具有复杂形状的工件，普通机床几乎不可能完成，而数控机床只是编制较复杂的程序就可以达到目的，必要时还可以用计算机辅助编程或计算机辅助加工。另外数控机床的加工过程不受操作者体力、情绪变化的影响。

（3）可减轻工人劳动强度

数控机床的加工，除了装卸零件、操作键盘、观察机床运行外，其他机床动作都是按加工程序要求自动连续地进行切削加工，操作者不需要进行繁重的重复手工操作。普通机床加工时，全过程需要人工进行，包括工件的装卸、切削进给等，而数控车床加工时，编制好程序后，工人只需进行工件装卸，大大降低了劳动强度。

（4）具有较高的生产率和较低的加工成本

机床生产率主要是指加工一个零件所需的时间，其中包括机动时间和辅助时间。数控车床的主轴转速和进给速度变化范围很大，并可无级调速，加工时可选用最佳的切削速度和进给速度，可实现恒转速和恒切速加工，以使切削参数最优化，这就大大地提高了生产率，降低了加工成本，尤其对于大批量生产的零件，批量越大，加工成本越低。

# 5.3　数控车削加工的主要对象

数控车削的功能与普通车削相近，主要用来加工轴、盘套等回转体零件表面。通过数控加工程序的运行，数控车床可自动完成内外圆柱面、圆锥面、成形表面、螺纹和端面等工序的切削加工，并能进行车槽、钻孔、扩孔、铰孔等工作。特别是在车削复杂回转表面和特殊螺纹时有其突出的优点。其加工对象主要有以下几类。

（1）精度要求高的零件

由于数控车床的刚性好，制造和对刀精度高，以及能精确地进行刀具位置的人工补偿甚至自动补偿，所以能够加工尺寸精度高的零件。在有些场合可以以车代磨。此外，由于数控车削时刀具运动是通过高精度插补运算和伺服驱动来实现的，再加上机床的刚性好和制造精度高，所以它能加工对母线直线度、圆度、圆柱度要求高的零件。对圆弧以及其他曲线轮廓的形状，加工出的形状与图纸上目标几何形状的接近程度比用仿形车削要好。

（2）表面粗糙度要求高的回转体零件

数控车床能加工出表面粗糙度小的零件，一方面是因为机床的刚度好和制造精度高，另一方面由于它具有恒线速度切削功能。在材质、精度余量和刀具已定的情况下，表面粗糙度取决于进给量和切削速度。使用数控车床的恒线速度切削功能，在切削圆锥面和端面时，选用最佳的切削线速度，可以加工出粗糙度小而且一致的表面。数控车床还适合于车削各部位表面粗糙度要求不同的零件，粗糙度要求高的部位用小的进给速度，粗糙度要求低的部位用大的进给速度。

（3）表面形状复杂或难以控制尺寸的回转体零件

数控车床具有直线和圆弧插补功能，部分车床数控装置还具有某些非圆曲线轮廓插补功能，可以加工任意平面曲线所组成的轮廓回转体零件，组成零件轮廓的曲线可以是数学方程式描述的曲线，也可以是列表曲线。对于直线和圆弧组成的轮廓，可直接利用机床的直线和圆弧插补功能；对于非圆曲线组成的轮廓也可以采用小的直线或圆弧段分段逼近，然后用直线或圆弧的插补功能进行插补切削。

数控车床还能加工难以控制尺寸的零件，如具有封闭内成形面的壳体零件（见图 5-2）。

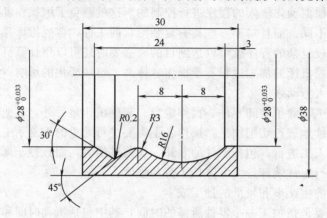

图 5-2  成形内腔零件示例

（4）带特殊螺纹的回转体零件

普通车床能车削的螺纹相当有限，只能车导程相等的直、锥面公、英制螺纹，而且一台车床只能限定加工若干种导程。数控车床不但能车削任何相等导程的直、锥面螺纹，而且能车削增导程、减导程，以及要求等导程与变导程之间平滑过渡的螺纹。数控车床车削螺纹时主轴的转向不必像普通车床那样交替变换，它可以一刀一刀不停顿地循环，直至完成，所以它车削螺纹的效率很高。数控车床还配有精密螺纹切削功能，再加上一般采用硬质合金成形刀具，以及可以使用较高的转速，所以车削出来的螺纹精度高、表面粗糙度小。

（5）超精密、超低表面粗糙度的零件

在精密和超精密切削加工中，对于铝、铜、无氧铜或其他一些软金属材料，采用天然单晶金刚石刀具数控车削，可获得尺寸精度为 $0.1\mu m$、表面粗糙度为 $Ra0.01\mu m$ 的超精密加工表面。

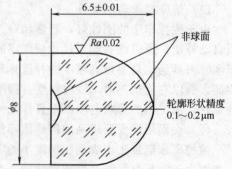

图 5-3  双非球面镜面

超精密车削零件的材质以前主要是金属，现在已经扩大到塑料和陶瓷。磁盘、录像机磁头、激光打印机的多面反射体、复印机的回转鼓、照相机等光学设备的透镜等，也适合在高精度、高功能的数控车床上加工。图 5-3 所示的 VLP 电视密纹唱机用的双非球面镜面是在一台高精度的数控车床上采用金刚石刀具加工的，其轮廓形状精度可达 $0.1\sim0.2\mu m$，表面粗糙度可达 $Ra0.02\mu m$。

（6）淬硬工件的加工

在大型模具加工中，有不少尺寸大而形状复杂的零件。这些零件热处理后的变形量较大，磨削加工有困难，因此可以用陶瓷车刀在数控车床上对淬硬后的零件进行车削加工，以车代磨，提高加工效率。

# 5.4　数控车削加工工艺的制定

制定工艺就是对工件进行数控加工的前期工艺准备工作，无论是手工编程还是自动编程，在编程前都要对所加工的工件进行工艺分析、拟定工艺路线、设计加工工序等。合理地制定车削工艺方案是编制数控加工程序的前提。

数控车削工艺的制定主要包括以下八个步骤。

## 5.4.1　零件图工艺分析

在选择并决定某个零件进行数控加工后，并不是说所有的加工内容都采用数控加工，数控加工可能只是零件加工工序中的一部分。因此，有必要对零件的图样进行仔细分析，选择适合的表面进行数控加工。在选择数控车削加工内容时，应充分发挥数控机床的优势和关键作用。主要选择的加工内容有以下几点。

① 普通机床无法加工的内容作为数控加工优先选择的内容。

② 普通机床难加工、质量也难以保证的内容应作为数控加工重点选择的内容。

③ 普通机床加工效率低、工人手工操作劳动强度大的内容，可在数控机床尚存在富余能力的基础上进行选择。

此外，在选择数控加工内容时，还应考虑生产批量、生产周期、生产成本和工序间周转情况等因素，防止把数控机床当作普通机床来使用。

普通切削加工的工艺性同样适合于数控车削，例如零件的内腔与外形应尽量采用统一的几何类型和尺寸，尤其是加工面转接处的凹圆弧半径，一根轴上退刀槽宽度等最好统一尺寸，这样可以减少刀具规格和换刀次数，方便编程，提高生产效率。

## 5.4.2　工件的装夹方式和夹具的选择

在数控机床上工件定位安装与普通机床一样，也要合理选择定位基准和装夹方案。选择定位方式时应具有较高的定位精度，考虑夹紧方案时，要注意夹紧力的作用点和作用方向。

根据零件的结构形状不同，通常选择外圆、端面或内孔、端面装夹，并力求设计基准、工艺基准和编程原点的统一。

工艺人员一般不直接进行数控加工的夹具设计，而是选用夹具或参与夹具设计方案的讨论。在选择夹具时，一般应注意以下几点。

① 尽量采用组合夹具、可调夹具和其他通用夹具，只有在生产批量很大时才采用专用夹具。要保证夹具的坐标方向与机床的坐标方向相对固定，同时协调工件和机床坐标系之间的尺寸关系。

② 工件的定位基准与设计基准保持一致，注意防止过定位干涉现象，且便于工件的安装，不能出现欠定位的情况。定位基准在数控机床上要细心找正，否则会影响工件的加工精度。为了方便找正，有的机床上装有专用定位板。对于形状不规则或测定工件原点不方便的工件，可在夹具上设置找正定位面，以便设置工件原点。同时选择定位方式时要尽量减少工件的装夹次数，若需二次装夹时，应尽量采用同一定位基准以减小定位误差。

③ 夹具在夹紧工件时，要使工件上的加工部位开放，夹紧机构上的各部件不得妨碍走刀。

④ 夹具在机床上的定位、夹紧时要迅速、精确，并考虑使用气动、液压或电动等自动夹紧机构，以尽量减少调整时间。

⑤ 尽量使夹具的定位、夹紧装置部位无切屑积瘤，清理方便。

### 5.4.3 刀具的选择

与传统的加工方法相比，数控加工对刀具的要求更高。尤其在刀具的刚性及耐用度方面较传统加工更为严格。若刀具刚性不好，会影响生产效率的提高，在加工中极易出现打刀事故，也会降低加工精度，影响数控机床技术的体现。若刀具耐用度差，则需经常换刀、对刀，从而增加辅助服务时间，造成机床设备的闲置，并且容易在工件表面上留下接刀痕迹，影响工件表面质量。此外，还要求刀具精度高，尺寸稳定，安装调整方便。

（1）数控车刀的要求

数控加工刀具必须适应数控机床高速、高效和自动化程度高的特点，一般包括通用刀具、通用连接刀柄及少量专用刀柄。刀柄要连接刀具并装在机床动力头上，现在已逐渐标准化和系列化。

数控刀具与普通机床上所用的刀具相比有更高的要求，主要有以下特点：

① 刚性好（尤其是粗加工刀具），精度高，抗振及热变形小；

② 互换性好，便于快速换刀；

③ 寿命高，切削性能稳定、可靠；

④ 刀具的尺寸便于调整，以减少换刀调整时间；

⑤ 刀具应能可靠地断屑或卷屑，以利于切屑的排除；

⑥ 系列化，标准化，以利于编程和刀具管理。

（2）数控车刀的选择

数控车床主要用于旋转体零件的车、镗、钻、铰、攻丝等加工，一般能自动完成内外圆柱面、圆锥面、球面、端面等工序的切削加工。数控车床能兼作粗、精车削，粗车时切削用量较大，要求粗车刀强度高、耐用度好；精车时直接决定着产品的质量，为了保证加工精度，要求刀具的精度高。

刀具的选择是在数控编程的人机交互状态下进行的。应根据机床的加工能力、工件材料的性能、加工工序、切削用量以及其他相关因素正确选用。

刀具选择总的原则是：安装调整方便，刚性好，耐用度和精度高。在满足加工要求的前提下，尽量选择较短的刀柄，以提高刀具加工的刚性。

① 常用车刀形状及选用　数控车削常用的车刀分三类，即尖形车刀、圆弧形车刀和成形车刀。

a. 尖形车刀　以直线形切削刃为特征的车刀称为尖形车刀。这类车刀的刀尖（同时也是其刀位点）由直线形的主、副切削刃构成，如 90°内外圆车刀、左右端面车刀、切断车刀及刀尖倒棱很小的各种外圆和内孔车刀。

用这类车刀加工零件时，其零件的轮廓形状主要由一个独立的刀尖或一条直线形主切削刃位移后得到，与另外两类车刀加工时所得的零件轮廓形状的原理是截然不同的。

b. 圆弧形车刀　圆弧形的车刀是较为特殊的数控加工车刀，其特征是：构成主切削刃的刀刃形状为一圆度误差或轮廓误差很小的圆弧；该圆弧上的每一点都是圆弧形车刀的刀尖，因此，刀位点不在圆弧上，而在该圆弧的圆心上；车刀圆弧半径理论上与被加工零件形状无关，并可按需要灵活确定或经测定后确认。

当某些尖形车刀或成形车刀的刀尖具有一定的圆弧形状时，也可作为这类车刀使用。

圆弧车刀可以用于车削内、外表面，特别适宜于车削各种光滑连接的成形面。

c. 成形车刀　成形车刀俗称样板车刀，其加工零件的轮廓形状完全由车刀刀刃的形状和尺寸决定。在数控车削加工中，常见的成形车刀有小半径圆弧车刀、非矩形车槽刀和螺纹车刀等。在数控车削中，由于车削轨迹可以精确控制，因此尽量少用或不用成形车刀。确有必要选用时，应在工艺文件或加工程序单上进行详细说明。

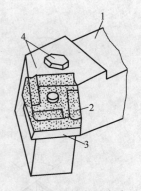

② 机械夹固定式可转位车刀的选用　机械夹固定式（简称机夹式）车刀分为不转位和可转位（见图 5-4）两种。主要由刀体、刀片和刀片紧固系统三部分组成，按刀片紧固方法的不同又可分为杠杆式、锲块式、螺钉式和上压式等。采用何种刀夹系统则根据不同用途来定，如外车削式选用杠杆式或锲块式，用于内机加工和细仿车削时选择螺钉式。

为了方便对刀和减少换刀时间，便于实现机械加工的标准化，数控车削加工时应尽可能采用机械夹固定式可转位车刀。近几年机夹式可转位刀具得到广泛的应用，在数量上达到整个数控刀具的 30%～40%，金属切除量占总数的 80%～90%。

图 5-4　机械夹固定式
可转位车刀结构
1—刀杆；2—刀片；
3—刀垫；4—夹紧元件

机夹式车刀的选用应从刀片的材料、尺寸和形状等方面考虑，详述如下。

a. 刀片材料的选择　车刀刀片材料主要有高速钢、硬质合金、涂层硬质合金、陶瓷、立方碳化硼和金刚石等。其中应用最多的是高速钢、硬质合金、涂层硬质合金刀片。

高速钢通常是型坯材料，韧性较硬质合金好，硬度、耐磨性和红硬性较硬质合金差，不适宜切削硬度较高的材料，也不适宜高速切削。高速钢刀具使用前需生产者自行刃磨，且刃磨方便，适于各种特殊需要的非标准刀具。

硬质合金刀片和涂层硬质合金刀片切削性能优异，在数控车削中被广泛使用。特别是涂层硬质合金刀片，涂层可增加刀片的耐用度，而一般数控加工的切削速度较高，涂层在较高切削速度时能体现其优越性。涂层的物质有碳化钛、氧化钛和氧化铝等。硬质合金刀片有标准规格系列，具体技术参数和切削性能一般由刀具生产厂家提供。

选择刀片材质，主要依据被加工工件的材料、被加工表面的精度、表面质量要求、切削载荷大小以及切削过程中有无冲击和振动等。

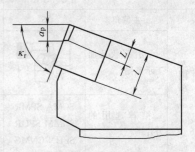

b. 刀片尺寸的选择　刀片尺寸的大小（刀片切削刃的长度 $l$）取决于必要的有效切削刃长度 $L$。有效切削刃长度 $L$ 与背吃刀量 $a_p$ 和车刀的主偏角 $\kappa_r$ 有关（见图 5-5），选取时可查阅有关刀具手册。

c. 刀片形状的选择　刀片形状主要依据被加工工件的表面形状、切削方法、刀具寿命和刀片的转位次数等因素的选择。刀片是机夹式可转位车刀的一个最重要的组成元件。按照 GB/T 2076—87，大致可分为带圆孔、带沉

图 5-5　切削刃长度、背吃刀量
与主偏角的关系
$l$—切削刃长度；$L$—有效切削刃长度

孔、无孔三大类。刀片的形状有三角形、正方形、五边形、六边形、圆形及菱形等，共计 17 种，具体根据相应的刀夹系统而定。图 5-6 所示为常见的几种可转位车刀刀片形状及角度。被加工表面及适用的刀片形状可参考表 5-1 选取。

③ 刀具半径补偿　在数控车削加工中，为了提高刀尖的强度、降低加工表面粗糙度，刀尖处呈圆弧过渡刃。在车削内孔、外圆和端面时，刀尖圆弧不影响其尺寸、形状；但在切削锥面或圆弧时，会造成过切或少切现象。

在实际加工中，一般数控装置都有刀具半径补偿功能，为编制程序提供了方便。有刀具半径补偿功能的数控系统，编程时不必计算刀具中心的运动轨迹，只需按零件轮廓编程即

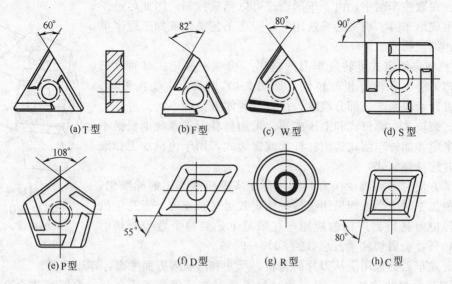

图 5-6　常见可转位车刀刀片

**表 5-1　被加工表面及适用的刀片形状**

| | 主偏角 | 45° | 45° | 60° | 75° | 95° |
|---|---|---|---|---|---|---|
| 车削外圆表面 | 刀片形状及加工示意图 | 45° | 45° | 60° | 75° | 95° |
| | 推荐选用的刀片 | SCMA SPMR SCMM SNMM-8 SPUN SNMM-9 | SCMA SPMR SCMM SNMG SPUN SPGR | TCMA TNMM-8 TCMM TPUN | SCMM SPUM SCMA SPMR SNMA | CCMA CCMM CNMM-7 |
| | 主偏角 | 75° | 90° | 90° | 95° | |
| 车削端面 | 刀片形状及加工示意图 | 75° | 90° | 90° | 95° | |
| | 推荐选用的刀片 | SCMA SPMR SCMM SPUR SPUN CNMG | TNUN TNMA TCMA TPUN TCMM TPMR | CCMA | TPUN TPMR | |
| | 主偏角 | 15° | 45° | 60° | 90° | 93° |
| 车削成形面 | 刀片形状及加工示意图 | 15° | 45° | 60° | 90° | |
| | 推荐选用的刀片 | RCMM | RNNG | TNMM-8 | TNMG | TNMA |

可。使用刀具半径补偿指令，并在控制面板上手工输入刀具半径，数控装置便能自动计算出刀具中心轨迹，并按刀具中心轨迹运动，即执行刀具半径补偿后，刀具自动偏离工件轮廓一个刀具半径值，从而加工出所要求的工件轮廓。

有些简易数控系统不具备半径补偿功能，因此，当零件精度要求较高且又有圆锥或圆弧表面时，则要么按刀尖圆弧中心编程，要么在局部进行补偿计算，以消除刀尖半径引起的误差。

### 5.4.4　对刀点和换刀点的确定

对刀点是数控加工时刀具相对零件运动的起点。由于程序也是从这一点开始执行，所以对刀点也称为程序起点。对刀点的选择原则如下。

① 对刀点应选在对刀方便的位置，便于观察和检测。

② 应尽量选在零件的设计基准或工艺基准上，以提高零件的加工精度。

③ 便于数学处理和简化程序编制，对于建立了绝对坐标系的数控机床，对刀点最好选在该坐标系的原点上，或者选择已知坐标值的点上。

④ 需要换刀时，每次换刀所选择的换刀点位置应在工件外部的合适位置，避免换刀时刀具与工件、夹具和机床相碰。

⑤ 引起的加工误差小。

对刀点可选在零件上，也可选在夹具或机床上。对刀点若选在夹具或机床上，则必须建立其与工件的定位基准相互联系，以保证机床坐标系与工件坐标系的关系。

对刀点不仅是程序的起点，往往也是程序的终点。因此在批量生产中。要考虑对刀点的重复定位精度，刀具加工一段时间后或每次机床启动时，都要进行刀具回机床原点或参考点的操作，以减小对刀点的累积误差。

刀具在机床上的位置是由"刀位点"的位置来表示的。对于圆弧形车刀（见图 5-7），刀位点是指它的刀尖圆弧中心。切削加工时经常要对刀，也就是使刀位点和对刀点重合。实际操作时，可以通过手工对刀，但对刀精度较低，而且效率低。所以有些工厂采用光学对刀镜、对刀仪、自动对刀装置，以减少对刀时间，提高对刀精度。

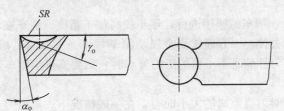

图 5-7　圆弧形车刀

数控机床在加工过程中需要换刀时，应设置换刀点。所谓"换刀点"是指刀架转位换刀时的位置。该点可以是某一固定点，也可以是任意设定的一点。换刀点应设在工件或夹具的外部，以刀架转位时不碰到工件和其他部件为准。

### 5.4.5　工序的确定

工序划分合理与否将直接影响数控机床"数控技术优势"的发挥和零件的加工质量，在数控车床上加工零件，应按工序集中的原则划分工序，即在一次安装下尽可能完成大部分甚至全部表面的加工。在工序集中的原则下加工路线的长短也关系到零件的加工精度和生产效率，缩短加工路线，减少机床停机时间和辅助时间，提高生产效率，对于批量生产尤为重要。在确定加工路线时，应综合考虑最短加工路线和保证加工精度两者的关系。对于精加工，应在保证加工精度的前提下，尽量缩短加工路线，即"先精后短"；而对于粗加工，要注重缩短加工路线，同时不能影响加工精度，即"先短后精"。

在批量生产中，常用下列两种方法划分工序。

（1）按零件加工表面划分

将位置精度要求高的表面安排在一次安装下完成，以免多次安装所产生的安装误差影响位置精度。例如，某轴承内圈，其内孔对小端面的垂直度、滚道和大挡边对内孔回转中心的角度差，以及滚道与内孔间壁厚均有严格的要求，精加工时划分成两道工序，用两台数控车床完成。第一道工序应采用图 5-8（a）所示的大端面和大外径装夹方案，将滚道、小端面及内孔等安排在一次装夹中车出，很容易保证上述的位置精度。第二道工序采用图 5-8（b）所示的内孔和小端面装夹方案，车削大外圆和大端面。

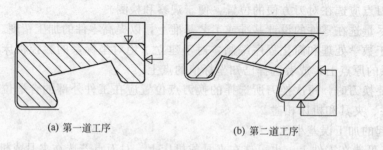

(a) 第一道工序          (b) 第二道工序

图 5-8　轴承内圈加工工序

（2）按粗、精加工划分

对毛坯余量较大和加工精度要求高的零件，应将粗车和精车分开，划分两道或更多的工序。将粗车安排在精度较低、功率较大的数控车床或者普通车床上，将精车安排在精度较高的数控车床上。

### 5.4.6　加工顺序的确定

在分析了零件图样和确定了工序、装夹方式之后，接下来要确定零件的加工顺序，制定零件车削加工一般遵循以下原则。

（1）先粗后精

按照粗车—半精车—精车的顺序进行，逐步提高加工精度。粗车在较短的时间内将工件表面上的大部分加工余量去掉，一方面提高金属切除率，另一方面满足精车余量均匀性的要求。若粗车后所留余量的均匀性满足不了精加工的要求时，则要安排半精车，以此为精车作准备。

（2）先近后远

按加工部位相对于对刀点距离的大小而言，在一般情况下，离对刀点近的部位先加工，离对刀点远的部位后加工，以便缩短刀具的移动距离，减少空行程时间。对于车削而言，先近后远还有利于保持坯件或半成品的刚性，改善其切削条件。图 5-9 所示的轴加工即为一例。

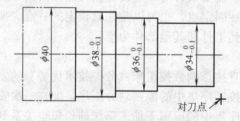

图 5-9　轴加工的先近后远

（3）内外交叉

对既有内表面（内型腔），又有外表面需加工的零件，安排加工顺序时，应先进行内外表面的粗加工，后进行内外表面的精加工。不可将零件的一部分表面加工完毕后，再加工其他表面。

（4）进给路线最短

确定加工顺序时，考虑各工序进给路线的总长度最短。

上述原则也不是一成不变的，对于某些特殊的情况，则需要采取灵活可变的方案。如有的工件必须先精加工后粗加工才能保证其加工精度和质量等。

### 5.4.7 进给路线的确定

在数控加工中，刀具刀位点相对于工件运动的轨迹称为进给路线，即刀具从对刀点开始运动起，直至结束加工程序所经过的路径，包括切削加工的路径及刀具引入、返回等非切削空行程。进给路线不仅包括了加工内容，也反映了加工顺序，是编程的依据之一。

#### 5.4.7.1 确定进给路线的原则

加工路线的确定首先必须保持被加工零件的尺寸精度和表面质量，其次考虑数值计算的简单、走刀路线尽量短、效率较高等。

（1）最短的空行程路线

① 起刀点的设定 图 5-10（a）为采用矩形循环方式进行粗车的一般情况示例。其对刀点 $A$ 的设定是考虑到精车等加工过程中需要方便地换刀，故设置在离工件较远的位置处，同时将起刀点与对刀点重合在一起，按三刀粗车的进给路线安排如下：

第一刀为 $A—B—C—D—A$

第二刀为 $A—E—F—G—A$

第三刀为 $A—H—I—J—A$

图 5-10（b）为将起刀点与对刀点分离，并设于图示 $B$ 点位置，仍按相同的切削量进行三刀粗车，其进给路线安排如下：

起刀点到对刀点的空行程 $A—B$

第一刀为 $B—C—D—E—B$

第二刀为 $B—F—G—H—B$

第三刀为 $B—I—J—K—B$

显然，图 5-10（b）所示的进给路线总长度短，可以节省加工时空行程时间。该方法也可用于其他循环（如螺纹车削）切削的加工中。

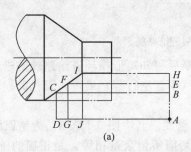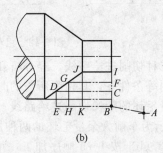

图 5-10 起刀点和换刀点的设定

② 换刀点设定 为了考虑换刀的方便与安全，有时将换刀点也设置在离工件较远的位置处［如图 5-10（a）中的 $A$ 点］，那么，当换第二把刀后，进行精车时的空行程必然较长；如将第二把刀的换刀点也设置在图 5-10（b）中的 $B$ 点位置上，则可缩短空行程的距离。

③ 合理安排回零路线 在手工编制较为复杂轮廓的加工程序时，为了使计算过程尽量简化，既不出错，又便于校核，编制者有时将每一刀加工完后的刀具终点通过执行"回零"指令，使其全部返回对刀点位置，然后再执行后续程序。这样会增加进给路线的距离，从而大大降低生产效率。因此，在合理安排"回零"路线时，应使前一刀位终点与后一刀位起点间的距离尽可能短，或者为零，即可满足进给路线为最短的要求。另外，在选择返回对刀指令时，在不发生干涉现象的前提下，应尽量采用 $XZ$ 坐标轴双向同时"回零"指令，该指令功能的回零路线将是最短的。

④ 防止刀具运行中的碰撞　使用车削循环指令时，应防止刀具与工件发生碰撞。对于加工余量大的表面，常用循环编程，使用循环指令时，要注意其快速退刀的路线。如果从图5-11（a）所示 A 点开始执行图示精车循环指令将是安全的。而如果从图5-11（b）所示 B 点开始执行精车循环指令，将发生碰撞。

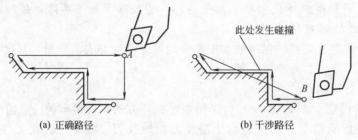

(a) 正确路径　　　　　　　　　　(b) 干涉路径

图 5-11　刀具与工件的干涉现象

（2）最短的切削进给路线

切削进给路线最短，可以有效地提高生产效率、降低刀具的损耗等。在安排粗加工或半精加工的切削进给路线时，应同时兼顾到被加工零件的刚性及加工的工艺性等要求。

图 5-12 所示为粗车零件时的几种不同切削进给路线。其中图 5-12（a）表示利用数控系统具有的封闭式复合循环功能控制车刀沿着工件轮廓进行进给的路线；图 5-12（b）表示利用程序循环功能安排的"三角形"进给路线；图 5-12（c）为利用其矩形循环功能而安排的"矩形"进给路线。

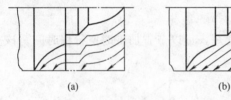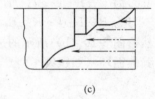

(a)　　　　　　　　(b)　　　　　　　　(c)

图 5-12　粗车切削进给路线示例

对于以上三种切削进给路线，经分析和判断后可知矩形循环进给路线的进给长度总和最短。因此，在同等条件下，其切削所需的时间（不含空行程）最短，刀具的损耗最少。

（3）大余量毛坯的阶梯切削进给路线

图 5-13 所示为车削大余量毛坯的两种加工路线。其中图 5-13（a）为错误的阶梯切削进给路线，图 5-13（b）按 1～5 顺序加工，每次切削所留余量相等，是正确的阶梯切削路线。因为在同样背吃刀量的情况下，按图 5-13（a）的方式加工所剩的余量过多。

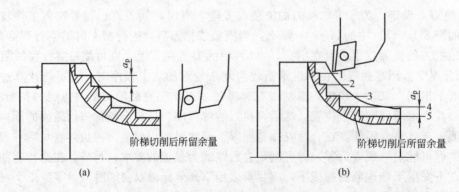

(a)　　　　　　　　　　　　(b)

图 5-13　大余量毛坯的阶梯切削路线

根据数控车床加工的特点，还可以放弃常用的阶梯切削法，改用依次从轴向和径向进刀、顺工件轮廓进给的路线，如图 5-14 所示。

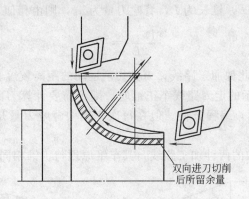

双向进刀切削后所留余量

图 5-14　双向进刀的进给路线

（4）分层切削时刀具的终止位置

当某些表面的余量较多需分层多次走刀切削时，从第二刀开始就要注意防止走刀至终点时切削深度的猛增。如图 5-15 所示，设以 90°主偏刀车削外圆，合理的安排应是每一刀的切削终点依次提前一小段距离 $e$（例如 $e=0.05$mm）。如果 $e=0$，则每一刀都终止在同一轴向位置上，主切削刃就可能受到瞬时的重负荷冲击。当刀具的主偏角大于 90°，但仍然接近 90°时，也应作出层层递退的安排。经验表明，这对延长粗加工刀具的寿命是有利的。

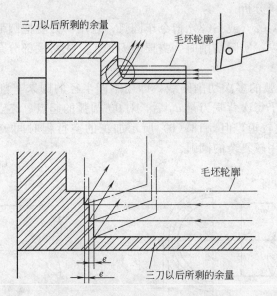

三刀以后所剩的余量　　毛坯轮廓

毛坯轮廓

$e$

$e$

三刀以后所剩的余量

图 5-15　分层切削时刀具的终止位置

（5）精加工的零件要安排连续切削进给路线

在安排可以一刀或多刀进行的精加工工序时，其零件的完工轮廓应由最后一刀连续加工而成，这时，加工刀具的进、退刀位置要考虑妥当，尽量不要在连续的轮廓中安排切入和切出以及换刀或停顿，以免因切削力的突然变化而造成弹性变形，致使光滑连接轮廓上产生表面划伤、形状突变或滞留刀痕等缺陷。

**5.4.7.2　常见表面加工进给路线分析**

（1）车圆锥加工路线分析

在车床上车外圆锥时可以分为车正锥和车倒锥两种情况，而每一种情况又有两种加工路线。图 5-16 所示为车正锥的两种加工路线。按图 5-16（a）车正锥时，需要计算刀距 $S$。假设圆锥大径为 $D$，小径为 $d$，锥长为 $L$，背吃刀量为 $a_p$，则由相似三角形可得

$$\frac{D-d}{2L}=\frac{a_p}{S} \tag{5-1}$$

则 $S=2La_p/(D-d)$，按此种加工路线，刀具切削运动的距离较短。

当按图 5-16（b）所示的走刀路线车正锥时，则不需要计算刀距 $S$，只要确定了背吃刀量 $a_p$，即可车出圆锥轮廓，编程方便。但在每次车削中背吃刀量是变化的，且切削运动路线较长。

图 5-17 所示为车倒锥的两种加工路线，其车锥原理与正锥相同。

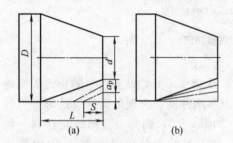

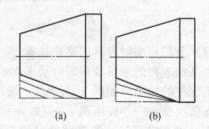

图 5-16　车正锥的两种加工路线　　　　　　图 5-17　车倒锥的两种加工路线

（2）车圆弧加工路线分析

应用数控机床上的 G02（或 G03）指令车圆弧，若用一刀就把圆弧加工出来，这样吃刀量太大，容易打刀。所以，实际切削时，需要多刀加工，先将大部分余量切除，最后才车所需圆弧。

图 5-18 所示为车圆弧的多次切削路线，即用不同半径的圆来车削，最后将所需圆弧加工出来。此方法在确定了每次背吃刀量 $a_p$ 后，对 90°圆弧的起点、终点坐标较易确定。图 5-18（a）所示的走刀路线较短，但 5-18（b）所示加工的空行程时间较长。此方法数值计算简单，编程方便，可适用较复杂的圆弧。

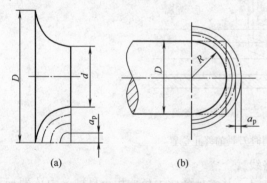

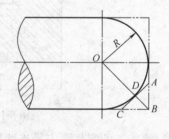

图 5-18　车圆弧的多次切削路线　　　　　　图 5-19　车圆弧的车锥法切削路线

图 5-19 所示为车圆弧的车锥法切削路线，即先车一个圆锥，再车圆弧。但要注意车锥时起点和终点的确定。若确定不好，则可能会损坏圆弧表面，也可能将余量留得过大。确定方法是连接 $OB$ 交圆弧于 $D$，过 $D$ 点作圆弧的切线 $AB$。由几何关系可知

$$BD=OB-OD=\sqrt{2}R-R=0.414R \tag{5-2}$$

此为车锥时的最大切削余量，即车锥时，加工路线不能超过 $AC$ 线。由 $BD$ 与三角形 $ABC$ 的关系，可知

$$AB = BC = \sqrt{2}CD = 0.586R \tag{5-3}$$

这样可确定出车锥时的起点和终点。当 $R$ 不太大时，可取

$$AB = BC = 0.5R \tag{5-4}$$

此方法数值计算较繁，但其刀具切削路线较短。

（3）车螺纹时轴向进给距离的分析

车螺纹时，刀具沿螺纹方向的进给应与工件主轴旋转保持严格的速比关系。考虑刀具从停止状态到达指定的进给速度或从指定的进给速度降为零，驱动系统必有一个过渡过程，沿轴向进给的加工路线长度，除保证加工螺纹长度外，还应增加刀具引入距离 $\delta_1$（2～5mm）和刀具引出距离 $\delta_2$（1～2mm），如图 5-20 所示。这样在切削螺纹时，能保证在升速完成后刀具才接触工件，刀具离开工件后再降速。若螺纹收尾处没有退刀槽时，收尾处的形状与数控系统有关，一般按 45° 退刀收尾。

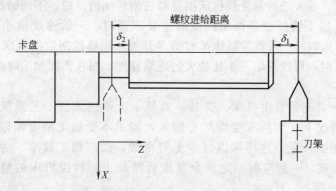

图 5-20 切削螺纹时的引入和引出距离

## 5.4.8 切削用量的选择

在数控程序的编制过程中，要在人机交互状态下即时确定切削用量。因此，编程人员必须熟悉切削用量的确定原则，从而保证零件的加工质量和加工效率，充分发挥数控机床的优点，提高企业的经济效益和生产水平。

选择切削用量时，要充分考虑影响切削的各种因素，正确地选择切削条件，合理地选用切削用量，可以有效地提高加工的效率和精度。影响切削条件的因素有：机床、工具、刀具以及工件的刚性；切削速度、切削深度、切削进给率；工件精度和表面粗糙度；切削液的种类、冷却方式；工件材料的硬度及热处理状况；工件数量等。

合理选择切削用量的原则是：粗加工时，一般以提高生产率为主，但也应考虑经济性和加工成本；半精加工和精加工时，应在保证加工质量的前提下，兼顾切削效率、经济性和加工成本。具体数值应根据机床说明书、切削用量手册，并结合经验而定。

切削用量是指切削速度、切削宽度、主轴转速、进给速度和背吃刀量。切削用量的各参数在编程时都要编入加工程序中，或者在加工前预先调好机床的转速。

① 切削速度 $v$　增大 $v$ 是提高生产率的一个重要措施，但 $v$ 与刀具耐用度的关系比较密切。随着 $v$ 的增大，刀具耐用度急剧下降，故 $v$ 的选择主要取决于刀具耐用度。

② 切削宽度 $L$　一般 $L$ 与刀具直径 $d$ 成正比，与切削深度成反比。经济型数控加工中，

一般 $L$ 的取值范围为：$L=(0.6\sim0.9)d$。

③ 主轴转速 $n(r/min)$　主轴转速一般根据切削速度 $v$ 来选定，切削速度的快慢直接影响到切削效率。若切削速度过小，则切削时间会加长，降低加工效率；若切削速度太快，虽然可以缩短切削时间，但刀具容易产生高热，影响刀具的寿命和加工质量。主轴转速的计算公式为

$$n=\frac{1000v}{\pi D} \tag{5-5}$$

式中　$v$——切削速度，m/min，由刀具寿命确定。根据工厂经验，切削速度常选为 $100\sim$ 200m/min。

　　　$D$——工件切削部位回转直径。

　　　$n$——主轴转速，r/min。根据计算所得的值，查找机床说明书确定标准值。

数控机床的控制面板上一般备有主轴转速修调（倍率）开关，可在加工过程中对主轴转速进行整倍数调整。

④ 进给量 $f(mm/min$ 或 $mm/r)$　根据工件的加工精度和表面粗糙度要求以及刀具和工件的材料进行选择，最大进给量受到机床刚度和进给性能的制约，不同的机床系统，其最大进给量也不同。当加工精度和表面粗糙度质量要求高时，进给速度应小些，通常在 $20\sim$ 50mm/min 范围内选取。一般数控机床都有倍率开关，能够控制数控机床的实际进给速度，因此，在数控编程时，可以给定一个比较大的进给速度，而在实际加工时由倍率进给确定实际的进给速度。

⑤ 背吃刀量　背吃刀量由机床、夹具、刀具、工件组成的工艺系统的刚度确定。在机床刚度允许的情况下，切削深度应尽可能大，如果不受加工精度的限制，可以使切削深度等于零件的加工余量，这样可以减少走刀次数，提高加工效率。为了保证零件的加工精度和表面粗糙度，一般应留一定的余量进行精加工。数控机床的精加工余量可略小于普通机床。

此外，在安排粗、精车的切削用量时，应注意机床说明书给定的切削用量范围，对于主轴采用交流变频调速的数控车床，由于主轴在低速时输出扭矩降低，应尤其注意此时切削用量的选择。推荐的切削用量数据见表 5-2，供应用时参考，详细内容可查阅切削用量手册。

表 5-2　数控切削用量推荐值

| 工件材料 | 加工内容 | 背吃刀量 $a_p$/mm | 切削速度 $v$/(m/min) | 进给量 $f$/(mm/r) | 刀具材料 |
|---|---|---|---|---|---|
| 碳素钢 $(\sigma>600MPa)$ | 粗加工 | 5～7 | 60～80 | 0.2～0.4 | YT 类 |
| | 粗加工 | 2～3 | 80～120 | 0.2～0.4 | |
| | 精加工 | 0.2～0.6 | 120～150 | 0.1～0.2 | |
| | 钻中心孔 | | 500～800r/min | | W18Cr4V |
| | 钻孔 | | ～30 | 0.1～0.2 | |
| | 切断（宽度<5mm） | | 70～110 | 0.1～0.2 | YT 类 |
| 铸铁 （硬度在 200HBS 以下） | 粗加工 | | 50～70 | 0.1～0.2 | YG 类 |
| | 精加工 | | 70～100 | 0.1～0.2 | |
| | 切削（宽度<5mm） | | 50～70 | 0.1～0.2 | |

# 5.5　典型零件加工工艺分析

### 5.5.1　轴类零件

图 5-21 所示轴类零件，其中 $\phi80$ 外径不加工，分析数控车床上加工工艺，本例采用 CK7815 型数控车床。

（1）零件图工艺分析

该零件表面由圆柱、圆锥、圆弧和螺纹组成，零件的材料为 45 钢，无热处理和硬度要求，切削工艺性良好。

（2）确定装夹方案

由于是轴类零件，选坯件轴线和左端大端面为定位基准，左端采用三爪自定心卡盘定心夹紧、右端采用活动顶尖支撑的装夹方式。

以工件左端面及 $\phi80$ 外圆为安装基准，取夹盘回转中心为工件坐标系零点。图 5-22 为工件装夹及刀具布置示意。

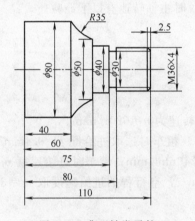

图 5-21　典型轴类零件

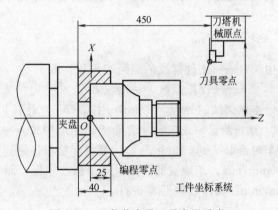

图 5-22　工件装夹及刀具布置示意

（3）确定加工顺序及进给路线

其工艺路线为：

① 倒角—粗车 M36×4 螺纹实际外圆—$\phi40$ 外圆—$\phi50$ 端面—$R35$ 圆弧面；

② 精车螺纹实际外圆—$\phi40$ 外圆—$\phi50$ 端面—$R35$ 圆弧面；

③ 切 $\phi30$ 处退刀槽；

④ 切 M36×2 螺纹。

（4）选择刀具及刀位点

根据加工要求选用外圆车刀、切槽刀及 60°螺纹车刀各一把，其编号分别为 02、04 和 06。刀具形状及安装尺寸如图 5-23 所示。

其刀具零点坐标如下。

① 02 号刀的坐标设定：$X=2\times(170-35)=270$，$Z=450-5-(40-25)=430$。

② 04 号刀的坐标设定：$X=2\times(170-30)=280$，$Z=450-(40-25)=435$。

③ 06 号刀的坐标设定：$X=2\times(170-25)=290$，$Z=450+5-(40-25)=440$。

绘制刀具布置图时，要正确选择换刀点，避免换刀时刀具与机床、工件及夹具发生碰撞现象。本例换刀点选为 $A$（200，350）。

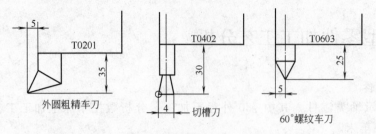

图 5-23　选用的刀具及安装尺寸

（5）确定切削用量

① 背吃刀量　粗车循环时，希望提高加工效率，确定背吃刀量 $a_p=3$mm；精车时为了保证加工精度，背吃刀量 $a_p=0.2$mm。

② 主轴转速

a. 车圆柱面、圆锥面和圆弧面　工件材料为 45 钢，粗车的切削速度取 $v_c=100$m/min，精车时切削速度取 $v_c=150$m/min。根据坯料直径，利用式（5-5）可初步算出粗车时主轴转速约为 $n=600$r/mim，精车时主轴转速约为 $n=1200$r/mim。

b. 车螺纹时的主轴转速　大多数数控车床系统车螺纹时主轴转速有以下经验公式：

$$n \leqslant \frac{1200}{P} - k \tag{5-6}$$

式中　$P$——工件螺纹的螺距或导程，mm；

$k$——保险系数，一般取 80。

本例螺纹的导程为 2mm，用式（5-6）计算，取主轴转速为 $n=520$r/mim。

③ 进给量　先选取进给量 $f$，然后用式 $v_f=nf$ 计算。粗车时选取进给量 $f=0.4$mm/r，精车时选取 $f=0.15$mm/r，计算得：粗车进给速度 $v_f=240$mm/min；精车时进给速度 $v_f=180$mm/min。车螺纹的进给量等于螺纹导程，即 $f=2$mm/r，空行程的进给速度取 $v_f=300$mm/min。具体数据见表 5-3。

表 5-3　切削用量

| 加工内容 | 主轴转速/(r/min) | 切削速度/(m/min) | 进给速度 $f$/(mm/r) | 背吃刀量/mm |
|---|---|---|---|---|
| 粗车 | 600 | 100 | 0.4 | 3 |
| 精车 | 1200 | 150 | 0.15 | 0.2 |
| 切槽 | 800 | 80 | 0.1 | |
| 切螺纹（牙深 $K=2.598$mm） | 520 | | 1.2～0.2 | |

### 5.5.2　套类零件

套类零件的径向和轴向尺寸较大，一般要求加工外圆、端面及内孔，有时还需要调头加工。

下面以图 5-24 所示的锥孔螺母套零件为例，介绍数控车削加工工艺。零件单件小批生产，所用机床为 CK6240，数控系统为 SIEMENS 802S。

（1）零件图工艺路线

该零件表面由内外圆柱面、圆锥面、顺圆弧、逆圆弧及内螺纹等表面组成，其中多个径向尺寸和轴向尺寸有较高的尺寸精度、表面粗糙度和形位公差要求。零件尺寸标注完整，符合数控加工尺寸标注要求；轮廓描述清楚完整；零件材料为 45 钢，切削加工性能较好，无热处理和硬度要求。

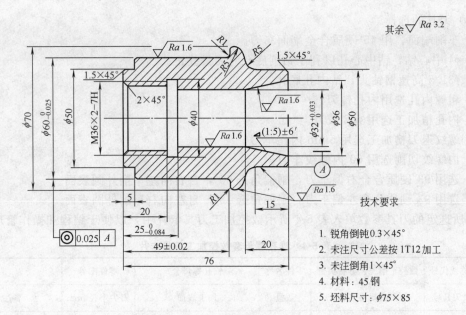

图 5-24　锥孔螺母套零件

通过上述分析，可采取以下几条工艺措施。

① 零件图样上带公差的尺寸，除退刀槽到边缘距离 $25_{-0.084}^{0}$ 公差值较大，编程时可取平均值 24.958 外，其他尺寸因公差值较小，故编程时不必取其平均值，取基本尺寸即可。

② 零件左右端面均为多个尺寸的设计基准，相应工序加工前，应该先将左、右端面加工出来。

③ 内孔圆锥面加工完后，需调头再加工内螺纹。

（2）确定装夹方式

加工内孔时，以外圆定位，用三爪自定心卡盘夹紧安装工件。加工外轮廓时，为保证同轴度要求和便于装夹，以工件左端面和轴线为定位基准，为此需要设一心轴装置（图 5-25 双点划线部分），用三爪卡盘夹持心轴左端，心轴右端留有中心孔并用尾座顶尖顶紧以提高工艺系统的刚性。

（3）确定加工顺序及走刀路线

加工顺序按由内到外、由粗到精、由近到远的原则确定，一次装夹中尽可能加工出较多的工件表面，结合本零件的结构特征，可先粗、精加工内孔各表面，然后粗、精车外轮廓表面。

由于该零件为单件小批量生产，走刀路线设计不必考虑最短进给路线或最短空行程路线，外轮廓表面车削走刀路线可沿零件轮廓路线顺序进行，如图 5-26 所示。

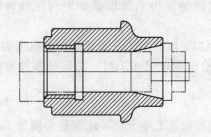

图 5-25　外轮廓车削心轴定位装夹方案

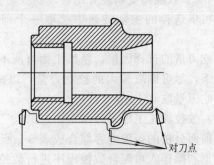

图 5-26　外轮廓车削走刀路线

（4）刀具的选择

① 车削端面，用 45°硬质合金端面车刀。

② $\phi4$ 中心钻，钻中心孔以利于钻削底孔时刀具找正。

③ $\phi31.5$ 高速钢钻头，钻内孔底孔。

④ 粗镗内孔选用内孔镗刀。

⑤ 内孔精加工选用 $\phi32$ 铰刀。

⑥ 螺纹退刀槽加工选用 5mm 内孔车刀。

⑦ 内螺纹切削选用 60°内螺纹车刀。

⑧ 选用 93°硬质合金右偏车刀，副偏角选 35°，自右向左车削外圆表面。

⑨ 选用 93°硬质合金左偏车刀，副偏角选 35°，自左向右车削外圆表面。

将所选定的刀具参数填入表 5-4 所示数控加工刀具卡片中，以便于编程和操作管理。

表 5-4　锥孔螺母套数控加工刀具卡片

| 产品名称或代号 | | 数控车削工艺分析实例 | 零件名称 | 锥孔螺母套 | 零件图号 | |
|---|---|---|---|---|---|---|
| 序号 | 刀具号 | 刀具规格名称 | 数量 | 加工表面 | 刀尖半径/mm | 备注 |
| 1 | T01 | 45°硬质合金车刀 | 1 | 车端面 | 0.5 | |
| 2 | T02 | $\phi4$ 中心钻 | 1 | 钻中心孔 | | |
| 3 | T03 | $\phi31.5$ 钻头 | 1 | 钻孔 | | |
| 4 | T04 | 内孔镗刀 | 1 | 镗孔及镗内锥面 | 0.4 | |
| 5 | T05 | $\phi32$ 铰刀 | 1 | 铰孔 | | |
| 6 | T06 | 车刀 | 1 | 切螺纹退刀槽 | 0.4 | |
| 7 | T07 | 内螺纹车刀 | 1 | 车内螺纹及螺纹孔倒角 | 0.3 | |
| 8 | T08 | 93°右偏刀 | 1 | 自右至左车外表面 | 0.2 | |
| 9 | T09 | 93°左偏刀 | 1 | 自左至右车外表面 | 0.2 | |
| 编制 | | 审核 | | 批准 | 共　页 | 第　页 |

（5）切削用量的确定

根据被加工表面质量的要求、刀具材料和工件材料，参考切削用量手册或有关资料选取切削速度和每转进给量，然后计算主轴转速和进给速度。根据 CKJ6240 车床配备的 SIE-MENS 802S 数控系统功能介绍，车螺纹时只要输入被加工螺纹的螺距（导程），从系统提供的几种可供选择的主轴转速中选取一个即可，进给速度由系统根据螺距与主轴转速自动确定。

背吃刀量的选择因粗、精加工而有所不同。粗加工时，在工艺系统刚性和机床功率允许的情况下，尽可能取较大的被吃刀量，以减少进给次数；精加工时，为保证零件表面粗糙度，背吃刀量取 0.1～0.4 即可。

（6）数控加工工序卡片拟定

将前面分析的各项内容综合成表 5-5 所示的数控加工工序卡片，此表是编制加工程序的主要依据和操作人员配合数控程序进行数控加工的指导性文件，主要包括工步顺序、工步内容、各工步所用的刀具及切削用量等。

**表 5-5 锥孔螺母套数控加工工序卡片**

| ××机械厂 | | 数控加工工序卡片 | 产品名称或代号 | | 零件名称 | 零件材料 |
|---|---|---|---|---|---|---|
| | | | | | 锥孔螺母套 | 45 |
| 工艺序号 | 程序编号 | 夹具名称 | 夹具编号 | | 使用设备 | 车间 |
| 工步号 | | 工步内容 | 刀具号 | 刀具规格 | 主轴转速 | 进给速度 | 背吃刀量 | 备注 |
| 1 | | 车端面 | T01 | 25×25 | 320 | | 1 | 手动 |
| 2 | | 钻中心孔 | T02 | φ4 | 950 | | 2 | 手动 |
| 3 | | 钻孔 | T03 | φ31.5 | 200 | | 15.75 | 手动 |
| 4 | | 镗通孔至尺寸φ31.9 | T04 | 20×20 | 320 | 40 | 0.2 | 自动 |
| 5 | | 铰孔至尺寸φ32$^{+0.033}_{0}$ | T05 | φ32 | 32 | | 0.1 | 手动 |
| 6 | | 粗镗内孔斜面 | T04 | 20×20 | 320 | 40 | 0.8 | 自动 |
| 7 | | 精镗内孔斜面,保证(1:5)±6′ | T04 | 20×20 | 320 | 40 | 0.2 | 自动 |
| 8 | | 粗车外圆至尺寸φ71 | T08 | 25×25 | 320 | | 1 | 自动 |
| 9 | | 调头车另一端面,保证长度尺寸76 | T01 | 25×25 | 320 | | | 自动 |
| 10 | | 粗镗螺纹底孔至尺寸φ34 | T04 | 20×20 | 320 | 40 | 0.5 | 自动 |
| 11 | | 精镗螺纹底孔至尺寸φ34 | T04 | 20×20 | 320 | 25 | 0.1 | 自动 |
| 12 | | 切5mm内孔退刀槽 | T06 | 16×16 | 320 | | | 手动 |
| 13 | | φ34.2mm孔边倒角2×45° | T07 | 16×16 | 320 | | | 手动 |
| 14 | | 粗车内孔螺纹 | T07 | 16×16 | 320 | | 0.4 | 自动 |
| 15 | | 精车内孔螺纹至M36×2-7H | T07 | 16×16 | 320 | | 0.1 | 自动 |
| 16 | | 自右至左车外表面 | T08 | 25×25 | 320 | 30 | 0.2 | 自动 |
| 17 | | 自左至右车外表面 | T09 | 25×25 | 320 | 30 | 0.2 | 自动 |
| 编制 | | 审核 | 批准 | | 共 页 | 第 页 |

### 5.5.3 盘类零件

图 5-27 所示的带孔圆盘零件,材料为 45 钢,分析其数控车削工艺。

(1) 零件图工艺分析

如图 5-27 所示,该零件属于典型盘类零件,材料为 45 钢,可选用圆钢为毛坯,为保证在进行数控加工时工件能可靠地定位,可在数控加工前将左侧端面、φ95mm 外圆加工,同时将 φ55mm 内孔钻到 φ53mm。

(2) 选择设备

根据被加工零件的外形和材料等条件,选用 Vturn-20 数控车床。

(3) 确定零件的定位基准和装夹方式

① 定位基准 以已加工出的 φ95mm 外圆及左端面为定位基准。

② 装夹方式 采用三爪自定心卡盘自定心夹紧。

(3) 制定加工方案

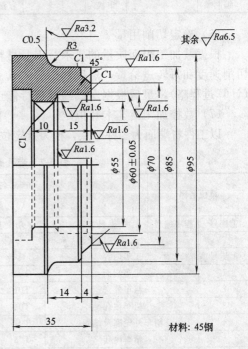

图 5-27 带孔圆盘

根据零件图样要求、毛坯及前道工序加工情况，确定加工工艺方案及路线。

① 粗车外圆及端面。

② 粗车内孔。

③ 精车外轮廓及端面。

④ 精车内孔。

（5）刀具选择

选择刀具及刀位号如图 5-28 所示。

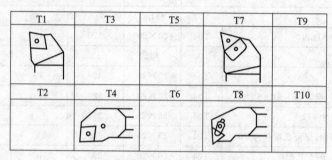

图 5-28  刀具及刀位号

将所选刀具参数填入表 5-6 所列带孔圆盘数控加工刀具卡片中。

表 5-6  带孔圆盘数控加工刀具卡片

| 产品名称或代号 | | ×××× | 零件名称 | | 带孔圆盘 | 零件图号 | ×××× |
|---|---|---|---|---|---|---|---|
| 序号 | 刀具号 | 刀具规格名称 | 数量 | | 加工表面 | | 备注 |
| 1 | T01 | 硬质合金外圆车刀 | 1 | 粗车端面、外圆 | | | |
| 2 | T04 | 硬质合金内孔车刀 | 1 | 粗车内孔 | | | |
| 3 | T07 | 硬质合金外圆车刀 | 1 | 精车端面、外轮廓 | | | |
| 4 | T08 | 硬质合金内孔车刀 | 1 | 精车内孔 | | | |
| 编制 | | 审核 | | 批准 | | 年 月 日 | 共 页 | 第 页 |

（6）确定切削用量

根据被加工表面质量的要求、刀具材料和工件材料，参考切削用量手册或有关资料选取切削速度和每转进给量，然后利用公式 $v_c = \pi dn/1000$ 和 $v_f = nf$，计算主轴转速和进给速度（计算过程略），最后根据实践经验进行修正。

（7）数控加工工艺卡片拟定

以工件右端面为工件原点，换刀点定位为 X200、Z200。数控加工工艺卡片如表 5-7 所示。

表 5-7  带孔圆盘数控加工工艺卡片

| 单位名称 | | ×××× | 产品名称或代号 | | 零件名称 | 材料 | 零件图号 |
|---|---|---|---|---|---|---|---|
| | | | | | 带孔圆盘 | 45 | |
| 工序号 | 程序编号 | 夹具名称 | 夹具编号 | | 使用设备 | | 车间 |
| | | 三爪卡盘 | | | Vturn-20 数控车床 | | 数控中心 |
| 工步号 | | 工步内容 | 刀具号 | 刀具规格 | 主轴转速 | 进给速度 | 背吃刀量 | 备注 |
| 1 | | 粗车端面 | T01 | 20×20 | 400 | 80 | | |
| 2 | | 粗车外圆 | T01 | 20×20 | 400 | 80 | | |
| 3 | | 粗车内孔 | T04 | φ20 | 400 | 60 | | |
| 4 | | 精车外轮廓及端面 | T07 | 20×20 | 1120 | 110 | | |
| 5 | | 精车内孔 | T08 | φ32 | 1000 | 100 | | |
| 编制 | | 审核 | | 批准 | | 年 月 日 | 共 页 | 第 页 |

# 复习思考题

1. 数控车床的主要加工对象是什么？

2. 说明数控车削加工中恒切速的意义。分析实际加工中何时考虑使用恒切速，何时考虑使用恒转速。

3. 什么叫对刀点、刀位点和换刀点？

4. 制定数控车削加工工艺方案时应遵循哪些基本原则？

5. 数控车削加工中的切削用量如何确定？

6. 数控车削时夹具定位要注意哪些方面？

7. 确定图 5-29 所示套筒零件的加工顺序及进给路线，并选择相应的加工刀具。毛坯为棒料。

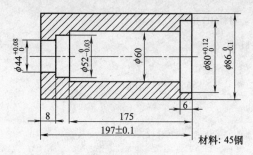

图 5-29　题 7 图

8. 制定图 5-30 所示轴类零件的数控车削加工工艺。毛坯为棒料。

9. 制定图 5-31 所示轴类零件的数控车削加工工艺。毛坯为棒料。

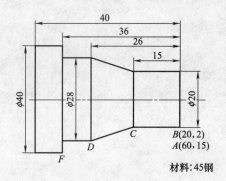

图 5-30　题 8 图

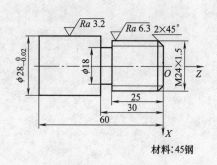

图 5-31　题 9 图

10. 制定图 5-32 所示轴类零件的数控车削加工工艺。毛坯为棒料。

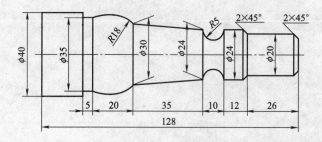

材料:45钢

图 5-32　题 10 图

11. 制定图 5-33 所示套类零件的数控车削加工工艺。工件毛坯为铸件。

12. 制定图 5-34 所示盘类零件的数控车削加工工艺。工件毛坯为棒料。

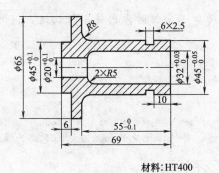

材料:HT400

图 5-33  题 11 图

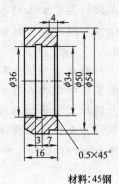

材料:45钢

图 5-34  题 12 图

# 第 **6** 章　数控铣削与加工中心加工工艺

## 6.1　数控铣床和加工中心

### 6.1.1　数控铣床

数控铣床是以铣削为加工方式的数控机床，世界上第一台数控机床就是数控铣床。由于数控铣削工艺最为复杂，因此人们一直把铣削加工作为研究和开发数控系统的重点，现在应用广泛的加工中心就是在数控铣床的基础上发展起来的。数控铣床在汽车、航空航天、模具等行业得到了广泛的应用。

数控铣床主要有立式铣床、卧式铣床和立、卧两用数控铣床。

（1）数控立式铣床

数控立式铣床是数控铣床中数量最多的一种，应用范围也最为广泛。小型数控铣床一般采用工作台移动、升降及主轴不动方式，与普通立式升降台铣床结构相似；中型数控立式铣床一般采用纵向和横向工作台移动方式，且主轴沿垂直溜板上下运动；大型数控立式铣床，因要考虑到扩大行程、缩小占地面积及刚性等技术要求，往往采用龙门架移动式，其主轴可以在龙门架横梁与垂直溜板上运动，而龙门架则沿床身作纵向运动。

从机床数控系统控制的坐标数量来看，目前三坐标数控立式铣床占大多数，一般可进行三坐标联动加工，但也有部分机床只能进行三坐标中的任意两个坐标联动加工（常称为 $2\frac{1}{2}$ 坐标加工）。此外，还有机床主轴可以绕 $X$、$Y$、$Z$ 坐标中的一个或两个轴作数控摆动的四坐标或五坐标数控立式铣床。图 6-1 所示为 5 坐标龙门式数控铣床。

一般来说，机床控制的坐标轴越多，特别是要求联动的坐标轴越多，机床的功能、加工范围及可选择的加工对象就越多。但随之带来的是机床的结构更加复杂，对数控系统的要求更高，编程难度更大，设备的价格也更高。

数控立式铣床可以附加数控转盘，采用自动交换台，增加靠模装置等来扩大数控立式铣床的功能、加工范围和加工对象，进一步提高生产效率。

（2）卧式数控铣床

与通用卧式铣床相同，其主轴轴线平行于水平面。为了扩大加工范围和扩充功能，卧式数控铣床通常采用增加数控转盘或万能数控转盘来实现四、五坐标加工（见图 6-2）。这样，不但工件侧面上的连续回转轮廓可以加工出来，而且可以在一次安装中，通过转盘改变工位，进行四面加工。尤其是万能数控转盘可以把工件上各种不同角度或空间角度的加工面摆成水平来加工，可以省去许多专用夹具或专用角度成形铣刀。对箱体类零件或需要在一次安装中改变工位的工件来说，选择带数控转盘的卧式铣床进行加工是非常合适的。

（3）立、卧两用数控铣床

这类铣床目前正在逐渐增多，它的主轴方向可以转换，使得在一台机床上既可以进行立式加工，又可以进行卧式加工，其使用范围更广，功能更齐全，选择加工对象的余地更大，

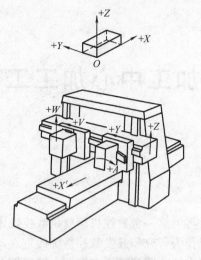

图 6-1 龙门式数控铣床

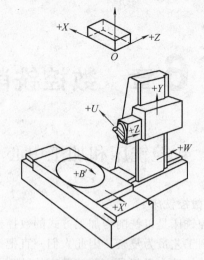

图 6-2 卧式数控铣床

给用户带来了很多方便，特别是当生产批量小，品种较多，又需要立、卧两种方式加工时，用户只需买一台这样的机床就行了。

图 6-3 表示一台立、卧两用数控铣床的两种使用状态。

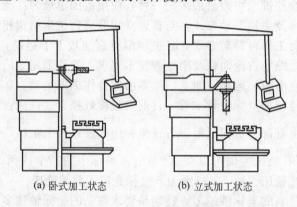

    (a) 卧式加工状态        (b) 立式加工状态

图 6-3 立、卧两用数控铣床

立、卧两用数控铣床的主轴方向的更换有手动和自动两种，采用数控万能主轴头的立、卧两用数控铣床，其主轴头可以任意转换方向，可以加工出与水平面成各种不同角度的工件表面。当立、卧两用数控铣床增加数控转盘后，就可以实现对工件的"五面加工"。即除了工件与转盘贴合的定位面外，其他表面都可以在一次安装中进行加工。因此，其加工性能非常优越。

### 6.1.2 加工中心

加工中心是由数控铣床、数控钻镗类机床发展而来的，集铣削、钻镗、攻螺纹等各种功能于一体，并配备有规模庞大的刀具库，具有自动换刀功能，是适用于加工复杂工件的高效率、高精度的自动化机床。常用的加工中心一般分为以下四种类型。

（1）立式加工中心

立式加工中心（图 6-4）的主轴垂直于工作台，特点是装夹工件方便，便于操作、观察，适宜加工板材类、壳体类等高度方向尺寸相对较小的工件。

（2）卧式加工中心

卧式加工中心（图 6-5）的主轴是水平设置的，工作台是具有精确分度的数控回转工作台，可实现工件一次装夹的多工位加工，定位精度高，适合于箱体类零件的批量加工，但装夹不方便，观察不便，且体积大，价格高。

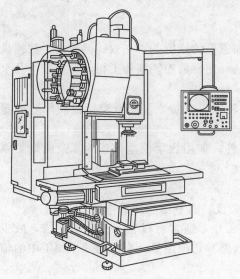

图 6-4　立式加工中心

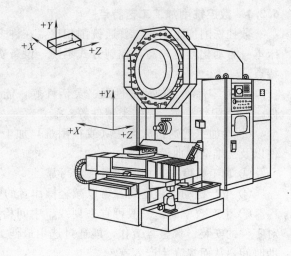

图 6-5　卧式加工中心

（3）复合加工中心

复合加工中心是指在一台加工中心上有立、卧两个主轴或主轴可改变角度 90°，即由立式改为卧式，或由卧式改为立式，如图 6-6 所示。主轴自动回转后，在工件一次装夹中可实现顶面和四周侧面共五个面的加工。复合加工中心主要适用于加工外观复杂、轮廓曲线复杂的小型工件，如叶轮片、螺旋桨及各种复杂模具。

（4）龙门加工中心

龙门加工中心（见图 6-7）是指在数控龙门铣床的基础上加装刀具库和换刀机械手，以实现自动换刀功能，达到比数控铣床更广泛的应用范围。

不同类型的加工中心，配备的数控系统将会有所不同，其加工指令代码的意义及程序格式均可能存在差异。

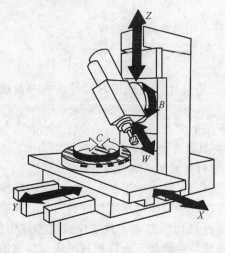

图 6-6　复合加工中心

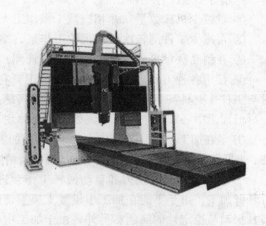

图 6-7　龙门加工中心

# 6.2 数控铣削与加工中心加工工艺特点

### 6.2.1 数控铣削加工工艺特点

数控铣削加工工艺与普通铣削相比，在许多方面遵循的原则基本一致。但是由于数控机床本身自动化程度较高，控制方式不同，设备费也高，使得数控铣削加工相应形成以下几个特点。

① 对零件加工的适应性强、灵活性好，能加工轮廓形状特别复杂或难以控制尺寸的零件，如模具类零件、壳体类零件等。

② 能加工普通机床无法（或很困难）加工的零件，如用数学模型描述的复杂曲线类零件以及三维空间曲面类零件。

③ 加工精度高、加工质量稳定可靠。

④ 生产自动化程度高，可以减轻操作者的劳动强度。有利于生产管理的自动化。

⑤ 生产效率高。一般可省去划线、中间检验等工作，通常可以省去复杂的工装，减少对零件的安装、调整等工作，能通过选用最佳工艺线路和切削用量，有效地减少加工中的辅助时间，从而提高生产效率。

⑥ 从切削原理上讲，无论是端铣或是周铣都属于断续切削方式，而不像车削那样连续切削，因此对刀具的要求较高，要求刀具具有良好的抗冲击性、韧性和耐磨性。而在干式切削状态下，还要求具有良好的红硬性。

### 6.2.2 加工中心加工工艺特点

加工中心是在数控铣床的基础上发展起来的，因此其加工工艺是以数控铣削为基础的，但又有不同之处。它的优点主要体现在以下几个方面。

① 加工中心可以减少工件的装夹次数，消除因多次装夹带来的定位误差，提高加工精度。当零件各加工部位的位置精度要求高时，采用加工中心加工能在一次装夹中将各个部位加工出来，避免了工件多次装夹所带来的定位误差，即有利于保证各加工部位的位置精度要求，同时可减少装卸工件的辅助时间，节省大量的专用和通用工艺装备，降低生产成本。如在加工中心上可方便地实现对箱体类零件进行钻孔、扩孔、铰孔、镗孔、攻螺纹、铣削端面、挖槽等多道工序的加工。

② 可减少机床数量，并相应减少操作工人，节省占用的车间面积。

③ 可减少工件周转次数和运输工作量，缩短生产周期。

④ 在制品数量少，简化生产调度和管理。

⑤ 使用各种刀具进行多工序集中加工，在进行工艺设计时要处理好刀具在换刀及加工时与工件、夹具甚至机床相关部位的干涉问题。

但加工中心加工也有不足之处，主要体现在以下几个方面。

① 若在加工中心上连续进行粗加工和精加工，则夹具既要能适应粗加工时切削力大、刚度高、夹紧力大的要求，又要适应精加工时定位精度高、零件夹紧变形尽可能小的要求。

② 由于采用自动换刀和自动回转工作台进行多工位加工，决定了卧式加工中心只能进行悬臂加工。由于不能在加工中设置支架等辅助装置，应尽可能使用刚性好的刀具，并解决刀具振动与稳定性的问题。另外，由于加工中心是通过自动换刀来实现工序或工步集中的，因此受刀库、机械手的限制，刀具的直径、长度、质量等一般都不允许超过机床说明书所规定的范围。

③ 多工序的集中加工，要及时处理切屑。

④ 在将毛坯加工成为成品的过程中，零件不能进行时效处理，内应力难以消除。

⑤ 技术复杂，对使用、维修、管理要求较高。

⑥ 加工中心一次性投资大，还需配置其他辅助装置，如刀具预调设备、数控刀具系统或三坐标测量机等，机床的加工工时费用高，如果零件选择不当，会增加加工成本。

# 6.3　数控铣削与加工中心的主要加工对象

数控铣削加工应用十分广泛，可以进行平面铣削、平面型腔铣削、外形轮廓铣削、三维及三维以上复杂型面铣削，还可进行钻削、镗削、螺纹切削及钻孔、扩孔、铰孔、攻螺纹和镗孔加工等。加工中心、柔性制造单元等都是在数控铣床的基础上产生和发展起来的。

按零件形状来看，主要可以用来加工以下几类零件。

### 6.3.1　平面类零件

加工面平行或垂直于水平面，或加工面与水平面的夹角为定角的零件称为平面类零件。平面类零件的特点是：各个加工面单元是平面，或可以展开成平面。如各种盖板、凸轮以及飞机整体结构中的框、肋等。平面类零件是数控铣削加工对象中最简单的一类零件，一般只需两到三坐标联动就可以加工出来。目前，在数控铣床上加工的绝大多数零件属于平面类零件。

图 6-8 所示的三个零件均为平面类零件。其中，图 6-8（a）中的曲线轮廓面垂直于水平面，可采用圆柱立铣刀加工。图 6-8（b）中的斜面，当工件尺寸不大时，可用斜板垫平后加工；当工件尺寸很大、斜面坡度又较小时，也常用行切加工法加工，这时会在加工面上留下进刀时的刀锋残留痕迹，要用钳修方法加以清除。图 6-8（c）中凸台侧面与水平面成一定角度，可以采用专用的角度成形铣刀来加工。

 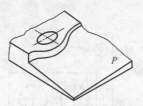 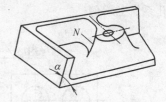

(a) 带平面轮廓的平面零件　　(b) 带斜平面的平面零件　　(c) 带正圆台和斜筋的平面零件

图 6-8　典型平面类零件

### 6.3.2　变斜角类零件

加工面与水平面的夹角呈连续变化的零件称为变斜角类零件，这类零件多为飞机类零件，如飞机上的整体梁、框、椽条与肋等，此外还有检验夹具与装配型架等。图 6-9 所示为飞机上的一种变斜角梁椽条，该零件在第②肋至第⑤肋的斜角从 3°10′ 均匀变化到 2°32′，从第⑤肋至第⑨肋再均匀变化为 1°20′，从第⑨肋到第⑫肋又均匀变化为 0°。

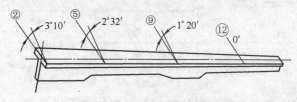

图 6-9　飞机上的变斜角梁椽条

变斜角类零件的变斜角加工面不能展开为平面，但在加工中，加工面与铣刀圆周接触的瞬间为一条直线。此类零件最好采用四坐标或五坐标数控铣床摆角加工，在没有上述机床时，也可在三坐标数控铣床上进行 $2\frac{1}{2}$ 坐标近似加工。

### 6.3.3 曲面类（立体类）零件

加工面为空间曲面的零件称为曲面类零件，如螺旋桨、叶片、复杂模具的型腔等。零件的特点是加工面不能展开为平面，加工时刀具与待加工零件始终是点接触，一般采用三坐标数控铣床加工（见图 6-10）。当曲面较复杂、通道较狭窄、会伤及毗邻表面以及需要刀具摆动时，要采用四坐标或五坐标铣床。

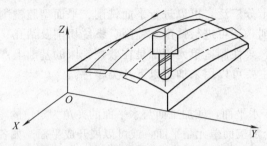

图 6-10 三坐标数控铣床加工空间曲面

加工曲面类零件，通常采用球头铣刀。球头铣刀在铣削曲面时，其刀尖处的切削速度很低，如果用球头铣刀垂直于被加工面铣削比较平缓的曲面时，球头刀尖切出的表面质量比较差，所以球头铣刀铣削时，要适当提高主轴转速，另外还应避免用刀尖铣削。

### 6.3.4 孔和孔系

孔及孔系的加工可以在数控铣床上进行，如钻、扩、铰和镗等加工。由于孔加工多用定尺寸刀具，需要频繁换刀，当加工孔的数量较多时，就不如用加工中心方便、快捷。图 6-11 为孔系加工示例。

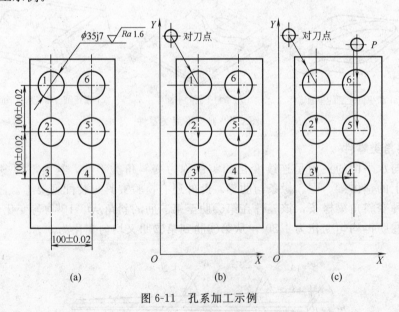

图 6-11 孔系加工示例

### 6.3.5 螺纹

传统的螺纹加工方法主要为采用螺纹车刀车削螺纹或采用丝锥、板牙手工攻丝及套扣等。随着数控加工技术的发展，尤其是三轴联动数控加工系统的出现，使更先进的螺纹加工方式——螺纹的数控铣削得以实现。

螺纹铣削加工与传统螺纹加工方式相比，在加工精度、加工效率方面具有极大优势，且加工时不受螺纹结构和螺纹旋向的限制，如一把螺纹铣刀可加工多种不同旋向的内、外螺纹。对于不允许有过渡扣或退刀槽结构的螺纹，采用传统的车削方法或丝锥、板牙很难加工，但采用数控铣削却十分容易实现。此外，螺纹铣刀的耐用度是丝锥的十多倍甚至数十倍，而且在数控铣削螺纹过程中，对螺纹直径尺寸的调整极为方便，这是采用丝锥、板牙难以做到的。由于螺纹铣削加工的诸多优势，目前发达国家的大批量螺纹生产已较广泛地采用了铣削工艺。

内、外螺纹，圆柱螺纹，圆锥螺纹等都可以在数控铣床上加工。铣削螺纹方式一般用于大直径的螺纹铣削。

# 6.4　数控铣削与加工中心加工工艺的制定

数控铣削需要考虑机床的运动过程、工件的加工工艺过程、刀具的形状及切削用量、走刀路线等广泛的工艺问题。

数控铣削和加工中心工艺的制定主要包括以下步骤。

### 6.4.1　零件图的工艺分析

（1）确定数控铣削加工的内容

在选择并决定某个零件进行数控加工后，并不是说所有的加工内容都采用数控加工，数控加工可能只是零件加工工序中的一部分。因此，有必要对零件的图样进行仔细分析，选择适合的表面进行数控铣削加工。在选择数控铣削加工内容时，应充分发挥数控铣床的优势和关键作用。主要选择的加工内容有以下几方面。

① 工件上的曲线轮廓，特别是由数学表达式给出的非圆曲线与列表曲线（如图 6-12 所示的正弦曲线）。

② 已给出数学模型的空间曲面（如图 6-13 所示的球面）。

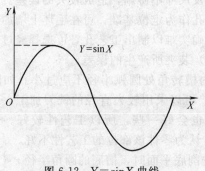

图 6-12　$Y = \sin X$ 曲线

图 6-13　球面

③ 形状复杂、尺寸繁多、划线与检测困难的部位。

④ 用通用铣床加工时难以观察、测量和控制进给的内外凹槽。

⑤ 以尺寸协调的高精度孔和面。

⑥ 能在一次安装中顺带铣出来的简单表面或形状。

⑦ 用数控铣削方式加工后，能成倍提高生产率、大大减轻劳动强度的一般加工内容。

此外，在选择数控加工内容时，还应考虑生产批量、生产周期、生产成本和工序间周转情况等因素，防止把数控机床当作普通机床来使用。

（2）图纸的工艺分析

在确定了数控铣削零件的加工内容后，根据数控机床性能及实际工作经验，需要对零件图进行工艺性分析，以减少后续加工和编程中可能出现的失误，零件图的工艺性分析可以从以下几个方面考虑。

① 轮廓参数的几何条件是否充分。在数控编程中有时会遇到构成零件轮廓参数的几何条件不充分的情况。例如：零件图样上圆弧与圆弧、圆弧与直线是相切的，但是按图样给出尺寸得到的计算结果却不同，相切的条件变成了相交或相离状态，影响编程工作的正常进行。因此，在分析零件图时应重点关注零件轮廓参数的相互关系是否明确、几何条件是否充分。若发现条件不充分，应及时协调解决，保证零件轮廓每一个节点的坐标正确无误。

② 尺寸标注的基准是否统一。一般情况下，零件图样上标注尺寸时因较多考虑装配等使用方面的原因，常采用局部分散尺寸标注法。然而，这对于数控加工工序安排往往会带来某些不便。由于数控加工精度及重复定位精度均较高，不会产生较大的累积误差而影响使用性能。因此，宜将局部分散的尺寸标注改为以同一基准引注尺寸或直接给出坐标尺寸。这样既便于编程，又有利于尺寸间的相互协调，还可使设计基准、工艺基准、检测基准与编程基准（或编程原点）保持统一。此外，还应检查有无引起矛盾的多余尺寸或影响工序安排的封闭尺寸等。

③ 几何形体与尺寸是否一致。零件图样上的内腔与外形应尽可能采用同类的几何形体与统一的尺寸，尤其是加工面转角处的凹圆弧半径，同一根轴上直径尺寸相差不大的各轴肩处的圆角、退刀槽、键槽等最好采用统一的尺寸，以减少刀具品种与换刀次数，有利于提高生产效率，且便于编程。

④ 加工精度是否满足要求。数控铣削加工精度高既有普遍性也有特殊性，特别是应关注过薄的棱边与橡板的厚度公差。"铣削怕铣薄"，数控铣削也是如此。因铣削加工时产生的切削拉力及薄板的弹性退让，极易使加工面产生振动，造成薄板厚度公差难以保证，且影响其表面粗糙度。根据实践经验，对于厚度小于3mm、面积较大的薄板件，应充分重视这一问题。

⑤ 工艺定位基准是否合适。数控铣削中特别强调采用统一的定位基准，否则很可能会因工件的重新安装而引起加工后两个面上的轮廓位置及尺寸不协调，造成较大的误差。工件上最好有合适的孔作为定位基准，若没有合适的工艺孔作为定位基准，可在毛坯上增加工艺凸台或在后续工序中要去掉的余量上设置工艺孔。若确实难以制出工艺孔，可选择经过精加工的表面作为统一的定位基准，以减少两次（或多次）装夹所产生的误差。

⑥ 内槽圆弧半径常常限制了刀具的直径，因此内槽转角处圆弧半径不应过小。如图6-14所示，若工件转接弧半径$R$较大，轮廓高度也低，可以采用较大直径的铣刀加工，而且加工底板平面时，进给次数也相对较少，表面质量也会好一些，所以工艺性较好。通常$R<0.2H$（$H$为被加工零件轮廓面的最大高度）时，认为零件该部位的工艺性不好。

⑦ 槽底与橡板相接处圆角半径是否过大。零件铣削底平面时，槽底的圆角半径$r$（见图6-15）越大，铣刀端刃铣削平面的能力越差，效率也越低。当$r$大到一定程度时，甚至必须使用球头铣刀加工，工艺性差，这是应该尽量避免的。因为铣刀与铣削平面接触的最大直径为$d=D-2r$（$D$为铣刀直径）。当$D$一定时，$r$越大，铣刀端刃铣削平面的面积越小，加工平面的能力越差，工艺性也就越差。有时，当铣削的底面积较大，槽底圆角半径$r$也较大时，不得不使用两把$r$不同的立铣刀（其中一把$r$小些先粗铣，另一把$r$符合零件图样尺寸再精铣），分步进行铣削。

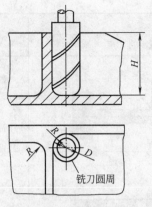

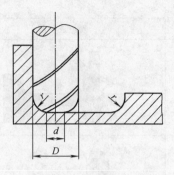

图 6-14　肋板的高度与内转接圆弧　　　　　　图 6-15　底板与肋板的转接弧
　　　 对零件铣削工艺性的影响　　　　　　　　　 对零件铣削工艺性的影响

⑧ 刀具夹持部分与工件加工位置是否相碰。对于一些受到位置限度的加工部位，如铣刀柄部与工件相碰，可采用加长柄铣刀或小直径专用夹头。

⑨ 零件是否容易变形。数控铣削最忌讳工件在加工时变形，它不但会影响加工质量，而且经常会使加工无法正常进行，造成"半途而废"。针对这类问题应考虑采取一些必要的工艺措施进行预防。例如：对钢件作调质处理，对铸铝件进行退火处理。对于那些不宜采用热处理方法解决的工件，也可考虑采用粗、精分别加工及对称去除余量等方法。此外，还要分析工件加工后的变形问题。

⑩ 毛坯余量是否适当。在零件图样工艺性审查中同时还应考虑毛坯方面事宜。毛坯余量要注意以下几个方面。

a. 工件的加工余量是否充分，尤其是毛坯余量是否充分。经验表明，数控铣削中最难保证的是加工面与非加工面之间的尺寸，这一点应引起足够的重视。

b. 毛坯的余量大小及均匀性。主要考虑在加工时是否应分层切削，分几层切削。以及分析加工中与加工后是否发生变形，是否应采取预防措施或补救方法。例如，对于热轧中厚铝板，经淬火时效后很容易在加工中与加工后变形，最好采用经预拉伸处理后的淬火坯板。

c. 毛坯安装定位的适应性。如：可通过增加工艺凸台提高定位面的稳定性，增加工艺凸耳以提高定位精度等。

提高数控铣削工艺性的措施见表 6-1。

表 6-1　改进零件结构提高数控铣削工艺性

| 提高工艺性方法 | 结　　构 | | 结果 |
|---|---|---|---|
| | 改　进　前 | 改　进　后 | |
| 改进内壁形状 | $R_2<(\frac{1}{6}\sim\frac{1}{5})H$　$R_1$ | $R_2<(\frac{1}{6}\sim\frac{1}{5})H$　$R_1$ | 可采用刚性较高的刀具 |

| 提高工艺性方法 | 结构 | | 结果 |
|---|---|---|---|
| | 改进前 | 改进后 | |
| 统一圆弧尺寸 | | | 减少刀具数和刀具更换次数,减少辅助时间 |
| 选择合适的圆弧半径 $R$ 和 $r$ | | | 提高生产效率 |
| 用两面对称结构 | | | 减少编程时间,简化编程 |
| 合理改进凸台分布 | | | 减少加工劳动量 |
| 改进结构形状 | | | 减少加工劳动量 |
| | | | 减少加工劳动量 |

续表

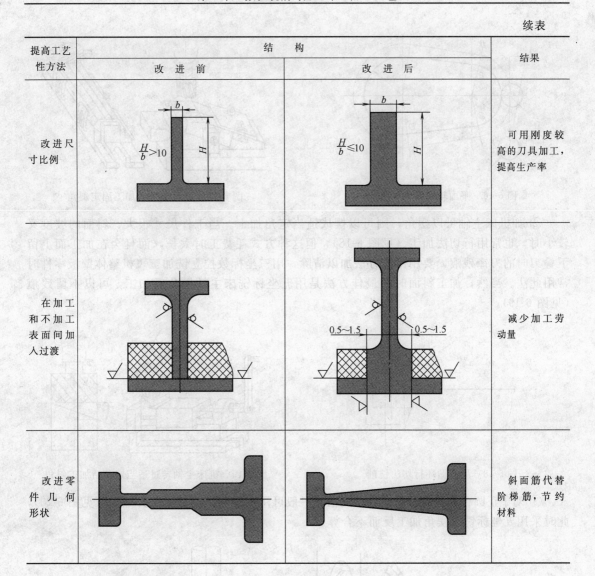

| 提高工艺性方法 | 结构 | | 结果 |
|---|---|---|---|
| | 改进前 | 改进后 | |
| 改进尺寸比例 | $\frac{H}{b} > 10$ | $\frac{H}{b} \leq 10$ | 可用刚度较高的刀具加工，提高生产率 |
| 在加工和不加工表面间加入过渡 | | $0.5 \sim 1.5$　　$0.5 \sim 1.5$ | 减少加工劳动量 |
| 改进零件几何形状 | | | 斜面筋代替阶梯筋，节约材料 |

## 6.4.2　加工方案的确定

加工方案主要由工件表面轮廓而定。例如，单纯铣削或铣槽的简单小型零件，选择数控铣床要比加工中心好；相反对于大型非圆曲线齿廓齿轮齿形的加工，在规格小的数控铣床上加工，往往受 $X$ 和 $Y$ 坐标行程的限制，无法一次加工全部齿形，必须配备分度夹具。这样，就不如选择规格大些的数控铣镗床加工中心，以节省昂贵夹具的设计制造费用。

下面是几种常见零件表面的加工方案。

（1）平面类零件

一般平面类零件可在两坐标联动的铣床上加工，图 6-16 为铣削平面轮廓实例，若选用的铣刀半径为 $R$，则点划线为刀具中心的运动轨迹。

有些平面类零件的某些加工单元面（或加工单元面的母线）与水平面既不垂直也不平行，而是成一个定角的斜面。这些斜面的加工常用方法如下三种。

① 当工件尺寸不大时，可用斜垫板垫平后加工，特别是在成批或大量生产中，为了提高生产效率和保证产品质量，一般采用专用夹具将斜面垫平后加工固定斜角，如图 6-17 所示。

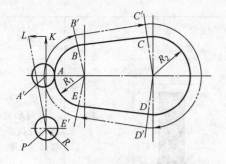

图 6-16　平面轮廓零件的加工

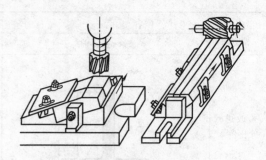

图 6-17　斜面垫平后加工固定斜角

② 如机床主轴可以摆角，则可以摆成适当定角加工。当工件尺寸很大、斜面的坡度又较小时，也常用行切法加工（见图 6-18），但这种方式耗费工时太长，而且会在加工面上留下叠刀时的刀锋残痕，要用钳修方法加以清除，用三坐标数控立铣加工飞机整体壁板零件时常用此法。当然，加工斜面时的最佳方法是用五坐标铣床主轴摆角后加工，可以不留残痕（见图 6-19）。

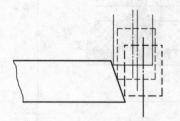

图 6-18　周向循环行切法铣削

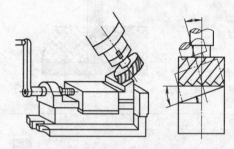

图 6-19　机床主轴转过适当定角后加工斜角

③ 对于正圆台和斜筋表面或者燕尾槽，一般可用专用的角度成形铣刀加工（见图 6-20），此时采用五坐标铣床摆角加工反而不合算。

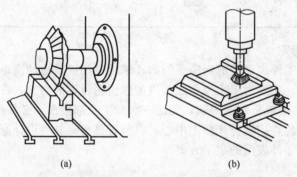

(a)　　　　　　　　　　　(b)

图 6-20　成形铣刀加工专用的燕尾槽和 V 形槽

（2）变斜角类零件

加工变斜角面的常用方法有以下三种。

① 对曲率变化较小的变斜角面，用 $X$、$Y$、$Z$ 和 $A$ 四坐标联动数控铣床加工，所用刀具为圆柱铣刀。但当工件斜角过大，超过铣床主轴摆角范围时，可用角度成形铣刀加以弥补，以直线插补方式摆角加工，如图 6-21（a）所示。

② 对曲率变化较大的变斜角面，用四坐标联动，直线插补加工难以满足加工要求，最

好采用 $X$、$Y$、$Z$、$A$ 和 $B$（或 $C$ 轴）的五坐标联动数控铣床，以圆弧插补方式摆角加工，如图 6-21（b）所示。实际上图中的 $\alpha$ 与 $A$、$B$ 两摆角是球面三角关系，这里仅仅为示意图。

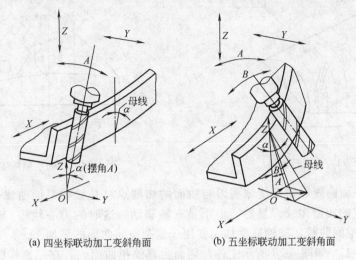

(a) 四坐标联动加工变斜角面　　　　　(b) 五坐标联动加工变斜角面

图 6-21　四、五坐标联动数控铣床加工变斜角零件

③ 用三坐标铣床进行二坐标加工，刀具为球头铣刀（又称为指状铣刀，只能加工大于 90°的开斜角面）和鼓形铣刀，以直线或圆弧插补方式分层铣削，所留叠刀残痕用钳修方法清除，图 6-22 所示为用鼓形铣刀分层铣削变斜角面的情形。由于鼓径可以做得较大（比球头刀的球径大），所以加工后的叠刀刀锋较小，故加工效果比球头刀好，而且能加工闭斜角面（小于 90°的斜面）。

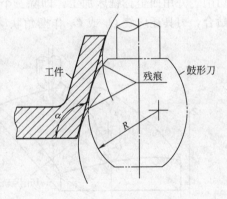

图 6-22　用鼓形铣刀分层铣削变斜角面

（3）曲面类零件

曲面类零件加工根据曲面形状、刀具形状（球状、柱状、端齿）以及精度要求采用不同的铣削方法，如二轴半、三轴、四轴、五轴等插补联动加工。

① 坐标联动的二轴半加工　$X$、$Y$、$Z$ 三轴中任意两轴作联动插补，第三轴作单独的周期进给，称为二轴半坐标联动。如图 6-23 所示，将 $X$ 分为若干段，圆头铣刀沿 $YZ$ 面所截的曲线进行铣削，每一段加工完后进给 $\Delta X$，再加工另一相邻曲线，如此依次切削就可加工出整个曲面。在行切法中，要根据轮廓表面粗糙度的要求及刀头不干涉相邻表面的原则选取 $\Delta X$。行切法加工中通常采用球头铣刀（亦称指状铣刀）。球头铣刀的刀头半径应选得大一些，有利于散热，但刀头半径不应大于曲面最小曲率半径。

图 6-24 为二轴半坐标加工时刀心轨迹与切削点轨迹示意图。$ABCD$ 为被加工曲面，$P_{YZ}$ 平面为平行于 $YZ$ 平面的一个行切面，其刀心轨迹 $O_1O_2$ 为曲面 $ABCD$ 的等距面 $IJKL$ 与行切面 $P_{YZ}$ 的交线，显然 $O_1O_2$ 是一条平面曲线。在此情况下，曲面曲率的变化会导致球头刀与曲面切削点的位置改变，因此切削点的连线 $ab$ 是一条空间曲线，从而会在曲面上形扭曲的残留沟纹。故二轴半坐标加工常在曲率变化不大及精度要求不高的粗加工中使用。

② 三坐标联动加工　$X$、$Y$、$Z$ 三轴可同时插补联动。用三坐标联动加工时，也是用行切法。如图 6-25 所示，$P_{YZ}$ 平面为平行于 $YZ$ 平面的一个行切面，它与曲面的交线为 $ab$，若

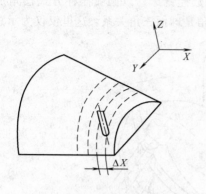

图 6-23　曲面行切法

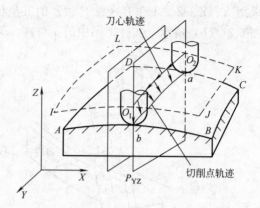

图 6-24　二轴半坐标加工

要求 $ab$ 为一条平面曲线，则应使球头刀与曲面的切削点总是处在平面曲线 $ab$（即沿 $ab$ 切削），以获得规定的残留沟纹。显然，由于是三轴联动，这时的刀心轨迹 $O_1O_2$ 不在 $P_{YZ}$ 平面上，而是一条空间曲线。三轴联动加工常用于复杂空间曲面的精加工。

③ 四坐标加工　如图 6-26 所示工件，侧面为直纹扭曲面。若在三坐标联动的机床上用圆头铣刀按行切法加工，则不但生产效率低，而且表面粗糙度大。为此，采用圆柱铣刀周边切削，并用四坐标铣床加工。即除三个直角坐标运动外，为保证刀具与工件型面在全长始终贴合，刀具还应绕 $O_1$ 或 $O_2$ 作摆角联动。

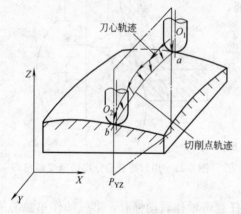

图 6-25　三坐标加工

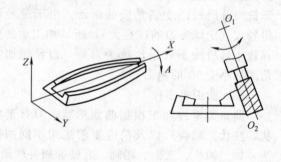

图 6-26　四坐标加工

④ 五坐标加工　对于螺旋桨、叶轮之类的零件，因其叶片形状复杂，刀具易与相邻表面干涉，常用五坐标联动加工。叶片及其加工原理如图 6-27 所示。在半径为 $R_i$ 的圆柱面上

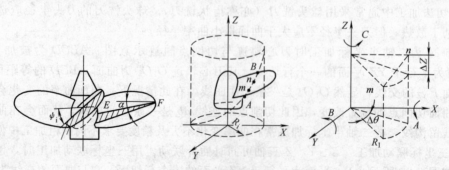

图 6-27　五坐标加工

与叶面的交线 $AB$ 为螺旋线的一部分，螺旋角为 $\psi_i$，叶片的径向叶型线（轴向割线）$EF$ 的倾角 $\alpha$ 为后倾角。螺旋线 $AB$ 用极坐标加工方法，并且以折线段逼近。逼近段 $mn$ 是由 $C$ 坐标旋转 $\Delta\theta$ 与 $Z$ 坐标位移 $\Delta Z$ 的合成。

当 $AB$ 加工完后，刀具径向位移 $\Delta X$（改变 $R_i$），再加工相邻的另一条叶型线，依次加工就可以加工出整个叶面。由于叶面的曲率半径较大，所以常采用端面铣刀加工，以提高生产率并简化程序。因此为保证铣刀端面始终与曲面贴合，铣刀还应作由坐标 $A$ 和 $B$ 形成的 $\theta_1$ 和 $\alpha_1$ 的摆角运动。在摆角的同时，还应作直角坐标的附加运动，以保证铣刀端面中心始终位于编程所规定的位置上，所以需要五坐标加工。这种加工编程相对复杂，一般采用自动编程。

（4）螺纹加工

数控铣削螺纹要求加工中心具有三轴联动的功能（螺旋插补），由机床控制刀具实现螺旋轨迹。常见的螺纹铣削加工方式如图 6-28 所示。

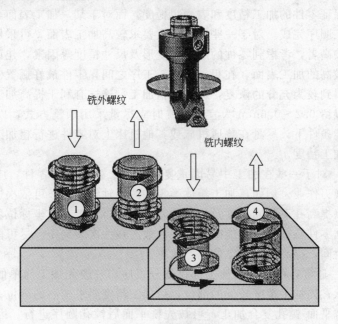

图 6-28　螺纹铣削加工

螺纹铣削加工中有三种切入方式，分别介绍如下。

① 径向切入法　沿半径方向切入切出，这是最简单的方式，但需注意在切入和切出点上有微小的刀痕，对螺纹无影响，当加工硬材料时，这种方法会使在切出整个牙深时，都会有振动的痕迹。因此为了避免当切入接近全牙型时的振动，进给量应降低到螺旋插补进给的 $1/3$。

② 圆弧切入法　沿相切弧方向切入切出，这种方式是使刀具平缓切入切出工件，即使加工难加工材料时也不会有冲击和振动的痕迹。虽然这种方式比半径方向切入需要更复杂的编程，但可以加工出高质量的螺纹，在加工精密螺纹时可使用该方法。

③ 切向切入法　沿切线方向切入切出，此方法非常简单，但是只能用于外螺纹铣削。

### 6.4.3　加工工序的划分

工序划分是数控加工编程中十分重要的环节。工序划分合理与否，将直接影响数控机床"数控技术优势"的发挥和零件的加工质量。数控车床加工零件与普通机床相比，工序可以比较集中些。

（1）工序划分的原则与加工路线

为了充分发挥数控机床的优势，提高生产效率和保证加工质量，数控加工编程中应遵循工序最大限度集中的原则，即零件在一次装夹中力求完成本台数控机床所能加工的全部表面。在工序集中的原则下加工路线的长短也关系到零件的加工精度和生产效率，缩短加工路线，减少机床停机时间和辅助时间，提高生产效率，对于批量生产尤为重要。在确定加工路线时，应综合考虑最短加工路线和保证加工精度两者的关系。就精加工而言，应在保证加工精度的前提下，尽量缩短加工路线，即"先精后短"；而对于粗加工，要注重缩短加工路线，同时不能影响加工精度，即"先短后精"。

（2）工序划分的要点

① 粗精分开，先粗后精　若零件（单件）的全部表面均由数控机床加工，工序的划分一般按先粗加工，后半精加工，最后精加工，依次分开进行；即粗加工全部完成之后再进行半精加工、精加工。粗加工时可快速切除大部分余量，再依次精加工各个表面，这样可提高生产效率，又可保证零件的加工精度和表面粗糙度。而对于某一加工表面，则应按粗加工→半精加工→精加工顺序完成。对于一些位置精度要求较高加工表面，可采用前者；而对于一些尺寸精度要求较高者，考虑到零件的刚度、变形及尺寸精度等因素，建议采用后者。尤其是对于精度要求较高的加工表面，在粗、精加工工序之间，零件最好搁置一段时间，使粗加工后零件的变形得到较为充分的恢复，再进行精加工，这样有利于提高加工精度。一般情况下，精加工余量以留 0.2～0.6mm 为宜。精铣时应尽量采用顺铣方式，以保证零件表面质量。此外，在可能条件下，尽量在普通机床或其他机床上对零件进行粗加工，以减轻数控机床的负荷和保证加工精度。

② 一次定位　对于一些在加工中易因重复定位而产生误差的零件，应采用一次定位的方式按顺序进行换刀作业。例如：加工箱体类零件的各轴线孔系，可依次连续加工完成同一轴线上的各孔，以提高孔系的同轴度及位置公差，然后再加工其他坐标位置的孔，确保孔系的位置精度。根据零件特征，尽可能减少装夹次数。在一次装夹中，尽可能完成较多的加工表面，减少辅助时间，提高数控加工的生产效率。

③ 先面后孔　通常，可按零件加工部位划分工序，一般先加工简单的几何形状，后加工复杂的几何形状；先加工精度较低的部位，后加工精度要求较高的部位；先加工平面，后加工孔。例如：铣平面-镗孔复合加工，可按先铣平面后镗孔顺序进行。因为铣削时切削力较大，零件易变形，待其恢复变形后再镗孔，有利于保证孔的加工精度。其次，先镗孔再铣平面，孔口就会产生毛刺、飞边，影响孔的装配。

④ 减少换刀　在数控加工中，应尽可能按刀具进入加工位置的顺序集中刀具，即在不影响加工精度的前提下，减少换刀次数，减少空行程，节省辅助时间。零件在一次装夹中，尽可能使用同一把刀具完成较多的加工表面。当一把刀具完成加工的所有部位后，尽可能为下道工序作些预加工。例如：使用小钻头为大孔预钻位置孔或划位置痕，或用前道工序的刀具为后道工序先进行粗加工，然后换刀后完成精加工或加工其他部位。对于一些不重要的部位，尽可能使用同一把刀具完成同一个工位的多道工序加工。

⑤ 连续加工　在加工半封闭或封闭的内外轮廓中，应尽量避免加工停顿现象。由于"零件-刀具-机床"这一工艺系统在加工过程中暂时处于动态平衡弹性变形状态下，若忽然进给停顿，切削力会明显减小，就会失去原工艺系统的平衡，使刀具在停顿处留下划痕（或凹痕）。因此，在轮廓加工中应避免进给停顿现象，保证零件表面的加工质量。

⑥ 同向行程　为提高数控机床的定位精度，刀具应尽量采用同向（或单向）趋近定位点和加工点的方法，以减少机械传动系统（如丝杆间隙）对定位精度的影响。空载运行时，

应当按照先快后慢分级降速的顺序，接近并到达预定点，以避免速度快、惯性过大而影响其运行和定位精度。例如：对于一些位置精度要求较高的孔加工，应特别关注各孔加工顺序的安排，若安排不当，就有可能把坐标轴的反向间隙带入行程中，会直接影响各孔之间的位置精度。各孔的加工顺序和路线应按同向行程进行，以免引入反向误差。

### 6.4.4　装夹方案和夹具的选择

（1）定位安装的基本原则

在数控铣床上加工零件时，定位安装的基本原则与普通机床相同，也要合理地选择定位基准和装夹方案。为了提高数控铣床的效率，在确定定位基准和夹紧方案时应注意以下三点。

① 力求设计、工艺与编程计算的基准统一。

② 尽量减少装夹次数，尽可能在一次安装定位装夹后，加工出全部待加工表面。

③ 避免采用占机人工调整加工方案，以充分发挥数控机床的效能。

（2）夹具的选择

数控机床主要用于加工形状复杂的零件，但所使用夹具的结构往往并不复杂，数控铣床夹具的选用可首先根据生产零件的批量来确定。对单件、小批量、工作量较大的工件加工来说，一般可直接在机床工作台面上通过调整实现定位与夹紧，然后通过加工坐标系的设定来确定零件的位置。对有一定批量的零件来说，可选用结构较简单的夹具。

（3）常用的装夹方案

数控铣床上工件装夹通常采用四种方法。

① 机床工作台上按工件找正定位，用压板和 T 形槽螺栓夹紧工件。

② 工件用螺钉紧固在固定板上，按工件找正定位，在机床工作台上用压板和 T 形槽螺栓夹紧固定板，或用平口钳夹紧固定板，如图 6-29 所示。

③ 使用平口虎钳、三爪卡盘等通用夹具装夹工件。

④ 用组合夹具、专用夹具等。传统组合或专用夹具一般具有工件的定位和夹紧，刀具的导向和对刀等四种功能，而数控机床上由成形控制刀具的运动，不需要利用夹具对刀和导向，所以数控机床所用夹具只要求具有工件的定位和夹紧功能，其所用夹具的结构一般比较简单。

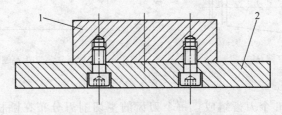

图 6-29　利用固定板装夹工件

1—工件；2—固定板

加工过程中，如需多次装夹工件，应采用同一组精基准定位。否则，因基准转化，会引起较大的定位误差。因此，尽可能选用零件上的孔为定位基准，如果零件上没有合适的孔为定位用，可以另行加工出工艺孔作为定位基准。

### 6.4.5　数控铣刀的选择

（1）铣刀的种类

① 面铣刀　面铣刀的形状如图 6-30 所示，它适合于加工平面，尤其适合加工大面积表面。主偏角为 90°的面铣刀还能同时加工出与平面垂直的直角面。

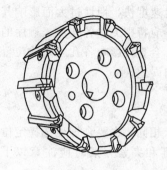

图 6-30　面铣刀

面铣刀的直径一般较大，通常将其做成镶齿结构，即将刀齿和刀体分开。刀齿由硬质合金制成的可转位刀片组成，刀体的材料为 40Cr。

面铣刀可用于粗加工，也可用于精加工，粗加工要求有较大的生产率，即要求有较大的铣削用量，为使粗加工能取较大的切削深度，切除较大的余量，粗加工宜选较小的铣刀直径；而精加工时应能保证加工精度，要求加工表面粗糙度值小，应避免在精加工表面上有接刀痕迹，所以精加工的铣刀直径要选大些，最好能包容加工面的整个宽度。

面铣刀的齿数对铣削生产率和加工质量有直接影响，齿数越多，同时工作的齿数也越多，生产率高，铣削过程平稳，加工质量好。直径相同的可转位铣刀根据齿数不同可分为粗齿、细齿、密齿三种，见表 6-2。粗齿铣刀用于粗加工；细齿铣刀用于平稳条件下的铣削加工；密齿铣刀铣削时每齿进给量较小，主要用于薄壁铸铁的加工。

表 6-2　可转位铣刀直径与齿数的关系

| 直径/mm | | 50 | 63 | 80 | 100 | 125 | 160 | 200 | 250 | 315 | 400 | 500 |
|---|---|---|---|---|---|---|---|---|---|---|---|---|
| 齿数 | 粗齿 | | | 4 | | 6 | 8 | 10 | 12 | 16 | 20 | 26 |
| | 细齿 | | | | 6 | 8 | 10 | 12 | 16 | 20 | 26 | 34 |
| | 密齿 | | | | | 12 | 18 | 24 | 32 | 40 | 52 | 64 |

② 立铣刀　立铣刀（图 6-31）分为高速钢立铣刀和硬质合金立铣刀两种，主要用于加工沟槽、台阶面、平面和二维曲面，如平面轮廓等。

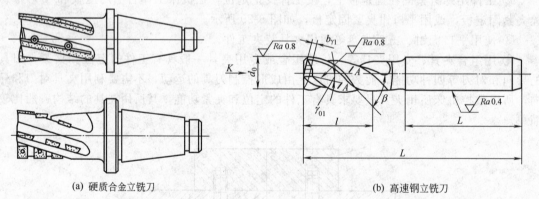

(a) 硬质合金立铣刀　　　　　　　　　　(b) 高速钢立铣刀

图 6-31　立铣刀

立铣刀通常由 3～6 个刀齿组成，每个刀齿的主切削刃分布在圆柱面上，呈螺旋形，其螺旋角为 30°～50°之间，这样有利于提高切削过程的平稳性，提高加工精度；刀齿的副切削刃分布在端面上，用来加工与侧面垂直的底平面。立铣刀的主切削刃和副切削刃可以同时进行切削，也可以分别单独进行切削。

立铣刀根据刀齿数目，分为粗齿、中齿和细齿立铣刀，见表 6-3。

表 6-3　立铣刀直径和齿数的关系

| 直径/mm | | 2～8 | 9～15 | 16～28 | 32～50 | 56～70 | 80 |
|---|---|---|---|---|---|---|---|
| 齿数 | 细齿 | | 5 | 6 | 8 | 10 | 12 |
| | 中齿 | 4 | 6 | 8 | 10 | | |
| | 粗齿 | 3 | 4 | 6 | 8 | | |

　　直径较小的立铣刀一般制成带柄的形式，直径为 $\phi2\sim71$mm 的制成直柄；$\phi6\sim63$mm 的制成莫氏锥柄；$\phi25\sim80$mm 的制成 7：24 的锥柄；直径大于 $\phi40\sim60$mm 的立铣刀可做成套式结构。

　　③ 键槽铣刀　键槽铣刀（图 6-32）有两个刀齿，圆柱面上和端面上都有切削刃，兼有钻头和立铣刀的功能，端面刃延至圆中心，使立铣刀可以沿其轴向钻孔，加工到键槽的深度；又可以像立铣刀那样，用圆柱面上刀刃铣削出键槽长度。铣削时，立铣刀先对工件钻孔，然后沿工件轴线铣出键槽全长。

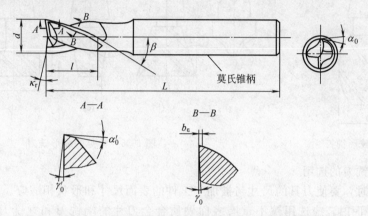

图 6-32　键槽铣刀

　　④ 模具铣刀　模具铣刀是由立铣刀发展而来的，其直径在 $\phi4\sim63$mm 范围内。主要用于加工三维模具型腔、凸凹模成形表面和曲面类零件。通常有圆锥形立铣刀（圆锥半角 $\alpha/2$ 可分为 3°、5°、7°、10°）、圆柱形球头铣刀、圆锥形球头铣刀三种类型。

　　在模具铣刀的圆柱面（或圆锥面）和球头上都有切削刃，可以进行轴向和径向进给切削。铣刀工作部分用高速钢（图 6-33）或硬质合金（图 6-34）制造。模具铣刀的锥柄形式有直柄、削平直柄和莫氏锥柄三种。

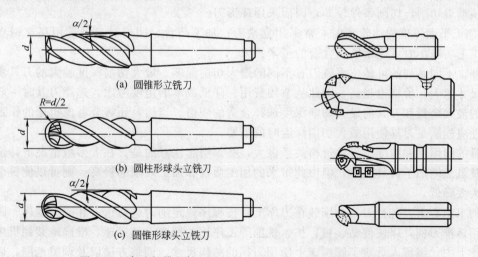

(a) 圆锥形立铣刀

(b) 圆柱形球头立铣刀

(c) 圆锥形球头立铣刀

图 6-33　高速钢模具铣刀　　　　　图 6-34　硬质合金模具铣刀

　　⑤ 鼓形铣刀　鼓形铣刀的切削刃分布在半径为 $R$ 的中凸的鼓形外轮廓上，如图 6-35 所示，其端面无切削刃。铣削时控制铣刀的上下位置，从而改变刀刃的铣削部位，可以在工件上加工出由负到正的不同斜角表面，常用于数控铣床和加工中心加工立体曲面。$R$ 值越小，

鼓形铣刀所能加工的斜角范围越广，而加工后的表面粗糙度值也越大。

这种铣刀的缺点是：刃磨困难，切削条件差，而且不能加工有底的轮廓。

⑥ 成形铣刀　图 6-36 所示为常见的几种成形铣刀。成形铣刀一般为专用刀具，即为加工某个或某项加工内容而专门制造（刃磨）的。它适用于加工特定形状的面和特形的孔、槽。

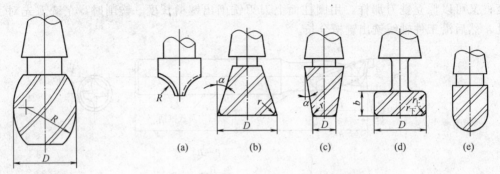

图 6-35　鼓形铣刀　　　　　　图 6-36　常见的成形铣刀

（2）数控铣刀的选用

选择铣刀时，要使刀具的尺寸与被加工工件的表面尺寸和形状相适应。

① 铣削平面时，应选用镶不重磨多面硬质合金刀片的端铣刀和立铣刀。粗铣平面时，因被加工表面质量不均匀，切削力大，选择铣刀时直径要小些。精铣时，铣刀直径要大些，最好能包容加工面的宽度，以提高效率和加工表面质量。

② 在铣削立体型面和变斜角轮廓外形时，常用球头铣刀、环形刀、鼓形刀、锥形刀和盘铣刀。球头铣刀和环形铣刀用于加工立体曲面。鼓形刀和锥形刀用于加工一些变斜角的工件。盘铣刀在五坐标联动的加工中具有良好的效果。

③ 在进行自由曲面加工时，由于球头刀具的端部切削速度为零，因此，为保证加工精度，切削行距一般取得很密，故球头常用于曲面的精加工。但加工曲面较平坦部位时，刀具以球头顶端刃切削，切削条件较差，因而采用环形刀。

④ 加工平面零件周边轮廓时，常采用立铣刀；加工凸台、凹槽时，可选用高速钢立铣刀；加工毛坯表面时可选镶硬质合金的玉米铣刀。

另外，不同系列的可转位面铣刀有不同的最大切削深度。最大切削深度越大的刀具所用刀片的尺寸越大，价格也越高，因此从节约费用、降低成本的角度考虑，选择刀具时一般应按加工的最大余量和刀具的最大切削深度选择合适的规格。当然，还需要考虑机床的额定功率和刚性应能满足刀具使用最大切削深度时的需要。

刀具的耐用度和精度与刀具价格关系极大，必须引起注意的是：在大多数情况下，选择好的刀具虽然增加了刀具成本，但由此带来的加工质量和加工效率的提高，则可以使整个加工成本大大降低。

在加工中心上，各种刀具分别装在刀库上，按程序规定随时进行选刀和换刀动作。因此必须采用标准刀柄，以便使钻、镗、扩、铣削等工序用的标准刀具迅速、准确地装到机床主轴或刀库上去。编程人员应了解机床上所用刀柄的结构尺寸、调整方法以及调整范围，以便在编程时确定刀具的径向和轴向尺寸。目前我国的加工中心采用 TSG 工具系统，其刀柄有直柄（三种规格）和锥柄（四种规格）两种，共包括 16 种不同用途的刀柄。

在经济型数控加工中，由于刀具的刃磨、测量和更换多为人工手动进行，占用辅助时间较长，因此，必须合理安排刀具的排列顺序。一般应遵循以下原则：a. 尽量减少刀具数量；

b. 一把刀具装夹后，应完成其所能进行的所有加工部位；c. 粗精加工的刀具应分开使用，即使是相同尺寸规格的刀具；d. 先铣后钻；e. 先进行曲面精加工，后进行二维轮廓精加工；f. 在可能的情况下，应尽可能利用数控机床的自动换刀功能，以提高生产效率等。

（3）立铣刀的参数选择

立铣刀的种类、形式繁多，限于篇幅，在此不一一叙述各种铣刀尺寸的选择方法，选择立铣刀时，刀具的有关参数可按下述经验数据选取（参见图 6-37）。

① 铣削内凹轮廓时，铣刀半径 $r$ 应小于内凹轮廓面的最小曲率半径 $\rho$（图 6-38），一般取 $r=(0.8\sim0.9)\rho$。铣削外轮廓时，铣刀半径应尽可能选大一些，以提高刀具的刚性和耐用度。

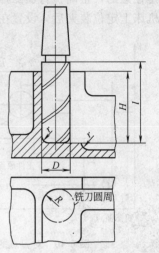

② 零件的加工厚度 $H\leqslant(1/4\sim1/6)r$，以保证刀具有足够的刚性。

③ 对不通凹槽的加工，选取刀具的 $l=H+(5\sim10)$ mm（$l$ 为切削部分长度，$H$ 为零件的加工厚度）。

④ 对通槽或外形加工，选取 $l=H+r_\varepsilon+(5\sim10)$ mm（$r_\varepsilon$ 为刀尖圆角半径）。

⑤ 粗加工内凹轮廓面时，铣刀最大直径 $D_{\max}$ 可按下式进行估算（参见图 6-39）。

图 6-37　立铣刀刀具尺寸

$$D_{\max}=\frac{2\left(\dfrac{\delta\sin\phi}{2}-\delta_1\right)}{1-\dfrac{\sin\phi}{2}}+D \tag{6-1}$$

式中　$D$——轮廓的最小圆角直径；

　　　$\delta$——圆角邻边夹角等分线上最大的精加工余量；

　　　$\delta_1$——单边精加工余量；

　　　$\phi$——圆角两邻边的夹角。

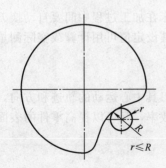

图 6-38　刀具半径的选择

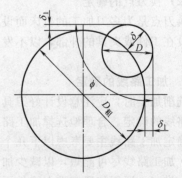

图 6-39　粗加工内凹槽轮廓面铣刀直径的估算

⑥ 加工肋时，刀具直径为 $D=(5\sim10)b$（$b$ 为肋的厚度）。

由此可见，选择刀具几何形状应依据加工曲面的具体情况而定。另外在自动换刀机床中要预先测出刀具的结构尺寸和调整尺寸，以便加工时进行刀具补偿。

### 6.4.6　对刀点和换刀点的确定

对刀点和换刀点的选择主要根据加工操作的实际情况，考虑如何在保证加工精度和生产效率的同时，使操作简便。

（1）对刀点的确定

对刀点就是刀具相对于工件运动的起点。在加工时，工件在机床加工尺寸范围内的安装是任意的，正确执行加工程序，必须确定工件在机床坐标系中的确切位置。对刀点是工件在机床上定位装夹后，设置在工件坐标系中，用于确定工件坐标系与机床坐标系空间位置关系的参考点。在工艺设计和程序编制时，应合理设置对刀点，以操作简单、对刀误差小为原则。

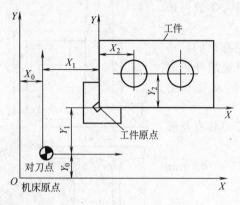

图6-40　对刀点的选择

对刀点可以设置在工件上，也可以设置在夹具上，但都必须在编程坐标系中有确切的位置，如图6-40中的$X_1$和$Y_1$。对刀点既可以与编程原点重合，也可以不重合，这主要取决于加工精度和对刀方便性。当对刀点与编程原点重合时，$X_1=0$，$Y_1=0$。

为了保证零件的加工精度要求，对刀点应尽可能选择在零件的设计基准或工艺基准上。如以零件上的孔的中心点或两条相互垂直的轮廓边的交点作为对刀点较为合适，但应根据加工精度对这些孔或轮廓面提出相应的精度要求，并在对刀之前准备好。有时零件上没有合适的部位，也可以加工出工艺孔来对刀。

确定对刀点在机床坐标系中的位置的操作称为对刀。对刀的准确程度将直接影响零件加工的位置精度，因此，对刀方法一定要与零件的加工精度要求相适应，生产中常使用百分表、中心规等工具。

无论采用何种工具，都是使数控铣床的主轴中心与对刀点重合，利用机床坐标系显示确定对刀点在机床坐标系中的位置，从而确定工件坐标系在机床坐标系中的位置。

刀具在机床上的位置是由"刀位点"的位置来表示的。不同刀具的刀位点是不同的，对立铣刀、端铣刀是指它们刀头底面的中心，对球头铣刀是指它的球心。

（2）换刀点的确定

换刀点是为多刀加工的机床而设置的，因为这些机床在加工过程中间要自动换刀。换刀点应设在工件或夹具的外部，以不发生换刀障碍为准，其设定值可用计算或实际测量的方法确定。

### 6.4.7　加工路线的确定

铣削加工时，应注意设计好刀具的切入、切出以及刀具中心运动的轨迹和方向，也就是加工路线的确定。合理地选择加工路线既可以提高切削效率，又可以提高零件的表面加工质量。确定加工路线主要考虑以下几个方面。

- 加工路线尽可能短，以减少加工时间，提高效率。
- 进刀、退刀位置应选在零件不太重要的部位，并且使刀具沿零件的切线方向进刀、退刀，以免产生刀痕。
- 先加工外轮廓，后加工内轮廓。

#### 6.4.7.1　常见表面的加工路线

（1）母线曲面的加工路线

铣削曲面时，常用球头刀进行加工。图6-41表示加工边界敞开的直纹曲面常用的两种进给路线。当采用图6-41（a）所示方案加工时，每次直线进给，刀位点计算简单，程序较短，而且加工过程符合直纹面的形成规律，可以准确保证母线的直线度。而采用图 6-41 (b) 所示方案加工时，符合这类工件表面数据给出情况，便于加工后检验，叶形的准确度高，因此在实际生产中最好将以上两种方案结合起来。另外由于曲面工件的边界是敞开的，没有其他表面限制，所以曲面边界可以外延，为保证加工的表面质量，球头刀应从曲面边界外部进刀和退刀。

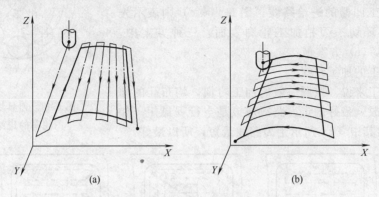

图 6-41　加工直纹曲面的两种常用进给路线

（2）平面零件外轮廓铣削加工路线

用立铣刀的侧刃铣削平面工件的外轮廓时，为减少接刀痕迹，保证零件表面质量，切入、切出部分应考虑外延，对刀具的切入点和切出点程序要精心设计。铣刀在切入工件时，应沿工件轮廓曲线的延长线上 [图 6-42 （a）] 或切向方向切入 [图 6-42 （b）]，而不应沿法线直接切入工件，以免在工件表面产生划痕，保证零件轮廓光滑。同样，在切离工件时，也应避免在切削终点处直接抬刀，要沿着切线终点的外延线 [图 6-42 （a）] 或切线方向 [图 6-42 （b）] 逐渐切离工件。

有些数控系统，为了编程方便备有此特殊功能代码（如切向切入功能代码 G37 指令，切向切出功能代码 G38 指令）。在无此功能的数控机床上，就要由合适的进给路线来解决。

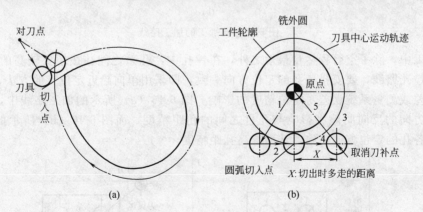

图 6-42　刀具切入切出外轮廓的进给路线

（3）铣削内轮廓的进给路线

铣削封闭的内轮廓表面时，同铣削外轮廓一样，刀具同样不能沿轮廓曲线的法向切入和切出。此时刀具可沿一过渡圆弧切入和切出工件轮廓。图 6-43 所示为铣削内圆的进给路线。图中 $R_1$ 为零件圆弧轮廓半径，$R_2$ 为过渡圆弧半径。

（4）封闭内腔加工路线

用立铣刀铣削内表面轮廓时，切入和切出无法外延，这时铣刀只有沿工件轮廓的法线方向切入和切出，并将其切入点和切出点选在工件轮廓两几何元素的交接点。但进给路线不一致，加工结果也将各异。图 6-44 所示为加工凹槽的三种进给路线。图 6-44（a）、（b）分别表示用行切法和环切法加工凹槽的进给路线。图 6-44（c）则表示先用行切法，再环切一刀精加工轮廓表面。三种方案中，（a）方案最差，（c）方案最佳。

(5) 孔加工的加工路线

对于孔加工来说，按照一般的加工习惯，均布孔的加工应该一次完成，最好的走刀路线应该是空行程最短。如图 6-45 所示，其中（c）所示走刀路线最短，所以最好。

图 6-43　刀具切入切出内轮廓的进给路线

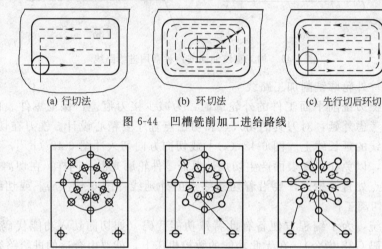

(a) 行切法　　　　　(b) 环切法　　　　　(c) 先行切后环切

图 6-44　凹槽铣削加工进给路线

（a）　　　　　　　（b）　　　　　　　（c）

图 6-45　孔加工的加工路线

孔加工中，除了空行程尽量最短之外，在镗孔中，孔系之间往往还要较高的位置精度。因此安排镗孔路线，要安排各孔的定位方向一致，即采用单向趋近定位点的方法，以免传动系统的误差或测量系统误差对定位精度的影响。图 6-46（a）所示的加工路线中，在加工孔 Ⅳ 时，X 方向的反向间隙将影响与孔 Ⅲ 之间的孔距精度，而图 6-46（b）所示的加工路线中，可使各孔的定位方向一致，从而提高孔距精度。

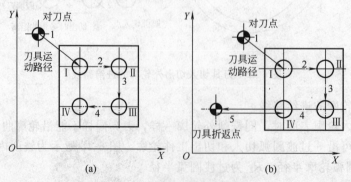

（a）　　　　　　　　　　　　　（b）

图 6-46　孔系加工的加工路线

**188**

#### 6.4.7.2　顺铣和逆铣对加工的影响

在铣削加工中，采用顺铣还是逆铣方式是影响加工表面粗糙度的重要因素之一。逆铣时切削力 $F$ 的水平分力 $F_h$ 的方向与进给运动 $v_f$ 方向相反，顺铣时切削力 $F$ 的水平分力 $F_h$ 的方向与进给运动 $v_f$ 的方向相同。铣削方式的选择应视零件图样的加工要求，工件材料的性质、特点以及机床、刀具等条件综合考虑。通常，由于数控机床传动采用滚珠丝杠结构，其进给传动间隙很小，顺铣的工艺性优于逆铣。

图 6-47 所示为采用顺铣切削方式精铣外轮廓，图 6-48 所示为采用逆铣切削方式精铣型腔轮廓。

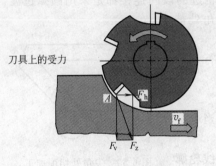

图 6-47　顺铣

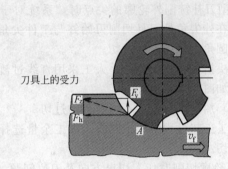

图 6-48　逆铣

一般来说，对于铝镁合金和耐热合金等材料的铣削加工，为了降低表面粗糙度和提高刀具耐用度，采用顺铣加工；而对于黑色金属锻件或铸件，表皮硬而且加工余量较大时，采用逆铣加工。

#### 6.4.7.3　过切

数控铣床在加工中，由于刀具轨迹处理不当、工艺过程处理不当等原因常导致切削过量现象，即"过切"。过切现象直接影响加工精度，甚至导致加工产品报废。

（1）加工拐角时的过切

① 内角交接处的过切　如图 6-49 所示，在铣削零件轮廓内角时可能产生过切，其产生原因如下。

a. 当铣刀运动至内角交接处（$B$ 点）时，铣刀与工件的接触面积增大，切削力随之增大，然后过拐角由铣两面变为铣一面时，切削力减小，工艺系统弹性变形恢复，致使刀具向工件加工表面内侧变形，产生过切。

b. 对大增益、大惯性系统，当进给速度较高时，由于其运动惯性亦可导致刀具过切。

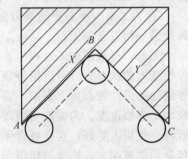

图 6-49　内角交接处的过切

常用的解决措施如下。

a. 选择刚性好、抗振及热变形小的短柄刀具，如：可选高速钢立铣刀。实践证明在大多数情况下，选择好的刀具虽然增加了刀具成本，但由此带来的加工质量的提高，则可以使整个加工成本大大降低。

b. 采用进给速度分级编程。将 $AB$ 和 $BC$ 段均分为两段 $AX$、$XB$ 及 $BY$、$YC$，其中 $AX$、$YC$ 段为正常速度段，$XB$、$BY$ 段为低速段（一般不超过正常速度的 $1/2$），$XB$、$BY$ 的距离长度宜选为（$1.2\sim2$）$R$，$R$ 为刀具半径。并且，低速段的进给速度，当刀具半径较大或 $AB$、$BC$ 夹角较小时，应进一步降低。

② 各轴速度滞后特性引起的过切　加工拐角为直角的零件，而且加工路线恰好沿着两

个正交坐标轴时，在某一坐标轴伺服系统的位置指令输入停止瞬间，另一个坐标轴的伺服系统紧接着接受位置指令，并瞬间从零加速至指定的速度。但在指令突然改变的瞬间，第一轴对指令位置有滞后量，从而在第二轴开始加速时，第一轴尚未到拐点，因此出现过切。

解决措施如下。

a. 在编程时对第一坐标轴采用分级降速的办法，或使程序转段时有自动减速和加速功能。

b. 注意装夹方法，避免加工路线正好沿着两个正交坐标轴。

c. 编程时在拐角处略作停顿。

（2）B 型刀补铣削外轮廓时产生的过切

B 型刀补铣削外轮廓的尖点时，系统对于刀具中心轨迹的段间连接都是采用圆弧过渡。这样，在外尖角处刀具切削刃始终与工件尖角接触，尖角处被铣削成圆角，从而产生过切。

解决措施：在尖角处，人工采用直线过渡编程来进行切削加工，如图 6-50 所示。

（3）加工工艺处理不当引起的过切

加工工艺过程中加工路线、加工余量选择等处理不当也会引起过切。

① 轮廓切削时切入切出方向及刀痕问题。对于非直线轮廓（如圆弧、曲线轮廓等）的铣削，直接入刀会引起过切，因此

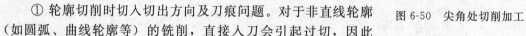

图 6-50　尖角处切削加工

必须采用刀具半径补偿，找到合适的入刀点最为关键，可有效地防止曲线过切，但从法线方向入刀，曲线入刀点易出现一个刀痕，可采用让刀沿切线方向进入圆弧铣削，加工完成后让刀具多走一段，同时沿切线方向退出，以免在取消刀补时出现过切现象（见图 6-42、图 6-43）。

② 对于精度要求高的零件工序分为粗、精加工。对于加工余量，精加工余量取为 0.1～0.4mm。在加工要求较高的凹槽时，宜用直径较小一些的立铣刀，先铣槽的中部，然后利用刀具半径补偿铣削两边。

③ 为了减少不必要的换刀定位误差，将零件上用同一把刀加工的部位全部加工完后，再换另一把刀来加工。

另外，在铣削加工过程中，工件、刀具、夹具、机床这一工艺系统会暂时处于动态平衡弹性变形的状态下，若进给停顿，切削力明显减小，会改变系统的平衡状态，刀具会在进给停顿处的工件表面留下划痕，因此在轮廓加工中应避免进给停顿。刀具切入过程一般需采取较小的进给速度。为提高切削效率，切入时从一个切削层缓慢地进入另一个切削层，比切出后再突然切入要好，这样可以保证恒定的进给速度。其次，尽量保持一个稳定的切削参数，包括切削速度、进给量与切削深度的一致性。尽量提高毛坯的成形精度，使各表面加工余量均匀。

此外夹具刚性差、机床本身往返间隙等都可能引起过切。

### 6.4.8　切削用量的确定

切削用量包括：切削速度、进给速度、背吃刀量和侧吃刀量。具体的选择原则与普通铣削相同。

切削速度与工件材料也有很大关系，例如用立铣刀铣削合金钢 30CrNi2MoVA 时，$v_c$ 可采用 8m/min 左右；而用同样的立铣刀铣削铝合金时，$v_c$ 可选 200m/min 以上。

对于不同的加工情况，需选用不同的切削用量。推荐的铣刀切削速度和进给量见表 6-4 和表 6-5。

表 6-4  数控铣刀的切削速度                                      m/min

| 工件材料 | 铣刀材料 | | | | | |
|---|---|---|---|---|---|---|
| | 碳素钢 | 高速钢 | 超高速钢 | Stellite | YT | YG |
| 铝 | 75～100 | 150～300 | | 240～460 | | 300～600 |
| 黄铜(软) | 12～25 | 20～50 | | 45～75 | | 100～180 |
| 青铜(硬) | 10～20 | 20～40 | | 30～50 | | 60～130 |
| 青铜(最硬) | | 10～15 | 15～20 | | | 40～60 |
| 铸铁(软) | 10～12 | 15～25 | 18～35 | 28～40 | | 75～100 |
| 铸铁(硬) | | 10～15 | 10～20 | 18～28 | | 45～60 |
| 铸铁(冷硬) | | | 10～15 | 12～18 | | 30～60 |
| 可锻铸铁 | 10～15 | 20～30 | 25～40 | 35～45 | | 75～110 |
| 铜(软) | 10～14 | 18～28 | 20～30 | | 45～75 | |
| 铜(中) | 10～15 | 15～25 | 18～28 | | 40～60 | |
| 铜(硬) | | 10～15 | 12～20 | | 30～45 | |

表 6-5  铣刀的进给量                                          mm/齿

| 工件材料 | 铣 刀 种 类 | | | | | |
|---|---|---|---|---|---|---|
| | 圆柱铣刀 | 面铣刀 | 立铣刀 | 成形铣刀 | 高速钢嵌齿铣刀 | 硬质合金嵌齿铣刀 |
| 铸铁 | 0.2 | 0.2 | 0.07 | 0.04 | 0.3 | 0.1 |
| 软(中硬)钢 | 0.2 | 0.2 | 0.07 | 0.04 | 0.3 | 0.09 |
| 硬钢 | 0.15 | 0.15 | 0.06 | 0.03 | 0.2 | 0.08 |
| 镍铬钢 | 0.1 | 0.1 | 0.05 | 0.02 | 0.15 | 0.06 |
| 高镍铬钢 | 0.1 | 0.1 | 0.04 | 0.02 | 0.15 | 0.05 |
| 可锻铸铁 | 0.2 | 0.15 | 0.04 | 0.02 | 0.3 | 0.09 |
| 青铜 | 0.15 | 0.15 | 0.04 | 0.02 | 0.3 | 0.1 |
| 黄铜 | 0.2 | 0.2 | 0.04 | 0.02 | 0.3 | 0.21 |
| 铝 | 0.1 | | 0.07 | 0.04 | | 0.1 |
| Al-Si 合金 | 0.1 | 0.1 | 0.07 | 0.04 | 0.18 | 0.08 |
| Mg-Al-Zn 合金 | 0.1 | 0.1 | 0.07 | 0.03 | 0.15 | 0.08 |
| Al-Cu-Mg 合金 | 0.15 | 0.1 | 0.07 | 0.04 | 0.2 | 0.1 |

## 6.4.9  填写数控工序卡片

数控加工工序卡与普通加工工序卡有许多相似之处，但不同的是该卡片中应能反映使用的辅具、刃具切削参数、切削液等，它是操作人员配合数控程序进行数控加工的主要指导性工艺资料。表 6-6 为常用的数控铣削加工工序卡片。

表 6-6  数控铣削加工工序卡片

| ××机械厂 | 数控加工工序卡片 | | 产品名称或代号 | 零件名称 | | 零件图号 | | |
|---|---|---|---|---|---|---|---|---|
| 工序序号 | 程序编号 | 夹具名称 | | 夹具编号 | 使用设备 | | 车间 | |
| | | | | | | | | |
| 工步号 | 工步内容 | | | 加工面 | 刀具号 | 刀具规格 | 主轴转速 进给深度 切削深度 | 备注 |
| 1 | | | | | | | | |
| 2 | | | | | | | | |
| 3 | | | | | | | | |
| 4 | | | | | | | | |
| 5 | | | | | | | | |
| 编制 | | 审核 | | 批准 | | | 共 页 | 第 页 |

# 6.5　典型零件加工工艺分析

### 6.5.1　典型零件的数控铣削加工工艺

#### 6.5.1.1　平面类零件

平面类零件是数控铣削加工中常见的零件，其轮廓曲线主要由直线-圆弧、圆弧-圆弧、圆弧-非圆曲线及非圆曲线等组成，常用两轴以上联动数控铣削加工。

下面以图 6-51 为例，说明平板类零件的数控铣削加工工艺。

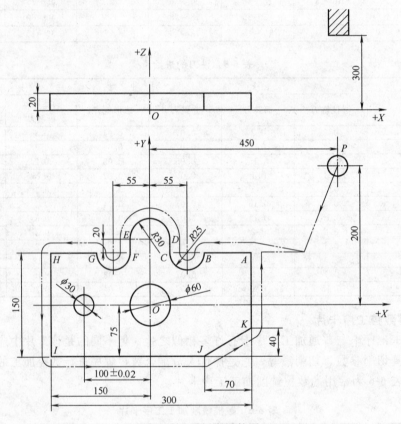

图 6-51　平板类零件图

（1）零件工艺分析

主要分析该零件的轮廓形状、尺寸和技术要求、定位基准和毛坯等。

本例零件为平板类零件，坯料上下表面不加工，中间 $\phi80mm$ 和 $\phi15mm$ 的孔已加工好，本工序只进行外轮廓表面加工。外轮廓由圆弧 *BC*、*DE*、*FC* 和直线 *AB*、*GH*、*HI*、*IJ*、*JK*、*KA* 以及切线 *CD*、*EF* 所组成，两轴联动的数控机床即可加工。

零件材料为 45 钢，切削加工性好。

该零件在数控加工前，工件为含有两个基准孔（$\phi80mm$、$\phi15mm$）的板料，两孔可作为定位基准，无需另做工艺孔定位。

（2）确定装夹方案

根据图 6-51 所示的结构特点，采用"一面两孔"定位，设计一个"一面两销"夹具。

先用垫块垫在工作台上，然后用压板螺栓在孔上压紧，垫块要小于所要铣削的平面零件轮廓尺寸，以防止与铣刀发生干涉。在垫块上分别精镗 $\phi80mm$、$\phi15mm$ 两个定位销安装孔，孔距（$100\pm0.02$)mm。铣削加工前先固定垫块，使两定位销孔的中心线与机床的 $X$ 轴平行，垫块平面要保证与工作台平行。

图 6-52 为本例零件装夹示意。采用双螺母装夹，以提高装夹刚性，防止铣削时工件振动。

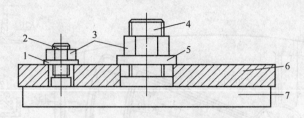

图 6-52　平板类零件装夹示意
1—垫圈；2—带螺纹削边销；3—压紧螺母；4—带螺纹圆柱销；
5—开口垫圈；6—工件；7—垫块

（3）确定进给路线

进给路线包括平面类进给和深度进给两部分路线。

平面类轮廓进给，对外轮廓从切线方向引入，对内轮廓从过渡圆弧切入。

在两轴联动数控铣床上，对铣削平面类零件的轮廓，深度进给有两种办法：一种方法是在 $XZ$（或 $YZ$）平面内来回铣削逐渐进刀到既定深度；另一种方法是先打一个工艺孔，然后从工艺孔进刀到既定的深度。

本例进刀点选在 $P$（450，200，300），逐渐加深铣削深度，当到达既定深度后，刀具在 $XY$ 平面内运动，铣削零件轮廓，为保证轮廓工作表面有较好的表面质量，采用顺铣方式。即从 $P$ 开始，对外轮廓按顺时针方向铣削，铣刀在水平面内的切入进给路线见图 6-49。

（4）刀具的选择

铣刀的材料和几何参数主要根据零件材料切削加工性、工件表面几何形状和尺寸大小选择，本例零件为平面类外轮廓加工，选用立铣刀；而零件材料为 45 钢，属于一般材料，切削加工性好，选用硬质合金立铣刀。

（5）切削用量的确定

切削用量是依据零件材料的特点、刀具性能及加工精度要求确定的。通常为提高切削效率，要尽量选用大直径的铣刀，侧吃刀量取刀具直径的 1/3～1/2，而背吃刀量应大于冷硬层厚度，切削速度和进给速度应通过试验选取效率和刀具寿命的综合最佳值。精铣时切削速度应高一些。

由于选用 $\phi30mm$ 硬质合金立铣刀，主轴转速取 150～235r/min，进给速度取 30～60mm/min。工件厚度 20mm，铣削余量分三次完成，第一次背吃刀量为 12mm，第二次背吃刀量为 7mm，剩下 1mm 随同轮廓精铣完成。

6.5.1.2　支架零件

图 6-53 所示为薄板状的支架，材料为锻铝 LD5，结构形状较复杂，是适合数控铣削加工的一种典型零件。下面简要介绍该零件的工艺分析过程。

（1）零件图样工艺分析

① 数控铣削加工内容的选择　由图 6-53 可知，该零件的加工轮廓由列表曲线、圆弧及直线构成，形状复杂，加工、检验都较困难，除底平面宜在普通铣床上铣削外，其余各加工

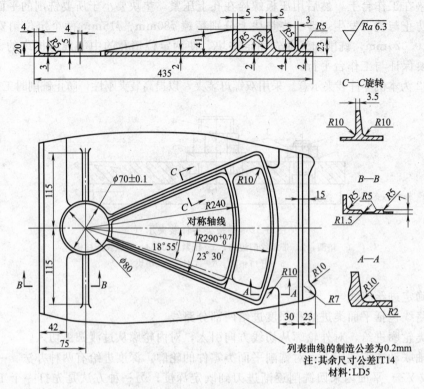

图 6-53  支架零件

部位均需采用数控机床铣削加工。

② 零件结构工艺性分析  零件尺寸的标注基准（对称轴线、底平面、$\phi70mm$ 孔中心线）较统一，且无封闭尺寸；构成该零件轮廓形状的各几何元素条件充分，无相互矛盾之处，故有利于编程。

该零件的列表曲线尺寸公差为 0.2mm，其余尺寸公差为 IT14 级，表面粗糙度均为 $Ra6.3\mu m$，一般不难保证。但其腹板厚度只有 2mm，且面积较大，加工时极易产生振动，可能会导致其壁厚公差及表面粗糙度要求难以达到。

该零件被加工轮廓表面的最大高度 $H=41mm-2mm=39mm$，转接圆弧为 $R10mm$，$R$ 略大于 $0.2H$，故该处的铣削工艺性尚可。全部圆角为 $R10mm$，$R5mm$，不统一。另外，加工列表曲线轮廓的铣刀底圆角半径应尽可能小，故需多把不同刀尖圆角半径的铣刀。

③ 零件毛坯的工艺性分析  支架的毛坯为铸件，其形状与零件相似，各处均有单边加工余量 5mm（毛坯图略）。零件在加工后各处厚薄尺寸相差悬殊，除扇形框外，其他各处刚性较差，尤其是腹板两面切削余量相对值较大，故该零件在铣削过程中及铣削后都将产生较大变形。

分析其定位基准，只有底面及 $\phi70mm$ 孔（可先制成 $\phi20H7$ 的工艺孔）可作定位基准，尚缺一孔，需要在毛坯上制作一个辅助工艺基准。

根据上面分析，针对提出的主要问题，采用如下工艺措施：

a. 安排粗、精加工及钳工矫形。

b. 先铣加强肋，后铣腹板，有利于提高刚性，防止振动。

c. 采用小直径铣刀加工，减小铣削力。

d. 在毛坯右侧对称处增加一工艺凸耳，并在凸耳上加工一工艺孔，解决缺少定位基准；

**194**

设计真空夹具，提高薄板件的装夹刚性。

e. 腹板与扇形框周缘相接处底角半径 $R10mm$，采用底圆角半径为 $R10mm$ 的球头成形铣刀（带 7°斜角）补加工完成。

（2）确定装夹方案

在数控铣削加工工序中，选择底面、$\phi70mm$ 孔位置上预制的 $\phi20H7$ 工艺孔以及工艺凸耳上的工艺孔为定位基准，即"一面两孔"方式定位。相应的夹具定位元件为"一面两销"。图 6-54 即为数控铣削加工装夹示意图。

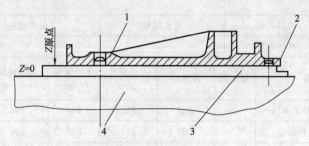

图 6-54　支架零件数控铣削加工装夹示意图

1—支架；2—工艺凸耳及定位孔；3—真空夹具平台；4—机床真空平台

由于该工件为薄壁零件，且加工面积大，铣削时易产生振动，故采用图 6-55 所示的专用过渡真空平台。利用真空吸紧工件，可达到夹紧面积大、刚性好，铣削时不易产生振动的效果。为防抽真空装置发生故障或漏气，使夹紧力消失或下降，可另加辅助夹紧装置，避免工件松动。

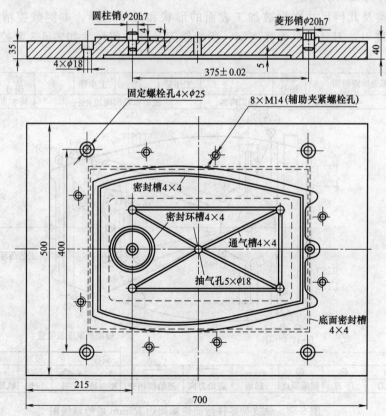

图 6-55　支架零件专用过渡真空平台简图

**195**

（3）工序安排和工步划分

支架在数控机床上进行铣削加工分为粗铣和精铣两道工序。按同一把铣刀的加工内容来划分工步，数控精铣工序可划分为三个工步，具体内容及工步顺序如表 6-7 数控加工工序卡片所示。

表 6-7　支架零件数控加工工序卡片

| 单位名称 | | ×××× | | 产品名称或代号 | | 零件名称 | 材料 | 零件图号 |
|---|---|---|---|---|---|---|---|---|
| | | | | | | 支架 | LD5 | |
| 工序号 | 程序编号 | 夹具名称 | | 夹具编号 | | 使用设备 | | 车间 |
| | | 真空夹具 | | | | | | 数控中心 |
| 工步号 | 工步内容 | | 加工面 | 刀具号 | 刀具规格 /mm | 主轴转速 /(r/mm) | 进给速度 /(mm/min) | 切削深度 /mm | 备注 |
| 1 | 铣型面轮廓周边圆角 $R$5mm | | | T01 | $\phi$20 | 800 | 400 | | |
| 2 | 铣扇形框内外形 | | | T02 | $\phi$20 | 800 | 400 | | |
| 3 | 铣外形及 $\phi$70mm 孔 | | | T03 | $\phi$20 | 800 | 400 | | |
| 编制 | | 审核 | | 批准 | | 年　月　日 | 共　页 | 第　页 |

（4）确定加工路线

图 6-56～图 6-58 是数控精铣工序中三个工步的进给路线。图中 $z$ 值是铣刀在 $z$ 方向的移动坐标。在第三工步的进给路线中，铣削 $\phi$70mm 孔的进给路线未绘出。

（5）选择刀具切削用量

铣刀种类及几何尺寸根据被加工表面的形状和尺寸选择。本例数控精铣工序选用立铣刀和成形铣刀，刀具材料为高速钢，所选铣刀及其几何尺寸如表 6-8 数控加工刀具卡片所示。

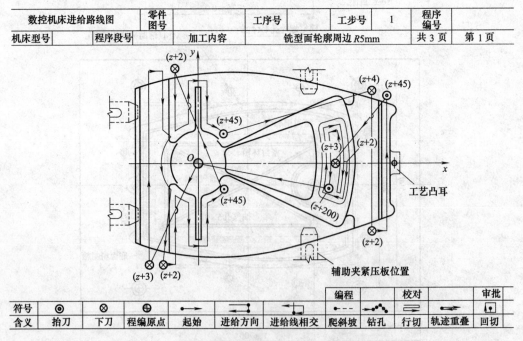

图 6-56　铣支架零件型面轮廓周边 $R$5mm 进给路线图

| 数控机床进给路线图 | | 零件图号 | | 工序号 | | 工步号 | 2 | 程序编号 | |
|---|---|---|---|---|---|---|---|---|---|
| 机床型号 | 程序段号 | | 加工内容 | | 铣扇形框内外形 | | | 共 3 页 | 第 2 页 |

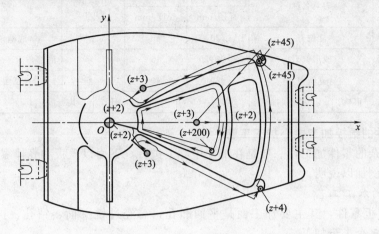

| 符号 | ◉ | ⊗ | ⊕ | •→ | ⊢•─• | ←•⊣ | •--- | •◥•• | ⇉ | ◄─• | •◨ |
|---|---|---|---|---|---|---|---|---|---|---|---|
| | | | | | | | 编程 | | 校对 | | 审批 |
| 含义 | 抬刀 | 下刀 | 程编原点 | 起始 | 进给方向 | 进给线相交 | 爬斜坡 | 钻孔 | 行切 | 轨迹重叠 | 回切 |

图 6-57　铣支架零件扇形框内外形进给路线图

| 数控机床进给路线图 | | 零件图号 | | 工序号 | | 工步号 | 3 | 程序编号 | |
|---|---|---|---|---|---|---|---|---|---|
| 机床型号 | 程序段号 | | 加工内容 | | 铣削外形及内孔 $\phi70mm$ | | | 共 3 页 | 第 2 页 |

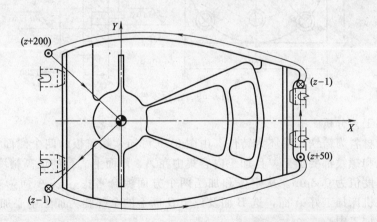

| 符号 | ◉ | ⊗ | ⊕ | •→ | ⊢•─• | ←•⊣ | •--- | •◥•• | ⇉ | ◄─• | •◨ |
|---|---|---|---|---|---|---|---|---|---|---|---|
| | | | | | | | 编程 | | 校对 | | 审批 |
| 含义 | 抬刀 | 下刀 | 程编原点 | 起始 | 进给方向 | 进给线相交 | 爬给线 | 钻孔 | 行切 | 轨迹重叠 | 回切 |

图 6-58　铣支架零件外形进给路线图

　　切削用量根据工件材料、刀具材料及图样要求选取。数控精铣的三个工步所用铣刀直径相同，加工余量和表面粗糙度也相同，故可选择相同的切削用量。所选主轴转速 $n=800r/min$，进给速度 $v_f=400mm/min$。

表 6-8　支架零件数控加工刀具卡片

| 产品名称或代号 | | ×××× | | 零件名称 | 支 架 | 零件图号 | | ×××× |
|---|---|---|---|---|---|---|---|---|
| 工步号 | 刀具号 | 刀具名称 | | 刀　具 | | 补偿值 /mm | 备　注 | |
| | | | | 直径/mm | 长度/mm | | | |
| 1 | T01 | 立铣刀 | | $\phi20$ | 45 | | 底圆角 R5mm | |
| 2 | T02 | 成形铣刀 | | 小头 $\phi20$ | 45 | | 底圆角 R10mm（带 7°斜角） | |
| 3 | T03 | 立铣刀 | | $\phi20$ | 40 | | 底圆角 R0.5mm | |
| 编制 | | 审核 | | 批准 | | 年　月　日 | 共　页 | 第　页 |

### 6.5.2　典型零件的数控加工中心加工工艺

对于较为复杂的零件加工，一般是在加工中心上进行。下面以盖板和壳体零件数控中心加工工艺过程为例加以说明。

#### 6.5.2.1　盖板的加工工艺

图 6-59 为盖板零件，其主要加工面是平面和孔，需经过铣平面、钻孔、扩孔、镗孔、铰孔及攻螺纹等多个工步加工。

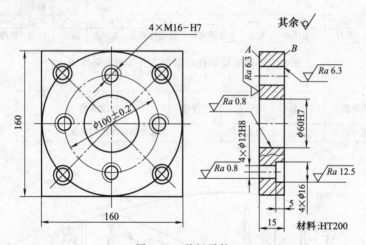

图 6-59　盖板零件

（1）零件工艺分析

该盖板的材料为铸铁，毛坯为铸件。由图 6-59 可知，除盖板的四个侧面为不加工面外，其余平面、孔和螺纹都要加工，且加工内容集中在 A、B 面上。孔的最高精度为 IT7 级，最细的表面粗糙度值为 $0.8\mu m$。从定位和加工两个方面综合考虑，以 A 面为主要定位基准，可先选用普通机床加工好 A 面，选 B 面及位于 B 面上的全部孔为加工中心加工内容。

（2）选择加工中心

由于 B 面及 B 面上的全部孔只需单工位加工即可完成，故选用立式加工中心。该零件加工内容只有面和孔，根据其精度和表面粗糙度要求，经粗铣、精铣、粗镗、半精镗、精镗、钻、扩、锪、铰及攻螺纹即可达到全部要求，所需刀具不超过 20 把。故选用国产 XH714 型立式加工中心。该机床工作台尺寸为 400mm×800mm，X 轴行程为 600mm，Y 轴行程为 400mm，Z 轴行程为 400mm，主轴端面至工作台台面距离为 125～525mm，定位精度和重复定位精度分别为 0.02mm 和 0.01mm，刀库容量为 18 把，工件一次装夹后可自动完成铣、钻、镗、铰及攻螺纹等工步的加工。

（3）数控加工工艺设计

198

① 选择加工方案　B 面的表面粗糙度为 $6.3\mu m$，故采用粗铣→精铣方案；$\phi60H7$ 孔已铸出毛坯孔，为达到 IT7 级精度和 $0.8\mu m$ 的表面粗糙度，需经过粗镗→半精镗→精镗三次镗削加工；$\phi12H8$ 孔为了防止钻偏和满足 IT8 级的精度，需按钻中心孔→钻孔→扩孔→铰孔方案进行；$\phi16mm$ 孔在加工 $\phi12mm$ 孔的基础上镗至尺寸即可；M16mm 的螺纹孔按钻中心孔→钻底孔→倒角→攻螺纹方案加工。

② 确定加工顺序　按先面后孔、先粗后精的原则，确定其加工顺序为粗、精铣 B 面→粗、半精、精镗 $\phi60H7$ 孔→钻各中心孔→钻、扩、镗、铰 $\phi12H8$ 及 $\phi16mm$ 螺纹钻底孔、倒角和攻螺纹。

③ 确定装夹方案和选择夹具　该盖板零件形状简单、加工面与不加工面之间的位置精度要求不高，故可选用通用台钳直接装夹，以盖板底面 A 和相邻两个侧面定位，用台钳钳口从侧面夹紧。

④ 选择刀具　一般铣平面时，在粗铣中为降低切削力，铣刀直径应小些，但也不能太小，以免影响加工效率；在精铣中为减小接刀痕迹，铣刀直径应大些。由于 B 平面为 $160mm\times160mm$ 的正方形，尺寸不大，因而选择粗、精铣刀直径大于 B 平面的一半即可。例如，取直径为 $\phi100mm$ 的面铣刀；镗 $\phi60H7$ 的孔时，因为单件小批生产，所以用单刃、双刃镗刀均可；加工 $4\times\phi12H8$ 孔采用的是钻中心孔→钻→扩→铰的方案，故相应选 $\phi3$ 中心钻、$\phi10$ 麻花钻、$\phi11.85$ 扩孔钻和 $\phi12H8$ 铰刀；刀柄柄部根据主轴锥孔和拉紧机构选择，XH714 型加工中心主轴锥孔为 ISO 40，使用刀柄为 BY40。具体所选刀具及刀柄如表 6-9 所示。

表 6-9　盖板零件数控加工刀具卡片

| 产品名称或代号 | | ×××× | | 零件名称 | | 盖板 | 零件图号 | | ×××× |
|---|---|---|---|---|---|---|---|---|---|
| 工步号 | 刀具号 | 刀具名称 | 刀具型号 | 刀　具 | | | 补偿值/mm | 备　注 | |
| | | | | 直径/mm | 长度/mm | | | | |
| 1 | T01 | 面铣刀 $\phi100mm$ | BT40-XM33-75 | $\phi100$ | 实测 | | | | |
| 2 | T02 | 镗刀 $\phi58mm$ | BT40-TQC50-180 | $\phi58$ | 实测 | | | | |
| 3 | T03 | 镗刀 $\phi59.95mm$ | BT40-TQC50-180 | $\phi59.95$ | 实测 | | | | |
| 4 | T04 | 镗刀 $\phi60H7$ | BT40-TW50-140 | $\phi60H7$ | 实测 | | | | |
| 5 | T05 | 中心钻 $\phi3mm$ | BT40-Z10-45 | $\phi3$ | 实测 | | | | |
| 6 | T06 | 麻花钻 $\phi10mm$ | BT40-M1-45 | $\phi10$ | 实测 | | | | |
| 7 | T07 | 扩孔钻 $\phi11.85mm$ | BT40-M1-45 | $\phi11.85$ | 实测 | | | | |
| 8 | T08 | 阶梯铣刀 $\phi16mm$ | BT40-MW2-55 | $\phi16$ | 实测 | | | | |
| 9 | T09 | 铰刀 $\phi12H8$ | BT40-M1-45 | $\phi12H8$ | 实测 | | | | |
| 10 | T10 | 麻花钻 $\phi14$ | BT40-M1-45 | $\phi14$ | 实测 | | | | |
| 11 | T11 | 麻花钻 $\phi18$ | BT40-M2-50 | $\phi18$ | 实测 | | | | |
| 12 | T12 | 机用丝锥 M16mm | BT40-G12-130 | $\phi16$ | 实测 | | | | |
| 编制 | | 审核 | | 批准 | | 年　月　日 | | 共　页 | 第　页 |

⑤ 确定进给路线　B 面的粗、精铣削加工进给路线根据铣刀直径确定，因所选铣刀直径为 $\phi100mm$，故安排沿 $x$ 方向两次进给，如图 6-60 所示。因为各孔的位置精度要求均不高，机床的定位精度完全能保证，故所有孔加工进给路线按最短路线确定。图 6-61～图 6-65 所示的即为各孔加工工步的进给路线。

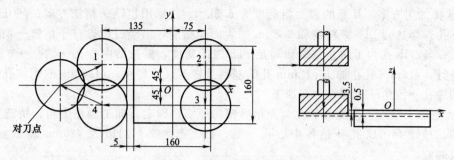

图 6-60　铣削 B 面进给路线

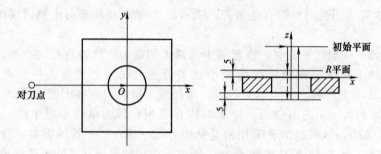

图 6-61　镗 $\phi$60H7 孔进给路线

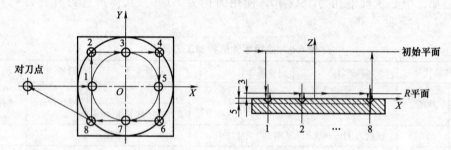

图 6-62　钻中心孔进给路线

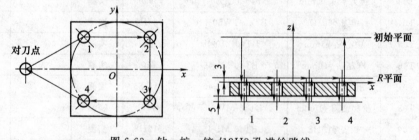

图 6-63　钻、扩、铰 $\phi$12H8 孔进给路线

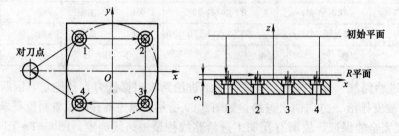

图 6-64　锪 $\phi$16 孔进给路线

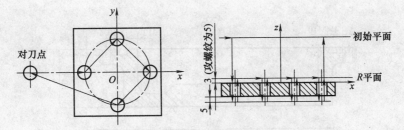

图 6-65 钻螺纹底孔、攻螺纹进给路线

⑥ 选择切削用量 查表确定切削速度和进给量,然后计算出机床主轴转速和机床进给速度。最后填写数控加工工序卡,结果如表 6-10 所示。

表 6-10 盖板零件数控加工工序卡

| 单位名称 | | | 产品名称或代号 | | 零件名称 | 材料 | | 零件图号 |
|---|---|---|---|---|---|---|---|---|
| | ×××× | | | | 盖板 | HT200 | | |
| 工序号 | 程序编号 | 夹具名称 | 夹具编号 | | 使用设备 | | 车间 | |
| ×× | | 台钳 | | | XH714 加工中心 | | 数控中心 | |
| 工步号 | 工步内容 | | 加工面 | 刀具号 | 刀具规格 /mm | 主轴转速 /(r/mm) | 进给速度 /(mm/min) | 切削深度 /mm | 备注 |
| 1 | 精铣 $B$ 面 | | | T01 | $\phi100$ | 350 | 50 | 0.5 | |
| 2 | 粗镗 $\phi60H7$ 孔至 $\phi58mm$ | | | T02 | $\phi58$ | 400 | 60 | | |
| 3 | 粗镗 $\phi60H7$ 孔至 $\phi59.95mm$ | | | T03 | $\phi59.95$ | 450 | 50 | | |
| 4 | 精镗 $\phi60H7$ 孔至尺寸 | | | T04 | $\phi60H7$ | 500 | 40 | | |
| 5 | 钻 $4\times\phi12H8$ 及 $4\times M16$ 的中心孔 | | | T05 | $\phi3$ | 1000 | 50 | | |
| 6 | 钻 $4\times\phi12H8$ 至 $\phi10mm$ | | | T06 | $\phi10$ | 300 | 40 | | |
| 7 | 扩 $4\times\phi12H8$ 至 $\phi11.85mm$ | | | T07 | $\phi11.85$ | 300 | 40 | | |
| 8 | 锪 $4\times\phi16mm$ 至尺寸 | | | T08 | $\phi16$ | 150 | 30 | | |
| 9 | 铰 $4\times\phi12H8$ 至尺寸 | | | T09 | $\phi12H8$ | 100 | 40 | | |
| 10 | 钻 $4\times M16$ 底孔至 $\phi14$ | | | T10 | $\phi14$ | 450 | 60 | | |
| 11 | 倒 $4\times M16$ 底孔端角 | | | T11 | $\phi18$ | 300 | 40 | | |
| 12 | 攻 $4\times M16$ 螺纹孔 | | | T12 | M16 | 100 | 200 | | |
| 编制 | | 审核 | | 批准 | | 年 月 日 | | 共 页 | 第 页 |

### 6.5.2.2 壳体零件

下面以图 6-66 所示壳体零件分析加工中心加工时的工艺过程。

(1) 零件工艺分析

该零件为一壳体零件,在数控加工工序之前已完成底面和 $\phi80^{+0.054}_{0}$ 孔的加工,要求在加工中心上铣削上表面、环形槽和 $4\times M10$ 螺纹孔。

零件材料为铸铁,切削加工性好。

(2) 装夹方案的确定

① 确定工件坐标系 从图 6-66 确定,以 $\phi80^{+0.054}_{0}$ mm 孔的中心为坐标零点,确定 $X$、

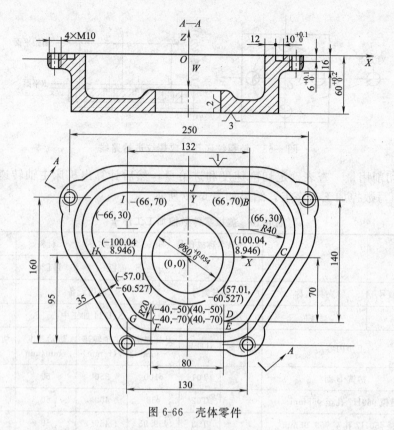

图 6-66　壳体零件

$Y$、$Z$ 三轴，建立工件坐标系，对刀点 $XY$ 平面坐标 $X0$，$Y0$。

② 定位基准的选择　本工序所加工表面的设计基准是壳体的底面和 $\phi 80^{+0.054}_{0}$ mm 的孔，根据基准重合的原则，以底面限制三个自由度，孔限制两个自由度，在零件的后面限制一个绕孔转动的自由度，实现完全定位。

③ 夹紧方案　采用螺钉和压板，压板压在 $\phi 80^{+0.054}_{0}$ mm 孔的上端面，夹紧力的方向对着底面，旋紧螺母将工件夹紧。

（3）确定加工顺序

采用工件一次装夹，自动换刀完成全部加工。根据先面后孔的原则，加工顺序为：铣削上表面、钻 $4\times$M10 中心孔（锪窝定位）、钻螺纹底孔、攻螺纹、铣尺寸为 $10^{+0.1}_{0}$ 的环形槽。

（4）刀具和切削用量的选择

① 铣削上表面——采用 $\phi 50$ 面铣刀铣削加工。

② 钻 $4\times$M10 中心孔（锪窝定位）——采用 $\phi 3$ 中心钻钻孔。

③ 钻螺纹底孔——麻花钻 $\phi 8.5$。

④ 螺纹孔口倒角——麻花钻 $\phi 18$。

⑤ 攻螺纹——丝锥 M10。

⑥ 铣尺寸为 $10^{+0.1}_{0}$ 的槽——立铣刀 $\phi 10$。

（5）编制数控加工工艺文件

① 数控加工刀具卡片见表 6-11。

② 数控加工工序卡见表 6-12。

表 6-11　壳体零件数控加工刀具卡片

| 产品名称或代号 | | ×××× | 零件名称 | 壳体 | | 零件图号 | ×××× |
|---|---|---|---|---|---|---|---|
| 工步号 | 刀具号 | 刀具名称 | 刀具型号 | 刀具 | | 补偿值/mm | 备注 |
| | | | | 直径/mm | 长度/mm | | |
| 1 | T01 | 面铣刀 $\phi$50mm | JT57-XD | $\phi$50 | 实测 | | |
| 2 | T02 | 中心钻 $\phi$3mm | JT57-Z13×90 | $\phi$3 | 实测 | | |
| 3 | T03 | 麻花钻 $\phi$8.5mm | JT57-Z13×45 | $\phi$8.5 | 实测 | | |
| 4 | T04 | 麻花钻 $\phi$18mm | JT57-M2 | $\phi$18 | 实测 | | |
| 5 | T05 | 机用丝锥 M10mm | JT57-GM3-12 | $\phi$10 | 实测 | | |
| 6 | T06 | 立铣刀 $\phi$10mm | JT57-Q2×90 | $\phi10^{+0.1}_{0}$ | 实测 | | |
| 编制 | | 审核 | | 批准 | | 年　月　日 | 共　页　第　页 |

表 6-12　壳体零件数控加工工序卡片

| 单位名称 | | ×××× | 产品名称或代号 | 零件名称 | 材料 | 零件图号 |
|---|---|---|---|---|---|---|
| | | | | 壳体 | HT200 | |
| 工序号 | 程序编号 | 夹具名称 | 夹具编号 | 使用设备 | | 车间 |
| ×× | | | | JCS-018 加工中心 | | 数控中心 |
| 工步号 | 工步内容 | 加工面 | 刀具号 | 刀具规格/mm | 主轴转速/(r/mm) | 进给速度/(mm/min) | 切削深度/mm | 备注 |
|---|---|---|---|---|---|---|---|---|
| 1 | 铣平面 | | T01 | $\phi$50 | 300 | 60 | 2 | 面铣刀 |
| 2 | 钻 4×M10 的中心孔 | | T02 | $\phi$3 | 1000 | 60 | | 中心钻 |
| 3 | 钻螺纹底孔 4×$\phi$8.5 | | T03 | $\phi$8.5 | 500 | 50 | | 麻花钻 |
| 4 | 螺纹孔口倒角 | | T04 | $\phi$18 | 500 | 50 | | 麻花钻 |
| 5 | 攻螺纹 4×M10 | | T05 | M10 | 60 | 50 | | 丝锥 |
| 6 | 铣尺寸为 $10^{+0.1}_{0}$mm 槽 | | T06 | $\phi$10 | 300 | 30 | | 立铣刀 |
| 编制 | | 审核 | | 批准 | | 年　月　日 | 共　页　第　页 | |

# 复习思考题

1. 数控铣床的主要加工对象有哪些？各加工方案如何？

2. 制定铣削加工工艺的主要内容有哪些？

3. 如何选择铣刀的种类和尺寸？

4. 立铣刀和球头铣刀有何区别，在使用时应注意哪些问题？

5. 确定铣刀进给路线时，应考虑哪些问题？

6. 被加工零件轮廓上的内转角尺寸是指哪些尺寸？为何要尽量统一？

7. 数控铣削加工空间曲面的方法主要有哪些？哪种方法常被采用？其原理如何？

8. 加工中心有哪些工艺特点？

9. 加工中心是怎样分类的？各类加工中心的适用范围如何？

10. 图 6-67 所示是要铣削的零件外形，为确保加工质量，应合理地选择铣刀直径，试根据给出的条件，确定最大铣刀直径。

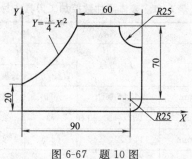

图 6-67　题 10 图

11. 加工图 6-68 所示法兰盘轮廓面 $A$ 的数控铣削加工工艺（其余表面已加工）。

12. 加工如图 6-69 所示具有三个台阶的型腔零件。试编制其型腔的数控铣削加工工艺（其余表面已加工）。

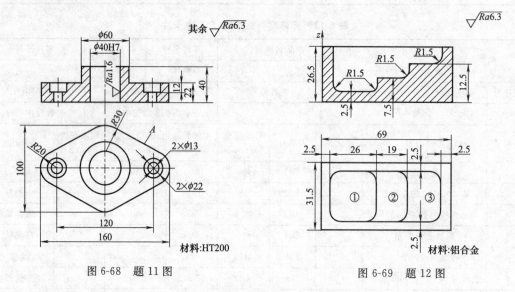

图 6-68　题 11 图

图 6-69　题 12 图

13. 根据图 6-70 所示的零件加工，制定该零件的加工中心加工工艺。

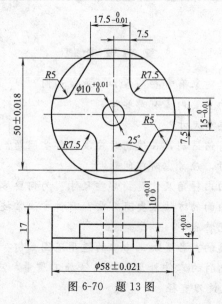

图 6-70　题 13 图

14. 根据图 6-71 所示的泵体，制定该零件的加工中心加工工艺。

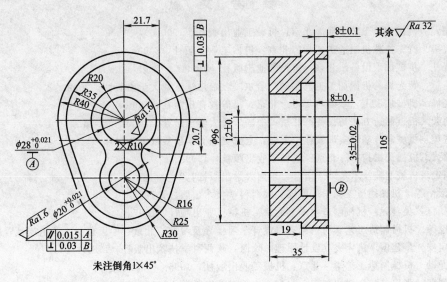

图 6-71  题 14 图

# 参 考 文 献

[1] 徐嘉元. 机械加工工艺手册. 北京：机械工业出版社，1990.

[2] 王宝玺. 汽车拖拉机制造工艺学. 北京：机械工业出版社，2000.

[3] 张普礼. 机械加工设备. 北京：机械工业出版社，1999.

[4] 曲宝章，黄光烨. 机械加工工艺基础. 哈尔滨：哈尔滨工业大学出版社，2002.

[5] 张亮峰. 机械加工工艺基础与实习. 北京：高等教育出版社，1999.

[6] 何七荣. 机械制造方法与设备. 北京：中国人民大学出版社，2000.

[7] 倪楚英. 机械制造基础实训教程. 上海：上海交通大学出版社，2000.

[8] 孙学强. 机械加工技术. 北京：机械工业出版社，1999.

[9] 袁国定. 机械制造技术基础. 南京：东南大学出版社，2000.

[10] 顾崇衔等. 机械制造工艺学. 西安：陕西科学技术出版社，1998.

[11] 黄鹤汀，吴善元. 机械制造技术. 北京：机械工业出版社，1997.

[12] 秦宝荣. 机械制造工艺学与机床夹具设计学习指导及习题. 北京：中国建材工业出版社，1998.

[13] 龚定安，蔡建国. 机床夹具设计原理. 陕西：陕西科学技术出版社，1981.

[14] 张龙勋. 机械制造工艺学. 北京：机械工业出版社，1995.

[15] 贺曙新，张思弟. 金属切削工. 北京：化学工业出版社，2004.

[16] 张福润，严晓光. 机械制造工艺学. 武汉：华中理工大学出版社，1998.

[17] 董献坤. 数控机床结构与编程. 北京：机械工业出版社，1997.

[18] 杨伟群等. 数控工艺培训教程. 北京：清华大学出版社，2002.

[19] 张世琪，孙宇等. 现代制造导论. 北京：兵器工业出版社，2000.

[20] 傅水根. 机械制造工艺基础. 北京：清华大学出版社，1998.

[21] 华贸发. 数控机床加工工艺. 北京：机械工业出版社，2000.

[22] 金涛. 数控车加工. 北京：机械工业出版社，2004.

[23] 张超英，谢富春. 数控编程技术. 北京：化学工业出版社，2004.

[24] 全国数控培训网络天津分中心. 数控编程. 北京：机械工业出版社，1997.

[25] 明兴祖. 数控加工技术. 北京：化学工业出版社，2003.

[26] 许祥泰. 数控加工编程实用技术. 北京：机械工业出版社，2001.

[27] 张超英，罗学科. 数控加工综合实训. 北京：化学工业出版社，2003.

[28] 陈志雄. 数控机床与数控编程技术. 北京：化学工业出版社，2003.

[29] 范钦武. 模具数控加工技术及应用. 北京：化学工业出版社，2004.

[30] 李佳. 数控机床及应用. 北京：清华大学出版社，2001.

[31] 董献坤. 数控机床结构与编程. 北京：机械工业出版社，1999.

[32] 逯晓勤. 数控机床编程技术. 北京：机械工业出版社，2002.

[33] 王春海. 数字化加工技术. 北京：化学工业出版社，2003.

[34] 刘书华. 数控机床与编程. 北京：机械工业出版社，2001.

[35] 徐衡. 数控铣工实用技术. 北京：机械工业出版社，2000.

[36] 唐健. 数控加工及程序编制基础. 北京：机械工业出版社，2000.

[37] 张伯霖. 高速切削技术及应用. 北京：机械工业出版社，2002.

[38] 吕士峰，王士柱. 数控加工工艺. 北京：国防工业出版社，2005.

[39] 罗春华，刘海明. 数控加工工艺简明教程. 北京：北京理工大学出版社，2007.

[40] 李正峰. 数控加工工艺. 上海：上海交通大学出版社，2004.

[41] 罗辑. 数控加工工艺及刀具. 重庆：重庆大学出版社，2007.

[42] 徐宏海. 数控加工工艺. 北京：化学工业出版社，2008.

[43] 段晓旭. 数控加工工艺方案设计与实施. 沈阳：辽宁科技出版社，2008